Maggie Shipstead
Leichte Turbulenzen bei erhöhter
Strömungsgeschwindigkeit

Die van Meters haben zu einer Familienfeier in ihrem Sommerhaus auf einer der vornehmen Ostküsten-Inseln eingeladen. Anlass: Die Hochzeit von Tochter Daphne mit einem vernünftigen jungen Mann. Hummer und Champagner, die Atlantikluft und Geselligkeit bestimmen das Wochenende, aber inmitten der Feierlichkeit treten längst vergessene Unzufriedenheiten und schwelende Begehren zutage.

Familienvater Winn Van Meter hat sich sein Leben lang an die Regeln der Oberschicht gehalten, aber nun, kurz vor seinem sechzigsten Geburtstag, muss er seinen eigenen Fehlern und Sehnsüchten endlich ins Gesicht sehen. Ein frischer, witziger und offensiv ehrlicher Roman über die Gefahren, die einem vermeintlich richtigen Leben im falschen innewohnen.

Maggie Shipstead wurde 1983 in Kalifornien geboren und studierte Amerikanische Literatur in Harvard. Anschließend besuchte sie den berühmten Iowa Writers' Workshop, wo Zadie Smith sie unterrichtete. 2008 schloss sie mit einem Master of Fine Arts ab. Für ihr Debüt ›Leichte Turbulenzen bei erhöhter Strömungsgeschwindigkeit‹ erhielt sie den Dylan Thomas Prize. Ihr dritter Roman ›Kreiseziehen‹ stand auf der Shortlist für den Booker Prize 2021.

Karen Nölle, geboren in Hamburg, studierte Anglistik, Romanistik, Germanistik und Philosophie. Nach mehrjährigen Dozenturen ist sie seit 1984 als literarische, mehrfach ausgezeichnete Übersetzerin tätig, u. a. von Alice Munro und Doris Lessing. Sie lebt in Niederkleveez/Schleswig-Holstein.

Maggie Shipstead

Leichte Turbulenzen bei erhöhter Strömungsgeschwindigkeit

Roman

Aus dem amerikanischen Englisch
von Karen Nölle

Die Übersetzung des Mottos von T. S. Eliot
besorgte Norbert Hummelt.

Von Maggie Shipstead ist bei dtv außerdem lieferbar:
Dich tanzen zu sehen
Kreiseziehen

2022 dtv Verlagsgesellschaft mbH & Co. KG, München
© der deutschsprachigen Ausgabe:
2013 dtv Verlagsgesellschaft mbH & Co. KG, München
Die Originalausgabe erschien 2012 unter dem Titel ›Seating Arrangements‹
bei Alfred A. Knopf, Random House Inc., New York.
© 2012 by Margaret Shipstead
Der Titel für die deutschsprachige Ausgabe
wurde mit Einverständnis der Autorin gewählt.
Umschlaggestaltung: dtv nach einem Entwurf von Kelly Blair
Umschlagillustration: Brant Point Beach © Elle Foley
Satz: Greiner & Reichel, Köln
Druck und Bindung: Druckerei C.H.Beck, Nördlingen
Printed in Germany · ISBN 978-3-423-14837-5

Meinen Eltern, Patrick und Susan,
den Säulen von allem

Der Fluss führt keine leeren Flaschen, Butterbrotpapiere,
Tücher aus Seide, Pappkartons oder Kippen mit sich,
Nichts zeugt mehr von Sommernächten. Die Nymphen
                                          sind fort.
Und ihre Freunde, die gammelnden Erben von
                                          Bankdirektoren,
Fort sind sie, unbekannt verzogen.

T. S. Eliot, Das öde Land

DONNERSTAG

FREITAG

SAMSTAG

DONNERSTAG

1 · Das Jungfernschloss

Sonntag würde die Hochzeit vorbei sein, darüber war Winn Van Meter froh. Heute war Donnerstag. Er wachte früh auf, allein in seinem Haus in Connecticut, über den Bäumen blinzelten noch die letzten Sterne. Seine Frau und die beiden Töchter waren schon im Inselhaus auf Waskeke, und beim Wachwerden dachte er an sie, dort in ihren Betten: Biddy auf ihrer Hälfte, die sie nicht verließ, die Haare seiner Töchter wie Fächer auf den Kissen. Doch vorher noch dachte er an eine andere junge Frau (dachte war zuviel gesagt – ihr Bild war wie eine Blase, die an der Oberfläche eines Traums zerplatzte). Sie schlief ebenfalls auf Waskeke und lag vermutlich in einem Messingbett in einem der Gästezimmer, ganz oben unter dem Dach.

Meistens war Winn morgens sofort wach, und sein Oberkörper richtete sich aus den Laken auf wie der Mast eines Segelboots, doch heute stellte er den Wecker aus, bevor er klingeln konnte, und streckte die Gliedmaßen in alle vier Ecken des Bettes. Das Zimmer war still, halbdunkel, bläulich. Eigentlich missbilligte er Faulenzen im Bett. Verlorene Zeit war nicht wieder wettzumachen, und verpasste Vormittage ließen sich nicht zu späterem Gebrauch horten. Tage waren dazu da, dass etwas geleistet wurde. Auf, auf, die Sonne ist da. Zu diesem Spruch hatte er seinen Töchtern, als sie klein waren, mit Schwung die Decken weggezogen, und da lagen sie, wie Krabben eingerollt auf ihren Matratzen. Jetzt war Daphne eine Braut (eine schwangere Braut, wie nicht zu übersehen war), und Livia, ihre jüngere Schwester, die erste Brautjungfer. Die Mädchen und ihre Mutter verbrachten schon die ganze Woche auf der Insel, zusammen mit einer ständig wachsenden Schar von Brautjungfern und Verwandten und künftig angeheirateten Verwandten, doch er hatte entschieden, dass er es sich nicht leisten konnte, so lange der Arbeit fernzubleiben. Was auch stimmte. Eine ganze Woche an der Hochzeitsfront – unerträglich, und außerdem hegte er nicht den geringsten Wunsch festzustellen, dass die Bank auch ohne ihn weiterlief und keiner seine Abwesenheit bemerkte, außer den jungen Haien in Nadelstreifen, die seinen Schreibtisch immer gieriger umkreisten.

Er schaltete das Licht an. Die Fenster wurden schwarz, das Zimmer gelb. Sein künstlich erhelltes Spiegelbild trat an die Stelle der Sterne und Bäume, und einen Augenblick tat es ihm leid, mit dem Lampenlicht die morgendliche Welt im Frühlicht ausgelöscht und wieder in Nacht verwandelt zu haben. Doch weil er ein praktischer Mensch war und keine poetisch empfindsame, von Sternenschein und Schlafstörungen geplagte Seele, griff er nach seiner Brille und schwang die Beine aus dem Bett. Seine Reisesachen hatte er sich vor dem Schlafengehen zurechtgelegt, und als er frisch rasiert und nach Bay Rum duftend aus der Dusche kam, kleidete er sich mit höchster Effizienz an und lief, überall das Licht anknipsend, die Treppe hinunter ins Erdgeschoss. Biddys Grand Cherokee hatte er am Abend zuvor beladen, auf den Zentimeter genau: lauter vergessene Sachen, um die ihn die Frauen gebeten hatten, Beutel und Kartons mit

Lebensmitteln, seine Kleidung und allerlei Geraffel für die Hochzeit. Während die Kaffeemaschine lief, ging er mit der Liste, die er auf einem gelben Schreibblock führte, nach draußen und nahm die letzte Durchsicht vor. Er kontrollierte eine Reihe Einkaufstüten auf dem Rücksitz, öffnete die Fahrertür und machte einen Strich durch das Aufladegerät fürs Mobiltelefon, die Rolle mit den Fünfundzwanzigcentstücken und den Straßenatlas – dabei hätte er die Strecke mit geschlossenen Augen fahren können. Hinten bildeten Kleidersäcke und vollgestopfte Reisetaschen einen Wall, der so hoch war, dass er sich auf die Zehenspitzen stellen musste, um sich zu vergewissern, dass unter dem Haufen die glänzend weiße kindersarggroße Schachtel mit Daphnes Hochzeitskleid lag.

»Vergiss das Kleid nicht, Daddy«, hatte die Stimme seiner Tochter gestern Abend auf dem Anrufbeantworter gemahnt. »Hier, Mama will noch was sagen.«

»Vergiss das Kleid nicht, Winn«, sagte Biddy.

»Ich werde das verfluchte Kleid nicht vergessen«, hatte Winn dem Anrufbeantworter versprochen.

Er strich »Kleid« von der Liste und knallte die Heckklappe zu.

Die Vögel zwitscherten, und durch den Morgendunst drang Sonnenlicht und vergoldete das wogende Wiesengras und die niedrige Natursteinmauer des benachbarten Anwesens. Winn schlenderte die Auffahrt hinunter und fischte die Zeitung aus einer Pfütze. Ihm fiel auf, dass aus der Mauer ein paar Steine auf die Grasböschung an der Straße gefallen waren. Er ging hin, um sie wieder einzusetzen und schüttelte unterwegs das Wasser von der Plastikhülle seiner Zeitung. Der hohle Klang von Stein auf Stein war angenehm, und als er fertig war, streckte er einen Augenblick im Stehen seinen Rücken und bewunderte die schlichte, ansprechende Front seines Hauses. Nichts, und sei es noch so elegant und neu, würde ihn je aus dieser ruhigen vornehmen Wohngegend fortlocken; die Häuser mochten groß sein, aber sie waren geschmacksvoll hinter Bäumen versteckt, und wie in seinem gab es in vielen feine Teppiche und knarrende, alte edle Dielen.

In diesem Haus in Connecticut waren sie zu Hause, wie auch in dem Haus auf Waskeke, das aber bei aller Vertrautheit immer seinen Neuigkeitswert behalten hatte, so wie er sich das bei einer Langzeitgeliebten vorstellte. Waskeke war seine Zuflucht, der Ort in seinem Leben, wo die Familie am stabilsten und harmonischsten war. Dass diese vielen Leute, diese ganzen Hochzeitsgäste in seine Privatsphäre eindrangen, war ihm nicht recht, aber er hätte Daphne kaum versagen können, auf der Insel zu heiraten. Es sei auch ihre Insel, hatte sie gesagt, und man solle die Schönheit von Waskeke mit anderen teilen. Wie schön es wäre, wenn ihn die Fähre in eine Welt zurückbringen könnte, in der die Mädchen noch Kinder und sie nur zu viert auf der Insel waren. Das Problem war nicht, dass er sich nicht für Daphne freute – natürlich freute er sich – oder dass er die feierliche Bedeutung der Übergabe seiner Tochter in die Hände eines anderen Mannes nicht zu schätzen wüsste – natürlich tat er das. Er würde seine Rolle mit Freuden wahrnehmen, doch jetzt, wo es unmittelbar bevorstand, erschien ihm das Wochenende wie eine Prüfung, nicht wie eine schlichte Übung in familiärer Friedenspolitik und verordneter Fröhlichkeit, sondern als tückisches Puzzle, gespickt mit Gelegenheiten, das Falsche zu tun oder zu sagen.

Er fuhr durch grün belaubte Straßen nach Norden, durch Orte mit Holz- und Backsteinhäusern an Berghängen über engen Häfen. Der Morgen war hell und golden, im Auto hing der Duft nach Kaffee und einer Spur von Biddys Parfum. Güterzüge rumpelten über Eisenbahnbrücken; ferne Molen ragten wie Arme ins Meer. Über die Windschutzscheibe kreisten blasse Spektren aus Sonnenlicht. Für Winn gehörte die Umständlichkeit der Anreise mit zum Reiz von Waskeke. Nur wenn er unter Druck stand, nahm er das Flugzeug. Die Langsamkeit der Autofahrt und der Überfahrt mit der Fähre verliehen der Reise mehr Gewicht, rückten die Insel weiter in die Ferne. Als die Mädchen noch klein waren und unterwegs nörgelten oder ihnen übel wurde, war die Fahrt alljährlich eine Katastrophe gewesen, mit Unbilden wie Stau, falsch reservierten Fähren, bösartigen Polizisten und oft genug der Tatsache, dass Biddy nach einigen Stunden einfiel, sie habe die Schlüssel oder die Medizin für eines der Mädchen oder Winns Tennisschläger vergessen. Winn hatte finster dreingeschaut, gebellt und mit dem Ingrimm eines wahnsinnigen Kutschers, der sie alle in die Hölle fuhr, auf die Tube gedrückt, wohl wissend, dass die Ankunft umso schöner sein würde, je schrecklicher die Reise war, und dass er, wenn er über die Schwelle seines Hauses trat, so dankbar sein würde wie ein Pilger, der das Himmelstor durchschreitet.

Er erreichte den Fährhafen eine Stunde vor der Abfahrt, genau wie geplant, und reihte sich ein in die Wagenschlange an dem Kai, der ins Nichts führte. Vor ihnen nur offenes Wasser und irgendwo hinter dem Horizont Waskeke. Durchs offene Fenster beobachtete er in aller Ruhe die Möwen auf dem Kai. Der Hafen roch wie ein Jahrmarkt, nach Popcorn und gebratenen Muscheln. Als er ein Kind war, hatte sein

Vater jeden Sommer den Chauffeur für eine Woche in Boston gelassen und war mit ihm allein nach Cape Cod gefahren (wie ungewohnt es gewesen war, seinen Vater am Steuer zu erleben). Damals war man noch rückwärts auf die offene Fähre gefahren, und Winn hatte das immer aufregend gefunden, obwohl sein Vater, der aus der Sache gut hätte ein Drama machen können, den Wagen stets mit lässiger Beiläufigkeit über die schmale Rampe gelenkt hatte. Sie hatten ein kleines Haus auf Waskeke gehabt, keine große Villa wie in Boston, nur ein Cottage am Rand eines Sumpfgebiets mit reichlich Fischen zum Angeln. Doch als Winn in Harvard studierte, war das Cottage verkauft worden, und später hatte jemand es abgerissen und an seine Stelle ein großes neues Haus gesetzt, das anderen gehörte.

Die Fähre legte mit lautem Rasseln und Kurbeln an und entlud eine Flut von Menschen und Fahrzeugen. Auch Inselbewohner waren darunter, die auf dem Festland einkaufen wollten, aber die meisten waren Touristen auf dem Heimweg. Winn freute sich, sie davonfahren zu sehen, auch wenn natürlich immer Neue kamen. Ein Hafenarbeiter im blauen Overall winkte ihn die Rampe hinauf auf das Autodeck mit seinem Geruch nach Salz und nassem Eisen, und ein anderer leitete ihn in eine schmale Gasse zwischen zwei Holztransportern. Er prüfte zweimal, ob er den Cherokee abgeschlossen hatte und stieg dann hoch auf das oberste Deck, um die Abfahrt mitzuerleben, die so war wie immer – erst das laute Tuten, und dann das langsame Entschwinden der Holzgebäude und Schuppen am Kai und des Mastenwalds im Yachthafen. Vögel und ihre Schatten huschten über die Schaumkronen. Obwohl er nicht zu Nostalgie neigte, wäre Winn nicht überrascht gewesen, neben sich an der Reling verschiedene Versionen seiner selbst zu entdecken: den Jungen neben seinem Vater, den Studenten, der an einem von den Freunden herumgereichten Flachmann nippte, den Junggesellen mit einer Reihe von Frauen, an die er sich kaum noch erinnerte, den Hochzeitsreisenden, den jungen Vater mit einem und dann zwei Kindern auf dem Arm. Mit acht war er zum ersten Mal mit seinem Vater hierhergekommen, und jetzt war er neunundfünfzig. Um ihn herum tuckerte eine ganze Armada von Schiffen aus seiner Erinnerung, und an Bord die früheren Winns, die er hinter sich gelassen hatte. Doch das Wasser jenseits der Reling sah aus wie Wasser überall. Er hätte sonstwo sein können, auf der Bering See oder dem Styx. Wie jedes Mal auf dem Meer kam ihm auch jetzt der Gedanke – was, wenn er über Bord fiele und über diesen unheiligen Tiefen ums Überleben rudern würde?

So wie die Überfahrt immer gleich begann, ging sie auch immer gleich zu Ende. Nach zwei Stunden erschien ein grauer Streifen Land, der Blau von Blau trennte, dann Leuchttürme, Kirchtürme, Kaianlagen, Molen, die sich ihren Gegenstücken auf dem Festland entgegenreckten. Am Hafeneingang stand ein kleiner Leuchtturm, an dem die abreisenden Passagiere einem alten Brauch gemäß Pennys über Bord warfen. Livia hatte als Kind einmal gemeint, der Meeresboden dort müsse aussehen, als hätte er Schuppen wie ein Fisch, und seither kam Winn immer, wenn er am Leuchtturm vorbeifuhr, dasselbe Bild: ein riesiger Kupferfisch, der unter ihnen schlief und ein Glubschauge öffnete, um den Schrauben der Fähre nachzublicken. Sie legten an, und Winn fuhr summend von der Rampe in das Labyrinth der geschäftigen schmalen Straßen, das einen aus Waskeke Town hinausführte. Schön, wieder auf festem Boden zu sein.

An der Einfahrt zu seinem Grundstück stand ein verbeulter Briefkasten, beschriftet mit VAN METER in aufgeklebten Buchstaben. Mit wachsender Vorfreude fuhr er den engen Feldweg entlang, gesäumt von hohen immergrünen Bäumen, die ihn weiterwinkten, bis er im vollen Sonnenschein war. Auf einer Anhöhe im Gras, die wie eine Mönchstonsur aus den Bäumen ringsum ragte, stand das hohe schmale Haus. Die grauen Schindeln und die einfache Fassade wirkten bescheiden und gemütlich und erinnerten an die Quaker-Vergangenheit von Waskeke. Über der roten Eingangstür war PROPER DEWS in ein Bootsbrett geschnitzt, der Name, den er dem Haus gleich nach dem Kauf gegeben hatte. Klar, das Wortspiel mit »dues« und »dews« und der Assoziation von Gebühren beziehungsweise Tau war alt, aber etwas Besseres war ihm nicht eingefallen, und er hatte den Namen des vorigen Besitzers rasch ersetzen wollen. SANDS OF THYME war ihm allzu billig erschienen, da es auf dem Grund überhaupt keinen Kräutergarten gegeben hatte. Den hatte er selbst erst angelegt. Das Haus gehörte ihm seit zwanzig Jahren, seit Livia ein Baby war, und durch die jährliche Wiederkehr in zwanzig Sommern hatte es sich von einer schlichten Wohnstatt in etwas fast Heiliges verwandelt, über dem sein Sommerhimmel in einem fort Purzelbäume schlug. Er stellte seinen Wagen am Hintereingang ab und schaute zu der hübschen, ordentlichen Fensterreihe auf, in deren vielen Scheiben sich schwarz die Bäume spiegelten.

Irgendetwas schien verändert. Er hätte nicht sagen können, was. Regenrinnen, Fensterläden, Giebel, alles war in Ordnung und das Holz frisch weiß gestrichen. Die Hortensien blühten noch nicht, aber die Pfingstrosen waren eine Pracht, mit dicken Blüten in Rosa und Weiß. Vermutlich war es seine

Projektion, und er versah das Haus nur mit einer seltsamen Aura, weil er Biddy, Daphne und Livia mit allen Brautjungfern und Gott weiß was noch als vestalische Hüterinnen der Hochzeitsflamme in seinen Räumen wusste. Während er dasaß und lauschte, wie der Motor noch einen Augenblick tickte und dann verstummte, stahl sich ein Fetzen seines fast vergessenen Traumes in seine Gedanken und durchzuckte seine Ankunftsfreude. War er im Auto oder wieder in seinem Bett, oder strich er einer Frau sanft über den Rücken? Irritiert suchte Winn den Traum fortzuwischen, doch er wollte nicht weichen. Winn putzte sich die Brille mit dem Hemd und betrachtete sich im Rückspiegel. Ein tröstlicher Anblick sein Gesicht, sogar das Kinn, das jemand einst als schwach bezeichnet hatte. Er setzte seine ruhige Patriarchenmiene auf und versuchte sich einzuprägen, wie sie sich anfühlte – so wollte er die nächsten drei Tage aussehen. Dann ließ er das Gepäck im Auto und zog nur die große Schachtel mit dem Kleid aus dem Laderaum. Als er das Haus durch den Seiteneingang betrat, stolperte er beinahe über eine bombastische Fülle tropischer Blumen in einer Kristallvase, die hinter der Tür stand.

»Biddy«, rief er in die Stille hinein, »können wir einen besseren Platz für diese Blumen finden?«

»Oh«, kam die Stimme seiner Frau von oben. »Hallo. Nein, lass sie da stehen.«

Er ließ die Fliegentür hinter sich zuknallen – dabei hatte er selbst vor Jahren einen inzwischen vergilbten Zettel an die Tür gehängt, auf dem stand: NICHT ZUKNALLEN! – und machte einen Bogen um die Blumen. Er legte die Schachtel mit dem Kleid ab und zog die Stirn in Falten. Vor ihm türmte sich in wildem Durcheinander ein Haufen sandiger unbekannter Schuhe. Er ordnete sie zu Paaren und baute sie in einer langen Reihe parallel zur Fußleiste auf. Am Ende der weißgetäfelten Diele leuchtete hell die Küche. Zu seiner Rechten führte die Treppe in einem steilen Bogen nach oben, und links stand ein Garderobenschrank. Darin hingen die üblichen Regenmäntel über Tennisschlägern und Strandsandalen, wie beruhigend, doch das oberste Bord enthielt neben den ausgebleichten Baseballkappen und Angelhüten lauter Geschenktüten, die von Seidenpapier und Schleifenband überquollen.

»Biddy! Was sind das hier für Tüten im Schrank?«

Wieder ertönte Biddys Stimme von weit oben. »Brautjungferngeschenke. Lass sie einfach da liegen, Winn.«

»Aber lass mich erst gucken«, sagte jemand hinter ihm, noch halb von oben. »Daphne hat schon so davon geschwärmt.«

Winn drehte sich um, er hatte nicht damit gerechnet, sie so bald zu sehen. »Hallo, Agatha!«, sagte er mit künstlicher Munterkeit.

Agatha kam ein paar Stufen herunter und beugte sich ihm entgegen, um die dargebotene Wange zu küssen. Ihr Schlüsselbein und die dunkle Falte zwischen ihren Brüsten bewegten sich abwärts und dann wieder nach oben. Ihm stieg ein moschusartiger Duft in die Nase, schwer, beinahe männlich, vermischt mit Zigarettenrauch. Sie roch immer nach Rauch, auch wenn er sie nie auf frischer Tat ertappt hatte. Wahrscheinlich schlich sie noch immer wie ein Teenager umher, setzte sich auf Fensterbänke und ließ ihre Hand mit der Zigarette nach draußen baumeln. Winn kannte wenige Frauen, die er als Granate bezeichnet hätte, doch von den eleganten Kurven ihres Körpers bis zu dem unbefangen-raffinierten Anstrich von Schlampigkeit, den sie sich gab, war

Agatha genau das. Sie lief in hauchdünnen Sachen herum, die wie Nachtwäsche wirkten, trug Kleider mit Spitzenrändern und Rissen im Saum, Hosen mit Kordelzug, die tief auf den Hüften saßen, winzige Baumwollshorts – Kleidungsstücke, die dem Anstand genügten und zugleich einen Eindruck von Nacktheit vermittelten. Die Haare türmte sie mit einem Konglomerat aus Klemmen und Gummis und Bändern zu unordentlichen Hochfrisuren auf, und immer wenn sie in ihrer Handtasche wühlte, förderte sie ein verführerisches Allerlei aus Lippenstiften, Feuerzeugen, zerknüllten Kassenzetteln und kaputtem Schmuck zutage.

»Wie geht's dir?«, fragte sie in ihrer trägen Art, die klang, als wäre sie gerade aufgewacht. Sie trug ein kurzes Kleid aus halbdurchsichtigen weißen Schichten, das auf ihn seltsam bräutlich wirkte. »Willkommen im Tollhaus.«

»Prima, danke.« Winn trat einen Schritt zurück, und etwas pikste ihn ins Bein. Eine Strelitzie aus dem Blumenarrangement. »Ist es ein Tollhaus?«

»Es ist nett – wenn man Mädchen mag. Du bist in der Minderheit.« Sie zählte an ihren Fingern ab: »Drei Brautjungfern, mich mitgezählt. Dann Daphne und Livia. Deine Frau und ihre Schwester. Habe ich jemand vergessen? Nein. Das macht sieben zu eins.«

»Celeste ist auch hier?«

»Hat Biddy das nicht erzählt?«

»Vielleicht hat sie es erzählt, und ich habe es vergessen.«

»Ja, Pech, Charlie. Außerdem taucht dauernd die Hochzeitsplanerin auf. Heute Morgen war die Friseurin da, und wir haben Frisuren ausprobiert. Gott sei Dank will Daphne alles eher schlicht. Ich war einmal auf einer Hochzeit, wo sie uns Ranken ins Haar gesteckt haben, die schlapp um uns herum baumelten wie tote Reben. Morgen ist Make-up-Probe, und was noch? Die Maniküre? Und mit dem Kleid ist auch noch was, wahrscheinlich muss für das Baby Platz geschaffen werden. Bestimmt habe ich noch was vergessen. Na, viel Vergnügen jedenfalls.«

»Viel Vergnügen«, sagte Winn. Er rieb sich das Kinn und fragte sich, wie viel ihn das alles kostete. Wie konnte sie nur so ruhig sein, während er vor Nervosität schier aufgelöst war. Schließlich war sie diejenige gewesen, die bei Daphnes Verlobung seine Hand genommen hatte, und seither kämpfte er darum, sie aus seinen Gedanken zu verbannen. Ehrlich gesagt, kämpfte er schon seit Jahren darum, sie aus seinen Gedanken fernzuhalten, aber auf der Verlobung hatte *sie* zum ersten Mal Interesse gezeigt. Er bildete sich das nicht ein – er hatte sie oft genug mit Männern zusammen gesehen, um zu wissen, dass Flirten für sie ein unpersönlicher Reflex war und Sex-Appeal etwas, das sie wahllos über die Welt verteilte wie Flugblätter in einem Wahlkampf. Und es war nichts passiert. Nicht wirklich. Sie hatten nur unter dem Tischtuch die Finger ineinander verschränkt, aber die Berührung war ihm durch und durch gegangen. Und sie war diejenige gewesen, die sich neben ihn gesetzt und seine Hand gesucht und sie zu sich hin gezogen hatte.

Agatha sah ihn an, den Kopf fast bis auf die Schulter geneigt. »Ich soll das Kleid holen.«

»Ach!« Er bückte sich nach der weißen Schachtel und hielt sie ihr hin. »Bitte sehr.«

Sie nahm sie an sich. »Es ist schwerer als ich dachte.«

»Wahrscheinlich braucht eine schwangere Braut mehr Gestänge.«

Sie lachte. Ihr Lachen bestand aus einer einzigen Silbe, die in der Kehle steckenblieb, weniger ein Ausdruck der Heiterkeit als eine Markierung, eine schmeichelnde Auslassung. Sie deutete mit dem Kinn nach oben und verdrehte die Augen. »Ich bringe es jetzt mal lieber zu Daphne.«

Er sagte okay und tschüs dann, als beendete er ein Telefonat und sah ihr nach, wie sie die Treppe hinauf verschwand. Er kannte Agatha, seit sie vierzehn war und in Deerfield mit Daphne ein Zimmer geteilt hatte, und obwohl sie inzwischen siebenundzwanzig sein musste, war sie für ihn immer noch eine Lolita. Ihre Wirkung auf ihn war ihm immer noch genauso peinlich wie früher, als er seine Augen nicht von ihrem Hockeyrock hatte wenden können. Sie war keine besondere Sportlerin gewesen; vermutlich hatte sie nur gespielt, weil sie wusste, wie umwerfend ihr Rock und Kniestrümpfe standen, wenn sie mit ihren zwei unordentlichen Zöpfen über den Platz lief. Ob sie sich überhaupt noch daran erinnerte, dass sie seine Hand genommen hatte? Sie war auf der Verlobung beschwipst gewesen, alle hatten an dem Abend reichlich getankt, und ihm war angst und bange geworden, weil sie offenbar Bescheid wusste, nach all diesen Jahren, oder weil sie es vielleicht immer gewusst hatte. Doch als er nachts im Bett wach lag und an ihr bloßes Knie unter seinem Handrücken, an ihre Hand in seiner dachte, fiel eine Last von ihm ab; jetzt würde das Schicksal seinen Lauf nehmen.

Sorgfältig die Blumen meidend, schloss Winn den Schrank und ging durch die Diele in die Küche. Als Kinder waren seine Töchter jeden Sommer sofort nach der Ankunft durch das ganze Haus gelaufen, um es bis in den letzten Winkel wiederzuentdecken und in ihrer eigenen kurzen Vergangenheit zu schwelgen. Sie feierten fröhliches Wiedersehen mit dem Inhalt von Schränken, den Segeltuchcouches, der Aus sicht aus den Fenstern, den Büchern über Fische, Pflanzen und Vögel, den Schüsseln mit vom Meer rundgeschliffenen Glasscherben, dem blasenden Wal aus Holz über Winns und Biddys Bett, dem Blumenbeet mit der Sonnenuhr, halb versteckt unter den Ranken der Schwarzäugigen Susanne, den abgenutzten Brettern unter der Außendusche. Die Küchenschränke wurden aufgerissen, um die Schneidebretter, das Olivenöl, den riesigen schwarzen Hummertopf zu begrüßen. Sie schaukelten in der Hängematte und hievten das Garagentor hoch und schauten durch dichten Staub nach dem umgedrehten Kanu auf seinen Böcken und dem uralten Landrover, den sie auf der Insel hatten. Die Mädchen belagerten Winn, bis er sich erweichen ließ, die Luke zum Ausguck auf dem Dach zu öffnen, dem Witwensteig, von wo aus sie die ganze Insel überblicken konnten. Irgendwann als Teenager wurde es ihnen unwichtig, ob alles noch so war, wie sie es in Erinnerung hatten, und sie gingen rasch auf ihre Zimmer, um auszupacken und sich einzurichten. Durch die Wände drang leises Protestgeschrei, wenn sie im gemeinsamen Badezimmer um ihre Territorien stritten. Damals hatte Winn die Aufgabe übernommen, sämtliche Ecken und Winkel des Hauses zu inspizieren. Er atmete Salz und den Geruch von Feuchtigkeit ein und rückte Bilderrahmen gerade. Er öffnete die leeren Schränke. Er schaute aus allen Fenstern. Er probierte die Hängematte aus. Er tappte blindlings durch die Spinnweben in der dunklen Garage.

Diesmal fand er auf seinem Rundgang durch das Erdgeschoss überall mehr Sachen als eigentlich Platz hatten, viel mehr, doch keine der vielen Eigentümerinnen dieses femininen Allerleis kam herunter, um ihn zu begrüßen. Er holte das Gepäck und die Lebensmittel aus dem Auto. Die

Reisetaschen stellte er an die Hintertreppe, und auf der Arbeitsfläche in der Küche schob er die Illustrierten zusammen, um für die Einkäufe Platz zu schaffen. Die herumliegenden Make-up-Stifte und Bürstchen sahen aus wie von den fliehenden Kosmetikerinnen in Pompeji hinterlassen. Er sammelte sie ein und stellte sie in einen leeren Kaffeebecher. Die Illustrierten ordnete er zu einem Stapel. Aus dem Waschbecken fischte er einen Gegenstand, bei dem es sich, wie er von seinen Töchtern wusste, um eine Wimpernzange handelte. Oben auf dem Bücherregal tickte eine runde Schiffsuhr aus glänzendem Messing, ihre spitzen Zeiger und die römischen Ziffern standen auf sechzehn Uhr dreißig. Er warf einen Blick auf seine Armbanduhr. Noch keine eins. Er drückte zwei Finger in einen Berg aus Gesichtspuder auf dem Esstisch und ließ sie dann über die lackierte Fläche laufen, so dass sie hautfarbene Spuren hinterließen, die er anschließend mit einem Schwamm wieder wegwischte. Selbst in seinem Arbeitszimmer, seiner stillen, maskulinen Klause, entdeckte er auf dem Schreibtisch eine Nagelfeile und ein Bikinioberteil. Er hob das Oberteil an den Trägern hoch. Es war weiß mit roten Punkten, aus hauchdünnem Stoff, das Band nicht zu einer Schleife gebunden, sondern zu einem unordentlichen Knoten geschlungen. Ob wohl jüngst Agathas Brüste in den Körbchen geruht hatten, schoss es ihm durch den Kopf, doch dann lenkte ihn eine Bewegung vor dem Fenster ab. An dieser Seite des Hauses führte das Gelände sanft bergab bis an die Bäume, eine Wiese mit zwei Pinien, zwischen denen eine Hängematte hing, einem Badmintonnetz und einem grünen Netzzaun mittendrin, mit dem er seinen Gemüsegarten vor Wind und Wild geschützt hatte. Bei ihrer Ankunft im letzten Sommer waren seine Kräuter und das gesamte Gemüse bis auf den Stumpf abgefressen gewesen, und er war sofort losgefahren, um eine Rolle Kunststoffnetz zu kaufen und unordentlich um die Beete zu spannen. Der Zaun war hässlich – Livia meinte, der Garten sehe aus wie für die Entenjagd getarnt –, und trotzdem war der Ertrag enttäuschend. Durch die Bodenbeschaffenheit oder das Wetter waren die Pflanzen schwächlich geblieben, mit schlaffen Blättern und winzigen Früchten. Biddy hatte es ihm schon am Telefon gesagt, zum Kreischen von Brautjungfern im Hintergrund. »Ich fürchte, deine Ernte wird bescheiden ausfallen.«

»Waren es wieder die Hirsche?«, hatte er gefragt.

»Nein, aber alles scheint irgendwie zu kränkeln.«

»Warum?«

»Ach, Winn, ich bin keine Botanikerin«, hatte sie geseufzt.

Livia lag in der Hängematte. Fast blau fiel der Schatten auf ihre nackten Arme und Beine. Ihr Haar hatte sie zu einem dunklen Strang gedreht und sich vorne um den Hals gelegt. Auf ihrem Bauch lag aufgeschlagen ein Buch, in seinen Seiten spielte die Brise. Sie hatte beide Hände vors Gesicht geschlagen. Das war die Bewegung, die seine Aufmerksamkeit auf sich gezogen hatte: das Lösen der Hände von dem Buch, um sie zum Kopf zu heben. Sie lag vollkommen still. Er glaubte nicht, dass sie weinte. Nach einer langen Zeit ließ sie die Hände aufs Schlüsselbein sinken und starrte in die Zweige hinauf. Winn wurde selten weich ums Herz, und wenn, dann geschah es, ohne dass er recht wusste, woher das Gefühl rührte. Er streckte die Hand aus und legte sie an die Fensterscheibe. Wie sie dort im kühlen Schatten lag, wirkte Livia wie eine Friedhofsstatue. Er klopfte schnell dreimal ans Fenster, und dann noch einmal lauter, aber sie bewegte den Kopf nicht. Seine vom Puder bestäubten Finger hinterließen

Abdrücke auf der Scheibe. Er wischte sie weg. Über ihm setzte Getrampel ein. Als er zu Livia in den Garten gehen wollte, war die Küche voller Frauen.

»Tag, mein Schatz«, sagte er und küsste Biddy flüchtig auf die Wange.

»Ich will die Blumen dort haben, damit ich nicht vergesse, sie nachher ins Hotel zu bringen«, sagte sie.

»Du vergisst sie bestimmt nicht. Ich dachte, ich bin am Amazonas gelandet.«

»Nach der Hochzeit werde ich den Kopf wieder freier haben. Bis dahin wirst du Blumen im Weg erdulden müssen.«

Winn ging von einer zur nächsten und drückte ihnen geschäftsmäßig Küsse auf die Wangen: von Daphne zu Biddys Schwester Celeste, die am Kühlschrank stand und mit dem Finger eine Olive aus einem Glas fischte. Agatha und die anderen Brautjungfern standen am Küchenbord, und während er sie küsste, sagte er: »Agatha, doppelt hält besser, hallo, Piper, Dominique.«

»Wie war die Fahrt?«, fragte Biddy.

»Gut. Ich bin schön früh losgekommen. Das Meer war windstill.«

Celeste drückte ihm ein halb volles Glas in die Hand und stieß mit ihm an. Auf dem Grund schwammen drei Oliven. »Ihr habt keine Martinigläser«, sagte sie. »Aber abgesehen davon ist hier bisher alles ganz wunderbar.«

Er stellte das Glas auf den Stapel mit Illustrierten. »Darf man sich etwa schon einen genehmigen?« Er trank inzwischen selten harte Sachen, und tagsüber schon gar nicht, doch wenn er Celeste daran erinnerte, würde sie zum x-ten Mal wissen wollen, warum, und er hatte keine Lust, ihr von seinen Kopfschmerzen zu erzählen und zu erklären, dass er sich keinesfalls über Leute erheben wolle, die sich täglich abzufüllen begannen, sobald die Sonne den Zenit überschritten hatte, und mit dem Trinken erst wieder aufhörten, wenn ihnen die Füße den Dienst versagten und sie sich auf der nächsten Couch oder dem nächstmöglichen Bett ablegten.

»Kommt drauf an, wann für dich der richtige Zeitpunkt ist«, sagte sie. Ihr Lächeln beschränkte sich auf den Mund und dessen unmittelbare Umgebung. Biddy hatte ihm erklärt, dass Celeste es mit Falteninjektionen übertrieben hatte, aber das änderte nichts an der unheimlichen Wirkung.

Er wandte sich ohne Kommentar den Brautjungfern zu. »Geht es euch gut, Mädels?«

»Ja«, lautete die Antwort im Chor. Die Mädchen lehnten lässig am Spülbecken, Agatha und Piper blond und klein, so wie Daphne, Dominique groß und dunkel. Dominique überragte die anderen deutlich. Ihre Eltern waren koptische Ärzte aus Kairo, und während ihrer Zeit in Deerfield hatte sie häufig ihre Ferien bei den Van Meters verbracht. Ihr Gesicht war ebenmäßig aber ernst, eine anmutig gerundete Stirn über steil gewölbten Augenbrauen, die Nase mit einem Höcker in der Mitte, der Mund groß mit einem nicht unattraktiven Zug von Traurigkeit um die Lippen. Schultern und Rücken waren noch muskulös aus ihrer Zeit als Schwimmerin. Sie trug ihr Haar kurz, es war weder arabisch gelockt noch wirklich afrikanisch kraus. In den letzten Jahren hatte er sie nicht mehr gesehen. Nach dem College in Michigan war sie nach Europa gegangen (Frankreich? Belgien?), um Köchin zu werden. Er hatte Dominique gern; ihm gefielen ihre Kraft und ihre Kreativität in der Küche, aber er hatte nie richtig verstanden, warum sie mit Daphne befreundet war, die sich weder für Sport noch fürs Kochen interessierte und neben ihr fast zu verschwinden schien.

Dominique deutete mit einem langen Finger aus dem Fenster. »Dein Garten mickert ein bisschen.«

»Das hat Biddy auch schon gesagt. Ich habe ihn mir noch nicht angeguckt.«

»Hat das Wild alles abgefressen?«

»Es ist schrecklich mit den Hirschen. Die sind wie die Ziegen. Aber Biddy meint, diesmal waren sie es nicht.«

»Ja, ich habe kaum Fraßspuren gesehen, höchstens ein bisschen am Rand. Und es sind auch nicht genug Blattläuse und anderes Ungeziefer zu sehen, um zu erklären, warum alles so traurig aussieht. Vielleicht ist der Boden zu sauer.«

»Kann sein.«

»Hast du die Pflanzen gesetzt?«

»Nur das erste Mal, vor acht oder neun Jahren. Seither kümmert sich ein Ehepaar aus dem Ort um das Wesentliche, wenn wir nicht hier sind. Vielleicht haben sie dieses Jahr etwas Neues probiert. Ich will hoffen, dass sie meinen Garten nicht für Experimente missbrauchen.«

Dominique nickte und wandte den Blick ab, als wollte sie nicht zeigen, was sie von Leuten hielt, die sich nicht selbst um ihre Gemüsegärten kümmerten.

»Ich bin schon total aufgeregt wegen der Hochzeit«, verkündete Piper unvermittelt mit ihrer hohen Zwitscherstimme. Sie und Daphne kannten sich aus Princeton, und sie war Winn weniger vertraut als die anderen. Immer in Bewegung, angetrieben von sprunghafter, vogelartiger Energie, schien sie unermüdlich Enthusiasmus auszustrahlen. Ihr bleiches Gesicht verschwand fast unter einem voluminösen Heuhaufen aus hellblondem Haar, und auf all dem Weiß schwammen die gletscherblauen Augen und die rot geschminkten Lippen wie von einem Kind gemalt. Ihre Augenbrauen waren kaum zu sehen, ihre Nase klein und spitz. Winn wusste, dass einige Männer sie ungemein anziehend fanden, aber ihn ließ sie kalt. Sie wirkte ätherisch und irgendwie fremdartig, wohingegen Agatha zugleich etwas Konkretes und Strahlendes hatte, so dass man sie gleichsam schon beim Ansehen spürte. Und Daphne lag irgendwo dazwischen. Sie standen nebeneinander wie drei von diesen verwirrenden, lächelnden Frauentypen auf den Schachteln mit Haartönungen im Supermarkt.

»Es ist wunderschön hier«, sagte Agatha und legte ihren Kopf auf Pipers Schulter. Ein Freund von Daphne hatte vor Jahren in einem Moment betrunkener Leutseligkeit behauptet, Agatha sei hinter ihrer Fassade eine prüde Gans. *Ihr fehlt der Motor*, hatte er gesagt. *Man tritt aufs Gas und nichts passiert*. Doch Winn fiel es schwer zu glauben, dass etwas so Enttäuschendes wahr sein konnte.

»Danke für das Kleid, Daddy«, sagte Daphne.

»Ja«, sagte er zu Agatha. »Waskeke ist so, wie die Welt sein sollte.« Um sie nicht zu sehr anzustarren, ließ er seinen Blick zu Biddy wandern, die in den Einkaufstüten wühlte. Mit einem Stöhnen stieß sich Daphne vom Spülbecken ab, watschelte durch die Küche und ließ sich hinter Winn auf einen Stuhl fallen. »Daphne«, sagte er. »Ist dir nicht gut?«

»Doch«, sagte sie. »Alles bestens.«

»Warum stöhnst du dann so?«

»Weil ich im siebten Monat bin, Daddy.«

Er bat über den Stand sämtlicher Pläne für das Wochenende informiert zu werden und erhielt einen Bericht. Wo war Greyson? Im Hotel mit seinen Trauzeugen. Seine Eltern?

Sie wurden gegen fünf erwartet. Bei dem Abendessen, dessen Zubereitung Winn übernehmen wollte, würden sie siebzehn sein. Es sollte ein zwangloses Hummeressen werden, eine Gelegenheit für alle, die Insel zu genießen, bevor es ernst wurde, eine Art Vor-Vorabendessen. Hatte Biddy sich nach den Hummern erkundigt? Ja doch.

Winn nickte. »Okay«, sagte er. »Also gut.«

»Übrigens«, sagte Daphne, »Mister Duff ist gegen Schalentiere allergisch.«

Überrascht sah Winn sie an. »Warum hast du das nicht eher gesagt?«

»Ist doch nicht weiter schlimm. Kauf einfach noch ein Thunfischsteak dazu.«

»Willst du ihn auch noch Mister Duff nennen, wenn du verheiratet bist?«, fragte Celeste.

»Ich schaffe es nur schwer, ihn Dicky zu nennen«, sagte Daphne ernst. »Er will, dass ich ihn Dad nenne, aber meistens vermeide ich die Anrede.«

Biddy sagte: »Alle nennen ihn Dicky. So heißt er nun mal. Er wird es nicht seltsam finden, wenn du ihn mit seinem Namen rufst. Du hast keinen Grund, dich so anzustellen.«

»Dicky-so-anzustellen«, alberte Daphne, und die Frauen lachten.

»Wo ist Livia?«, fragte Winn, obwohl er die Antwort wusste.

»Sie kann nicht weit sein«, sagte Daphne. »Aber sie ist mir böse. Weißt du, ich finde ihr Kleid wirklich schön. Echt. Ich wollte, dass sie sich von den anderen Brautjungfern abhebt, und das ist doch nett, oder? Und jetzt stellt sie sich quer. Nur weil das Kleid grün ist. Sie sagt, Grün ist der Neid, und alle werden glauben, sie wäre eifersüchtig, obwohl sie es gar nicht ist. Dabei ist es gar nicht richtig grün, sondern eher petrolfarben.«

»Und man kann jetzt auch nichts mehr ändern«, sagte Biddy.

Es wurde still. Die Begrüßung war vorbei. Mitten im Halbkreis der Frauen zu stehen machte Winn unruhig. Mit einem lauten, zufriedenen Seufzen wandte er sich dem Fenster zu. Daphne streckte die Hände zu Dominique aus und ließ sich hochziehen. »Meine Damen«, sagte sie und nickte den Brautjungfern zu. Sie gingen davon, und ihre Stimmen klangen durch das Haus wie ferne Vogelrufe.

»Gut hergekommen?«, fragte Celeste, die offenbar vergessen hatte, dass man das Thema schon abgehakt hatte.

»Hätte nicht glatter laufen können«, sagte er.

»Du musst bei Tagesanbruch aufgestanden sein.«

»Kurz davor.«

»Trink aus, Winnifred.« Sie reichte ihm sein Glas und zwinkerte ihm zu. »Du hast es dir verdient.«

»Wenn du meinst.« Er nippte an der Flüssigkeit. Gin.

Das Haus war wie ein L geformt, und der innere Winkel wurde von einer hölzernen Terrasse eingenommen, die sich bis an die Wiese erstreckte. Durch die Glastür in der Küche sah Winn Livia über das Gras auf das Haus zukommen. Sie trug alte blaue Shorts, und ihre Beine schienen ihm dünner denn je. Sie brachte einen Schwall salziger Luft mit in die Küche.

»Oh, Dad«, sagte sie. »Hallo.«

Sie kam nicht näher, um ihn zu umarmen oder zu küssen. Er musterte sie genauer. In der Hängematte hatte sie leichenhaft blass gewirkt, doch musste das am Schatten gelegen haben, denn jetzt sah sie gut aus, ein bisschen blass, aber gesund. Sie wandte sich ab und nagte an ihrem Daumennagel.

»Da ist meine Zimmergenossin ja wieder«, sagte Celeste.

»Ihr beide seid zusammen in einem Zimmer?«, fragte Winn. Biddy musste Livia damit überrascht haben, sonst hätte sie sich deswegen schon zu Hause bei ihm beschwert.

»Ja«, sagte Livia in neutralem Ton und blickte dabei auf ihre Hand. Die Nägel waren vollkommen abgenagt, und die Haut darum eingerissen und blutig.

Celeste ließ das Eis in ihrem Glas klingen. »Willst du einen Drink?«

»Nein, danke.«

»Moralische Unterstützung für Daphne?«, fragte Celeste. »Wie schade, auf der eigenen Hochzeit nicht trinken zu dürfen. Ich weiß nicht, was ich auf meinen Hochzeiten gemacht hätte, ohne das eine oder andere Gläschen.«

»Und während deiner Ehen erst«, sagte Biddy.

»Du bist die Einzige«, Celeste gab Biddy einen Klaps auf den flachen Hintern, »die das zu mir sagen darf.«

»Ein Glas Champagner kann Daphne trinken«, sagte Livia. »Sie ist im siebten Monat. Das schadet nichts.«

Celeste nahm einen Schluck. »Ach so? Was ich alles nicht weiß!«

»Vielleicht will ich doch einen Drink«, sagte Livia. »Ich mach mir einen.«

»Was macht Cooper?«, fragte Winn Celeste. »Gibt's ihn noch?« Er streckte seine Hand aus, um Livia übers Haar zu streichen, gerade als sie sich entfernte.

»Es geht ihm prächtig. Er ist auf einem Segeltörn in den Seychellen. Er wollte kommen, aber er schafft es nicht.«

Livia nahm eine Flasche Wein aus dem Kühlschrank und knibbelte an der Folie. »Und? Glaubst du, er wird Nummer fünf?«

»Ich hab jetzt oft genug geheiratet.« Celeste hob das Glas, als hätte jemand einen Toast ausgesprochen. »Obwohl ich zugeben muss, dass mich das hier gerade sentimental macht. Nichts ist schöner als Braut zu sein. Na ja, die Zeit ist vorbei. Ich werde es ersatzweise durch meine Nichten genießen müssen.«

Livia warf die Folie in den Müll. »Mich kannst du vergessen.«

»Ach, Süße, er ist selbst schuld. Das Meer ist voller Fische. Du bist gerade mal neunzehn.«

»Ich bin einundzwanzig.«

»Ach so? Ja, dann bist du eine alte Jungfer.«

Livia drehte einen Korkenzieher in den Flaschenhals. Winn sah zu, wie die silberne Spirale verschwand. Ihre Finger waren so fest um die Flasche geschlossen, dass ihre Knochen sich unter der Haus abzeichneten. Winn hätte ihr gern gesagt, dass sie gar nicht so fest zu drücken brauchte. Er musste daran denken, wie sie einmal aus Versehen eine Eiswaffel zerdrückt hatte. Damals hatte sie gesagt: »Ich habe ganz vergessen, dass ich sie in der Hand hatte, weil ich an etwas anderes dachte.« Es war ihm nicht begreiflich, warum Livia immer alles mit Gewalt machen musste, auch wenn es gar nicht nötig war, aber er sagte nichts. Sie klemmte sich die Flasche zwischen die Knie und zog, bis diese mit einem Plopp den Korken losließ.

2 · Wassergeburt

Bis er Vater wurde, war Winn davon ausgegangen, er werde Söhne haben. Er hatte fest damit gerechnet, dass Daphne ein Junge war. Wenn er sein Ohr an Biddys Bauch legte, hatte er männliche Stimmen gehört, die von künftigen Lacrossespielen und Skiausflügen zu ihm drangen. Er hatte einen kleinen blauen Blazer mit Messingknöpfen vor sich gesehen, kurzes gerade gescheiteltes Haar und dazu sich selbst, wie er einem Jungen beibrachte, einen Schlips zu binden. Wenn es soweit war, wollte er seinen Sohn nach Harvard fahren, ihm helfen, seine Sachen durch den Yard zu tragen, und die Mitbewohner seines Sohnes und deren Väter mit kernigem Händedruck begrüßen. Sein Sohn würde dem Ophidian Club beitreten, und beim Dinner nach der Aufnahmezeremonie würde Winn seinem Sohn zutrinken, der ein Abbild seines Lebens führen und bei jeder Entscheidung bestätigen würde, wie richtig er selbst gehandelt hatte.

Als das schreiende rote Bündel, das der Arzt zwischen Biddys Beinen hervorzog, unverkennbar weiblich war, traf ihn das vollkommen überraschend. Dieses Kind, das neun Monate in seiner Frau herangereift war, war ein Mädchen. Er, Winn, trug die Saat zu etwas Weiblichem in sich. In den verschlungenen Röhren seiner Samenfabrik gab es, entgegen aller Vernunft, Frauen. Als er sah, wie sich Biddy und Daphne im Krankenhausbett aneinanderschmiegten, ging ihm auf, dass die Annahme, Schwangerschaft und Geburt hätten etwas mit ihm zu tun, ein Irrtum gewesen war. In seiner Vorstellung hatte er durch die Schwängerung seiner Frau dafür gesorgt, dass sie ihm einen Sohn schenkte, der eines Tages seinerseits eine Frau schwängern würde, die ihm einen Sohn schenken würde, und so weiter und so fort bis in die ferne Zukunft der Van Meters. Doch nun war stattdessen dieses kleine Mädchen da, das einen Busen bekommen und den Namen eines anderen Mannes annehmen und neue Sprosse an einem unbekannten Familienstammbaum treiben und ihn auf allerlei Weise verraten würde, wie es ein Sohn niemals getan hätte. Die Verwandlung von Biddys knabenhafter Figur in eine Ansammlung von Sphäroiden, die stille Gemeinschaft, die sie mit ihrem Bauch pflegte, ihr neuer Status unter ihren Schwestern und in ihrer Freundinnenschar – all das hätte ihm sagen sollen, dass er an der Schwelle zu einem Club stand, der ihn nicht haben wollte. Zwar riefen die Frauen: »Du wirst Vaaa-ter!«, und schlossen ihn in die Arme, doch inzwischen war seine Vermutung, dass sie ihn schon die ganze Zeit als das gesehen hatten, was er nun werden würde: das Anhängsel, eine Quelle für zusätzlichen Klatsch, die lahme, aus dem Mittelpunkt der Zuneigung seiner Frau verbannte Ente. Eigentlich hätte seine Überraschung nicht der Tatsache gelten sollen, dass er eine Tochter hatte, sondern dass überhaupt jemals Söhne geboren wurden.

Als Biddy ihm fünf Jahre darauf verkündete, sie sei wieder schwanger, ging Winn sofort davon aus, dass es ein Mädchen würde. Es war ein abgekartetes Spiel. Daphne war so typisch weiblich, dass ihm die Möglichkeit, aus einer neuen Durchmischung von seinen und Biddys Genen könnte ein

Junge entstehen, zu abwegig erschien, um sie in Betracht zu ziehen. Biddy erzählte ihm die Neuigkeit morgens im Bett, und er drückte ihr einen festen Kuss auf dem Mund und sagte: »Ja dann!«, um anschließend beim Frühstück hinter der Zeitung versteckt über eine Vasektomie nachzudenken. Er saß am Küchentisch und starrte blind auf die Seiten, als ein gewohntes Rascheln und Klimpern davon kündete, dass Daphne im Anzug war. Sie kletterte auf einen Stuhl und aß rote Weintrauben aus einer Plastiktüte. Im Haar trug sie ein Plastikding mit Glitzersteinen und zinnenartigen Gebilden, und vor der Stuhllehne bauschte sich das Hinterteil ihres Rockes zu einer Wolke aus rosa Tüll.

»Guten Morgen, Daphne. Hast du heute Tanzen?«

Sie blinzelte einmal langsam. »Nein, Tanzen ist mittwochs.«

»Aber ist das denn nicht ein Tanzrock, den du da anhast?«

»Mein Tutu? Ach, das habe ich mir nur so angezogen.«

Winn starrte sie an. Sie erwiderte den Blick und spielte mit den Perlen einer der Plastikketten, die um ihren Hals geschlungen waren. Irgendwie hatte sie sich schon in ihrem geringen Alter einen Vorrat an Sätzen und Wendungen angeeignet, die Biddy als keck und er als absurd bezeichnete, die ihrer Tochter aber dazu verhalfen, in der Vorschule aufzutreten wie eine alternde Salonlöwin. Einmal hatten sie sie eine Woche bei Biddys ältester Schwester Tabitha gelassen und waren allein auf die Turks- und Caicosinseln gefahren. Sie hatten gehofft, beim Spielen mit Tabithas Sohn Dryden würde Daphne sich endlich mal ein wenig die Knie schmutzig machen. Doch als sie wiederkamen, war Dryden mit Modeschmuck behängt, und Daphne steckte ihm gerade Spangen ins Haar.

»Dryden«, sagte Biddy, »du hast dich für die Tageszeit ja schon ganz schön herausgeputzt.«

Der kleine Junge seufzte affektiert. Er klapperte mit den blaubestäubten Lidern und legte sich die gespreizten Finger auf die Brust. »Du meinst das hier? Das ist doch nichts. Der gute Schmuck liegt im Safe.«

Für Winn war Daphne ein fremdes Wesen, eine Schamanin, eine Schlangenbeschwörerin oder charismatische Priesterin, eine Abgesandte aus einer fernen Region menschlicher Existenz. Mit dem Verstand zu wissen, dass sie sein Fleisch und Blut war, reichte nicht, um es auch wirklich zu glauben. Es gab nichts, woran er sie spontan und unwillkürlich als Produkt seines Leibes erkannte. Dabei bemühte er sich durchaus. Er hatte ihre Windeln gewechselt und sie nachts herumgetragen, wenn sie schrie, und matschigen Brei in sie hineingelöffelt. Und natürlich liebte er sie, aber sie wurde ihm mit der Zeit immer fremder, und seine Liebe zu ihr war nicht tröstlich, sondern machte ihn erschreckend durchlässig, als hätte er verborgene Poren, durch die Sehnsüchte und Gefühle von Ausgeschlossensein in ihn eindrangen. Beklommen versteckte er sich hinter seiner Zeitung und stellte sich ein Haus vor, in dem zwei Daphnes, eine Biddy und nur ein Winn lebten.

»Daddy«, kam die hohe Stimme von der anderen Seite des Tisches. »Bin ich eine Prinzessin?«

»Nein«, sagte Winn. »Du bist ein sehr nettes kleines Mädchen.«

»Werde ich irgendwann eine Prinzessin?«

Winn senkte die Zeitung ein wenig und sah sie an. »Das hängt davon ab, wen du heiratest.«

»Wieso?«

»Na, für eine Frau gibt es zwei Möglichkeiten, eine Prinzessin zu werden. Entweder sie wird als Prinzessin geboren, oder sie heiratet einen Königssohn oder einen Fürsten, glaube ich – wobei ich mir nicht sicher bin, ob es überhaupt noch welche gibt. Es ist nämlich so, Daphne, in vielen Ländern, wo es früher Prinzessinnen gab, gibt es keine mehr, weil man dort die Monarchie abgeschafft hat, und ohne Monarchie ist eine Aristokratie sinnlos. In Österreich zum Beispiel wurde das alles nach dem Ersten Weltkrieg abgeschafft. Erbliche Macht ist ungerecht, verstehst du, und sie züchtet Missgunst im einfachen Volk. Kurz und gut, da du nicht als Prinzessin geboren bist, müsstest du einen Prinzen heiraten, und davon gibt es nicht mehr sehr viele.«

Verstimmt steckte sie sich eine Traube in den Mund und wischte sich dann die Finger einzeln an einer Serviette ab. Er nahm seine Lektüre wieder auf.

»Daddy.«

»Was?«

»Bin ich *deine* Prinzessin?«

»Daphne, bitte.«

»Was?«

»Du klingst wie ein Kind im Fernsehen.«

»Wieso?«

»Weil du so eine Kitschnudel bist.«

»Was ist eine Kitschnudel?

»Eine, die alles mit Zucker überzieht. Davon kriegt man Bauchschmerzen.«

Sie nickte zustimmend. »Aber«, fragte sie weiter, »bin ich deine Prinzessin?«

»Soweit ich weiß, habe ich keine Prinzessinnen. Was ich habe, ist eine kleine Tochter, der die Würde fehlt.«

»Was ist Würde?«

»Wer Würde hat, benimmt sich so, dass andere Menschen ihn respektieren.«

»Haben Prinzessinnen Würde?«

»Einige ja.«

»Welche denn?«

»Keine Ahnung. Grace Kelly vielleicht.«

»Wer ist das?«

»Sie war eine Prinzessin. Zuerst war sie eine Schauspielerin. Dann hat sie einen Fürsten geheiratet und wurde zur Prinzessin. In Monaco. Sie ist bei einem Autounfall ums Leben gekommen.«

»Was ist Monaco?«

»Ein Land in Europa.«

Daphne dachte einen Augenblick nach. Dann fragte sie: »Bin ich deine Prinzessin?«

»Das hatten wir doch gerade«, sagte Winn ungehalten.

Sie sah aus, als überlegte sie, ob es ihren Interessen dienlicher sei, wenn sie lachte oder wenn sie weinte. »Ich will aber deine Prinzessin sein«, sagte sie mit Tränen in der Stimme. Daphne konnte hervorragend weinen, herzzerreißend und äußerst ausdauernd. Sie war ein zierliches Mädchen mit einer sanften Stimme, aber was ihre Gefühle anging, war sie überraschend handfest. Sie setzte ihre Tränen bewusst ein, ebenso wie ihr Lächeln und Schmollen. Biddy nannte sie Lady Macbeth.

Winn duckte sich hinter seine Zeitung und tat, was jetzt verlangt war. »Okay«, sagte er. »Daphne, du bist meine Prinzessin.«

»Wirklich?«

»Ja, ganz bestimmt.«

Daphne nickte und aß eine Weintraube. Dann neigte sie den Kopf: »Bin ich deine *Märchen*prinzessin?«

Biddy kam gerade aus der Dusche, als Winn nach ihr suchte. Durch die geschlossene Tür hörte er das Wasser aus- und den Duschvorhang aufgehen. Sie summte etwas vor sich hin. »Amazing Grace« vielleicht. Er klopfte kurz und trat ein. Eine Dampfwolke umfing ihn. Vor ihm war Biddys nackter, vom Duschen geröteter Körper, so nahe, dass er die Wärme ihres Rückens und ihre kleinen hübschen Pobacken förmlich spürte. Ein Oval, das auf dem beschlagenen Spiegel frei gewischt war, umrahmte ihre Brüste, ihren Bauchnabel, das dunkle Dreieck darunter, sein angespanntes Gesicht über ihrer Schulter. Im Winter wurde ihre Haut immer ein wenig fahl, aber das heiße Wasser hatte sie rosig gefärbt. Ihr Busen wirkte bereits voller. Um den Kopf hatte sie ein weißes Handtuch gewickelt. Ihr Spiegelbild lächelte ihm zu. Biddy, hatte er eigentlich sagen wollen, vielleicht ist eins genug. Er wollte vorschlagen, dass sie sich hinsetzten und eine Pro- und Contra-Liste machten. In der Hand hatte er einen Block und einen Kugelschreiber, und darauf hatte er bereits genug Contras notiert, um alle erdenklichen Pros abschmettern zu können.

»Was ist?«, fragte sie. Ihr Lächeln schwand. Vielleicht hatte sie schon erraten, dass er ihr in diesen warmen dampfgefüllten Raum gefolgt war, um ihr das neue Baby auszureden. Sie hatte Creme auf der Hand, und er sah ihr zu, wie sie sich den Bauch einrieb, mitsamt den Dehnungsstreifen von Daphne, die nur sichtbar wurden, wenn im Herbst ihre Bräune schwand. »Winn?«, fragte sie. »Was ist?«

»Was war das, was du gerade gesummt hast?«, fragte er.

»Unchained Melody.«

»Ach so.«

»Und?«

»Und was?«

Sie nahm ein Handtuch, wickelte sich darin ein und steckte das Ende unter ihrer Achsel fest. »Was noch?«

»Nichts Wichtiges.«

»Was ist das?« Sie zeigte auf den Block.

»Ich musste mir was aufschreiben.«

»Worüber?«

»Was für die Arbeit.«

Sie drehte sich zum Spiegel und fragte fast beiläufig:
»Freust du dich auf das Baby?«

Winn schwieg.

»Na?«, bohrte Biddy.

»Ja«, sagte Winn. »Nein.«

»Du freust dich nicht?« Sie und Daphne hatten die gleiche
Art die Stirn zu runzeln, wenn ihnen etwas gegen den Strich
ging. »Was wolltest du sagen, als du reinkamst?«

Er tippte sich mit dem Block an den Schenkel. »Das habe
ich vergessen.«

»Heraus damit, Winn.«

»Gut, wenn du es unbedingt willst. Ich hatte vor zu sagen,
dass wir uns das noch mal überlegen sollen. Schließlich war
das nicht geplant.«

»Wir haben immer gesagt, dass wir zwei wollen.«

»Wir haben seit Jahren nicht mehr darüber geredet. Seit
vier Jahren vielleicht.«

»Doch, wir haben letztes Jahr auf Waskeke darüber geredet. An dem Abend im Enderby's. Du hast gesagt, du
wünschst dir einen Sohn.«

»Wir hatten getrunken. Und das ist auch schon ein Jahr
her.«

»Ich habe das nicht für leeres Gerede gehalten. Wir haben immer gesagt, dass wir zwei wollten. Ich habe geglaubt, das wäre unser Plan. Das haben wir immer gesagt.«

»Ich dachte ... oder besser, ich habe geglaubt, wir wären beide von der Idee abgekommen. Aber offenbar habe ich mich getäuscht.«

»Du hättest was sagen sollen, wenn du es dir anders überlegt hast.«

»Du hättest sagen sollen, dass du noch eins willst.«

»Lass dich ganz offen fragen: Wenn du wüsstest, dass es ein Junge wird, würden wir dann dieses Gespräch führen? Hättest du dann eine deiner Listen geschrieben?« Sie streckte die Hand nach dem Block aus.

Er versteckte ihn hinter dem Rücken und preschte vor. »Ich wusste nicht, dass du die Pille nicht mehr nimmst. War das Absicht?«

Sie wandte sich ab und wühlte in einer Schublade. »Ich habe sie eine Woche lang vergessen. Ich weiß, dass du keine Überraschungen liebst, aber ich dachte, wir wollten es. Ich dachte, wenn es passiert, dann passiert es eben. Mir war nicht klar, dass du es dir anders überlegt hast. Du hättest was sagen müssen.«

»Ich hatte ja keine Ahnung. Mir war nicht klar, dass ich mich stillschweigend damit einverstanden erklärt hatte, jederzeit wenn du es wünschst, ein Kind zu zeugen.«

Er trat rechtzeitig aus dem Weg, bevor die Tür zuknallte. In die Badewanne wurde Wasser eingelassen. Biddys Schwestern behaupteten, dass Biddy sich in Zeiten der Not zu Wasser hingezogen fühle, liege an ihrem Sternzeichen. Sie war Wassermann. Winn hielt nichts von Astrologie – er fand das Ganze haarsträubend –, aber er sah ein, dass die Vorliebe seiner Frau für Wannenbäder, Duschen, Seen, Flüsse, Schwimmbäder und das Meer von etwas Mächtigem herrührte. Biddy stammte aus einer Linie, die sich zugleich durch bemerkenswertes Pech und bemerkenswertes Glück mit dem nassen Element auszeichnete. Seitdem es vor Urzeiten einem Vorfahren, den eine Welle vom Deck der Mayflower gespült hatte, gelungen war, sich an einem Tau festzuhalten und wieder an Bord gezogen zu werden, war ein Ahne nach dem anderen ins Meer gestürzt und, während um ihn herum Tausende ertranken, wieder aus den Wellen gefischt worden. Eine Großtante hatte den Untergang der Titanic überlebt; ein entfernter Onkel hatte im Rettungsboot mit Ernest Shackleton achthundert Meilen über das tosende Polarmeer zurückgelegt; der Kreuzer ihres Vaters war vor Guadalcanal versenkt worden, und er hatte nicht nur sich, sondern auch noch drei weitere Männer gerettet. Ein Foto der Großtante, die verschwommene Vergrößerung eines kleinen Mädchens, das mutterseelenallein auf dem Deck der Carpathia sitzt, in eine Decke gehüllt und offensichtlich sehr einsam ohne sein Kindermädchen (das im Atlantik versunken war), hing in ihrer Eingangsdiele.

Wie dem auch sei, so lange wie Winn Biddy kannte, hatte sie gebadet und war hinterher, wenn nicht geheilt, so doch wenigstens ruhiger, freundlicher gestimmt gewesen. Doch nichts hatte ihn darauf vorbereitet, dass sie ihn diesmal, als sie aus der Wanne stieg, gleich aufsuchen würde – er hatte sich mit seiner Zeitung in seinen Lieblingssessel zurückgezogen –, um ihm zu eröffnen, dass sie für dieses Kind eine Wassergeburt wollte.

»Wie bitte?«

»Eine Wassergeburt. Man bringt das Kind in einer Wanne

mit warmem Wasser zur Welt. In Frankreich gibt es eine Klinik, die darauf spezialisiert ist. Da fahren wir hin.«

Winn spürte, wie in seiner Kehle ein »Du spinnst wohl« aufstieg. Er hatte Biddy unter anderem deswegen geheiratet, weil sie nicht zu Extravaganzen neigte, und er fühlte sich betrogen. Doch er schluckte nur und sagte: »Klingt mir irgendwie nach Hippies.«

»Ich habe recherchiert. Candace McInnisee hat ihr Jüngstes so bekommen. Und sie schwört darauf.«

»Du hast recherchiert, bevor du von deiner Schwangerschaft wusstest?«

»Wir haben immer gesagt, dass wir zwei wollten, Winn. Und da du nicht derjenige bist, der das Kind zur Welt bringt, weiß ich eigentlich auch nicht, warum du darüber mitreden solltest, wo und wie das geschieht.«

Winn hob die Zeitung und warf sie von sich, eine weiße Fahne, die sich als Zeichen ehelicher Kapitulation auf dem Boden ausfaltete. Er machte die Arme breit. Sie kam zu ihm, küsste ihn auf die Stirn und entschlüpfte ihm, bevor er sie in die Arme schließen konnte.

Livia wurde in Frankreich in einer Wanne mit Wasser geboren, und wie Biddy war sie seit ihrer Geburt wann immer möglich ins nasse Element zurückgekehrt. In der vierten Klasse hatte sie zu Hause erklärt, sie sei sowohl thalasso- als auch hydromanisch, wohingegen Biddy nur hydromanisch sei. Und damit hatte sie recht. Biddys Liebe zu Wasser ging nicht über das Element selbst hinaus, während Livia alle Gewässer liebte, und ganz besonders das Meer und seine Bewohner. Zu Winns Verblüffung hatte sie während ihrer Schulzeit in Deerfield einen Verein zur Rettung der Wale gegründet und ihre

Sommer auf Inseln in der Arktis verbracht, wo sie Forschern half, Walrosse zu zählen, oder auf Segeljachten, wo sie in den Gewässern um die Hebriden das Verhalten von Delphinen beobachtete. Sie hatte unbedingt auf einem Schiff anheuern wollen, das gegen japanische Walfänger vorging, aber das hatte Biddy ihr zum Glück ausreden können. Jetzt studierte sie in Harvard Biologie und wollte hinterher ihren Doktor machen. Sie zeigte Winn deutlich, dass sie seine Todesangst vor dem Meer für vorsätzliches Theater hielt. Seit sie elf war, hatte sie ein Tauchzertifikat nach dem anderen gemacht und versuchte ständig, Winn ebenfalls dazu zu überreden, obwohl es ihn nicht im Geringsten reizte. Er war ein paar Mal geschnorchelt und dabei einmal versehentlich zu weit hinausgeschwommen, über die Kante eines Riffs, wo die Farborgie aus wogendem, flitzendem Leben urplötzlich senkrecht abfiel und in Schwärze überging. Es war ein Gefühl gewesen, als schaute er aus einem Wolkenkratzer und sähe statt gelber Taxis und Bürgersteigen mit winzigen Menschen nur einen Abgrund.

Winn hatte damit gerechnet, dass Livias Liebe zum Meer vergehen würde wie ihre übrigen Kinderschwärmereien (für Vulkane und Steinesammeln), doch sie hatte sich auch als Heranwachsende eine Ader der Begeisterung für alles Neptunische bewahrt. Sie erspähte Robben und Delphine, die außer ihr niemand bemerkte, und sie hielt ständig Ausschau nach Walen. Immer wenn sie irgendwo etwas spritzen sah, begann sie zu hoffen, und wenn sie dann so lange in die Ferne gestarrt hatte, bis sie einsehen musste, dass sich kein Schwanz und kein runder Rücken zeigen würde, errötete sie und verstummte, als hätte sie in ihrem Beruf versagt. Sie behauptete, sie wäre glücklich, ihr Leben auf winzigen

Forschungsschiffen oder beengten Tauchbooten zuzubringen und Kameras und Mikrophone in die Tiefen zu richten, damit das Meer seinen Sinn und Zweck preisgab. Seine Wassernixe. Wie sie sich in einer so offensichtlich feindseligen Welt zu Hause fühlen konnte, war ihm ebenso unbegreiflich wie ihre großzügige Liebe zu Tieren, denen ihre Existenz vollkommen gleichgültig war.

Mit seiner anderen Tochter Daphne kam er besser zurecht, auch wenn sie unzugänglicher war. Mit dem Ende ihres Studiums schien sie die schlangenhafte Listigkeit ihrer Kinderjahre abgelegt zu haben. Oder aber sie hatte ihre Manipulationskunst so perfektioniert, dass er nichts mehr davon mitbekam. Das wusste er nicht genau. Daphnes Innenleben war hinter einem rauchigen Spiegel aus Freundlichkeit und Fröhlichkeit verborgen, während Livia ohne jede Scheu alles offen zeigte. Eine emotionale Exhibitionistin. Livias Problem war eine Anfälligkeit für starke Gefühle, und ihre stärksten Gefühle hegte sie derzeit für einen jungen Mann, Teddy Fenn, der ihr den Laufpass gegeben hatte. Sie hatte zu viele Filme gesehen. Sie verstand nicht, dass Liebe eine Entscheidung war, auf die man sich aus freiem Willen nach sorgfältiger Abwägung einließ oder eben nicht, und kein zufälliger Blitzschlag aus heiterem Himmel. Er hatte es ihr gesagt, aber sie wollte es nicht hören. Sie war wütend auf die Welt im Allgemeinen und Winn im Besonderen, und das weckte wiederum seinen Zorn auf sie. Im Interesse des familiären Friedens wollte er versuchen, ihn für die Dauer der Hochzeit zu vergessen, und er hoffte, dass Waskeke einen heilenden Einfluss auf sie haben und sie wieder zur Vernunft bringen würde.

Es war Zeit, die restlichen Lebensmittel für das Abendessen einzukaufen und Biddys Irrsinnsblumen ins Enderby zu bringen, wo die Duffs untergebracht waren. Mit dem Ziel, eine Verbündete für die Fahrt zu finden, suchte er nach Livia. Sie lag in der Badewanne.

»Es ist nach zwei«, sagte er durch die Tür. »Je früher wir loskommen, desto besser.«

»Wo ist Celeste?«, fragte Livia.

»Oben auf dem Dach.«

»Im Plausch mit den Wodkagöttern?«

»Und mit deiner Mutter.«

Es platschte. »Warte kurz.«

Sie klapperten im alten Land Rover die Einfahrt hinunter. Zwischen Livias Knien blühten die Blumen für die Duffs wie ein Feuerwerk.

»Sollen wir die schöne Strecke fahren?«, fragte Winn, als er auf die Straße hinausbog.

Sie zuckte die Achseln. »Ich dachte, wir hätten es eilig.«

Nur aus dem Haus kommen, dachte er. In der Stunde seit seiner Ankunft hatte er es geschafft, Biddy zu kränken, indem er sagte, in seinen Augen wären diese ganzen Frisuren- und Make-up-Proben Verschwendung, und versehentlich die Tür aufzureißen, als Agatha auf dem Klo im Erdgeschoss saß. Er hatte nichts gesehen, nur ihr erstauntes Gesicht und ihre nackten Schenkel (ihren Schritt hatte das leichte weiße Kleid verborgen) und ein paar Blatt Klopapier in ihrer Hand, und er hatte nichts gesagt, was die Sache nur peinlicher machte. Er hatte die Tür zugemacht – nicht zugeknallt, sondern leise und fest geschlossen – und war nach oben auf den Witwensteig entflohen, um Biddy zu sagen, dass er zum Supermarkt wolle.

Der Tag war warm und ungewöhnlich windstill, der Himmel leer bis auf einige kleine Wolkenfetzen. Balkenzäune und struppige Sträucher säumten die Straße. Das Innere der Insel war größtenteils von einem Gras- und Buschland bedeckt, das The Moors hieß: niedrige Hügel mit karger, brauner Vegetation und krummen Bäumen, die aussahen wie ein Stück Serengeti, das an die falsche Adresse geliefert worden war. An der Seite zum Meer standen Holzhäuser verstreut zwischen Krüppelkiefern, Moosbeerenfeldern und Sumpf-land. Sie fuhren an dem welligen, von Sand begrenzten Platz des Pequod Golf Club vorbei, auf dem die ovalen Grüns aus-sahen wie Elefantenspuren. In der Ferne bückten und streck-ten sich Golfspieler und schossen unsichtbare Bälle in die blaue Luft.

»Hast du schon vom Pequod gehört?«, fragte Livia.

»Nein, noch nicht«, erwiderte Winn betont munter. »Ich werde Jack anrufen, um das Neueste zu erfahren.«

Livia lehnte den Kopf so weit zurück, dass sie an die Decke des Rovers starrte. »Wäre es so schlimm, nicht Mitglied zu werden? Ihr seid doch schon in tausend Clubs. Und in die Hälfte geht ihr nicht mal. Ich versteh nicht, wieso wir un-bedingt Mitglied im Pequod werden müssen.«

»Unbedingt ist Blödsinn. Wir müssen gar nichts unbe-dingt. Ich glaube einfach, dass es uns allen Spaß machen wird dabei zu sein, mehr nicht.«

»Okay, aber kannst du dann wenigstens die Fenns da raus lassen?«

»Leider nein. Hör zu, sie sind auch nicht gerade meine liebsten Freunde, aber Jack und ich kennen uns schon ewig. Viel länger, als du und Teddy auf der Welt seid. Unsere Be-ziehung hat nichts mit euch zu tun.«

»Und schon gar nicht mit Fee«, sagte Livia abfällig. Jacks Frau, Teddys Mutter, war eine frühere Freundin von Winn.

»Das ist ein alter Hut«, sagte Winn. Dadurch dass er so

wählerisch war, war seine Welt manchmal zu klein. »Vergiss es. Mit dem Pequod hat das nichts zu tun.«

Livia zog eine Grimasse. »Außer dir spielt eh niemand Golf«, sagte sie zur Decke.

»Es gibt auch einen Fitnessraum und eine Bar. Und sie machen schöne Veranstaltungen – Tanzabende, Stille Auktionen, Themenabende. Die werden dir gefallen.«

Sie ließ ihren Kopf in seine Richtung rollen. »Ich *liebe* Stille Auktionen.«

»Lass den Sarkasmus, Livia, das gehört sich nicht.«

Drei Jahre schon dümpelte Winns Name auf einer streng geheimen Warteliste für die Aufnahme in den Pequod. Drei Sommer lang hatte er allabendlich sehnsüchtig auf dem Wittwensteig gewacht und verbittert auf das gestarrt, was er aus dieser Warte vom Golfplatz sehen konnte: ein Stück des zehnten Lochs. Doch dieses Eckchen Gras war das Tor zu einer grünen und prächtigen Zuflucht für Männer und deren Gespräche. In den Jahrzehnten auf der Insel hatte er die Mitgliedschaft immer als Möglichkeit betrachtet, um die er sich später kümmern wollte. Darum hatte er nicht schlecht gestaunt, als er alle verfügbaren Beziehungen spielen ließ und alle wichtigen Leute umgarnte, unter anderem auch die Fenns, und trotzdem wie eh und je auf seinen Gästestatus reduziert blieb. Er hatte mit Clubs bisher die besten Erfahrungen gemacht. Auch wenn nie wieder ein Club dieselbe Bedeutung für ihn gewonnen hatte wie seine Studentenverbindung, The Ophidian. Noch heute verfasste er einen Weihnachtsrundbrief ausschließlich für die Mitglieder dieser Bruderschaft und einen zweiten für die übrigen Bekannten der Van Meters. Er war anderen Clubs beigetreten, in New York und Boston, und konnte dort überall essen gehen und sich willkommen fühlen und in einem Ledersessel sitzen und Zeitungen an langen Stöcken lesen. Auch in Clubs für spezielle Zwecke wie Schwimmen, Golf oder Schlägersport war er Mitglied, und nirgends hatte man gezögert ihn aufzunehmen. Aber im Pequod war Jack Fenn im Mitgliedskomitee und Fee Fenn im Sozialkomitee, und Winn wusste ehrlich gesagt nie, wie er mit ihnen stand – ob die Vergangenheit nun eigentlich überwunden war oder nicht.

Um die Stimmung zu wechseln langte er zu Livia hinüber und tätschelte ihr Knie. »Na«, sagte er künstlich munter. »Jetzt kommt der große Tag.«

»Es ist nicht mein großer Tag.«

»Sei nicht so. Eines Tages bist du auch dran.«

Aufgebracht entzog sie ihm ihr Bein, und die Blumen bebten. »Ich hätte nichts dagegen, wenn ihr aufhören würdet, mir das dauernd zu sagen. Ich werde entweder heiraten oder nicht. Ich bin nicht neidisch. Ich freu mich darauf, wenn das Wochenende vorbei ist. Das ist alles.«

»Das ist die falsche Haltung, Livia.« So sehr auch er sich nach dem Ende des Hochzeitstamtams sehnte, so sehr war ihm bewusst, dass er seine Truppe mit erhobenem Schwert anzuführen hatte, einem erfolgreichen Fest entgegen. »Als erste Brautjungfer solltest du anders klingen. Du bist die Ehrendame.«

Er meinte es als Witz, aber sie entgegnete grimmig: »Ich dachte, du wärst von meiner Ehre nicht überzeugt.« Er hielt seine Antwort zurück. Sie fuhren an einem von Binsen und Rohrkolben umstandenen Moorsee vorbei. »Guck mal da, der Silberreiher«, sagte sie.

Winn erblickte einen hohen, schlanken Vogel, dann ein Flügelschlagen. »Das ist kein Reiher«, sagte er.

»Doch, das ist ein Reiher, ein Silberreiher. Silberreiher sind weiß. Die anderen heißen Graureiher.«

»Okay«, sagte Winn mit einer Stimme, die anzeigte, dass er einlenkte, ohne es ernst zu meinen. »Schon gut.«

Im Ort ging es langsam voran, und im Auto wurde es warm. Livia verschob die Blumen, und ein grüner Stiel kitzelte Winns Hand. Er stieß ihn fort. Livia seufzte und lehnte den Ellbogen auf die Fensterkante. »All diese Leute. Zu viele Leute.«

»Hoffentlich sind das nicht alles Hochzeitsgäste«, sagte er.

Sie schnaubte. »Hast du eigentlich eine Ahnung, wie es ist, sich mit Celeste ein Zimmer zu teilen?«

»Ich glaube, ich kann's mir denken.«

»Das Licht ist aus, und ich höre immer noch Eiswürfel klingeln. Und dann macht sie einen auf Freundin und fragt mich flüsternd nach meinem Liebesleben aus, bis sie einschläft und laut schnarcht. Du kannst es dir nicht vorstellen. Es klingt, als ob sie versucht eine Schlammpfütze abzusaugen.«

Winn war in der Vergangenheit, in den Ferien wie an Wochenenden, oft von Celestes nächtlichem Baustellengetöse wachgehalten worden, selbst wenn sie ein paar Zimmer weiter lag. Trotzdem sagte er: »Kopf hoch, meine Liebe. Ich wäre dankbar, wenn du deinen Teil beiträgst, indem du nett zu deiner Tante bist.«

»Ich trage meinen Teil bei. Und wie. Ich bin die erste Brautjungfer. Ich bin die Zofe der schwangeren Königin. Warum muss ich auch noch die Gesellschafterin der betrunkenen Tante sein?«

»Celeste hat es im Leben bisweilen nicht leicht gehabt. Da sollte man Nächstenliebe walten lassen und großzügig sein.«

»Sie ist eine Schreckschraube.«

»Sie ist ein Wrack.«

»Das ist ihre eigene Schuld. Ich kann ihr nirgends entkommen. Sie ist überall mit ihren Martinis und ihren Geschichten. Ständig geht es: ›Hab ich dir schon erzählt, wie mein dritter Mann mit der Tochter meiner besten Freundin nach Bolivien abgehauen ist? Was ein gebrochenes Herz ist, weiß man erst, wenn einem der dritte Mann mit der Tochter der besten Freundin nach Bolivien abgehauen ist.‹ Dieses ewige Eisgeklimper, wenn sie in der Nähe ist – das ist wie die Musik in *Der weiße Hai*.«

»Sei froh, dass du nichts von der Scheidung nach dieser Boliviengeschichte mitbekommen hast. Das war eine Schlammschlacht.«

»Ich finde nicht, dass eine Scheidung vor über zwanzig Jahren eine Entschuldigung dafür ist, sich derart gehen zu lassen.«

»Was schlägst du vor?«, fragte Winn. »Sollen wir sie in einen Sack stecken und von der Fähre schmeißen?«

»Ohne Sack ginge auch.«

»Wenn sie sich betrinken und danebenbenehmen will, dann ist das ihre Sache. Und so sehr wir uns wünschen, dass es sie nicht gäbe, es gibt sie nun mal. Schicksal, Livia, Tod, Steuern, Verwandtschaft.«

Die Farm lag da wie am Ende der Welt. Ein schmaler Meeressaum bildete die Grenze zwischen ihren Feldern und dem Himmel, von der Sonne mit einem Kupferhauch überzogen. Auf dem kabbeligen Wasser spielte das Licht, und es war wunderschön, aber Livia beschäftigte sich lieber mit all dem, was unter der Oberfläche lebte: Phytoplankton natürlich,

Felsenbarsche, Blaufische, Bonitos, manchmal Thunfische, Fischlaich und Jungfische, Würmer und Muscheln auf dem Grund. Tauchende Pelikane, die sich die riesigen Schnäbel füllten. Robben. Vielleicht ein Wal, auch wenn sie in der Gegend von Waskeke selten waren. In den vergangenen Jahrhunderten hatten die Inselbewohner Pottwale und Glattwale gejagt, bis sie beinahe ausgerottet waren, und Livia hatte den Verdacht, dass die Tiere in den Gewässern ringsum noch immer negative Schwingungen wahrnahmen.

Je älter sie wurde, desto mehr fühlte sie sich von ihrer Familie eingeengt. Das Bedürfnis ihres Vaters, allen möglichen Clubs anzugehören, war ihr früher ganz normal erschienen, doch inzwischen war es ihr peinlich. Er schien zu glauben, dass seine verschiedenen Clubhäuser, muffige alte Gebäude voll muffiger alter Leute, eine Art Bunker waren, die ihm vor den Unbilden des Alltags Zuflucht böten, so wie der grüne Zaun im Garten sein kostbares Gemüse vor den bösen Tieren des Waldes schützen sollte. Teddy hatte eine ähnliche Einstellung zu seiner Familie gehabt, und sie hatte sich eingebildet, sie könnten zusammen eine neue Freiheit finden und sich ein eigenständiges Leben aufbauen, doch dann hatte er sie verlassen, und sie konnte das Ende noch immer nicht akzeptieren. Ständig drehte und wendete sie ihre letzten Begegnungen im Kopf wie einen Zauberwürfel, ohne dahinterzukommen, was ihn vertrieben hatte. Sie war noch nie so glücklich gewesen wie mit ihm. Auch er war glücklich gewesen – dessen war sie sich sicher.

»Herrgott noch mal«, stöhnte ihr Vater, der darauf wartete, dass eine alte Dame ihren Cadillac aus einer Parklücke auf der Kiesfläche vor der Markthalle bugsierte.

Die Halle sah aus wie ein großes mit grauen Schindeln verkleidetes Holzhaus im Stil einer alten Schule und thronte vor einer Reihe Treibhäuser. Livia stieg als Erste aus und ging vor ihrem Vater hinein. Drinnen war es luftig und kühl und roch nach Erde, Tomaten, Fleisch und Zellophan. Ihr Vater holte sie ein, vor den Augen eine Liste, die er auf eine Serviette geschrieben hatte. »Mais, Tomaten, Salat, Perlzwiebeln habe ich von zu Hause mitgebracht, Gewürzgurken brauchen wir noch. Krabben holen wir im Fischgeschäft, Räucherlachs auch und irgendwas für Dicky, der keinen Hummer isst. Die Hummer werden geliefert, also Brot, Käse et cetera, et cetera. Hol du zuerst den Mais, bitte, Livia.«

»Wie viel?«

»Wir sind siebzehn zum Essen, also am besten mal zwanzig Stück.«

»Hast du einen Hexenkessel für die ganze Ladung?«

Er neigte das Kinn und sah sie wortlos an, mit einem halben Lächeln und stählernem Blick.

»Okay«, sagte sie. »Schon gut. Kein Problem.«

Sie nahm einen Wagen und war auf dem Weg zu dem Berg aus blond gelocktem Mais, als sie vor den Kühlfächern mit frischen Kräutern Jack Fenn und seine Tochter Meg erblickte. Sie waren von hinten gut zu erkennen, weil sie genauso rothaarig waren wie Teddy. Livia hatte Jack sechs Monate nicht gesehen, zuletzt vor der Trennung, aber er sah noch genauso aus: wie Teddy, nur älter. Er trug ein blaues Hemd mit offenem Kragen und war ein gutaussehender, lässig wirkender Mann, mit vollen Lippen und dichtem rotblonden Haar, das ihm ein Stück über die Ohren wuchs. Meg war hochgewachsen und schlank, eine junge Frau, und sie war makellos gekleidet wie ein Kind in Schuluniform: Hemdbluse, ein Gürtel mit einer flachen Schließe, Bermudashorts über Besenstielbeinen, Knöchelbandagen, und darunter lange Füße in grauen Sneakers, die sich an den Spitzen berührten wie küssende Forellen. Ihr Haar war zu einem französischen Zopf geflochten, so dass die Hörgeräte, die sie in beiden Ohren trug, zu sehen waren. Ihr Gesicht war eigentlich hübsch, abgesehen vom Mund, der groß und schief und seitlich geöffnet war und den Blick auf ihre Zähne und die Dunkelheit dahinter freigab. Jack fragte sie etwas – Livia konnte ihn hören –, und Megs Antwort platzte volltönig aus ihr heraus, und so holterdiepolter, als spräche sie immer vier oder fünf Wörter auf einmal. Kunden blickten von ihren Salatköpfen und Paprikaschoten auf. Jack setzte seinen Korb ab und langte, ohne ihre Hand loszulassen, nach einem Beutel mit jungen Möhren.

Livia sah sich suchend nach ihrem Vater um. Er hielt sich eine Tomate vor die Nase und inspizierte sie stirnrunzelnd. Sie ließ ihren Wagen zurück und schlich, mit dem Rücken zu den Fenns, so verstohlen sie konnte in seine Richtung. Als er sie sah, sagte er laut: »Livia, kannst du mir ungemahlenen schwarzen Pfeffer suchen?« Sie packte ihn am Arm und versuchte ihn zum Ausgang zu ziehen, doch er blieb wie angenagelt stehen. »Was soll das?«, sagte er. »Ich brauche Tomaten.«

»Können wir einfach gehen? Mir ist schlecht.«

Das stimmte sogar. Vor Verzweiflung war ihr übel geworden. In seinen Augen blitzte Sorge auf, und sein Blick wanderte sofort zu ihrem Bauch, als wäre sie auf einmal Daphne und daher schwanger und das Objekt elterlicher Fürsorge und Kissenaktionen. Doch da ließ Meg Fenn erneut ihre Nebelhornstimme ertönen. Winn blickte auf.

»Fenn!«, rief er laut über Livias Kopf hinweg. »Jack Fenn!«

Jack hob eine Hand und kam in ihre Richtung, und Meg stolperte mit ihren Forellenfüßen neben ihm her.

»Winn«, sagte Jack. »Hallo, Livia.« Er beugte sich vor, um sie auf die Wange zu küssen, und sie spürte, wie sich ihr Mund verkrampfte. Jetzt bloß nicht weinen. Die Hand ihres Vaters zuckte in Megs Richtung, zögerte und erstarrte zu einem Wegweiser, der auf Jack zeigte. Jack setzte seinen Korb ab und erlaubte Winn, seine breite Pranke zu schütteln. Livia legte die Arme leicht um Meg, die sich mucksmäuschenstill umarmen ließ. »Dein Gürtel ist schön«, sagte Livia. Ihr fiel auf, dass Megs Lippen glänzten, und sie musste daran denken, wie sie einmal Teddys Mutter dabei gesehen hatte, wie sie Megs Kinn in Hand genommen hatte, um ihr Lipgloss aufzutragen.

Jack wandte seine grünen Augen, Teddys Augen, Livia zu, und sie errötete, weil ihr bewusst wurde, wie dünn sie geworden war. »Wie geht es dir?«, fragte er.

Gleichzeitig sagte ihr Vater mit plötzlichem Nachdruck: »Was ist heute eigentlich auf den Straßen los?«

»Danke, gut«, sagte Livia.

»Die absolute Hölle«, beantwortete Winn die eigene Frage.

Alle stockten, und nach und nach sättigte Unbehagen die Luft, als würde es mit einem Zerstäuber versprüht. Keiner von ihnen würde die Ursache ansprechen, das wusste Livia, nicht hier bei den Tomaten und auch sonst nirgends, wo ihr Vater und Teddys Vater aufeinandertrafen. Ihr Vater würde lieber sterben, als jemals Jack Fenn gegenüber zu erwähnen, dass sie beide fünf kurze Wochen lang ein gemeinsames embryonales Enkelkind gehabt hatten. Auch Livia hatte nie mit Jack darüber gesprochen. Sie hatte ihn zuletzt in einem anderen Leben gesehen, vor ihrer ungewollten Schwangerschaft, als sie noch mit Teddy zusammen war.

»Warst du schon auf dem Platz?«, fragte Winn Jack, mit der Stimme eines guten Bekannten, der sich einschmeicheln will. Sein Körper war angespannt, mit Enthusiasmus geladen. Livia ging auf, dass er gar nicht an sie dachte, sondern nur an seinen Golfclub.

»Erst einmal«, sagte Jack.

»Gut!«, sagte Winn. »Gut! Freut mich.«

Meg machte den Mund auf und sah Winn an. »Spielst du gern Golf?«, fragte sie. Von dumpfen Vokalen bedrängt, gingen die Konsonanten fast unter. Livia hatte ihrem Vater tausendmal erklärt, dass Meg alles verstand, was man sagte, aber er erstarrte immer noch jedes Mal, wenn er mit ihr kommunizieren sollte. Er starrte ihr mit vorgestrecktem Hals auf den Mund, dann die Augen, als suchte er sie zu verstehen, und kapitulierte. Er guckte auf die Uhr.

Meg wiederholte ihre Frage noch einmal lauter, und Winn sah Livia hilflos an. Livia warf Jack einen entschuldigenden Blick zu und übersetzte: »Sie hat gefragt, ob du gern Golf spielst.«

»O ja. Gern. Sehr gern«, sagte Winn zu Livia.

Jack hob Megs Hand und küsste sie. Meg schloss die Augen und den Mund und sah einen ruhigen Moment lang normal aus.

»Und, spielst du gerne Golf?«, fragte Livia Meg, und Meg lachte wie eine trompetende Gans.

»Ich habe irgendwo gehört«, sagte Winn zu Jack, »du hättest mit dem Bluffs-Projekt zu tun.«

»Leider ja.«

Winn lachte jovial. »Fenn gegen die Natur.«

»Der Leuchtturm soll nächsten Sommer versetzt werden«, sagte Jack. »Aber das ist das Einfachste vom Ganzen.« Er schilderte ausführlich einen Plan zur Sicherung eines verschwindenden Strandes durch Drainagerohre und zur Befestigung des bröckelnden Steilufers durch Eisenmatten, Beton und Steinkörbe. Oben auf dem Steilufer stand eine Reihe teurer Domizile, und die Eigentümer verloren jedes Jahr einen knappen halben Meter Rasenfläche an Wind und Regen und konnten zusehen, wie der Abgrund sich ihren Zedernterrassen näherte.

»Ich sag's nicht gern«, warf Winn ein, »aber die Häuser sind verloren. Noch fünf Jahre, und sie schwimmen im Wasser.«

In Livias Fantasie entstand ein Atlantis aus Häusern mit grauen Schindeln. Unter einem weißen Schaumhimmel drehten sich die Wetterhähne in der Strömung, und über die Dächer flitzte der Schatten eines Wals wie ein Flugzeugschatten. Sie staunte über die beiden Männer und ihr lockeres Geplauder. Ihrem Vater zufolge war das Verhältnis zu den Fenns schon seit seiner Collegezeit angespannt, weil Jack nicht zum Beitritt zu den Ophidians eingeladen worden war, denen Winn längst angehörte. Außerdem hatte Winn mit Jacks Frau geschlafen (lange bevor Jack sie kennenlernte, aber trotzdem), und Livia hatte mit Jacks Sohn geschlafen. Und schließlich hatte Teddy ihr das Herz gebrochen. Sie hatte ihrer beider Kind geopfert. Was konnte intimer sein? Wahrscheinlich sollte sie froh sein, dass sich die Unterhaltung nur um Armierungseisen und Grundstückswerte drehte, auch wenn sich etwas in ihrem Inneren danach sehnte, dass sie endlich einmal zur Kenntnis nahmen, was passiert war. Die Chancen standen gleich null. Selbst als Teddy und sie noch zusammen waren, waren die Beziehungen zwischen den Familien nicht gerade unbefangen gewesen. Bei den wenigen Begegnungen aller vier Elternteile, wenn die Familien einander in Cambridge zum Essen eingeladen hatten, waren sie alle tapfer stundenlang auf einer dünnen Eisschicht aus Belanglosigkeiten dahingeglitten.

Jack schüttelte den Kopf. »Ich hoffe, du täuschst dich, Winn, das muss ich sagen. Das wäre nicht gut für die Insel.«

Winn hob einen Finger. »Aber du hast da nicht gebaut, nicht wahr. Es ist sinnlos, so 'n Risiko einzugehen, wenn man endlich ein Haus kauft. Am Steilufer mieten, im Flachland kaufen, das ist die Devise.«

»Ich weiß nicht – wir haben durchaus überlegt, ob wir da bauen sollen. Natürlich wohnen wir noch zur Miete. Das neue Haus wird erst zum Ende des Sommers bezugsfertig. Und auch das ist noch nicht sicher. Wie geht es der Familie? Bald ist doch die Hochzeit, nicht wahr?«

»Sonntag«, sagte Livia.

»Nur im kleinen Rahmen«, sagte Winn. »Eigentlich nur die Familie.« Er berührte sein Kinn. Livia sah ihm an, dass er befürchtete, Jack würde sich übergangen fühlen.

»Wie hieß noch mal der Bräutigam?«, fragte Jack.

»Greyson Duff«, sagte Winn. »Eine gute Partie. Wir sind alle sehr zufrieden.«

»Glückwunsch«, sagte Meg, und Jack küsste abermals ihre Hand.

Zu ihrem Erstaunen spürte Livia, wie ihr Vater rasch ihre Hand drückte und wieder losließ. Die Berührung war ein Mittelding aus Liebkosung und Kneifen. Sie konnte sich nicht entsinnen, wann er zuletzt ihre Hand gehalten hatte. »Danke«, sagte sie zu Meg.

»Was macht Teddy?«, fragte Winn.

Livia wurde heiß. Sie zwang sich, den Blick nicht abzuwenden, die Arme nicht zu verschränken. Jack lächelte. Er war immer nett zu ihr gewesen. »Dem geht's gut«, sagte Jack. »Er hat gerade einen Riesenbeschluss gefasst.« Livia versuchte sich zu wappnen, auch wenn sie nicht wusste, um was es dabei ging.

»Ach?«, sagte Winn.

Winn wünschte, er hätte mehr Gelegenheit gehabt, Jack nach dem Pequod auszuhorchen, aber der Mann hatte ihn wie üblich abgeblockt und dann den Hammer mit Teddy gebracht. Teddy war zur Army gegangen. Genau wie einst sein alter Herr – Jack hatte zweimal Dienst in Vietnam geleistet. Seine Zeit bei der Army war etwas, das jeder erwähnte, der über ihn sprach. Das und Meg. Jetzt würde man auch über Teddy reden und dass er Harvard gegen den Irak eingetauscht hatte, und alle würden Jack und Fee bemitleiden, weil sie sich doch bestimmt solche Sorgen machten, aber Gott sei Dank, nicht wahr, waren sie ja so tapfere Seelen. Teddys Beschluss erschien ihm voreilig und seltsam, aber wenigstens war er auf diese Weise weit weg von Livia. Sollten die Fenns doch machen, was sie wollten. Sollten sie doch ihre moralische Überlegenheit kultivieren wie manche Leute ihre riesigen Kürbisse oder Wassermelonen, mit denen sie dann Preise gewannen, und die im Grunde genommen doch bloß Missbildungen waren.

Der feuchte Duft von Maisfäden und die trockene Säure der Tomaten erdrückte das Parfüm der Blumen für die Duffs, die zwischen Livias Knien schwankten und bebten. Sie blieb im Auto, während er rasch ins Fischgeschäft ging, und als

Winn wieder im Auto saß, wusste er nicht recht, wohin er als nächstes wollte. Nachdem er so lange an einem Stoppschild gehalten hatte, bis der Fahrer hinter ihm empört hupte, bog er nach links.

»Wollten wir nicht zum Enderby?«, fragte Livia. Sie hatte nicht mehr gesprochen, seit sie sich im Laden von den Fenns verabschiedet hatten.

»Erstmal gucken wir uns das Haus an, das sich die Fenns bauen«, sagte er, ohne auf ihren gereizten Ton einzugehen.

»Echt? Was ist, wenn jemand da ist?«

»Ist es ein Verbrechen, beim Haus von Freunden vorbei-zuschauen?«

»Ich kann nicht glauben, dass Teddy zur Army gegangen ist.« Sie betonte das Wort *Army*, als wäre es der Name einer anderen Frau.

»Na ja«, sagte Winn. »Der Apfel fällt nicht weit vom Stamm. Jack war genauso, immer auf Effekte aus. Die Familie poliert ständig an ihrem Heiligenschein herum. Unter uns gesagt, hat mir das nie gefallen. Das Mädchen schiebt er vor sich wie ein Schild.«

»Meg? Ich glaube, sie wären froh, wenn sie normal wäre.«

»Wir bringen alle Opfer«, fuhr Winn fort. »Aber sie wollen für ihre ständig gelobt werden. Das mit der Army ist übertrieben. Warum ist er nicht zur Navy gegangen? Oder zur Air Force? Zur Küstenwache? Nein, die Fenns müssen immer ihre Demut zur Schau tragen. Teddy hätte nach West Point gehen sollen, wenn er diesen Weg einschlagen wollte.«

»Ich glaube nicht, dass er das von langer Hand geplant hat. Nicht, dass ich einen Einblick hätte.«

»Ich verstehe nicht, warum er Frontsoldat werden muss wie sein Vater.«

»Wurde Jack denn nicht eingezogen?«

»Doch, aber er ist komisch damit umgegangen. Er hätte sich zurückstellen lassen können. Männer wie Greyson haben den Bogen raus. Greyson gibt die kleinen Sachen auf, den kleinen Luxus. Er übertreibt nicht. Von daher ist er der Richtige für Daphne.«

»Ich finde, der Vergleich mit Greysons billigen Opfern hinkt.«

»Aha, du willst für die Fenns eintreten.«

»Mir wäre lieber gewesen, du hättest Teddy nicht erwähnt.«

»Ich wollte nur höflich sein. Ist doch auch besser, die Nachricht von Jack zu hören. Jetzt kann dich niemand damit überraschen.«

»Du kannst nicht einfach nach Teddy fragen, als wäre er ein ganz normaler Bekannter, Dad.«

»Aber er ist ein ganz normaler Bekannter, Livia. Jedenfalls sollte er das sein.«

»Ist er aber nicht.«

»Ah«, sagte Winn. »Da wären wir.«

Seiner Ansicht nach zeichneten sich die schönsten Häuser der Insel durch verbeulte Briefkästen und holperige Einfahrten aus. Von der Straße sollte nur ein Schornstein oder vielleicht ein Witwensteig zu sehen sein. Jack Fenns Haus hingegen war ein blendend weißer Märchenpalast vor dem blauen Horizont des Waskeke Sound. Die Straße säumten in gleichmäßigen Abständen Holzkisten mit Ligustersetzlingen in Jutehüllen, die aussahen wie Gefangene mit Augenbinden, vor sich jeweils ein Loch im fruchtbaren Boden, das nun auf ihre Aufnahme wartete. In ein paar Jahren würden die Setzlinge eine Hecke bilden und das Grundstück halbwegs abschirmen, aber die Zufahrt war unnötig breit, mit einem Belag aus weißen Muschelschalen. Sie führte in einer anmutigen S-Kurve zum Haus, wo sie sich verzweigte, so dass ein Ende zur Garage führte und das andere vor der Haustür in einen Kreis mündete, dessen Mitte ein Fahnenmast zierte. An einer Seite des Hauses, ebenfalls von einer frisch gepflanzten Hecke und einem Käfig aus dunkelgrünem Maschendraht umfriedet, wartete ein roter Lehmberg darauf, zu einem Tennisplatz ausgerollt zu werden. Eine weitere niedrige Hecke umfing ein frisch gegossenes, leeres Schwimmbecken und das hölzerne Skelett eines Badehauses.

Winn bog zwischen zwei glänzend schwarzen Laternen ein. Die Muscheln knirschten. Der Fahnenmast am Ende der Einfahrt war im maritimen Stil gehalten, mit einer Rah am Mast, und stand auf einem ovalen, noch unbepflanzten Beet. Eine Fahne war nicht gehisst, aber die Seile waren schon befestigt, und die Schellen klapperten am Metallmast, bereit immer Flagge zu zeigen, wenn die Fenns in ihrem Haus weilten. An den Fenstern prangten noch die Schilder der Herstellerfirma. Das Erdgeschoss war zum Teil mit neuen, hellen Schindeln verkleidet, die fast zitronengelb von der Teerpappe abstachen. Es würden Jahre vergehen, bevor sie zum begehrten Grau verblichen, und bis dahin würde das Haus in der sanften Landschaft stehen wie eine Zumutung. Die Anfänge zu einem Garten – Pflastersteine, Zementsäcke, ein Haufen Rindenmulch – ruhten auf der weiten Fläche aus nackter Erde, die eines Tages zum Rasen werden sollte. Das Dach war ein Konglomerat aus steilen Spitzen, Giebeln und Gauben, und mit frischer Zeder gedeckt, die in der Sonne leuchtete. Mit Tonkappen gekrönte Backsteinschornsteine ragten in den Himmel, und ganz zuoberst erstrahlten die kupfernen Segel der Dreimastbark, die Jack als Wetterfahne erwählt hatte. Winns Wetterfahne war ein Mann allein in einem Ruderboot.

»Außerdem«, sagte Livia, »sind Greysons sogenannte Opfer total oberflächlich. Ohne jeden echten Verzicht. Sie haben bloß symbolischen Wert. Weißt du, das ist wie wenn einer in der Fastenzeit auf Schokolade verzichtet oder wie diese Bänder, die für zerrissene Gewänder stehen. Wenigstens ist das, was Teddy macht, wirklich hart.«

»Ist das ein Riesenschuppen«, sagte Winn. »Ich bin überrascht. Jack stammt aus einer vornehmen alten Familie. Dieses Haus ist ... protzig.«

Überall lag Baumüll herum: Drahtrollen, zerknüllte Folie, Band, Klebeband, Rohre, Eimer mit Resten von Zement und Versiegelungsmasse. In diskretem Abstand standen zwei beige Chemieklohäuschen. »Die Architektur des Hauses ist vollkommen daneben«, sagte er und deutete durch die Windschutzscheibe. »Das Dach hat so viele Spitzen, dass sie den Regen zu einem dicken Strom umleiten werden. Siehst du das? Bei starkem Regen wird das Wasser da stehen bleiben. Ich kann allein von hier aus zwei Stellen erkennen, wo das Wasser nicht abfließt. Das Dach wird lecken. Wahrscheinlich leckt es jetzt schon. Zedernschindeln auf dem Dach sind problematisch. Wenn man die Nagellöcher nicht ordentlich abdeckt, lecken sie.«

»Super«, sagte Livia. »Die Fenns haben ein Dach, das jeder Beschreibung spottet. Sie gehen zur Army, um dich zu ärgern, und sie entwerfen ihre Häuser, um dich damit so richtig aufzuregen.«

»Du siehst das anders?«

»Ich will nicht, dass Jack Fenn kommt und uns hier sitzen sieht, wie wir auf sein Haus glotzen.«

»Das Haus ist unmöglich. Lass dir das gesagt sein. Guck dir nur das Dach an. Millionen von Dollar, und am Ende leckt es.«

»Dad, Leute wohnen nun mal gern am Meer. Warum sollen sie kein schönes Haus haben, wenn sie das wollen?«

»Du meinst also, wir sollten alle alles haben, was wir wollen, auch wenn das, was wir haben wollen, ein riesengroßer Schandfleck ist?«

»Ich finde nicht, dass das Haus ein Schandfleck ist.«

»Das Haus ist ein Schandfleck.«

»Ich weiß nicht – jedem das Seine. Wir hätten auch so ein Haus bauen können, wenn wir gewollt hätten, oder? Es ist bloß nicht unser Stil.«

Vorgebeugt, die Brust ans Lenkrad gepresst, den Kopf in den Nacken gelegt, damit er das Dach betrachten konnte, war Winn über Livias Gebrauch des Plurals erfreut. Es bewies, dass es ihm gelungen war, seine Ästhetik der Qualität, Langlebigkeit und Schlichtheit weiterzugeben. Von Kindheit an hatte er seinen Töchtern erklärt, er werde vor seinem Tod sein gesamtes Geld verschenken, und wenn sie zu Geld kommen wollten, sollten sie es selbst verdienen oder reich heiraten. Sie sollten nicht dieselbe Enttäuschung erleben wie er, als er nach dem Tod seiner Eltern feststellte, dass er kaum mehr geerbt hatte als unerfüllbare Erwartungen. Er hatte sich wacker geschlagen, aber er wusste es zu schätzen, dass ein gewisses Maß an Verfall gut geeignet war, alten Wohlstand vorzutäuschen. Schäbigkeit aus Geldmangel war leicht als Bescheidenheit und Sparsamkeit zu tarnen – wobei er sich wahrhaftig nicht der Tatsache zu schämen brauchte, dass er ein schlichtes hartverdientes Sommerhaus besaß und nicht so einen Protzbau am Meer wie diesen.

»Stimmt doch, oder?«, bohrte Livia weiter. »Wir machen Sachen einfach anders. Du hast für tolle Häuser nichts übrig.«

»Wozu brauchen sie so einen Riesenkasten?«, sagte er. »Will Teddy tausend Kinder haben?«

Livia zog die Blumen für die Duffs auf ihren Schoß. »Das ist wirklich meine allerletzte Sorge, falls er denn überhaupt lange genug lebt, um sich fortzupflanzen.«

»Sei nicht so melodramatisch. Ihm wird nichts passieren. Die Tochter wird jedenfalls keine bekommen.« Er schlug sie aufs Knie. »Hör zu. Ich möchte nicht, dass du denkst, die Sache mit der Army hätte was mit dir zu tun.« Er fuhr um den Fahnenmast und wieder auf die Straße. Livia hatte sich hinter rosa und orangenfarbenen Blumen und gewundenem blättrigen Grün versteckt, ein Tiger in einer Wiese.

»Und was ist, wenn Teddy und ich uns versöhnen?«, fragte sie.

»Das halte ich eher für unwahrscheinlich.«

»Vielen Dank!«

»Glaubst du denn selber dran?«

»Keine Ahnung. Ich meinte nur so.« Sie zog die Vase noch näher zu sich heran. »Was hättest du gemacht, wenn ich so geboren wäre wie Meg Fenn?«

»Das weiß ich nicht. Ich denke, ich hätte mich daran gewöhnt.«

»Echt?«

»Ich glaube, in so einem Fall wächst man an der Herausforderung.« In Wirklichkeit konnte sich Winn nicht vorstellen, seine erwachsene Tochter an der Hand zu halten, während sie neben einem Berg Tomaten stand und blökte.

»Wenn Daphne so auf die Welt gekommen wäre, hättest du dann noch ein zweites Kind gewollt?«

»Das kann ich nicht sagen.«

»Hättest du gewünscht, du hättest nie ein Kind bekommen?«

»Dieses Gespräch ist unsinnig.«

Am Enderby Hotel stieg Livia mit den Blumen aus und brachte sie hinein. Beim Wiederkommen wirkte sie ohne ihren tragbaren Dschungel nackt, und das Auto fühlte sich leer an.

Als er den Landrover vor dem Haus abgestellt hatte, sagte Winn: »Sag deiner Mutter, ich komme gleich nach.« Livia nahm zwei der Einkaufstüten und ging hinein, und Winn lief an der Garage vorbei zu einem Weg, der von Bäumen beschattet und mit einer Schicht brauner Kiefernnadeln bedeckt war. Oben schmetterte der Chor verborgener Vögel, wie um den Vorübergehenden auszulachen. An seinen Gemüsebeeten blieb Winn stehen und schaute über den Wildzaun. Dominique hatte das richtige Wort gewählt: traurig. Alle Pflanzen waren kleiner als normal und hatten kümmerliche, viel zu labile Triebe: zwergenhafte Melonen, blutleere Tomaten, Gurken, die überhaupt nicht gekommen waren. Die grünen Bohnen sahen passabel aus, aber von Kerbel und Ysop war nirgends eine Spur, obwohl er ausdrücklich darum gebeten hatte. Nur die Minze gedieh prächtig, aber die würde auch in einem Atombombenkrater wachsen. Vielleicht sabotierte das Verwalterpaar seine kleine Nutzgartenoase, indem sie den Boden falsch düngten oder zur falschen Zeit bepflanzten. Er griff in die Minze, rieb ein paar Blätter zwischen den Fingern und lief weiter, bis er unter den Bäumen war. Er hielt sich die Finger an die Nase und saugte den intensiven, süßen Duft ein.

Als er so weit im Wald war, dass er das Haus nicht mehr sehen konnte, kehrte er in einem Bogen zurück. Noch unter den Bäumen entdeckte er durch das dichte Gezweig, dass Agatha sich auf dem Gras vor dem Haus sonnte. Sie lag auf einem blauweißen Handtuch und trug den gepunkteten Bikini aus seinem Arbeitszimmer. Offenbar hatte sie ihn von dort geholt. Vielleicht hatte sie ihm etwas anderes dagelassen, eine Haarspange oder einen Schal. Die Nachmittagssonne stand schon recht tief, und die gewellte Front der Baumschatten näherte sich über die Wiese ihren nackten Zehen. Daphne kam mit einem Handtuch aus der Küche und trat von der Terrasse auf das Gras. Sie trug einen schwarzen Bikini, und zwischen oben und unten prangte ihr riesiger nackter Bauch. Hinter ihr kam Piper. Als sie sich umdrehte, um die Tür zu schließen, gewährte sie Winn einen Blick auf knochige Schenkel und ein Gesäß, das so ausgemergelt war, dass der blaue Stoff ihres Badeanzugs schlaffe Falten warf. Daphne schüttelte ihr Handtuch aus, und Agatha tätschelte ihr freundlich das bloße Bein. Piper setzte sich im Schneidersitz ins Gras, das Gesicht von einer übergroßen Sonnenbrille verdeckt. Als Daphne lag, mit den Füßen zu Winn, konnte er vor lauter Bauch das obere Ende von ihr nicht mehr sehen. Ihr Schatten malte einen glatten dunklen Bogen, eine Art Kamelhöcker, auf Agathas flachen Bauch und goldene Hüftknochen.

Beim Anblick der jungen Frauen spürte er die Weite seiner Lungen, die Härte der Baumwurzeln unter seinen Füßen, die Muskeln in seinem Hals, als er schluckte. Sein Herz raste, weil er sie so unbemerkt beobachtete. Was für ein belebender Anblick. Dies war das Haus eines anderen, die Tochter eines anderen Mannes mit ihren Freundinnen. Er war ein Fremder, ein Herumlungerer, ein Anthropologe, ein Jäger, ein von ihrer Welt ausgeschlossener Waldbewohner. Die

Selbstvergessenheit der Mädchen verwandelte sie irgendwie, auch wenn ihm nicht ganz klar war, wie. Es fiel ihm
schwer zu entscheiden, ob sie unschuldiger wirkten, wenn
sie sich selbst überlassen waren, oder ungenierter sinnlich.
Oder waren sie unwirklich, wie Meerjungfrauen, die sich
auf einem Felsen sonnten? Sie saßen einfach nur da – aber sie
hatten so etwas ganz Eigenes. Daphne mit ihrem schwangeren Bauch schien nichts mit dem kleinen Mädchen gemein zu
haben, an das er sich erinnerte. Piper saß aufrecht und reglos
da wie eine Sphinx. Agatha lag mit angezogen Knien auf dem
Rücken. Sie bewegte ihre Schenkel langsam und rhythmisch
immerfort auseinander und wieder zusammen. Ein schmaler
gepunkteter Streifen Stoff verdeckte ihren Schritt, zog sich
straff und erschlaffte jedes Mal wenn sie die Beine bewegte,
ihr Gesäß sich hob.

Dicht an seinem Ohr machte eine Stimme: »Buh!«

3 · Die Tischordnung

Mit den Händen auf dem Küchentisch beugte sich Biddy über ein Sammelsurium aus Gästelisten, Platzkarten und Sitzplänen. Sie fühlte sich wie ein General bei der Planung einer Offensive. Neben ihr stand Dominique, die getreue Adjutantin, in der gleichen Haltung wie sie.

»Wie wäre es«, sagte Dominique, indem sie zwei Karten tauschte, »wenn wir diese beiden so umsetzten? Dann wäre die Situation neutralisiert.«

»Das geht nicht«, sagte Biddy, »weil dann zwei Ex an einem Tisch zusammensitzen. Da.« Sie berührte das Blatt.

»Die würden nicht klarkommen?«

»Es wäre nicht ideal.«

Dominique tippte sich mit einem langen Finger an die Lippen und dachte nach. In einer Aufwallung von Zuneigung strich Biddy ihr über den Rücken. Sie vermisste Dominique, vor allem in den Ferien, wo sie während der ganzen Highschool- und Studienjahre zum festen Stamm des Hauses gehört hatte, weil Kairo so weit war. Dominique war eines jener aufgeschlossenen Kinder gewesen, die gern mit Erwachsenen zusammen waren, und hatte sich mit vierzehn bereits selbst zu den Großen gezählt. Bei den Van Meters hatte sie sich eher wie eine nachsichtige Tante von Daphne verhalten als ihre Freundin und häufig Winn in der Küche geholfen oder mit Biddy Besorgungen gemacht, während Daphne faul vor dem Fernseher hing und Livia Dominique überall auf Schritt und Tritt folgte wie ein Entenküken. Agatha hatte sie auch manchmal in den Ferien besucht, doch mit ihr war es weniger gemütlich. Biddy ertappte Winn dauernd dabei, wie er Hundeaugen machte, fand ständig Zigarettenkippen in den Blumenbeeten und wachte nachts auf, wenn Agatha lachend gegen die Wände plumpste, während die anderen versuchten, sie möglichst leise ins Bett zu geleiten. Einmal war Biddy aufgestanden und hatte oben an der Treppe das Licht angeknipst. Da hatte sie alle vier erwischt, Daphne, Dominique, Livia und Agatha, wie eine Opossumfamilie geblendet von der plötzlichen Helligkeit. Agatha lag auf der Seite und hielt sich am Geländer fest, während Dominique versuchte, ihre Finger zu lösen, und die beiden anderen sie an den Füßen festhielten, damit sie nicht um sich trat.

»Und was ist«, Dominique zeigte auf den Sitzplan, »wenn wir ihn an den Tisch mit den Übriggebliebenen setzen?«

»Perfekt«, sagte Biddy. »Aber das mit den Übriggebliebenen gefällt mir nicht.«

Mit der Autorität eines Croupiers schob Dominique die Platzkarte über den Tisch. »Sagen wir also lieber die *Mélange*.« Sie richtete sich auf und sah Biddy an, einen besorgten Ausdruck im Gesicht. »Wie geht es dir? Ich meine – so wirklich.«

Biddy war von der Frage so überrascht, dass ihr Tränen in die Augen traten. »Mir geht's gut«, sagte sie und sortierte Karten, um anzuzeigen, wie unwichtig die Tränen waren, denn sie wusste genau, dass sie der scharfsichtigen Dominique nicht entgangen waren. »Bestens. Ich freu mich so für Daphne – ich will, dass alles gut läuft.«

»Ja, klar«, sagte Dominique. »Das ist alles ein irrsinniger Aufwand. Du machst das bravourös.«

Biddy musste sich ein Taschentuch aus der Schachtel auf der Arbeitsfläche ziehen. Sie benutzte keine Wimperntusche, aber sie tupfte die Augen trotzdem vorsichtig von unten, wie es ihre Mutter früher gemacht hatte. So wahrgenommen und genau beobachtet zu werden wie von Dominique, war verunsichernd. Ihre Familie bemerkte sie kaum, aber das konnte sie ihnen nicht verübeln. Sie hatte sich über die Jahre so wenig verändert, dass es kaum jemandem einfiel, näher hinzuschauen. »Es ist viel Arbeit«, sagte sie. »Wirklich wahr.« Das Eingeständnis tat ihr wohl, und so fuhr sie tastend fort: »Und manchmal fühlt es sich an wie der natürliche Ausgang, wenn man eine Tochter großzieht. Man schindet sich, um diesen einen Tag so perfekt wie möglich hinzubekommen, obwohl es für einen selbst ein bittersüßer Tag ist, weil sie einen verlässt – ich weiß, sie hat schon mit Greyson zusammengelebt, aber irgendwie ist das jetzt anders, offizieller. Keine Ahnung, wie diese Wahnsinnsmütter von Schönheitsköniginnen es schaffen, so 'n ganzes Wesen von A bis Z im Griff zu haben: Frisur, Kleidung, Make-up, alles.«

»Genau«, pflichtete ihr Dominique bei. »Ich glaube, na ja, ich weiß nicht, aber für mein Gefühl ist der eigentliche Hammer dieser Anspruch, einer aufgesetzten Vorstellung von Perfektion zu genügen. Gar nicht mal Daphnes, einfach dieser allgemeinen Vorstellung davon, wie eine Hochzeit zu sein hat.«

Biddy neigte den Kopf zu einer Seite. »Aufgesetzte Vorstellung von Perfektion. Hmm. Gut gesagt.« Sie fragte sich, ob Dominique mehr meinte als bloß die Hochzeit. Biddy war es auch sonst nicht fremd, sich dem Lebensentwurf eines anderen zu unterwerfen. Plötzlich verging ihr die Freude an der ehrlichen Aussprache. Das Scheinwerferlicht bekam ihr schlecht. »Ich weiß nicht«, sagte sie und schüttelte den Kopf, als wollte sie Spinnweben loswerden. »Ich meine eigentlich nichts weiter, als dass ich niemanden enttäuschen will.«

»Ja klar«, sagte Dominique und versuchte möglichst beiläufig zu klingen. »Aber man hat eben nicht alles in der Hand. Mach dir keine Sorgen darum, dass jemand enttäuscht sein könnte – es wird alles wunderschön. Da bin ich mir ganz sicher. Perfektion wird sowieso überschätzt. Ich bin dafür, die Grundbedürfnisse abzudecken und danach zu schauen, wofür es noch reicht.«

Mit einem verlegenen Grinsen knüllte Biddy das Taschentuch zusammen und warf es rasch in den Müll unter dem Spülbecken. »Aber was ist mit dir? Das will ich hören!«, sagte sie. »Dein Leben ist so interessant. Erzähl mir alles über Belgien.«

»Ach, es ist ganz nett da. Ich glaube nicht, dass ich dort heimisch werde. Es ist mehr eine Art Übergang. Irgendwie könnte es fast überall sein. Du müsstest mal meine Wohnung sehen – die ist völlig leer. Jedes Mal, wenn ich Lust habe, etwas zu kaufen wie hübsche Bettwäsche oder irgendwas für die Wände oder auch nur eine schicke Seife, komme ich gleich wieder davon ab, weil ich denke, dass ich nicht lange dort sein werde, und dann bloß mehr habe, was ich wieder loswerden muss.« Sie sah Biddy erneut forschend an. »Bist du sicher, dass du keine Pause machen willst? Du könntest ein Stündchen abhauen. Ein bisschen Zeit für dich allein haben. Ich kann dafür sorgen, dass nichts anbrennt.«

»Nein, nein«, sagte Biddy und wischte ihre letzte Träne fort. »Das ist wirklich nicht nötig. Es ist wirklich nicht die

Menge dessen, was zu tun ist, sondern – aber wie nett von dir, es mir anzubieten ... Und wo könntest du heimisch werden? Weißt du das?«

Dominique Augenbrauen wanderten in die Höhe. Aber sie ging auf das Ausweichmanöver ein. »Ich habe keine Ahnung, wo das sein könnte, vielleicht nirgends. Nicht in Ägypten, nicht in Belgien. Nicht in Frankreich – da wohnen meine Eltern jetzt. Sie sind vor zwei Jahren dahin gezogen. Ich weiß nicht, ob Daphne es erzählt hat. New York finde ich super, aber es ist mir zu anstrengend. Nicht in Deerfield. Nicht in Michigan.«

»Trotzdem ist die Auswahl noch groß«, sagte Biddy. »Vielleicht solltest du die Bahamas in Betracht ziehen.«

»Ja, genau. Ich könnte in einer Hängematte wohnen.« Sie kicherten.

»Wie willst du dich auf die Suche machen?«, fragte Biddy. »Nach deiner Heimat?« Ihre Neugier war echt. Sie hatte noch nie selbst den Ort gewählt, an dem sie lebte.

»Wahrscheinlich werde ich mir erstmal Arbeit suchen. Aber – ich weiß nicht. Theoretisch könnte ich fast überall arbeiten. Man sollte meinen, es wäre toll, sich fast jeden Ort der Welt aussuchen zu können, aber bei mir führt die Freiheit meistens nur dazu, dass ich mich einsam fühle. Mich zieht nichts in bestimmte Länder oder Städte außer vage Vorlieben. Und manchmal frage ich mich, was es über mich aussagt, dass ich so frei umherziehen kann.« Sie verdrehte einmal kurz die Augen. »Ein typisches Luxusproblem der westlichen Welt.«

»Wieso?«

»Na ja, sagen wir so: Ach, ich Ärmste, ich bin so erschöpft und weiß gar nicht mehr, wer ich bin, von diesem ständigen Um-die-Welt-Jetten und der ewigen Haute Cuisine.«

»Hast du in Belgien nicht einen Freund? Was ist mit dem?«

»Ich glaube nicht, dass der was für ewig ist.« Dominique hob verschämt die Schultern und ließ sie ein paar Sekunden an den Ohren verweilen, um sie dann plötzlich wieder zu senken. »Das wird sich alles zeigen. Was meinst du, wo ich hingehen soll? Wohin würdest du gehen?«

Biddy war weniger von der Frage überrascht als von der Tatsache, dass sie darauf nicht einmal ansatzweise eine Antwort wusste. Ihr wollte kein einziger Ort zum Leben einfallen, an dem sie nicht schon gelebt hatte. Sie dachte: Connecticut. Waskeke. Maine. Connecticut. Das waren für Dominique keine Möglichkeiten. Sie schämte sich davor, wie ängstlich das wirkte, wie scheu und einfallslos. Doch sie konnte sich nicht vorstellen, auf einer tropischen Insel zu leben oder in den Alpen oder in Rom, Sydney oder Rio. Sie konnte sich nicht vorstellen, in New Jersey zu leben. »Ich glaube, du wirst es wissen, wenn du es findest«, sagte sie. »Ich glaube, du wirst den perfekten Ort finden. Oder zumindest einen, der deinen wichtigsten Bedürfnissen entspricht.«

Die Seitentür knallte, und Livia erschien in der Diele, auf jeder Hüfte eine braune Tüte randvoll mit Maiskolben. »Teddy ist zur Army gegangen«, verkündete sie.

»Teddy *Fenn*?«, fragte Biddy.

Livia stellte die Tüten ab. »Teddy Fenn.«

Der vertraute Name klang Biddy ganz fremd, als Livia ihn so unverbunden aussprach, wie der lateinische Name einer seltenen Tierart, eines Sumpfbären vielleicht. »Woher weißt du das?«

»Wir haben Jack beim Einkaufen getroffen. Er hat gesagt, Teddy wäre einfach zu einer Rekrutierungsstelle, oder wie das heißt, gegangen und hätte sich gemeldet. Er hört mit der Uni auf. Er will nicht mal Examen machen. Ich weiß nicht, warum Jack ihn nicht davon abhalten konnte. Was ist er bloß für ein Vater?« Biddy fand, Livia hörte sich an wie Winn, wie ihr eigener Vater, aber das durfte man ihr um Himmels willen nicht sagen. Sie hegten beide den gleichen verschrobenen Glauben an die Macht von Eltern über ihre Kinder. Eine Maistüte kippte um, und die schweren Kolben polterten zu Boden. Livia verdrehte die Augen zum Himmel und warf verzweifelt die Arme in die Luft.

Biddy war froh, nicht mehr unter Beobachtung zu stehen. »Immer sachte«, sagte sie und stand auf, um auf ihre Tochter zuzugehen, obwohl sie wusste, dass ihr Trost nicht willkommen war. Da Livia ihre Niederlage nicht akzeptieren und sich nicht eingestehen konnte, dass Teddy wirklich verloren war, duldete sie kein Mitleid. Biddy wartete schon lange darauf, dass sie endlich über den Jungen hinwegkam. Als kleines Kind war Livia von ihrem Schnuller nicht zu trennen gewesen, bis sie eines Tages gegen ihren Willen zu einem Mittagsschlaf ins Bett gesteckt wurde und sich vor Wut das Ding aus dem Mund gerissen und von sich geschleudert hatte. Danach hatte sie ihn nie wieder genommen.

»Dad war mal wieder voll in Form«, sagte Livia, nachdem sie Biddy eine flüchtige Umarmung gestattet hatte und dann auf Abstand gegangen war. »Er wurde ganz nett und munter und hat versucht das Gespräch auf den Pequod zu lenken und sich mit Meg komisch angestellt, und dann, stell dir vor, hat er auf einmal gefragt: Was macht dein Sohn? Als ob er über jemand X-beliebigen reden würde, einfach irgendeinen Sohn. Und Jack sagt: Oh, komisch, dass du danach fragst. Er hat einen großen Beschluss gefasst. Er ist zur Army gegangen. Und Daddy sagt bloß: Na, so was, na, so was. Einfach bloß na, so was, na, so was.«

»Hat Jack gesagt, warum?«

Livia bückte sich, um den Mais aufzusammeln. »Nein. Vielleicht weiß er es gar nicht.«

»Wo kommt er hin? Kommt er ins ... ins Trainingslager?« Biddy fragte tastend, sie wusste den Ausdruck nicht.

»Ich weiß es nicht. Ich habe keine Ahnung, wohin oder wann und wie. Ich weiß gar nichts. Wieso sollte ich auch? Ist er einfach eines Morgens aufgewacht und hat beschlossen, ach, hier läuft alles nicht so gut, bitte einen einfachen Flug nach Irak?«

»Er kriegt auf jeden Fall auch einen Rückflug«, sagte Dominique. Auch sie umarmte Livia, und diesmal war Livia dankbar. Sie umschlang Dominiques starken Rücken mit beiden Armen und versteckte das Gesicht an ihrer Schulter. Biddy bückte sich nach einer Maisfaser auf den Fliesen und hob sie auf.

»Aber wenn er nun als Frachtgut zurückkommt?« Livias Stimme klang gedämpft. »Warum kann er nicht einfach fertig studieren?«

»Livia«, sagte Biddy. »Ich möchte nicht, dass du glaubst, das hat irgendetwas mit dir zu tun.« Sie griff aus sicherem Abstand in die Umarmung und drückte ihrer Tochter zärtlich den Oberarm.

»Das hat Daddy auch gesagt.« Livia ließ Dominique los. »Aber wie kann es denn sein, dass es nichts mit mir zu tun hat?«

Ganz einfach, hätte Biddy gern gesagt. Weil die Trennung Teddy nicht so mitgenommen hat wie dich. Weil du nicht mehr zu Teddys Leben gehörst. Doch sie sah, dass Livia Teddys Beschluss als ein Zeichen wertete, als Hinweis, dass er unberechenbar und haltlos wurde, möglicherweise am Rande eines Zusammenbruchs stand, der ihn nur wieder zu ihr zurückführen konnte, reuig und geläutert. Seine Flucht in die Army war sein letztes schwaches Aufbäumen, sein letzter Freiheitsrausch, bevor er das Licht sah. Die Army würde ihn nie so lieben wie Livia. »Ich möchte nicht, dass du dir die Hoffnung machst, es habe tatsächlich etwas mit dir zu tun«, sagte Biddy.

Livia begann durch die Nase einzuatmen und durch den Mund auszuatmen und in die Ferne zu schauen. Das hatte ihr die Therapeutin an der Uni, Dr. Z, beigebracht: Wenn du das Gefühl hast, du bekommst einen Wutanfall, dann atme durch die Nase ein und durch den Mund aus und zähle bis fünf oder zehn, je nach Schwere der Situation. Winn sah es gar nicht gern, dass Livia zur Therapie ging. Er fand, sie sollte lernen, selbst mit der Geschichte fertigzuwerden und das Gesicht zu wahren.

»Und dann«, sagte Livia nach fünf Sekunden, »hat Dad, nachdem wir uns von Jack verabschiedet hatten, beschlossen, wir müssten uns ihr neues Haus ansehen.«

»Das Haus der Fenns?«, fragte Biddy. »Aber warum denn?«

»Ich glaube, er wollte davor sitzen und schimpfen und über den Pequod nachdenken. Nicht darüber, dass Teddy mir ein Kind gemacht und mich sitzenlassen hat, nein, das nicht. Sondern darüber, wie ungerecht es ist – was für eine Riesengemeinheit es ist –, dass es einen Verein auf der Welt gibt, der ihn nicht will.«

»Vielleicht fällt es ihm leichter, über den Pequod nachzudenken«, sagte Dominique.

Biddy warf ihr einen verärgerten Blick zu. Die leichthin geäußerte Vermutung schien ihr Winns Privatsphäre zu verletzen. Und Dominique konnte unmöglich verstehen, wie viel ihm seine Clubs bedeuteten und was es hieß, in ihrem speziellen sozialen Umfeld zu leben. Hatte sie nicht eben erst gesagt, sie wisse nicht, wo sie hingehöre?

Dominique stand mit einer Flasche Wein, die sie aus dem Kühlschrank geholt hatte, an der Küchenplatte, vermutlich um Livia ein Glas einzuschenken, als Balsam für ihre Nerven. Die natürliche Melancholie ihrer Züge verlieh noch ihren einfachsten Handlungen den Anschein bewusster Überlegung, und sie betrachtete die Flasche wie einen Strauß Kondolenzblumen, der noch zu arrangieren war. Bedächtig, mit ernstem Gesicht, drehte sie einen Korkenzieher hinein, und als sie aufblickte, erhaschte sie Biddys Blick und vermutlich auch eine Spur von deren Feindseligkeit.

»Ihr wisst, was ich meine«, sagte Dominique ruhig. »Wir haben alle unsere Zufluchten, auf die wir zurückfallen, wenn es uns zu viel wird.«

Biddy fiel ein, dass sie erst vor wenigen Minuten so froh über Dominique gewesen war, dass sie geweint hatte. Entschuldigend sagte sie: »Er mag gerne wissen, was auf der Insel gebaut wird.«

»Also ich finde das Haus toll«, sagte Livia. »Das Grundstück ist Wahnsinn. Das Haus ist groß, aber na und? Es ist eben ihr Fenntasieschloss.«

»Eine Fenntzugsanstalt«, sagte Dominique und reichte Livia ein Glas Wein. »Biddy, soll ich dir auch eins einschenken?«

»Nein, danke.«

»Fenn Station«, sagte Livia.

Biddy fiel kein weiteres Wortspiel ein. Hatte Dominique je die Fenns kennengelernt? Wohl kaum, auch wenn sie bestimmt jede Menge *über* sie gehört hatte. Daphne und Livia tauschten beide Mails mit ihr aus, und in den letzten Tagen hatte Mädchenklatsch das ganze Haus erfüllt. »Ist Teddy auf der Insel?«, fragte sie Livia.

»Ich weiß nicht. Ich habe nicht gefragt. Wahrscheinlich.«

»Na, du wirst ihm kaum über den Weg laufen.«

»Was ist, wenn er mich anruft?«

»Würde er das tun?«

»Ich weiß nicht. Vielleicht. Könnte doch sein, er würde mir das mit der Army erzählen wollen.«

Biddy setzte sich wieder an den Tisch.

Livia trat näher und musterte das Durcheinander aus Karten und Listen. »Wäre das nicht Daphnes Aufgabe?«

»Sitzplätze zu verteilen ist nicht wirklich Daphnes Stärke«, sagte Biddy. »Im Zweifelsfall denkt sie von allen nur das Beste und sieht nicht, wo Konflikte drohen.«

»Ich hingegen«, sagte Dominique, »gehe vom Schlimmsten aus.«

»Du machst das sehr gut«, sagte Biddy. Sie tätschelte Dominiques Hand.

»Kennst du denn überhaupt alle?«, fragte Livia.

»Nicht alle«, sagte Dominique. »Biddy hat mir nach und nach das Gefüge erläutert.«

»Das Gefüge?«

»Die ganzen Verbindungen zwischen den Leuten. Ziemlich verzwickt, muss ich sagen.«

»Meint ihr, man dürfte Daphne damit behelligen, Mais zu schälen?«, fragte Livia.

»Ich helf dir«, sagte Dominique. »Die Leute haben ja keine

Ahnung, wie gut Wein und Zuckermaisschälen zusammen-
passen.«

Dominique drehte sich zu Biddy um. »Mit der Tischordnung sind wir so ziemlich durch, oder?«

»Klar«, sagte Biddy, so geübt darin, ihre Enttäuschungen zu
verbergen, dass sie keinen Zweifel hatte, dass ihr Ton heiter,
vermutlich sogar munter war, obwohl sie verlassen wurde.
»Den Rest schaffe ich gut alleine. Lauft zu. Viel Spaß.«

Durch die Terrassentür sah sie zu, wie sie sich auf den
Adirondack-Gartensesseln niederließen, die Weingläser zwischen sich auf einem Tisch, und sich daranmachten, den Mais
zu schälen. In eine Tüte kamen die nackten gelben Kolben, in
eine zweite die grünen Blätter und blassen seidigen Fasern.
Livia redete, redete, redete, und Dominique arbeitete flink
und geschickt, während sie mit gerunzelter Stirn konzentriert zuhörte.

Biddy konnte es nicht länger mit ansehen, wie Livia sich
mit verwundetem Stolz in den Augen über Teddy ereiferte.
Sie wandte den Blick ab und versuchte ohne Begeisterung,
noch die letzten Plätze so zu verteilen, dass beim Empfang
alle glücklich waren, und dann starrte sie vor sich hin und
fragte sich, was als nächstes zu tun war. Sie hatte keine Anrufe mehr zu erledigen, keine Geschenkbeutel mehr zu füllen,
keine Blumen zu verteilen, keine Gäste zu begrüßen, bis
die Duffs zum Abendessen eintrafen. Normalerweise gab es
im Haus auf Waskeke keinen E-Mail-Empfang, so dass alle
paar Tage ein Familienausflug in die Stadtbücherei auf dem
Plan stand, aber diesmal hatte Livia darauf bestanden, dass in
Winns Arbeitszimmer ein Anschluss gelegt wurde. Dorthin
machte sich Biddy nun auf den Weg, obwohl sie eigentlich
gar nicht wissen wollte, was für neue Pflichten auf sie warten

mochten, und als sie Livias Notebook aufgeklappt hatte und das Foto auf dem Desktop sah – Teddy war nicht auf dem Bild, aber Livia hatte es auf einer Schottlandreise mit ihm zusammen aufgenommen –, beschloss sie, ihre Mails doch nicht zu checken. Vielleicht sollte sie Dominiques Rat folgen und sich ein paar ruhige Minuten alleine gönnen.

Sie setzte sich auf Winns Stuhl, einen breiten Drehstuhl aus Leder mit hoher Lehne, und drehte sich langsam im Kreis. Vor dem Fenster sah sie Daphne, Piper und Agatha auf dem Rasen liegen, aber sie verspürte keinen Wunsch, sie zu beobachten, und drehte sich weiter, bis sie wieder vor der großen grünen Fläche von Winns Schreibtischunterlage saß, mit den in Gold geprägten Lederrändern an beiden Seiten und vollkommen leer bis auf einen kleinen Stapel ungeöffneter Briefe. Nur in der Mitte lag ganz allein eine einzelne Haarklammer. Biddy hielt die Klammer ans Licht, um nach verräterischen Haaren zu schauen, aber sie war sauber. Vermutlich hatte Livia sie dort liegenlassen. Doch warum sie sich an Winns Schreibtisch frisieren sollte, war Biddy ein Rätsel.

Sie drehte sich weiter und schaute aus dem Fenster. Wenn Livia so weitermachte, würde sie bald so dürr sein wie Piper, deren Schulterblätter kantige, unmenschliche Schatten warfen, als sie die knochigen Arme nach oben und zu den Seiten streckte. Natürlich hätte sie jetzt auch einen Bauch wie Daphne haben oder schon Mutter sein können. Biddy machte sich Sorgen, dass Livia der clevere, todgeweihte Nachtfalter war, der nicht bloß von außen gegen die Laterne fliegt, sondern es irgendwie bis unter das Glas schafft und verendet – vielleicht beim Versuch, wieder hinauszufinden, vielleicht weil er in die Flamme will. Biddy fummelte mit der Haarklammer, drehte sie hin und her, klemmte sie sich auf die Fingerspitze. Teddy war ein gut aussehender Junge, verschmitzt und weltgewandt unter seinem roten Schopf, nicht schüchtern, immer halb lächelnd, nicht zu blass, sondern sommersprossig, beinahe golden. Freundlich und charmant war er auch, aber Livia schien gar nicht zu merken, wie viel mehr Neugier und Scharfsinn und Leidenschaft sie besaß als er. Natürlich, Teddy hatte Livia gesagt, dass er sie liebe, doch so sehr es Biddy schmerzte, ihre Tochter leiden zu sehen, war sie auch enttäuscht und bekümmert darüber, dass Livia sich ihm so ausgeliefert und hartnäckig sämtliche Warnsignale ignoriert hatte. Wie hatte Biddy nur ein so verletzliches und schutzloses Wesen heranziehen können, einen verbrannten Falter, eine Schildkröte ohne Schild, genau die Art Frau, die sie selbst auf keinen Fall sein wollte?

Celeste lachte laut und triumphierend auf. Es freute sie, ihn so vollkommen überrascht zu haben. Winn war aufgeschreckt wie ein Tier und hatte dabei den Körper in seiner fantasielosen Hülle aus Polohemd und lachsfarbener Hose verdreht. Bei dem Versuch zu fliehen, hatten sich seine Füße in Baumwurzeln verheddert, so dass er stolperte und sich nur retten konnte, indem er mit beiden Händen einen Baumstamm umklammerte. Celeste wusste aus langjähriger Erfahrung, dass es nicht eben Winns Stärke war, über sich zu lachen, doch auf die Heftigkeit seiner Reaktion war sie trotzdem nicht gefasst. Zuerst durchzuckte etwas Seltsames wie Furcht oder Verzweiflung sein Gesicht, doch dann, sobald er sich gefangen hatte, glühte es vor Zorn.

»Was zum Teufel soll das?«

»Ach, hör auf, Winnifred, das war nur ein kleiner Spaß. Du lebst doch noch.«

Er hielt ihr seine Hand hin. Die Haut war gerötet und auf-
geschürft. Aus der Fläche ragten kleine weiße Hautfetzen,
die aussahen wie geriebener Käse. »Das ist das Letzte, was
ich gebrauchen kann.«

»Gut, dass du kein Linkshänder bist.« Celeste hatte vor
einer Weile gemerkt, dass sie schon zu viel getrunken hatte,
und war spazieren gegangen, um sich ein wenig auszunüchtern. Wie gut, dachte sie, denn jetzt musste sie nicht befürchten, dass sie lallte.

Über Winns Gesicht huschte ein böses Grinsen. »Wie viel
hast du getrunken?«

»Gerade die richtige Menge«, sagte sie. Sie hoffte, dass die
künstlich geglättete Stirn, die sie wie einen Helm trug, ihr
zu verbergen half, wie sehr sie sich von der Frage getroffen
fühlte. »Wieso schleichst du hier rum?«

»Ich bin nicht geschlichen. Du bist nicht die Einzige, die
spazieren gehen kann. Das hier ist schließlich mein Grundstück.«

Seine Vehemenz machte sie neugierig. Wenn sie einmal
Witterung aufgenommen hatte, konnte ihr durch lange
praktische Übung geschärfter Instinkt nicht anders, sie musste männlichem Fehlverhalten nachschnüffeln, und während
sie ihn musterte, wurde sie zunehmend sicher, dass sich
hinter seiner Empörung etwas verbarg. Wohin hatte er denn
geschaut? Er versuchte ihr den Blick zu verstellen, doch sie
reckte sich und erspähte die Mädchen in ihren Bikinis, die
sich in der letzten Sonne aalten wie drei grundverschiedene
Eidechsen. »Hast du den Ausblick genossen, Winnifred?«,
sagte sie leichthin. Es gab Schlimmeres, als ein bisschen die
Mädchen zu bespitzeln.

Er knirschte mit den Zähnen. »Ich war spazieren. Dann

habe ich ein Geräusch gehört und danach geschaut. Ich wollte eben zu den Mädchen gehen und Hallo sagen, als du beschlossen hast, mich zu Tode zu erschrecken. Ich wusste nicht, dass du deine Cocktailstunde unterbrochen hast, um hier draußen rumzuschnüffeln.«

»Kein Grund so gereizt zu sein, 007«, entgegnete Celeste. Er würde es nie wagen, auf ihren Alkoholkonsum anzuspielen, wenn Biddy dabei war, aber hier draußen in freier Wildnis waren sie in einem primitiven Kraftfeld gefangen. Angesichts seiner verletzten Würde und dem noch andauernden Adrenalin-High konnte es sein, dass er sie schlug, aber ebenso wahrscheinlich war, dass er sie küsste. Er hatte sie schon einmal geküsst, vermutlich durch ein Versehen, und er war auf seine Art attraktiv, für sein Alter gut in Form, mit einem ebenmäßigen, ernsten Nachrichtensprechergesicht und grauen Schläfen. Aber sie besaß ja eine Schwäche für verklemmte Männer (siehe Ehemänner Nr. 1, Nr. 2 und Nr. 4) und eine Schwäche für Männer, die zu ergrauen begannen (Nr. 3 und Nr. 4) und eine Schwäche für Männer, die tabu waren (Nr. 3, ach Herrgott, Nr. 3), und ehrlich gesagt flirtete sie mit Winn auch manchmal einzig und allein zu ihrer Unterhaltung. Ihren Ehemann Nr. 3 hatte sie gestohlen – er war ein charismatischer Strafverteidiger, verheiratet und der autoritäre, verhasste, Partnerschaft verweigernde Chef von Ehemann Nr. 2 gewesen –, und dann war diese kleine Schlampe mit den langen, langen Beinen und dem Pferdegesicht gekommen, die Tochter ihrer besten Freundin, und hatte ihn ihr abspenstig gemacht, und die beiden waren zusammen nach Bolivien entfleucht.

Aber Winn war ein unglaublicher Spießer. Deswegen passten er und Biddy so gut zusammen. Durch die Pinien zu spähen war wahrscheinlich die große Sünde seines Lebens. »Ich habe nicht rumgeschnüffelt«, sagte sie. »Ich war spazieren, genau wie du.« Sie versuchte ein freches Grinsen und verspürte dabei eine eigenartige Taubheit in den Teilen ihres Gesichts, die sie durch Spritzen ihrem Willen unterworfen hatte. »Welche ist es denn?«

»Wovon redest du?«

»Agatha oder Piper? Ach, du brauchst gar nichts zu sagen. Ich habe es schon erraten.« Im Reden ging ihr auf, dass sie es in der Tat bereits erraten hatte, und in ihr stieg Verachtung auf.

»Du benimmst dich abscheulich«, sagte Winn übertrieben bedächtig. »Ich hoffe, du hörst damit auf, bevor unsere Gäste kommen.«

Sie piekste ihn in den Bauch, eben oberhalb der Messingschnalle seines bunten Stretchgürtels, und befand diesen Teil seines Körpers weicher als erwartet. »Alter Spanner.«

»Zisch ab«, knurrte er und stapfte davon, weiter in die Bäume hinein.

Celeste blickte ihm nach, und dann schob sie sich durch die Zweige und schlenderte auf die Wiese hinaus. »Hallo, ihr Lieben!«, rief sie. Piper winkte; Agatha stützte sich auf die Ellbogen; Daphne rollte sich auf die Seite wie ein Walross, das Kinn in die weichen Falten ihres Halses gezogen. Die Arme. Zum Glück war sie der Typ, der nach der Geburt rasch wieder die überflüssigen Pfunde verlor.

»Was gibt's, Celeste?«, fragte Agatha.

Piper saß da wie ein Yogi und hob die Arme über den Kopf. Ihr Badeanzug dehnte sich über der Höhle zwischen ihren Rippen und Hüften. »Ist es nicht wundervoll hier draußen?«, zirpte sie.

Celeste ließ sich aufs Gras fallen. »Es ist traumhaft.«

»Denk dran, dich hinterher nach Zecken abzusuchen, Celeste«, sagte Daphne. »Wegen Borreliose.«

»Was ist das denn?«, fragte Piper.

»Eine eklige Infektion«, sagte Agatha. »Wirklich böse.«

Celeste legte sich die Arme aufs Gesicht und wünschte sich, dass eine Hand vom Himmel kommen und ihr einen Drink reichen möge. Sie trug eine Shorts und ein gestreiftes Matrosenhemd, und das Gras kitzelte sie an den Beinen. Sie streifte die Sandalen ab, drehte sich auf den Bauch und schaute in die Runde. »Na, wer von euch ist die Nächste? Wer kommt nach Daphne?«

»Guck mich nicht an«, sagte Agatha. »Piper ist diejenige mit einem Freund.«

»O mein Gott«, sagte Piper. »Beschrei es lieber nicht.«

»Heiraten ist also immer noch cool, ja?«, fragte Celeste. »Immer noch ein Ziel für Frauen in eurem Alter? Ich hätte gedacht, ihr würdet eher für irgend so ein geiles modernes schwedisches Beziehungsmodell votieren.«

»Heiraten ist offensichtlich cool«, sagte Agatha gedehnt. »Sonst würde Daphne es nicht machen.«

Daphne schnaubte. »Daddy würde sterben, wenn ich ein uneheliches Kind zur Welt brächte. Und zwar wirklich sterben.«

»Du meinst«, sagte Celeste, »du würdest gar nicht heiraten, wenn dein Vater nicht wäre?«

»Na ja, Mom auch. Und die Duffs. Aber nein, wenn es nach mir ginge, würden wir damit noch warten, damit ich auf den Bildern nicht schwanger bin.«

»Ich möchte wahnsinnig gern heiraten«, sagte Piper. »Es ist so romantisch.«

»Ja, das finde ich auch«, sagte Celeste. Sie pflückte einen Grashalm und kitzelte sich mit der wächsernen Kante die Lippen. »Aber romantisch ist nicht gleich klug.«

»Das ist doch eher gut«, sagte Agatha. »Stellt euch vor, alle wären immer nur klug.«

»Hmm«, sagte Celeste. »Dann hätte ich nie geheiratet, und die Welt wäre eine andere.«

»Meine Eltern aber schon«, sagte Daphne. Sie hatte sich wieder auf den Rücken gedreht, und ihre Stimme drang über ihren Bauch zu den anderen.

»Das stimmt«, sagte Celeste.

Agatha schlug die goldenen Beine über und wippte mit ihrem schlanken, schmutzigen Fuß. »Wie war Winn, als er jung war?«, fragte sie scheinbar gleichgültig. »Ich kann ihn mir irgendwie nicht vorstellen. Biddy ja, aber Winn, nein.«

Celeste verspürte ein Prickeln. Die kleine Nymphe war interessiert. Sie quälte sich nicht gern, deswegen unterließ sie es normalerweise, sich näher mit den Vorzügen junger Frauen zu beschäftigen, und hatte das junge Mädchen bisher nicht mehr als flüchtig taxiert und für hübsch befunden (oder auch mehr als hübsch, aber von der Art, die bald ins Ordinäre umschlagen würde). Doch nun wandte sie ihre volle Aufmerksamkeit dem bemerkenswerten Körper in dem verschossenen, beinahe durchsichtig gewordenen Bikini zu. Sie war schlank, aber nicht mager. Langgliedrig und trotzdem klein. Bar erweiterter Poren oder Zellulitis oder Dehnungsstreifen oder Haare an den falschen Stellen. Selbst etwas so Banales wie ihre Kniescheibe war fein geformt, sehenswert, erstklassig.

Doch dieses Mädchen konnte sich vermutlich vor Männern kaum retten. Warum sollte sie den alten Winnifred wollen? Was konnte sie bloß an ihm finden, außer dass er tabu war und alles andere als der übliche Liebhaber und dass seine altväterliche Verliebtheit so abgeschmackt war? Lauter Dinge, die nicht zu unterschätzen waren. Ehemann Nr. 3, Wyeth, war der am wenigsten gut aussehende ihrer Männer gewesen, den sie jedoch am meisten geliebt hatte, und jetzt verbrannte er sein Vermögen auf Sankt Bartholomäus, da sich zwar offenbar nicht die Reize langbeiniger, pferdegesichtiger Jugend, aber bald die Attraktivität Boliviens abgenutzt hatte. Doch Wyeth war von Anfang an Diebesgut gewesen, ein Unglückspenny, und Celeste hatte schließlich eingesehen, dass sie selbst am meisten Schuld an dem Kummer trug, der ihr aus dieser Ehe erwachsen war. So etwas sollte Biddy nicht passieren. Biddy war immer ein so gefügiges Geschöpf gewesen, hochkompetent, aber gefügig, als Kind glücklich, ihre Schwestern zu bedienen, danach ein ernster Blaustrumpf und dann eine selbstlose Ehefrau. Sie zu betrügen wäre der Gipfel der Grausamkeit. Das hier war wirklich verrückt. Agatha konnte unmöglich etwas von Winn wollen.

»Oh«, sagte Celeste mit einem künstlichen Seufzer, »da will ich mal in meinem Gedächtnis wühlen. Ich glaube – ich glaube – ja, jetzt weiß ich's wieder. Winn war genauso wie jetzt. Er war immer so und wird immer so bleiben.«

Piper stieß ein schrilles Quäken aus, das Celeste für Lachen hielt. »Das kann doch nicht alles sein. Erzähl. Wie war er?«

»Nein, wirklich, mir fällt überhaupt nichts ein, das sich geändert hätte.«

Daphne bewegte sich. »Mom hat mal gemeint, er hätte einen schlimmen Ruf gehabt, bevor sie zusammenkamen. Scheinbar fühlte er sich sehr zum anderen Geschlecht hingezogen.«

Agathas Fuß hörte auf zu wippen.

»Ich glaube, die Gerüchte hat er selbst in die Welt gesetzt«, sagte Celeste. »Dein Vater ist absolut monogam. Zum Sterben langweilig.«

»Mom scheint irgendwie stolz darauf zu sein«, sagte Daphne. »Sie ist komisch.«

Agatha zog ihre Beine an und richtete sich auf. Sie war nun ganz von Schatten bedeckt, und sie rieb sich die Arme, wie um ihn fortzuwischen. Sie sagte: »Manche Leute mögen ein bisschen Konkurrenz. Das gibt ihnen das Gefühl, man hätte sich wen geangelt, der begehrt ist.«

»Das musste ja von dir kommen«, sagte Daphne. »Na ja, wenn dir das dabei hilft, nachts besser zu schlafen.«

Doch Piper nickte. »Nein«, sagte sie. »Ich finde wirklich, das stimmt. Man will das Gefühl haben, der Typ hätte viele haben können, aber hat dich erwählt. Als hätte man ihn ein bisschen gezähmt.«

»Das ist so retro«, sagte Daphne.

»Geht dir das nicht so?«, fragte Agatha. »Greyson war doch auch nicht gerade unschuldig, als ihr euch kennengelernt habt. Greyson war alles andere als unschuldig.«

»Na ja«, sagte Daphne. »Ich weiß nicht. Ein bisschen vielleicht schon.«

Mit Bedauern und einer gewissen Vorfreude gestand sich Celeste ein, dass sie einen Drink brauchte. Sie stand auf. »Schön«, sagte sie und schlüpfte in ihre Sandalen. »Ich werde euch jetzt verlassen. Eine von euch wird Daphne erklären müssen, was in der Hochzeitsnacht passiert, dafür bin ich zu zart besaitet.«

»Wir kommen auch gleich«, sagte Daphne. »Die Sonne ist weg. Vergiss nicht, dich nach Zecken abzusuchen.«

Celeste ging ums Haus und begrüßte Livia und Dominique, die mit zwei Tüten geschälter Maiskolben auf der Terrasse saßen und sich intensiv unterhielten. Drinnen waren Platzkarten und Sitzpläne über den Tisch gebreitet, aber Biddy war nirgends zu sehen. Die Ginflasche stand auf der Arbeitsfläche, und nachdem Celeste sich ein wenig in ein Glas geschenkt und mit Eis und einem gesunden Schluck Tonic verdünnt hatte, stellte sie sie in einen Schrank, wo weniger zu vermuten war, dass andere den Pegel kontrollierten. Der erste Schluck, bitter und prickelnd, war unsagbar köstlich, und sie spürte sofort, wie ihre Nerven ruhiger wurden. Im Endeffekt war das mit Winn wahrscheinlich nur Einbildung. Und wenn nicht, was konnte sie tun?

Nachdem sie die Flasche wieder hervorgeholt und sich noch einen winzigen Schluck nachgeschenkt hatte, stieg sie durch das Haus nach oben auf den Witwensteig, wo sie allein an der frischen Luft sein und den Ausblick genießen konnte. Sie lehnte sich auf einem Liegestuhl zurück und schloss die Augen. Mit dem beschlagenen Glas kühlte sie sich die Stirn. Gern hätte sie sich eingeredet, dass sie früher so sexy gewesen war wie Agatha, doch dazu waren ihre Illusionen nicht stark genug. Aber verführerisch war sie gewesen. Sonst wäre es ihr nicht gelungen, Wyeth seiner farblosen Frau und drei Kindern auszuspannen. Das Beste, was sie jetzt von sich sagen konnte, war, dass sie sich gut gehalten hatte, wie es gemeinhin hieß. Doch all ihren restaurativen Maßnahmen zum Trotz wirkte sie müde. Und das war sie auch, im existentiellen Sinne. Für sie würde es keine Verführungen mehr geben, keine Ekstase, keine Zerstörungen. Sie und Cooper führten ein angenehmes Leben zusammen, sie hatten sich eine Zuflucht geschaffen: zwei reformierte Sünder, die auf maximale Ruhe und minimale Kommunikation bauten. Friedliche Abendessen in Restaurants, lange getrennte Wochenenden, an denen er segeln fuhr, kompatibler Fernseh- und Filmgeschmack, gegenseitige Toleranz der Freunde, Einigkeit, dass sie niemals heiraten wollten. Vielleicht hatte sie die ideale Beziehung für eine Frau ihres Alters gefunden. Vielleicht hatte sie nach all den Jahren endlich das Rätsel gelöst. Selbst wenn es eines Tages vorbei sein sollte, würde sie sich aus der Masse gestrandeter Liebhaber einen neuen Gefährten angeln, mit dem sie gemeinsam den Lebensabend verbringen konnte.

4 · Zwanzig Hummer

Ich habe mir das letzte halbe Jahr gewünscht, ich wäre tot«, sagte Livia zu Dominique und bereute sofort die Melodramatik ihrer Wortwahl. Melodramatik zog bei Dominique nicht.

Der letzte Mais war längst geschält, und Dominique saß zurückgelehnt in ihrem Sessel und blickte über den Rasen. Eben war Celeste über die Wiese gekommen, und sie konnten um die Hausecke das Gemurmel der Braut und ihrer Brautjungfern hören. »Ich bezweifle, dass es dir wirklich ernst damit war«, sagte sie duldsam.

Livia dachte nach. »Alle meinen, ich sollte das Ganze einfach hinter mir lassen«, sagte sie. »Aber ich weiß nicht, was danach werden soll. Ich weiß nicht mal genau, was das ist, worüber ich hinwegkommen soll.«

»Jetzt werd nicht philosophisch. Du weißt, was ansteht. Du willst es bloß nicht tun.«

»Ich will nicht zu früh aufgeben.«

»Das kann dir wirklich niemand vorwerfen. Ich könnte dir die fünfzig Mails vorlesen, die du mir diesen Winter geschickt hast. Mit all den unzähligen Argumenten, mit denen du Teddy klarzumachen versucht hast, warum ihr zusammen sein solltet. Wirklich, du hast alles versucht, und er ist nicht darauf eingegangen, also fass dir ein Herz und lass los.«

Von oben kam ein Schrei. Eine Krähe flog vom Dach und versuchte, von einer wütenden Möwe verfolgt, im Flug rasch etwas hinunterzuschlingen. Die Vögel verschwanden über die Bäume. Livia schwieg.

»Du hast länger nicht mit ihm geredet, oder?«, fuhr Dominique fort. »Mach weiter so. Lass dir Zeit. Und sieh es doch mal so: Wie sieht es denn aus, wenn du noch monatelang, nachdem er mit dir Schluss gemacht hat, herumläufst und allen zeigst, wie du trauerst?«

»Wieso ist es wichtig, wie es aussieht?«, entgegnete Livia aufgebracht. Sie war von Dominique überrascht. »Wieso machen sich alle dauernd Gedanken, wie alles aussieht?«

Dominique hob die Hände, wie um zu kapitulieren. »Hey, ich bin kein Mitglied von dieser ›Spielen wir doch alle noch mal *Great Gatsby*‹-Gruppe, die ihr hier am Laufen habt. Ich glaube lediglich, dass es vielleicht helfen könnte, wieder auf die Beine zu kommen, wenn man nach außen hin erstmal so tut als ob.«

»Ja«, sagte Livia. »Ja, klar, aber ich muss dauernd daran denken, wie weit ich jetzt wäre. Ich wäre genauso dick wie Daphne.« Zwei Wochen nach ihrer Abtreibung war Livia zum Wochenende nach Hause bestellt worden. Daphne und Greyson kämen aus New York, es solle ein großes Abendessen geben. Es gebe Neuigkeiten. Winn briet eine Ente. Sie waren noch beim Salat, als Daphne damit herausplatzte, sie sei in anderen Umständen und Greyson und sie wollten heiraten. Livia schämte sich immer noch, dass sie in Tränen ausgebrochen und aus dem Zimmer gerannt war.

»Frauen«, sagte Dominique mitfühlend. »Wir messen unser Leben in Monaten.«

»Mir sagen die Leute dauernd, jetzt wüsste ich doch wenigstens, dass ich schwanger werden kann. Mann, was für eine Erleichterung. Ich würde sonst echt vor Sorgen vergehen, dass ich unfruchtbar sein könnte.«

»Ja, aber was soll man zu jemandem nach einer Abtreibung sagen? Da möchte man doch gerne etwas Aufmunterndes finden.«

»Ich will gar nicht ewig trauern. Ich will bloß einen Neuen finden. Und wenn das nicht ist, zumindest mit jemandem schlafen. Damit ich wenigstens das Gefühl habe, ich gucke in die Zukunft.«

»Ausgezeichnet«, sagte Dominique, »aber Lückenbüßer können auch gefährlich sein.«

»Ich will bloß eine Ablenkung.«

»Das sagen alle.«

Biddy holte gerade Winns letzte Einkäufe aus dem Land Rover, als er aus dem Wäldchen kam, die Stirn gerunzelt, die Hände engagiert zu einer Rede bewegend, die sich in seinem Kopf abspielte.

»Wo warst du?«, sagte sie.

»Ich hab nach dem Gemüse gesehen«, sagte er. »Traurig.«

»Ihr habt Jack getroffen?«

»Hat Livia dir von Teddy erzählt?«

»Ich bin ganz erschrocken.«

»Ich nicht. Der Apfel fällt nicht weit von Stamm. Wenigstens wird er weit weg sein. Livia wird sich seinetwegen keine Gedanken mehr machen müssen.«

»Sie denkt, er macht es ihretwegen. Ich fürchte, sie wird die Sache romantisieren.«

»Sag ihr, sie überschätzt ihre Bedeutung. Er ist ein Fenn. Er geht zur Army, weil er meint, dass es ein gutes Licht auf ihn wirft. Ich habe versucht, Jack auf den Pequod anzusprechen, aber damit bin ich nicht weit gekommen. Wenn er mich wegen dieses Schlamassels mit den Kindern ausschließen will, finde ich das ziemlich erbärmlich.«

»Mmmm.« Biddy hatte keine Lust, in die nächste Runde der großen Pequod-Debatte einzutreten. Stellte Jack sich gegen Winn, weil Winn einst Jack die Mitgliedschaft im Ophidian verwehrt hatte? Grollte Fee ihm nach all den Jahren immer noch wegen der Trennung von ihr? War die ganze Familie Fenn so von Livias Leiden verschreckt, dass sie den Van Meters nicht im Clubhaus zu begegnen wünschten? Diese letzte Hypothese, das hatte sie Winn immer wieder erklärt, war besonders dämlich, weil er schon lange auf der Warteliste gestanden hatte, bevor Teddys unglückseliges Sperma den Weg zu Livias Ei gefunden hatte. Biddys Ansicht nach hatte Winn alles getan, was er konnte, um im Pequod Aufnahme zu finden, und alles Weitere war Schicksal. Es gab keinen Anlass zu Angst, keine Notwendigkeit für Verschwörungstheorien. Aller Wahrscheinlichkeit nach hatte die Verzögerung nichts mit den Fenns zu tun, sondern nur mit den inneren Angelegenheiten des Clubs und seinen Quoten. Und selbst wenn die Fenns das Problem waren, dann lag das höchstwahrscheinlich viel eher an Winn als an Livia. Biddy war sich ziemlich sicher, dass die Fenns ihre Tochter ehrlich gemocht hatten und nicht glaubten, sie hätte versucht, ihren Sohn in die Ehe zu zwingen. Und überhaupt, warum sollte man um die Mitgliedschaft in einem Club buhlen, in dem man nicht willkommen war? Doch Winn sah überall die Folgen von Livias Fehltritt, als wäre ihr Uterus der Quell allen Unglücks auf der Welt.

»Ich sage dir«, sagte Winn, »ich habe gute Lust, Jack anzurufen und die Sache ein für alle Mal zu klären.«

»Nein«, sagte Biddy. »Nicht an diesem Wochenende, Winn, bitte.«

Vom Dach ertönte Celestes Stimme: »Winnifred!« Winn verzog das Gesicht. »Huhu, Winnifred! Die Hummer sind da!«

Um die Hausecke kam ein Mann in Weiß. Er schob eine Sackkarre mit zwei großen Pappkartons über den Kies und war vor Anstrengung hochrot im Gesicht. Auf beiden Kartons prangte das Bild eines großen roten Hummers.

»Van Meter?«, fragte er mit einem Blick zum schwarzen Schriftzug auf dem oberen Karton. »Zwanzig Hummer?«

»Da sind Sie hier richtig«, sagte Winn. Er trat vor und hob den ersten Karton von der Sackkarre, stellte ihn auf den Boden und nahm den Deckel ab.

Der Lieferant sah skeptisch zu. »Alles in Ordnung?«, fragte er.

»Das weiß ich noch nicht«, sagte Winn. »Deswegen schau ich nach.« Er hob einen Hummer nach dem anderen aus dem Karton und hielt ihn in die Luft, um zu sehen, ob er die Fühler und die zusammengebundenen Scheren bewegte, und legte dann alle wahllos auf einen Haufen auf dem Kies.

»Ich bin sicher, dass sie alle lebendig sind, Winn«, sagte Biddy und versperrte mit ihrem Sportschuh einem Hummer den Weg in die Freiheit. Es hieß, Hummer seien im Grunde bloß gigantische Käfer, und genauso sahen sie aus, wie sie da am Boden krochen und mit den langen Fühlern umhertasteten.

»Vertrauen ist gut, Kontrolle ist besser, Schatz«, sagte

Winn. Zu dem Lieferanten, der zögernd begonnen hatte, Hummer aus dem zweiten Karton auszupacken, sagte er: »Hier, die mache ich, wenn Sie mir den Gefallen tun wollen, diese wieder einzupacken.«

»Nein«, sagte Biddy. Sie bückte sich und packte einen Hummer um die Mitte und legte ihn wieder in den Karton. Unten drin war ein Bett aus Seetang. »Das mache ich.«

»Ihm macht das nichts aus.« Winn sah den Lieferanten an. »Oder?«

»Nein?«, sagte der Mann verwirrt.

Biddy packte zwei weitere Hummer auf den ersten, und Winn fischte zwei aus dem zweiten Karton. »Langsam«, sagte sie, »wir kriegen sie durcheinander.«

»Es ist egal, in welchen Karton sie kommen, Schatz, solange sie lebendig sind.«

»Sie können gehen«, sagte Biddy dem Lieferanten. »Sie sind doch schon bezahlt, oder?«

»Augenblick noch«, sagte Winn. »Lass mich hier erst fertig machen.« Biddy hörte auf, Hummer einzusammeln, und schaute mit dem Lieferanten schweigend zu, bis Winn den letzten aus dem Karton holte und ihnen vor die Nase hielt. »Nun«, sagte er, »ist doch besser, dass ich nachgeguckt habe. Dieser ist tot.« Die Scheren des Hummers hingen schlaff nach unten wie übergroße Boxhandschuhe und schaukelten mit Winns Bewegungen hin und her. Winn setzte ihn zu seinen lebenden Genossen, richtete sich auf und stemmte die Hände in die Hüften, ganz der Sieger. Alle drei sahen auf den Hummer hinunter.

»Das ist doch verrückt«, sagte der Lieferant. »Ich habe noch nie gehört, dass jemand einen toten bekommen hat. Die Dinger könnten auf dem Mond leben.«

»Er hat sich eben bewegt«, sagte Biddy. »Er hat einen Fühler bewegt.«

»Nein«, sagte Winn. »Das stimmt nicht.«

Doch Biddy war sich sicher. Der Hummer hatte seinen Fühler zur Seite gestreckt. Während sie zusahen, zuckten die langen dünnen Fortsätze erneut. »Siehst du?«, sagte sie.

Winn stupste den Hummer mit der Fußspitze an. Er rührte sich nicht. »Er ist auf jeden Fall nicht gesund«, sagte er. »Wir wollen keinen kranken Hummer essen.« Er hob den Hummer hoch und hielt ihn dem Lieferanten hin. »Wie wäre es, sie fahren zurück und holen uns einen anderen?«

»Hmm«, sagte der Mann. »Das könnte eine Weile dauern. Ich habe vorher noch ein paar andere Lieferungen zu erledigen.«

»Ist nicht nötig«, sagte Biddy und nahm Winn den siechen Hummer ab. »Wir haben mehr als genug. Winn, Dicky isst zum Beispiel gar keinen Hummer.«

»Aber wir haben für zwanzig bezahlt«, sagte Winn.

»Ich kann Ihnen eine Gutschrift ausstellen«, sagte der Lieferant. Er ließ den Blick über die Hummer schweifen, die langsam von der Auffahrt auf das Gras wanderten.

»Gut«, sagte Biddy. »Das ist prima.«

»Ich weiß nicht«, sagte Winn.

»Das ist gut«, versicherte Biddy dem Lieferanten.

Aus der Seitentür tauchten Agatha und Piper auf. Piper hielt sie fest, bevor sie knallte. Beide hatten noch ihre Badesachen an, und die Männer waren einen Augenblick lang zu überrascht, um ihr Interesse an den Busen und Beinen der jungen Frauen zu verbergen.

»Wir haben gehört, die Hummer sind gekommen«, sagte Agatha. »Können wir helfen?«

»Das ist nett«, sagte Winn. »Ihr könntet die Ausreißer ein-
fangen.«

»Das müsst ihr nicht«, sagte Biddy.

»Doch, doch«, sagte Agatha, »das können wir schon machen.«

Winn berührte Agatha am Ellbogen. »Ich wollte mich
noch entschuldigen wegen vorhin«, sagte er leise.

»Was war denn vorhin?«, fragte Biddy.

Winn und Agatha sahen sich an. Agatha lachte.

»Ich bin aus Versehen reingeplatzt, als Agatha auf der Toilette war«, sagte Winn.

»Oh, Winn«, meinte Biddy. »Du weißt doch, dass das
Schloss nicht funktioniert. Du musst vorher immer anklop-
fen.«

»Es war meine Schuld«, sagte Agatha. »Ich hätte ...«

»Nein«, unterbrach Winn, »ich habe nicht aufgepasst.
Ich übernehme die volle Verantwortung. Es war ganz und
gar meine Schuld. Ich bin es nicht gewohnt, dass so viele
Leute im Haus sind, das ist alles. Wird nicht wieder vorkommen.«

»Okay, Winn«, sagte Biddy. »Es reicht.«

»Kein Problem«, sagte Agatha und zwinkerte Biddy
freundschaftlich zu. Sie bückte sich, um einen Hummer aufzusammeln, und ihr Bikinihöschen schmiegte sich allerliebst
in ihre Poritze.

Während der Lieferant einen Gutschein über den Preis für
einen Hummer ausschrieb, hielt Biddy das tote oder sterben-
de Schalentier in einer Hand und steckte die andere in die
Tasche, wo sie die Haarklammer wiederfand. Sie rollte sie
zwischen den Fingerspitzen auf und ab, während die jungen
Frauen lachend die anderen Hummer einsammelten, sie in

beide Hände nahmen und einander die rostfarbenen Mäuler zum Küssen hinhielten, während die armen Viecher die gegliederten Schwänze spreizten.

Die Idee ihres Vaters, ein Hummermahl für sechzehn Leute zu bereiten, erschien Livia ebenso undurchdacht wie unabänderlich. Sie nahm seinen Wunsch hin, ihm in der Küche zu assistieren, und wusste, da gab es kein Entkommen. Winn nahm die geschälten Maiskolben ohne Dank entgegen und schickte Livia mit einer Salatschleuder, vier Köpfen Salat, die zu waschen und klein zu rupfen waren, und einem leeren Wäschekorb, der als Sieb dienen sollte, zur Außendusche. Agatha und Piper stolzierten aus irgendeinem Grund in ihren Badesachen, also quasi nackt in der Küche herum, und Daphne und Dominique kamen von draußen hinzu, als Livia gerade hinauswollte. Daphne trug unterhalb des Bauchs einen roten Sarong.

»Daphne«, sagte Livia, den Korb mit den Salaten wuchtend, »du musst ja völlig gestresst sein, jetzt so kurz, bevor die Hochzeit losgeht. So viel zu tun.«

»Lass mich in Ruhe, ich bin schwanger«, sagte Daphne zuckersüß und streckte Piper die Hand hin, um ein Glas Eistee entgegenzunehmen.

Die Dusche, eine Kabine aus Zedernholz um einen Duschkopf an der Hauswand, war in der Nähe der Hintertür. Livia drehte den Hahn auf und nahm einen Kopfsalat, hielt ihn unter die Wasserstrahlen, zerrupfte die Blätter und warf sie in die Salatschleuder. Sie fühlte sich wie immer, wenn sie über ihre Schwangerschaft geredet hatte: ein bisschen beschämt und ein wenig unrein, wie wenn sie auf einer Party einen unanständigen Witz erzählt hätte. Agathas Anblick im

Bikini hatte ihre Laune nicht eben gebessert. Unwillkürlich hatte sie sich Agatha und Teddy zusammen vorgestellt, und so unwahrscheinlich der Gedanke war, ihr wurde davon schlecht. Sie hatte von zwei oder drei Mädchen gehört, mit denen er geschlafen hatte, seit es zwischen ihnen aus war, und sie stellte sich auch diese Mädchen mit ihm vor, als einzelne Fragmente und Körperteile. Das Ganze war zu grausig gewesen. Teddy war immer noch die einzige Kerbe in ihrem kläglichen Bettpfosten. Sie grub die Finger in den Salat und riss Zacken, die ihrem Vater bestimmt nicht gefallen würden, dann drückte sie den Deckel auf die Schleuder und zog an der Schnur, mit einer Kraft, als wollte sie einen Außenbordmotor anwerfen.

»Teddy hat mich geschwängert« – das war das, was sie zu sagen pflegte, obwohl eigentlich die Schuld größtenteils bei ihr lag. Von der Pille wurde ihr übel oder sie bekam unerträgliche Stimmungsschwankungen; von Diaphragmen bekam sie ständig Entzündungen; vor einer Spirale hatte sie Angst, von der Spritze hatte ihre Zimmergenossin fünfzehn Pfund zugenommen. Damit blieben Kondome. Sie verfiel in die Gewohnheit, ein paar Tage um die Periode Risiko zu spielen und die Phase des Liebesspiels zu überspringen, in der Teddy mit dem Daumennagel an der Folie zupfte, die Packung aufriss, sich die kleine Qualle vors Gesicht hielt, um zu sehen, in welche Richtung sie abzurollen war und das Ding schließlich wie einen Ganzkörperanzug gegen einen ABC-Angriff über den Penis stülpte, dem die kondombezogenen Denkanstrengungen seines Besitzers ein wenig von seiner Festigkeit geraubt hatten. Das Vabanquespiel war acht Monate oder so gut gegangen und wäre, mit Disziplin, vielleicht auch weiter geglückt, hätten sie und Teddy nicht eine Krise durchgemacht, die wie all ihre Krisen durch seine Zuwendung zu einer anderen verursacht worden war. Vor lauter Erleichterung über ihre Versöhnung hatte sich Livia zu der Einbildung hinreißen lassen, ihnen leuchteten die grünen Auen der sicheren Zone.

Eines Abends, ungefähr eine Woche nach der Trennung, hatte sie beschlossen, sich allein in ihrem Zimmer heillos zu betrinken und sich dazu mit Perlen und einem Abendkleid herauszuputzen. Es war Schnee vorhergesagt, doch sie wählte ein Sommerkleid mit großen altmodischen Rosen. Aus dem Kleiderschrank ihrer Zimmergenossin fischte sie High Heels mit sehr schlanken Absätzen, die ihr Angst gemacht hätten, wäre sie nüchtern gewesen, vor allem angesichts der vereisten gepflasterten Wege. Es wollte ihr nicht gelingen, den Reißverschluss am Rücken bis oben zuzuziehen, und während sie sich reckte und spannte, den einen Ellbogen zur Decke streckte und den anderen nach hinten verdrehte, wurde sie einen Augenblick lang vom heulenden Elend erfasst, und sie setzte sich auf ihren Futon und vergoss ein paar Tränen. Doch im nächsten Moment setzte sich der Gin wieder durch, und sie torkelte ohne Mantel zur Tür hinaus und um die beschneiten Flächen herum zum Ophidian hinüber, die oberen Zentimeter ihrer Wirbelsäule vom V ihres offenen Reißverschlusses umrahmt. An ihr flitzten Mädchen in ihren Abendgarderoben vorbei, wie sie für die Kälte zu dünn bekleidet. Und auch deren Absätze blieben in Eisriefen und den Ritzen zwischen den Pflastersteinen stecken. Jede Mädchengruppe bildete ein zusammenhängendes, flirrendes Feld, wie ein Vogel- oder ein Fischschwarm, der sich nach einer komplizierten geheimen Choreographie bewegt, und ihre Pailletten und Seiden blitzten im Licht der Laternen.

Der Junge an der Tür zum Club zögerte, als er sie sah, doch sie schob sich an ihm vorbei.

Sie meinte ihn sagen zu hören, dass Teddy nicht da sei, und sagte in den Raum hinein: »Scheiß auf Teddy.« Dann streifte sie, hier und da über Teppichkanten und unebene Fußbodendielen stolpernd, durch die Zimmer. Dröhnender Hiphop erfüllte das Clubhaus, wenig passend zu den schweren Messinglampen und dem behäbigen altmodischen Mobiliar in wulstigem Leder, dunklen Farben, gedrechseltem Holz. Das Interieur war in historischem englischen Stil gehalten, als hätte sich der Ophidian einst ferner Kolonialbesitztümer erfreut. An den Wänden drängten sich gerahmte Fotografien von Mitgliedern, Briefe, die von ihnen oder an sie gerichtet waren, Kritzeleien auf Cocktailservietten und andere kryptische Nichtigkeiten. »Ihr seid alle schon tot«, murmelte Livia vor dem Bild des Examensjahrgangs von 1918, »da hat auch der Ophidian nicht geholfen.« Für sie war der Club eine Institution, die im Grunde zu kaum etwas anderem da war, als ihre Mitglieder auszuwählen. Was passierte, wenn man aufgenommen war? Man saß herum und trank und tratschte, bis es Zeit war, neue Mitglieder auszuwählen, mit denen man herumsaß und trank und tratschte, bis es Zeit wurde, die nächste Runde auszuwählen. Der Club besaß keinen Sinn, keinen richtigen Zweck. Der Ophidian war eine Attrappe, eine Fassade, eine Fabrik, die nichts erzeugte. Ihr Vater liebte diese Schlange, die sich selbst in den Schwanz biss. Es gehe um Selbsterhaltung, Erneuerung und Wiedergeburt, meinte er, darum, sich zu häuten, aber im Kern immer gleich zu bleiben, ohne Anfang und Ende. Ihrer Meinung nach ging es darum, kein Ziel zu haben und sich selbst zu verschlingen, weil einem nichts anderes übrigblieb.

Livia spürte, dass Leute sie beobachteten, und sie griente zurück, in undeutliche Gesichter, die sie kannte oder zu kennen meinte. Irgendwann saß sie auf der Lehne eines Ledersofas und lachte über etwas, das ein Junge neben ihr sagte. Sie musste so lachen, dass ihr die Luft wegblieb. Als sie einen Schluck aus dem Plastikbecher in ihrer Hand nehmen wollte, merkte sie, dass er nur Wasser enthielt.

»Das ist Wasser«, rief sie aus. »Ich wollte kein Wasser. Wenn ich Wasser gewollt hätte, hätte ich das gesagt.«

Der Junge auf dem Sofa wirkte peinlich berührt. Sie wunderte sich, wieso sie ihn je lustig gefunden hatte. »Stephen dachte, du hättest vielleicht genug gehabt.«

»Ach, hat Stephen das gedacht?« Inzwischen stand sie. Um sie wurde es still im Raum, und sie drehte sich nach links und rechts, um alles in Augenschein zu nehmen. »Was?«, sagte sie. »Du denkst, ich bin betrunken. *Stephen* denkt, ich bin betrunken? Na, du kannst *Stephen* sagen, dass ich für zwei trinke! Verstehst du? Aber warte bloß nicht drauf, bis du es von Teddy hörst, und schick keine Zigarren!« Aus ihrem Becher schwappte Wasser auf ihre Zehen. »Scheiße.« Als sie sich bückte, um es abzuwischen, verlor sie den letzten Rest ihres Gleichgewichts und kippte vornüber auf den Orientteppich. Kaum war sie unten (oder schon vorher – war sie überhaupt gefallen?), spürte sie ein Paar Hände an ihren Seiten, die sie wieder aufrichteten. Eine davon zog den Reißverschluss an ihrem Kleid hoch. »Teddy?«, winselte sie.

Es waren nicht Teddys Hände, aber sie sah ihn an der Tür, noch im Mantel, hochrot unter dem roten Haarschopf, mit einem Ausdruck in den Augen, dem sie entnahm, dass weder er noch sie diese Situation je verwinden würden. Seine Verachtung strahlte durch den still gewordenen Raum, während sie nur Zerknirschung und animalische Verzweiflung zu senden vermochte.

Ihr Retter war der verhasste Wodkaverweigerer Stephen. »Okay«, sagte er. »Die Party ist vorbei.«

Er führte sie in ein Hinterzimmer, und sie telefonierten die Nummern auf ihrem Handy durch, bis sie eine Freundin fanden, die nüchtern genug und bereit war, sie abzuholen und nach Hause zu bringen. »Komm mit einem Mantel, den sie überziehen kann«, sagte Stephen ins Telefon. »Und bring Stiefel mit.«

Während sie nebeneinander warteten, Livia den Blick zu Boden gesenkt und Stephen an die Decke starrend, sagte er: »Ich würde dich ja selbst bringen, aber das würde nicht gut aussehen. Teddy ist mein Freund. Ich habe ihn angerufen, damit er dich abholen kommt.«

Auf dem ganzen Heimweg durch den rieselnden Schnee im violettorangen Licht der Straßenlaternen, durch die klirrend kalte Welt, während sie von jedem ungeschickten Schritt, den sie in den zu großen geliehenen Stiefeln machte, durchgeschüttelt wurde, redete sich Livia ein, dass Stephen ihr am nächsten Tag eine E-Mail schreiben würde, um sich nach ihr zu erkundigen, und dass etwas zwischen ihnen wachsen würde, wie ein Krokus aus dem Schnee.

Sie bekam am nächsten Tag E-Mails, aber keine von ihm.

Livia ließ ihren Korb mit gewaschenem Salat auf der Terrasse stehen und ging in die Küche. »Dad?«, rief sie. »Was soll ich mit dem Salat weiter machen?«

Ihr Vater trat aus seinem Arbeitszimmer, in den Händen ein dickes, in blaues Leinen gebundenes Buch. Auf dem Rücken stand in silbernen Großbuchstaben VÖGEL. »Ich habe unser kleines Rätsel gelöst«, sagte er. »Hör zu.« Er blätterte eine Seite auf, die er durch einen eingesteckten Finger markiert hatte, und las: »Reiher ist der Oberbegriff für eine große Familie von Schreitvögeln, zu denen auch Silberreiher und Dommeln zählen. Silber- und Seidenreiher haben ein weißes Gefieder, andere sind grau oder bräunlich gefärbt.« Er schlug das Buch zu. »Damit ist das klar. Wir hatten beide recht.«

»Das Buch ist veraltet, und die Definition ist ziemlich schwammig«, sagte sie.

»Auf jeden Fall sind Silberreiher eine Unterart der Reiher.«

»Ja, aber sie sind trotzdem ganz andere Vögel. Ich weiß nicht – ich erinnere mich nicht genau. Ich müsste es nachlesen.«

»Ich habe es doch gerade nachgelesen.«

»Das Buch ist alt, Dad.«

»Reg dich nicht auf.«

»Ich rege mich nicht auf! Ich will nur genau sein.«

Er musterte sie eingehend über seine Brille hinweg, als suchte er zu bestimmen, was für eine Art von Reiher sie war. »Ich auch«, sagte er.

5 · Das weiße Natursteinhaus

Dominique steckte in dem klassischen doppelten Dilemma eines wohlmeinenden Gastes. Sie wollte möglichst vermeiden, beim Kochen um Hilfe gebeten zu werden (Winn allein in der Küche war schon mehr als genug), und sie wollte weder faul noch parasitär erscheinen. Also blieb nur die Flucht. Sie nahm sich ein Fahrrad und strampelte los. Dominique fuhr schnell, sie fuhr im Stehen und überholte ein paar Kinder in Basketballtrikots auf BMX-Rädern, die johlten, als sie vorbeifuhr, dann einen einzelnen Mann in farbbeklecksten Hosen, der langsam dahinradelte und aus einer braunen Papiertüte trank, und danach eine große Familie auf einem Ausflug, angeordnet in einer langen Reihe von abnehmender Größe, von Papa Bär bis hinunter zu Baby Bär, auf gemieteten Markenrädern mit Körben am Lenker. Weiter vorn erspähte sie einen Radler mit wirbelnden, spinnendürren Beinen in schwarzem Lycra. Sein Oberkörper leuchtete strahlend gelb. *»Ah, oui?«*, sagte Dominique. *»Le maillot jaune?«* Sie senkte den Kopf und trat schneller, im Kopf ein Bild von Zuschauern am Wegesrand, schneebedeckten Alpen, einem Hauptfeld von sich schubsenden BMX-Kids hinter ihr auf den Serpentinen. Das klapprige Zehngangrad, das sie aus dem Van Meterschen Fahrradtrödel gefischt hatte, wankte von links nach rechts, wenn sie trat. Sie holte ihn leichter ein als erwartet, der silberne Tränentropfen seines Helms wuchs stetig, bis sie, enttäuscht, mit ihm gleichzog. Sie trödelte ein wenig, bevor sie vorbeifuhr, und hoffte, er würde sich umdrehen, um sie anzusehen, aber seine Sonnenbrille blieb stur geradeaus auf die Straße gerichtet.

In der Ferne tauchte der Leuchtturm auf, er stand über dem Steilufer wie ein einzelnes Lebenslicht am Geburtstag. Tagsüber wirkte sein Licht schwach und überflüssig, ein wiederkehrender weißer Funke, der in der Sonne kaum auffiel, aber Dominique mochte die stabile Form und seine munteren Streifen. Dahin wollte sie fahren, entschied sie. Zu Hause in Brüssel fuhr sie fast täglich mit dem Rad, doch dort musste sie sich ständig durch aggressive Schwärme winziger europäischer Autos winden und schnell sein, um zu überleben, nicht weil es ihr Vergnügen machte. Aber dies – die Luft erfüllt von Salz und den Früchten der Wachsmyrthe, der Himmel so strahlend blau und weit wie die Innenhaut eines unendlichen Luftschiffs, die allmähliche Lockerung ihrer Muskeln – alles war einfach wunderbar. Sie brauchte Geschwindigkeit, Platz, das Rauschen der vorbeisausenden Luft. Die arme Livia litt unter der Illusion, dass die Welt ihr etwas schuldig sei, dass ihr als Ausgleich für ihre Pein irgendein karmischer Gnadenbeweis zustehe, aber die Welt verspürte keine Reue für ihre Grausamkeiten, kein Mitleid mit ihren Opfern, und schon gar nicht mit denen, die durch ungeschützten Sex dem Unglück Tür und Tor öffneten. Natürlich hatte die Geschichte überall die Runde gemacht; der Abend im Ophidian hieß allgemein »Die Baby Party«. Daphne schien sich nicht besonders bemüht zu haben, Livia in der Sache beizustehen, aber sie behauptete, Livia sei ihr aus dem Weg gegangen, habe wenig erzählt und sich weder für ihre Schwangerschaft noch die Hochzeitsvorbereitungen interessiert. Und Daphne neigte ohnedies zur Zurückhaltung, wenn es um das Privatleben anderer ging, selbst bei ihrer Schwester. So sehr, dass es von manchen für generelles Desinteresse gehalten wurde. Daphne selbst hatte Dominique erzählt, Greyson habe ihr in ihrem schlimmsten Streit, dem einzigen, bei dem sie sich gegenseitig ihre Fehler vorgehalten hatten, vorgeworfen, sie würde sich für gar nichts interessieren.

Inzwischen schien der Klatsch über Livias Schwangerschaft abgeebbt zu sein, und der kleine Fenn-Van Meter war weitgehend unter den gemeinschaftlichen Aubusson-Teppich gekehrt worden. Dominique hatte fast vergessen, wie diese Familien funktionierten, wie sie Fassaden künstlicher Unwissenheit errichteten und dahinter unausgesprochenen Groll und unterdrückte Leidenschaften verbargen, ganz so wie ihre Häuser Hintertreppen hatten und kleine Kammern hinter der Küche für die Geister der Dienstboten aus der Zeit der Vorfahren. Es überraschte sie, dass Winn nicht von einer Brücke gesprungen oder sich in ein Samuraischwert gestürzt hatte, nachdem seine beiden Töchter sich hatten außerehelich schwängern lassen. Daphnes Umstände – Dominique stellte sich vor, dass Winn als der alte Viktorianer, der er war, dieses Wort benutzte – wurden durch die Hochzeit in die Bahnen großväterlichen Anstands gelenkt, doch Livias Phantomschwangerschaft, die fehlende Wölbung unter ihrem grünen Kleid vorne in der Kirche, war eine Leere für die es keine befriedigende Abhilfe gab. Gut, dass der Pequod ihn von diesen Dingen ablenkte und er um die Mitgliedschaft kämpfte wie ein Don Quixote ohne seinen Sancho.

Kräftig in die Pedale tretend, schüttelte sie den Kopf. Diese Leute, diese alles bestimmende Clique reicher Spießer, in der Winn für sich und seine Familie das Heil suchte, schien darauf aus zu sein, ihre Gemeinschaft in immer kleinere und kleinere Fraktionen zu teilen, Hälften von Hälften, um sich, ohne ihr Ziel je zu erreichen, einem Gipfel, einem Nirwana der Exklusivität zu nähern. So lange Dominique sie kannte, hatte Daphne angesichts der Ticks und Täuschungen ihres Vaters die Augen verdreht, doch bis zu ihrer Schwangerschaft hatte sie nichts getan, um ihr Leben von seiner Vision für ihre Zukunft zu scheiden. In Deerfield hatte Dominique angenommen, Daphne würde ihre Studienzeit nutzen, um eigene Wege zu suchen, aber dann war sie an die Uni nach Michigan gegangen, während Daphne an der Ostküste blieb, und hatte sich in ihrem Zimmer im Studentenheim, in den nach Bleiche miefenden Sportsachen auf dem Bett liegend und die Schneeflocken zählend, die vor dem Fenster zu Boden rieselten, am Telefon stundenlang anhören müssen, wie Daphne von Eating Clubs und überdrehten Abenteuern mit ihrer neuen, ach so lustigen Freundin Piper schwärmte, auf die Dominique *total* abfahren würde, und von schicken Benefizbällen in New York und von Greyson, ständig und immerzu von Greyson. Immer gern bereit, mit anderen in Konkurrenz zu treten, hatte Dominique zunächst versucht, Daphne gegen diese neuen Leute aufzuwiegeln und sie zurückzugewinnen.

»Sie klingen wie Zombies«, hatte sie gesagt und sich vom Bett auf den Fußboden gelegt, um Streckübungen zu machen. Sie war immer entweder beim Sport oder lernte, oder sie schlief. Und fand es verblüffend, wie viel Zeit Daphne zu haben schien, um sich schön zu machen und auszugehen. »Die klingen alle genau wie die Freunde, die dein Vater dir aussuchen würde. Willst du da nicht ein bisschen frischen

Wind hineinbringen? Was Neues probieren? Die ausgetretenen Pfade verlassen?«

»Welche ausgetretenen Pfade?«, wiederholte Daphne. »Die sind für mich nicht ausgetreten. Ich bin so. Ob es dir passt oder nicht, ich gehöre gern dazu. Ich mag Leute, die so ähnlich sind wie ich.« Ja, gerade deswegen hatte sich Dominique ursprünglich zu ihr hingezogen gefühlt, damals als sie in Deerfield neu und noch ganz verloren gewesen war. Daphnes Sicherheit für ihren Platz in der Welt war das perfekte Rezept gegen Heimweh gewesen. Sie war eine Art Generalschlüssel zum Internatsleben gewesen, und Dominique hatte sie freudig in Besitz genommen.

»Ich mache mir nur Sorgen«, sagte Dominique, »dass du dich zu billig verkaufst.«

Nach diesem Gespräch folgten ein paar Wochen Tieffrost und dann eine Versöhnung, und bald darauf besuchte Dominique sie in Princeton und konnte sich nicht für alle Aktivitäten und Leute begeistern, für die sich Daphne begeisterte, und sie stritten sich, weil Dominique sich laut gefragt hatte, wie Piper es bloß geschafft hatte, einen Studienplatz an einer sogenannten Eliteuniversität zu ergattern, und in dem Streit fiel wieder mehrmals das Wort Zombie (»privilegierte Zombiezicken«), und Daphne regte sich darüber auf, dass Dominique sich ständig zu allem ein Urteil anmaßte, sich immer für *besser* hielt, sich immer für *so* besonders hielt, als wäre sie ein irgendein blöder Pharao oder so was, auch wenn das überhaupt nicht zutraf, und beendete ihre Rede damit, dass manchmal Leute auch einfach gerne ausgingen und sich mit Leuten amüsierten, die nett waren und cool.

Distanz und Zeit hatten ihrer Freundschaft gutgetan. Dominique hatte eingesehen, dass sie nicht für Daphnes Leben verantwortlich war, und Daphne schien sie jetzt, nach fast einem Jahrzehnt, gerade deswegen zu schätzen, weil sie weniger amüsant war als Piper oder Agatha, weil sie nicht blond und zierlich war, weil sie lieber in stille Lokale ging als in Bars voller Banker, weil sie sich um Ehrlichkeit bemühte. Und Dominique mochte Greyson – sie hatte ihn wirklich gern. Sie liebte ihn nicht, aber das war in Ordnung. Sie würde ihn nur selten sehen. Von ihren Freundinnen, die geheiratet hatten, hatte keine einen Mann gewählt, der ihre Hoffnungen für sie erfüllte. Meistens waren die Auserwählten beständige, nette Menschen, die sich eine Ehe wünschten, und nicht die aufregenden, geistreichen, inspirierenden Partner, die Dominique sich erträumt hatte. Auch ihre eigene Mutter, die ständig versuchte, sie mit geeigneten koptischen Exil-ärzten zu verkuppeln, hatte sie schon beschuldigt zu an-spruchsvoll zu sein, sowohl im Hinblick auf sich selbst als auch auf andere, doch Dominiques Ansicht nach bestand das Missverhältnis nicht zwischen ihr und der Realität, sondern zwischen ihren Wünschen für das eigene Leben und den Wünschen ihrer Freundinnen für das ihre.

Und trotzdem hatte Daphne ihr vorgeworfen, sie würde ihre Ziele zu niedrig stecken. Dominiques Freund Sebas-tiaan war Belgier und ein Koch, der keine Verkürzung seines Namens duldete. Er verlangte, dass stets alle vier Silben aus-gesprochen wurden, was Gespräche unangenehm verlang-samte und gefährlich hemmte. Sein Name beschwerte ihre Zunge und vermittelte ihr immer das Gefühl, zu viel über ihn zu reden, obwohl sie ihn eigentlich kaum je erwähnte. Er war ein Anhänger der traditionellen französischen Küche auf Basis der Grundsaucen und wurde regelrecht wütend, wenn ihre nordafrikanischen Gewürze oder thailändischen

Kräuter sein Boeuf Bourgignon oder Homard à la Norman-
de verfälschten. »Was ist das, verflucht noch mal?«, rief er
aus und wedelte ihr mit einem Entenschenkel vor der Nase
herum, auf dem sich Spuren von Baharat befanden. »Wenn
du experimentieren willst, dann nimm gefälligst die Ente
von wem anders!«

»Er leidet an einer Art kulinarischem Fremdenhass«, hatte
sie Daphne an ihrem ersten Abend auf der Insel berichtet,
als sie oben auf dem Witwensteig allein zusammensaßen.
»Aber gleichzeitig fühlt er sich auch zu allem Exotischen
hingezogen. Einmal kam er nach Hause und roch nach äthio-
pischen Speisen, und als ich ihn fragte, wo er gewesen war,
sagte er: ›Ach, bloß ein Bier trinken.‹«

»Es ist besser, er betrügt dich mit Essen als mit anderen
Frauen«, sagte Daphne.

»Ich bin nicht sicher, ob das so ein Unterschied ist. Ich glaube, er mag mich, weil ich dunkel und würzig und verboten
bin. Ich bin das Fremde. Es gibt ihm das Gefühl, er würde
ein Tabu brechen. Das merke ich daran, wie er im Bett ist.«

»Wie kann es dir mit so jemandem ernst sein?«

Dominique zuckte die Achseln. »Mir ist es nicht ernst.
Nicht wirklich.«

»Und warum bist du dann mit ihm zusammen?«

»Ich mag ihn. Er passt mir für den Augenblick gut.«

»Greyson und ich haben uns gerade darüber unterhalten,
dass du dir deine Ziele zu niedrig steckst.«

»Echt?« Dominique war zugleich entsetzt und neugierig.
»Ich weiß nicht, ob das stimmt. Ich bilde mir gern ein, dass
ich mich mit dem zufriedengebe, was verfügbar ist und mir
entgegenkommt.«

»Nein«, Daphne schüttelte den Kopf und spitzte die Lippen auf eine Art, die Dominique an Sebastiaan erinnerte, wenn er eine ihrer Suppen kostete: voll Abscheu und Urteilsfreude. »Du bist nicht wählerisch genug.«

Wieso, fragte sich Dominique, hatte sie sich wieder so ins Leben der Van Meters hineinziehen lassen? Legte sie Wert auf deren Ansichten? Bevor sie zu ihrem ersten Jahr nach Deerfield gekommen war, hatte sie ihre Koffer mit europäischen Szeneklamotten und Schals und Schmuck aus den Souks gefüllt, damit sie allen zeigen konnte, dass sie aus Ägypten war, exotisch und anders. Doch als sie im Internat die Koffer aufmachte, waren sie voller Sachen gewesen, die sie noch nie gesehen hatte. Vom Jetlag noch völlig durcheinander war ihr vor Angst übel geworden. Statt ihrer Sachen sah sie nur Kordhosen, Schottenröcke, Hemdblusen und dicke Daunenwesten, so als wäre ihr Leben von einem anderen geschluckt worden. Die alte Dominique hatte sich aufgelöst wie ein Kondensstreifen über dem Atlantik.

Dann war sie allmählich dahintergekommen, dass ihre Mutter monatelang neue Sachen aus Katalogen geordert und für sie gehortet hatte. Ihre Komplizin dabei war Biddy Van Meter gewesen. Das Internat hatte ihrer Mutter die Telefonnummer der Van Meters gegeben, als sie darum bat, sich an irgendwen wenden zu können, um sich Rat zu holen. Als Dominique sich mit Daphne angefreundet hatte und von ihr zu Thanksgiving nach Hause eingeladen wurde, hatte sie Biddy kennengelernt und dabei das Gefühl gehabt, ihrer Schöpferin gegenüberzutreten, derjenigen, die sie für eine längere, wenn auch periphere Rolle im Leben ihrer Familie durchgestylt hatte.

Anfangs waren die Van Meters total bezaubernd gewesen. Daphne war lieb und munter. Die noch ganz kindliche Livia verehrte Dominique abgöttisch. Biddy war praktisch, forsch, freundlich. Winn trug Fliege und darauf abgestimmte Einstecktücher und ging alle Aspekte seines Lebens so sicher und überlegt an, dass Dominique absolutes Vertrauen zu ihm fasste. Der Garten war unkrautfrei, im Hauswirtschaftsraum lagen keine einzelnen Socken. In der Garage hing ein Tennisball an einer Schnur, um genau den Punkt anzuzeigen, wo das Auto anzuhalten war. Die Milch wurde einen Tag vor dem Ablaufdatum weggeworfen. Und trotzdem wirkte alles, was die Familie machte – ob sie Tennis spielten, Essen kochten, Freundschaften schlossen, sich anzogen – mühelos. Erst nach Jahren erkannte Dominique, welche Anstrengungen sie sich auferlegten, und zugleich auch das Ziel dahinter. Sie wollten Aristokraten sein, in einem Land, in dem es angeblich keine Aristokratie gab, ja, das einst unter anderem aus Protest gegen die Ungerechtigkeit erblicher Macht entstanden war. Für Dominique war das unverständlich: Wo lag der Sinn darin, so viel Energie auf die Nachahmung eines Systems zu verwenden, das doch vollkommen überholt war? Jede erbliche Aristokratie war dumm, und die Amerikaner besaßen für ihre Form des Erbrechts nicht einmal Regeln, jedenfalls keine richtigen. Viele von Dominiques Mitschülerinnen in Deerfield stammten aus Familien, die darauf erpicht waren, nach einem verstaubten, halb verstandenen Verhaltenskodex zu leben, den sie von Generationen von Hochstaplern übernommen hatten. Offenbar mochten Leute, die sich ihre gute Herkunft zugutehielten, ihre erfundenen Kasten nicht aufgeben, weil sie sonst am Ende ohne etwas dasitzen und nirgendwo mehr Bewunderung für ihre besonderen Clubs, ihre Stammbäume, ihre komischen Manieren, ihren fadenscheinigen Wohlstand ernten würden.

Sie konnte sich ihre bleibende Anteilnahme, ihre Geduld mit diesen Menschen, nicht erklären. Als Mitglied einer unbeliebten Minderheit in ihrem Heimatland, zu der sie gezählt wurde, obwohl weder sie noch ihre Eltern religiös waren, meinte sie eigentlich, angesichts dieser neu-englischen Illusionen von Erhabenheit und Geburtsrecht, angesichts ihrer Spießigkeit und ihres Nepotismus vor Empörung schäumen zu müssen. Doch das Schlimmste, was sie sich abringen konnte, war ein leises, dumpfes Mitgefühl, oft gepaart mit leisem, dumpfem Amüsement. Ihr Gefühl sagte ihr, dass die Van Meters ihre Ellbogen weiter ausfahren mussten als andere, um ihren Status zu halten, und manchmal ertappte sie sich dabei, dass sie ihr leidtaten. Sie waren ein wenig randständig – Dominique wusste nicht genau warum, und es wäre ihr schwer gefallen, das Minderwertigkeitsgefühl zu beschreiben, das manchmal durch die Räume des Van Meter'schen Hauses zog wie fauliger Duft. Gottlob für Belgien, dachte Dominique. Für Sebastiaan. Gottlob, dass sie den Kord und die Schottenröcke an den Nagel gehängt hatte und zu ihren Tuniken und Schals zurückgekehrt war.

Ein Jeep sauste an ihr vorbei, bremste, dass es quietschte, und hielt am Straßenrand. Sie hörte auf zu treten und fragte sich, ob sie einfach vorbei fahren sollte. Auf der Beifahrerseite reckte sich ein unbekannter Kopf aus dem Fenster. »Dominique?«, sagte er, als sie herankam. »Hey. Dominique?«

»Ja?« Sie hielt an und schaute ins Auto. Am Lenkrad saß Greyson. »Oh, hey!«, sagte sie. »Greyson!«

»Habe ich dich doch richtig erkannt«, sagte er und beugte sich über seinen Mitfahrer. »Wie geht's, wie steht's?«

»Du hast meinen Hintern aus fünfhundert Metern erkannt?«

»Nicht deinen Hintern, deine Entschlossenheit. Schon von weitem. Das ist mein Bruder Francis.«

»Hey«, sagte der Mitfahrer.

»Warum habt ihr bei so schönem Wetter das Verdeck zu?«, fragte Dominique. »Habt ihr Angst um eure Frisuren?«

»Ich mag keine Cabrios«, sagte Francis. Er trug eine altväterliche Brille und machte einen eher gesetzten Eindruck. »Sie machen mir Kopfschmerzen. Ich glaube, es ist der Wind.«

Greyson lächelte gnädig, wie um zu zeigen, dass er sich der Merkwürdigkeit dieser Äußerung von seinem Bruder bewusst war und sie ihm gleichzeitig nachsah.

»Na ja«, sagte Dominique. »Jedem das Seine.«

»Wir wollen noch ein paar Sets spielen, bevor wir uns zum Essen umziehen müssen«, sagte Greyson. »Willst du das Rad hinten reinwerfen und mitkommen?«

Sie waren beide ganz in Weiß. Sie selbst trug orangefarbene Fußballshorts und ein graues T-Shirt, das sie bei einem Quiche-Wettbewerb gewonnen hatte. »Nein danke«, sagte sie, obwohl sie sicher war, dass Greyson ihr weiße Sachen besorgen könnte. Wahrscheinlich hatte er immer welche dabei, so ähnlich wie Sebastiaan, der als Bergsteiger auch im Tiefland immer eine silberne Rettungsdecke im Kofferraum hatte. »Ihr müsstet das Verdeck aufmachen, um für das Rad Platz zu machen, und ich fürchte, ich kenne Francis noch nicht gut genug, um ihm Kopfschmerzen zuzumuten.«

Francis starrte sie treuherzig und unbewegt an. »Mir macht's nichts aus, ehrlich.«

»Nein, lasst mal. Ich will zum Leuchtturm rausradeln.«

Sie fuhren davon. Greyson drückte zum Gruß zweimal leicht auf die Hupe. Dominique radelte weiter und überholte erneut den Radfahrer mit dem gelben Trikot, der vorbeigefahren war, während sie sich unterhielt. Schweiß rann ihr über den Rücken, als sie den letzten Hang zum Leuchtturm hinaufkeuchte. Herrlich. Sie warf ihr Rad ins Gras und spazierte langsam im Kreis herum, schwang die Beine und streckte sich dem Licht entgegen. Aus der Nähe wirkte der Turm nicht mehr so perfekt. Der breite rote Streifen um die Mitte war zu einem matten Rosarot verblichen. Die schwarze Farbe auf der Kuppel und dem Balkon war in der Sonne stumpf geworden, und die Scheiben des Laternenraums waren von Salz verkrustet und mit Vogelkot verschmiert. Abgeblätterte Farbe lag verstreut im Gras wie rotes und weißes Konfetti. Hinter einem grauen Kettenzaun, gefährlich dicht an dem bröckelnden Steilufer, stand das rostige Skelett einer uralten Schaukel auf einer verwilderten Wiese – ein Überbleibsel aus der Zeit, als es einen Leuchtturmwärter gegeben hatte und ein Haus für ihn und Spielgeräte für seine Kinder. Bis zum Parkplatz verlief ein Koppelzaun, der dazu dienen sollte, die Leute vom Rand des Steilufers fernzuhalten. Auf einem der Warnschilder stand »Spanien 3048 Meilen«. Sie blickte auf das Meer hinaus und fragte sich, wie weit es wohl bis nach Ägypten war. Oder bis zu ihren Eltern in Lyon. Oder nach Belgien. Was machte Sebastiaan wohl gerade? Suhlte er sich in Garam Masala und Ras el Hanout? Alles, was ihr wichtig war, ihre ganze Realität, lag irgendwo jenseits des Ozeans, nicht hier auf dieser halb imaginierten Insel, diesem Nistplatz umtriebiger, aufgeblasener Amerikaner, unter denen sie, der dunkle Wasservogel, auf einer langen ungewissen Reise Rast machte.

Der Radfahrer im gelben Trikot erreichte das Ende der Straße, stoppte, kehrte um und fuhr den gleichen Weg zu-

rück. Am Himmel brummte ein Propellerflugzeug, Dominique legte eine Hand über die Augen und rechnete sich,
während sie den Flug über die Insel zum kleinen Flughafen
verfolgte, aus, wie viel Vorsprung sie dem Gelben geben
musste, bis es zur Herausforderung wurde, ihn einzuholen.

Winn schnitt die Körner von einem Maiskolben. Er wollte
sie kurz überbrühen und dann mit den Tomaten und einer
schlichten Vinaigrette zusammen als Salat servieren. Zwei
Schüsseln voll. Dies war die erste. Zehn Kolben pro Schüssel. Seine gestreifte Lieblingsschürze fest um die Taille gebunden, summte er vor sich hin. Er stellte einen Maiskolben
auf, führte sein äußerst scharfes deutsches Messer von der
Spitze nach unten und freute sich an dem hübschen Geriesel
gelber Körner hinter der Klinge. Dann drehte er den Kolben und wiederholte den Vorgang, bis nur noch ein eckiger
Pflock übrig war. Die automatische Wiederholung hatte etwas Tröstliches, geradezu Genießerisches. Er gab sich dem
Rhythmus des fallenden Messers und der Handbewegung
hin und schob die süß duftenden Körner in eine rote Metall-
schüssel. Auf dem Herd dampfte ein Topf mit Wasser.
    Piper erschien im Bademantel. »Oh«, sagte sie. »Hallo.«
Ihre nassen Haare hingen ihr in verknoteten Strähnen über
den Rücken, und ihr Gesicht wirkte ohne die üppige Mähne
und ohne Make-up spitz und verhärmt. Sie zögerte, nahm
die Hände vor die Brust und drehte die knochigen Finger
umeinander.
    »Suchst du was?«
    »Daphne braucht eine Gurke.«
    »Eine Gurke?«
    »Wir legen uns Gurkenscheiben auf die Augen.«

»Ist das gut?«

»Das wissen wir nicht.« Sie stieß das hohe, kitzelige Hihihi einer Maus im Zeichentrickfilm aus. Der alte rosa Frottee-bademantel von Daphne machte sie klein, und ihr dünner Hals und das magere Gesicht ließen sie merkwürdig alt erscheinen, ein wenig wie ein alter Mönch, der vom Leben in seiner Höhle ganz bleich geworden ist. »Deswegen wollen wir es gerade mal versuchen. Daphne sagt, es ist ein altes Hausmittel, und Agatha schwört darauf. Wir knipsen uns vorher und nachher.« Wieder das piepsige Kichern.

»Im Gemüsefach liegt eine, aber die wollte ich für den Salat haben.«

»Oh. Ach so.« Sie zog die feuchten Haare nach vorn und zuppelte mit den Fingernägeln an den Knoten. Er wandte sich wieder dem Mais zu, und als er das nächste Mal über die Schulter guckte, war sie weg. Da fing er wieder an zu summen, neigte das Schneidebrett über die rote Schüssel und ließ weitere Körner auf den hohen Haufen regnen, der so perfekt geformt war wie der Sandkegel in einem Stundenglas.

Agatha sagte: »Ich höre, du willst uns keine Gurke gönnen.«

Winn wirbelte herum. Sie stand dort, wo Piper gestanden hatte, das Haar ebenfalls nass, aber glatt nach hinten gekämmt, und trug wieder das durchsichtige weiße Kleid von vorhin. »Wie bitte?«, fragte er.

»Wir brauchen doch bloß ein kleines Stück.«

Sie wühlte im Kühlschrank und fand einen grünen, warzigen Phallus, schob Winn behutsam beiseite, um ihm das Schneidebrett und das Messer zu entwenden und das unselige Ding um eine Daumenlänge kürzer zu machen. Dann schälte sie das abgeschnittene Ende und schnitt es in acht dünne Scheiben. »Voilà! Schönheit aus der Natur.« Sie wedelte mit der abgehackten Gurke. »Soll ich sie gleich draußen lassen?«

»Gib her.« Als er sie ihr aus der Hand nehmen wollte, hielt sie sie fest, so dass er ziehen musste. Er schnaufte belustigt und verlegen.

»Dir muss es vorhin in den Ohren geklungen haben«, sagte sie.

Er legte die Gurke beiseite und ließ das Messer den letzten Maiskolben hinuntergleiten. »Warum?«

»Ich weiß nicht mehr, wie wir darauf gekommen sind. Wir waren mit Celeste draußen auf dem Rasen, und irgendwie haben wir Vermutungen darüber angestellt, wie du als Student warst. Celeste hat gemeint, du wärst damals genauso gewesen wie jetzt.«

»Hmm«, machte er unsicher.

»Und, stimmt das?«

»Das weiß Celeste bestimmt besser als ich.«

»Willst du wissen, was Daphne gesagt hat?«

»Ich weiß nicht. Will ich es wissen?«

»Sie meinte, Biddy hätte ihr erzählt, du hattest einen schlechten Ruf.« Sie wartete. Da er schwieg, redete sie weiter: »Du musst wohl ein ziemlicher Playboy gewesen sein.«

Winn nahm die Schüssel und schüttete den Mais in das kochende Wasser. Er stellte ein großes Sieb ins Spülbecken, wischte sich die Hände an der Schürze ab und wandte sich ihr zu, die Arme über der Brust verschränkt. »Ein Playboy?«

Sie richtete die Gurkenscheiben zu einem ordentlichen Stapel aus, den sie wie Pokerchips lose zwischen den Fingern hielt. »Wir waren einfach neugierig, weil du einer von den Menschen bist, der so wirkt, als wäre er als Erwachsener auf die Welt gekommen, schon gleich mit Haus, Ehe und allem. Ich kann mir Biddy vorstellen, wie sie jung war, aber dich nicht.«

»Hmm«, machte er wieder.

»Na?«

»Ich kann mich nicht erinnern. Ich glaube nicht, dass ich sehr anders war. Ich hatte Freundinnen, aber nicht unge-wöhnlich viele. Ich war kein Casanova.« Er drehte sich um, nahm den Topf vom Herd und goss den Inhalt ins Sieb. Seine Brille beschlug.

»Das hat Celeste auch gesagt. Sie hat gesagt, du wärst monogam geboren.«

Er schob seine Brille auf die Nasenspitze hinunter und sah sie an. »Schade, dass ihr Mädchen nichts Interessanteres habt, worüber ihr euch unterhalten könnt.«

Sie fasste nach seinen Brillenbügeln und nahm ihm die Brille ab. Er schloss die Augen, und als er sie wieder öffnete, wischte sie an ihrem Kleidersaum den Dampf von den Gläsern.

An dem Tag des Jahres 1966, als Winn sein Studium in Har-vard antrat, schenkte ihm sein Vater eine goldene Armband-uhr und sprach ihn von Sünden frei. »Jugend ist die beste Entschuldigung, die du je haben wirst«, sagte Tipton Van Meter und schüttelte seinem Sohn zum Abschied die Hand. Sie standen auf dem Bürgersteig einer baumgesäumten Ave-nue in Boston, unweit des Public Garden, im Schatten ihres weißen Natursteinhauses. Er sprach langsam, mit wohlüber-legtem Nachdruck. Dass er den Augenblick von langer Hand geplant hatte, war deutlich. Winn entschied sich für mann-haftes Schweigen. Keine Antwort konnte mit dem Satz mit-halten, den sein Vater sich bereits für ihn ausgedacht hatte, und deswegen beschränkte er sich darauf, den Händedruck mit einer Inbrunst zu erwidern, die hoffentlich von Kraft, Elan und Dankbarkeit zeugte. Tony, ihr Chauffeur, wartete hinter dem Lenkrad darauf, ihn die knapp vier Meilen zu den Toren des Yard zu befördern.

»Auf Wiedersehen, Vater. Wir sehen uns Sonntag zum Essen.«

Tipton nickte bloß.

Bis Tony um die Ecke bog, blickte Winn durch die Rückscheibe zu seinem Vater zurück, der im grauen Anzug an der Straße stand, die Hände hinter dem Rücken verschränkt.

Winn hatte den Charles River schon unzählige Male überquert, aber er hatte dennoch das Gefühl, die Herrlichkeit dieses Septembernachmittages sei eine Segnung speziell für ihn, und das wohlbekannte grüne Wasser, von derselben Sonne vergoldet, die auf seiner neuen Armbanduhr blitzte, sei eine wichtige Schwelle. Er stand vor dem Beginn einer neuen Epoche, und die Abschiedsworte seines Vaters waren in den Torbogen geschnitzt. Tipton Van Meter besaß einen starken Glauben an die Jugend, und Winn glaubte an Tipton. Die meisten Väter hätten ihre Söhne gemahnt, der Familie Ehre zu machen, sich anständig zu benehmen oder ihren Platz in der Welt zu erobern. Dass sein Vater ihm gestattet hatte, nichts davon zu tun, war für Winn eine ungemeine Erleichterung. Er fasste den Vorsatz, sich jede Menge Freiheiten zu gestatten – verbunden mit der Bedingung, eines Tages zur richtigen Form des Erwachsenendaseins überzugehen. Fürs Erste würde er unbekümmert, sorglos, voll Übermut und Leichtsinn dahinleben, um dann später zu einem ehrenwerten Mann, einem guten Staatsbürger, einem Mann zu werden, dessen Porträt an der Wand hängen könnte:

einem Mann wie sein Großvater Frederick, dessen Antlitz über das Billardzimmer im Vespasian Club wachte, oder wie sein Vater, dessen Bildnis in Öl im Esszimmer des weißen Natursteinhauses auf seinen noch lebenden Zwilling hinabschaute.

Als Kind war Winns Lieblingsplatz der Teppich neben Tiptons Sessel gewesen. Dort hatte er gesessen, während sein Vater Gin aus einem Kristallglas trank und dazu Radio hörte. Nun da er in die Zeit aufbrach, die nach Tiptons Ansicht die schönste seines Lebens sein würde, hatte er das Gefühl, vor der perfekten Symbiose der beiderseitigen Wertschätzung von Vater und Sohn zu stehen. Tipton hatte ebenfalls in Harvard studiert, und in den Jahren seit seinem Examen hatte er im eigenen Kopf und dem Kopf seines Sohnes eine sonnengebräunte verwuschelte Idealgestalt eines Studenten geschaffen. Dieser junge Mann war ein aktiver Sportler, ein unauffälliger Student, ein Meister witziger Trinksprüche, ein leichtfüßiger Wanderer durch das Schlaraffenland weiblicher Gesellschaft. Während manche Jungen davon träumten, Präsident oder Astronaut zu werden, besaß Winn in seiner Jugend den einzigen Ehrgeiz, eines Tages den breiten Schultern und Messingknöpfen des idealen Harvard-Studenten gerecht zu werden, den sein Vater ihm halb aus der Erinnerung, halb aus der Fantasie heraufbeschwor. In den Geschichten, die Tipton für die Stunde nach dem Abendessen auswählte, verkörperte er selbst diesen Mann: den strahlenden Anführer einer Bande draufgängerischer Lümmel. Auf dem fleckigen Tischtuch unter dem eigenen Porträt im verschnörkelten Goldrahmen hoch an der Wand malte er für seine Zuhörer die Vergangenheit in leuchtenden Farben. Wenige Wochen bevor Winn nach Harvard ging, waren sein Englischlehrer und dessen Frau zum Essen da gewesen, und Tipton hatte einen Klassiker hervorgekramt:

»Wir ließen uns vom Koch im Club ein Lunchpaket geben«, sagte Tipton, »und kletterten im Sever aus dem Fenster, um auf dem Dach zu picknicken. Cort Wilder, Moody, Kreegs, Tom Patten und ich – das waren damals meine besten Freunde unter den Kommilitonen. Cort Wilder kennen Sie, oder?« – Die Frage war an den Englischlehrer gerichtet – »Ach. Ich dachte, Ihre Wege hätten sich vielleicht gekreuzt. Er war auch Altphilologe. Also gut. Es war der erste warme Frühlingstag, der ist ja immer herrlich, nicht? Alles erwacht aus dem Winterschlaf. Wir wollten das aus der Vogelperspektive beobachten, und so hatten wir einen Picknickkorb von Kreegs' Freundin und die Sandwiches aus dem Club, und wir tranken Champagner direkt aus der Flasche, das ist ja immer ein besonderes Vergnügen, nicht? Uns hätte bestimmt niemand bemerkt, wenn nicht der Wind Kreegs' Brotpapier erfasst und eine Weile umhergewirbelt hätte, um es dann ausgerechnet Professor Fieldston an den Kopf zu wehen, der auf dem Weg zu seiner Vorlesung war. Fieldston kennen Sie doch, nicht wahr?«

»Der Name kommt mir bekannt vor«, sagte der Englischlehrer, der gerade mit der silbernen Zuckerzange einen Zuckerwürfel in seinen Kaffee gab.

»Also gut. Es stellte sich heraus, dass Kreegs, dieser Dämlack, mit dem Brotpapier die Mayonnaise von seinem Sandwich gekratzt hatte. Deshalb blieb es nass und klebrig an Fieldstons Wange hängen. Als er hochguckt, sitzen wir alle in einer Reihe auf dem Dach wie die Tauben. Natürlich rast er sofort ins Sever, und ich sage Ihnen, wir bekamen es mit der Angst. Wir dachten, jetzt ist es aus. Kreegs jammerte, weil er schon mehrere Verwarnungen hatte und fürchtete, dass man ihn exmatrikulieren werde, und Moody meinte, sein Vater habe bereits gedroht, ihm das Taschengeld zu streichen, und dies bringe jetzt das Fass zum Überlaufen, und so weiter und so fort. Doch zum Glück kannte ich das Sever in- und auswendig, und ich führte die ganze Bande zur anderen Seite des Dachs, wo ich ein bisschen herumturnte, bis ich ein offenes Fenster fand. Ich kann Ihnen sagen, so erstaunt war ein Französischseminar noch nie. Sie glauben nicht, wie die geglotzt haben, als wir alle fünf hintereinander eingestiegen sind. Cort, der Witzbold, hat sich sogar noch umgedreht und etwas über *la fenêtre* gemurmelt, und dann sind wir zur Tür hinaus, und ich habe die Jungs über eine Hintertreppe nach unten geführt. Fieldston stand vermutlich noch am Fenster und wunderte sich, wohin wir bloß verschwunden waren, als wir längst wieder im Club waren. Den Picknickkorb mussten wir zurücklassen, und irgendwer hat mir erzählt, dass Fieldston ihn ein ganzes Jahr lang in seinem Büro auf einem Regal stehen hatte. Wenn jemand zufällig mit dem Blick daran hängenblieb, trat ein argwöhnischer Ausdruck in sein Gesicht, und er fragte: ›Kommt er Ihnen bekannt vor?‹ Er hatte immer noch Hoffnung, der alte Trottel. Kreegs ist dann doch noch geflogen, ein paar Wochen später. Weshalb weiß ich nicht mehr. Irgendwas Dummes. Er ist nach Baltimore zurückgegangen.«

Damit nahm er die Gabel und wandte sich seiner *Tarte Tatin* zu, während die anderen stumm vor sich hin stierten und nur das Klappern von Silber auf Porzellan zu hören war. Es war typisch für Winns Vater, seine Geschichten mit einem traurigen, vagen Fortsatz zu versehen und zu vergessen, dass seine Zuhörer noch immer auf eine Pointe warteten. Der

Englischlehrer zog eine Augenbraue hoch und sah Winn über den Tisch hinweg an. »Kaffeelöffelweis«, sagte er, mit einem solchen durch die Luft fahrend. »Van Meter, ich vertat mein Leben, wie?«

»Wie bitte, Sir?«

»Vollende die Zeile, Van Meter. ›Ich vertat mein Leben ...‹ wie?«

»Kaffeelöffelweis?«

»Ja. Von wem ist das?«

»Sir?«

»Wie heißt das Gedicht, und wer hat es geschrieben?«

Je länger das Schweigen dauerte, umso mehr erstarrten Schüler und Lehrer, der Schüler, weil sein Vater meinen würde, er hätte nichts gelernt, und der Lehrer, weil der Vater meinen würde, er hätte dem Schüler nichts beigebracht. Zwischen ihnen schwebte der Kaffeelöffel. Kurz bevor Winn einfach raten und sagen wollte, das Gedicht sei von Eliot, sprang die Frau des Lehrers ein und sagte: »James, du bist einfach gnadenlos. Den Jungen beim Essen zu triezen. Er fängt in einer Woche in Harvard an; er ist viel zu aufgeregt, um den ganzen Kleinkram im Kopf zu haben, den du ihm beigebracht hast.«

Der Lehrer klemmte sich die Pfeife zwischen die Zähne und klopfte seine Taschen ab. »Dein Glück, Van Meter, dass ich seit langem gelernt habe, auf meine Frau zu hören.« Tipton warf dem Lehrer vom Kopf des Tisches ein Streichholzheftchen zu, das der zu fangen versuchte, aber knapp verfehlte, so dass es auf den Fußboden fiel. »Sieht aus, als wärst du gerettet«, sagte er zu Winn und bückte sich unter den Tisch.

»Danke, Sir.«

»Ich habe mir auch nie viel aus Gedichten gemacht«, sagte Tipton.

Immer wenn dann der Tisch abgeräumt war und die Gäste nach Hause gegangen waren, erzählte Tipton die Geschichten, die er, wäre es nach Winn gegangen, lieber für sich behalten hätte.

»Wahrscheinlich hatte einer der Burschen im Ophidian was gegen mich. Ich habe mal gehört, wie einer von ihnen über meinen Vater schimpfte und Geschichten weitererzählte, die er höchstwahrscheinlich von seinem Vater hatte. Aber ich wäre gern Mitglied geworden. Immerhin war ich beim Abschlussessen dabei. Damals war Willy Abernathy Präsident, obwohl sie dafür im Ophidian ein komisches Wort haben, irgendwas mit Oro, ich kann mich nicht mehr erinnern. Das war ein großartiger Kerl. Hatte immer die schönsten Mädchen, und sie liebten ihn auch noch, nachdem er ihre Herzen gebrochen hatte, weil er es mit so perfekten Manieren und auf so nette Art machte. Er hatte einen Strohhut, den ich bewunderte, mit schmalem Rand und Hutband. Ich habe mir genauso einen gekauft. Aber er stand mir nicht richtig, und ich habe ihn im Scherz in den Fluss geworfen.«

In den ersten beiden Studienjahren war Winn alles, was er seiner Erziehung gemäß als Harvardstudent sein zu müssen meinte. Er gehörte allerlei Clubs an, spielte in albernen Theaterstücken mit, sang als Tenor in einem Männerensemble. Seinen Schreibtisch zierte ein Stillleben aus halbvergessenen Objets eines Männerlebens: ein Zigarrenschneider, ein Flachmann im Ledermantel, ein Berg Münzen, eine große Gipsente, die er bei einem Streich aus einem Garten gestohlen hatte. Im Spiegel sah er einen jungen Mann, der selbstbewusst seinen Tennispullover trug und von der Salzbrise der Jugend und Hoffnung umweht war.

Seine goldene Armbanduhr erwies sich nicht als das Wahre. Die Jungen, die ihm vornehmer schienen als er, trugen Uhren mit schlichten Leder- oder Ripsbandarmbändern. Je mehr Winn diese Jungen beobachtete, desto mehr Anzeichen entdeckte er, die gewisse Verdachtsmomente bestätigten, wie er sie bereits in Deerfield gehegt hatte: Sein Vater verhielt sich – nicht immer, aber doch dann und wann – wie ein Neureicher, dessen Protzigkeit weit weniger erstrebenswert war als die verstaubten Schränke des alten Geldes, zu dem er, Winn, sich hingezogen fühlte und in dessen Reich er sich schließlich einen, wenn auch wackeligen, Platz eroberte. Im Laufe des Studiums perfektionierte er eine wohlberechnete Schäbigkeit und trug sie stolz zur Schau, mit abgestoßenen Spitzen und abgelaufenen Sohlen an den Slippers und einem kleinen Riss im Revers seines liebsten Sportsakkos, den er selbst erzeugte und anschließend flickte. Er spielte gern Squash und ab und zu auch Touch Football, doch sein kurzes Gastspiel in der Rudermannschaft endete, als ein älterer Kommilitone, der im Ophidian Mitglied war, die Bemerkung fallen ließ, dass man einen Sonnenaufgang nur draußen auf dem Gehweg vor dem Zimmer eines Mädchens oder am ersten Tag der Jagdsaison erleben sollte. Er kaufte sich in Boston eine neue Uhr mit einem schlichten braunen Armband und holte die goldene nur hervor, wenn er sonntags zum Essen nach Hause fuhr. Im Ophidian konnten ein paar Jungen es sich leisten, auffallende Kleidung zu tragen oder ihren Sport oder das Studium mit ungeniertem Eifer zu betreiben, doch Winn, der weder zu Exzentrizität noch zu Ehrgeiz neigte, fühlte sich nie versucht, das Risiko einzugehen, von dem im

Ophidian Üblichen abzuweichen, einem unausgesprochenen Codex, nach dem am meisten galt, wer sich durch Ironie, Sorglosigkeit und Betrunkenen-Streiche hervortat.

Mit der Zeit vergab er seinem Vater die gelegentlichen Faux-pas, weil ihm klar wurde, dass es ja wirklich erst Tiptons Vater gewesen war, der die Familie reich gemacht und das weiße Natursteinhaus erworben hatte. Tipton war also wirklich neureich, und seine Entgleisungen mochten unglücklich sein, aber sie waren verständlich. Winns Mutter stammte aus der alteingesessenen Gesellschaft, aber sie war während seiner Kindheit kaum zu Hause gewesen und erst richtig dahin zurückgekehrt, als er vierzehn war und nach Deerfield aufs Internat geschickt wurde.

Der Ophidian Club war ein Backsteinhaus in einer Backsteinstraße, hoch und schmal mit schwarzen Fensterläden und einer Schlange über der Tür, die sich in den Schwanz biss. Obwohl Tipton keine Aufnahme gefunden hatte – er war Mitglied des etwas weniger angesehenen Sobek Club for Gentleman –, hatte der Ophidian Winn mit offenen Armen empfangen, und er war nach seiner Initiation (einem Abend, der in etwa je zur Hälfte in Saufgelage und gut gelaunte Demütigung aufgeteilt war) einen Tag nach Hause gefahren, um sich auszuruhen und zu brüsten. Er glaubte, sein Vater würde ihn nach den Geheimnissen fragen, in die er nun eingeweiht war, und freute sich darauf, das würdige Schweigen vorzuführen, zu dem sich die Mitglieder des Ophidian verpflichten mussten, wenngleich er nur zu gerne von der gebratenen Klapperschlange, den griechischen Wahlsprüchen, dem Medaillon mit dem Clubsiegel, das um den Hals getragen wurde, den obszönen Rezitationen seiner neuen Brüder, dem Gefühl, ein Auserkorener zu sein, erzählt hätte. Doch

Tipton saß nur in seinem Sessel und hörte Radio, und zum Essen ging er in den Vespasian Club, ohne Winn einzuladen, doch mitzukommen. Winn aß allein unter Tiptons Porträt und ging dann nach oben zu seiner Mutter.

»Ist es denn ein guter Club?«, fragte sie. Sie lag auf einem Sofa vor einem Fenster, ein Tablett mit dem Abendessen neben sich, das sie nicht angerührt hatte. Sie wirkte viel älter als sie war. Sie hatte ihr Haar grau werden lassen, Hände und Hals waren faltig, das Gesicht schlaff, und der Rest ihrer Person war unter ihrem Morgenmantel und Wolldecken verborgen.

»Es ist der beste von allen«, sagte Winn. »Sie sind sehr wählerisch. Alle wollen da Mitglied sein.«

»Na, das ist ja fein«, sagte sie, den Blick nach unten auf die Straße gerichtet.

Er wartete, und dann sagte er: »Daddy wollte auch rein, aber er wurde nicht genommen.«

Sie drehte sich zu ihm um, die farblosen Lippen geschürzt, ihr Blick plötzlich lebendig. »Ach ja?«, sagte sie. »Wie schön für dich, Winnie, das ist wirklich toll. Was hat dein Vater dazu gesagt?«

»Er hat mich beglückwünscht.«

»Aber hat er sich gefreut? Hat er sich richtig für dich gefreut? Sag deiner Mutter die Wahrheit.«

»Er hat sich gefreut.«

Sie zupfte an ihrer Decke. Sie wiegte den Kopf und zuckte die Achseln, als wäre sie in ein stummes Gespräch verwickelt. Draußen fuhr ein Auto vorbei. Ihr Blick wanderte aus dem Fenster.

»Aber«, sagte Winn, »er hat sich nicht so gefreut, wie ich dachte. Ich dachte, er würde mehr wissen wollen. Ich dachte, es würde ihm mehr gefallen, dass ein Van Meter jetzt Mitglied ist.«

»Glaubst du, er ist eifersüchtig?« Ihre Finger krallten sich in die Decke. »Ach, mein Tipton. Eifersüchtiger geht's nicht. Bei ihm und seinem Vater war es genauso – es war nicht auszumachen, wo der Neid aufhörte und die Enttäuschung anfing. Es ist ihnen lieber, man meint, sie wären enttäuscht, weißt du. Dann sitzen sie sicherer auf ihrem Thron.«

Winn dachte an die Schlange, die sich in den Schwanz biss. »Aber er ist doch stolz auf mich, oder? Ich habe getan, was er wollte. Er wollte, dass ich in einen Club gehe, und weil er ständig vom Ophidian redet, dachte ich, er wollte, dass ich in den Ophidian eintrete. Wenn ihm der Sobek lieber gewesen wäre, hätte er es sagen müssen.«

»Eiskalt«, sagte seine Mutter zu ihren Händen auf der Decke. »Eiskalt.«

Unter der Balkendecke des Ophidian gingen lange Tage in der dreifachen Seligkeit von Clubsesseln, Schnäpschen und Zigaretten dahin. Seine Abende verbrachte Winn, wann immer möglich, auf der Jagd nach Mädchen. Er wählte gern Radcliffe-Studentinnen, wenn sie ihn denn wollten, doch da sie eher ernst und gelehrsam waren und in streng betreuten Festungen lebten, vernaschte er sie im Wechsel mit Mädchen aus der Stadt, die in den Geschäften am Square jobbten, einer gelegentlichen Wellesley-Studentin und dann und wann mit einem Mädchen, das noch auf der Highschool war. *Deine Jugend ist die beste Entschuldigung, die du je haben wirst*, sagte er sich. Er führte Mädchen aus, die so verschieden waren wie die Hunde bei einer Hundeausstellung – die lange schlanke fleißige Miranda Morse, die vollbusige Deborah Latici, die zügellose Geigenspielerin Michelle Fleming, Bobbie

Hodgson, die in einer Bäckerei arbeitete. Sie alle trugen etwas zu seinem Sozialstatus oder seiner sexuellen Erfahrung bei, und jedes Mädchen, das für beides ein Gewinn war, wurde von ihm für eine Weile gern zur Freundin ernannt. Es waren Liaisons der Jugend, er ging sie leichten Herzens ein und löste sie mit feiner Hand. Und als Winn eines Nachmittags Lily Spaulding küsste, während seine Hände ihre Brüste betasteten, und anschließend die Treppe hinaufging, um ihre Freundin Isabelle Hornor zu küssen, während er Vorstöße unter die wollene Grenze ihres Rocksaums wagte, geschah dies ganz im Geist des amüsanten Zeitvertreibs.

Als das Studium dem Ende zuging und er nach bestandenem Examen in die Stadt zog, ein trinkfester junger Angestellter in Schlips und Kragen unter lauter Junggesellen, die waren wie er, begann das Gefühl an ihm zu nagen, dass sich der Segen seines Vaters dem Verfallsdatum näherte. Tipton sagte es nie, er äußerte niemals Missbilligung, aber er erwähnte auch nie mehr etwas von Jugend und Entschuldigungen. Wenn Winn sein Elternhaus besuchte, was immer seltener geschah, nahm Tipton ihn zu langen, tristen Mahlzeiten in den Vespasian mit, während derer sich Vater und Sohn ausschließlich über das Tagesgeschehen und die Todesfälle und Hochzeiten von gemeinsamen Bekannten austauschten.

Nach Winns Überzeugung gehörte es sich für maßgebende junge Männer sorglos zu sein, während es sich für maßgebende erwachsene Männer gehörte, die Last der Respektabilität zu tragen und Würde zu beweisen. Er fragte sich, wann der Zeitpunkt gekommen sein würde, die Musik abzustellen, die Betrunkenen nach Hause zu schicken, die Luftschlangen auszukehren und für Babywiegen und Labradorhunde Platz zu machen. *Jetzt vielleicht?*, überlegte er, als er sein Glas abstellte und sich von einem Gespräch mit einem schönen Mädchen abwandte, um in den Swimming Pool seines Freundes Tyson Baker zu kotzen. Als er ein paar Monate darauf hörte, dass Tyson Baker bei einem Eishockeyspiel auf einem kleinen See eingebrochen und wie ein Stück Blei versunken und ertrunken war, dachte er wieder: *Jetzt?* Als er beim Aufwachen feststellte, dass ein feuchtkaltes Stück von der Strumpfhose seiner Freundin wie eine Maske auf seinem Gesicht klebte; als er bei einer Hochzeit einen Champagnerkelch mit einem Buttermesser köpfte, obwohl er nur leise ans Glas klopfen wollte, um einen Toast anzukündigen; als er sich auf dem Bürgersteig vor einem Pfannkuchenimbiss einen Zahn absplitterte; jedes Jahr zu Weihnachten, Silvester, zum Geburtstag, bei Beerdigungen, Hochzeiten, als er an der Tür lauschte, während eine Freundin weinend in der Badewanne lag: *Jetzt? Jetzt? Jetzt?*

Am Ende war es der Tod seines Vaters, der Winn mit einunddreißig Jahren zum Mann machte. Bei der Trauerfeier, während ein Schulfreund von Tipton einen Bibeltext herunterleierte, spürte Winn, wie die letzten Körner seiner Jugend davonrieselten. Sein Vater hatte die Sanduhr für ihn ein wenig schief gehalten, die Zeit ein wenig bemogelt. Doch jetzt, ohne die väterlichen Hände, hatte sich die Uhr aufgerichtet und der Sand lag wie ein Häuflein Asche auf dem Grund. Tipton war einundsiebzig geworden und an einer außergewöhnlich aggressiven Form von Prostatakrebs gestorben, gegen den er sich nicht zur Wehr gesetzt hatte. Sein Golfpartner trat an das Pult und räusperte sich. »Ich lese einige Zeilen aus der Offenbarung des Johannes«, sagte er ins Mikrophon. Er wirkte seltsam in seinem dunklen Anzug, nackt ohne seinen karierten Pullunder und seiner mit einem Puschel verzierten Golfmütze. »Und ich sah einen neuen Himmel und eine neue Erde; denn der erste Himmel und die erste Erde sind vergangen, und das Meer ist nicht mehr.« Jetzt, nach dem Tod seines Vaters, war Winn der einzige Mann in der Familie, und da seine Mutter zweifelsohne bald durch den kumulativen Sog ihrer eingebildeten Krankheiten in die Ewigkeit übergehen würde, blieb nicht mehr viel Zeit, bis er überhaupt der Einzige in der Familie war, ein Mann mit sämtlichen verstorbenen Van Meters auf den Schultern. Über den Nordosten verstreut hatte er eine Reihe von Cousins und Cousinen, Tanten und Onkel, allesamt nicht von der väterlichen Seite, sondern von den kraftlosen Zweigen der vornehmen Familie seiner Mutter, untersetzt und mit übergroßem Habsburgkinn. Angehörige einer Dynastie, die ein paar Generationen zu lang überdauert hatte. Sie zählten für ihn kaum als Verwandte.

Während seiner eigenen Trauerrede fiel Winn eine junge Frau in der vierten oder fünften Reihe auf, Elizabeth Hazzard, genannt Biddy, die er kannte, aber nicht sehr gut, nur als die Tochter eines entfernten Geschäftsfreundes seines Vaters. Sie reichte ihr Taschentuch der Frau neben sich, die ihre Mutter sein mochte, aber ihre eigenen Augen betupfte sie nicht. Er stockte bei ihrem Anblick, und er räusperte sich, als kämpfe er gegen Tränen an. Im Weiterreden spürte er, dass er in erster Linie zu Biddy sprach, ihr von seinem Vater erzählte, der ein würdevoller, ehrenwerter Mann gewesen sei, von allen wohlgelitten, die ihn kannten, ein ausgezeichnetes Vorbild. Ihm gefiel, dass sie keine von den vielen war, die bei Beerdigungen weinten, als gehörten Tränen dazu wie Applaus bei einem Tennisspiel. Ihm gefiel ihr marineblaues Kleid, ihre schlichte Frisur, der verbliebene Rest ihrer Sommerbräune, ihre aufrechte Haltung. Möglicherweise war es ungehörig, auf der Beerdigung seines Vaters nach einer Freundin zu angeln, doch er verspürte keine Schuldgefühle, nur Dankbarkeit für Biddys Anwesenheit. Ihr properes Gesicht verhieß Hoffnung und Frische, während sonst um ihn herum nur Verfall herrschte.

Weniger als ein Jahr später heirateten sie auf dem Rasen ihres Elternhauses in Maine. Die Gästeliste war kurz, weil er noch um seinen Vater trauerte. Biddy steckte ihm eine Kirschblüte ans Revers, die irgendwann unbemerkt verloren ging. Seine Mutter blieb im Haus und schaute aus einem Fenster zu, weil sie für die Seeluft zu schwach zu sein meinte. Biddys Kleid war dezent, beinahe schlicht. Harry Pitton-White, Winns Trauzeuge, litt an einem Magen-Darm-Katarrh und schwankte während der Zeremonie wie ein beinahe gefällter Baum. Bei seinem Toast sagte Biddys Vater, er sei froh, dass Biddy einen Mann heirate, der nie Dummheiten machte, was Winn als Kompliment und Drohung zugleich verstand. Nachdem er mit Biddy in ihr bedrückend geblümtes Zimmer im Bed & Breakfast aufgebrochen war, hatten die jungen alkoholisierten Hochzeitsgäste nackt im frühlingskühlen Atlantik gebadet, und Winn war am nächsten Tag, als er beim Brunch davon hörte, vor Neid ganz wehmütig ums Herz geworden. Unter ihrem Hochzeitskleid hatte Biddy einen weißen Hüftgürtel und Strümpfe getragen, die er unglaublich sexy fand. Aber das sagte er ihr nicht, weil er sie einerseits nicht verlegen machen wollte und andererseits fälschlicherweise davon ausging, dass sie einen ganzen Koffer voll Reizwäsche besaß, die sie unaufgefordert im Laufe ihres ersten Jahres vorführen würde. Kein Kommentar zu den Strümpfen – sein erstes Versäumnis in der Ehe.

Er glaubte, sich an fast alles an seinem Hochzeitstag zu

erinnern, aber an die Vorbereitungen entsann er sich nicht, und ganz gewiss an nichts, was mit dem Tohuwabohu für Daphne zu vergleichen wäre. Seine Hochzeit war eine Hochzeit gewesen und kein Familientreffen plus Raketenstart plus Staatsbankett, alles auf einmal. Es mochte sein, dass Biddy und ihre Mutter Entscheidungsqualen durchgemacht hatten und beim Vergleichen unzähliger Weißtöne und aller Blumen auf der Welt schier wahnsinnig geworden waren, aber er war mit anderen Dingen beschäftigt gewesen, seiner Arbeit und Golfspielen und den feuchtfröhlichen Riten seiner letzten Junggesellentage. Auch heute hätte er Golf spielen gehen oder seine Arbeit vorschieben können, aber in seiner Abwesenheit würden das Haus und sein Postfach und das Bewusstsein seiner Frau trotzdem vor Einladungen und Frisuren und Geschirr und Streichquartetten und mit der Frage überfließen, ob eine Schokoladenbuttercreme auf der Karamelltorte zu schwer war. Auf einmal entwickelte er entschiedene Ansichten über Dinge, über die er nie zuvor nachgedacht hatte – Gästebücher und Andenken für die Gäste, Servietten und Tischschmuck. »Taglilien«, sang Biddy im Schlaf. »Tulpen.« Unmengen von Schecks, ganze Bündel von ihnen, genug für eine Konfettiparade, flatterten von seinem Schreibtisch, landeten kurz auf Biddys oder Daphnes Fingerspitzen und landeten in den Geschäftsbüchern der Floristin, der Schneiderin und der ganzen übrigen Bande der Gewerbetreiber, die munter an seinen Geldbeständen knabberten.

»Es ist eben alles eilig«, sagte Biddy, »und das kostet extra, da können wir nichts machen.«

Sie hatte recht. Sie konnten nichts machen. Greyson war absolut in Ordnung. Er trug Krawatten und Gürtel mit aufgeprägten Enten oder Walen und war stets liebenswürdig.

Er konnte segeln, rudern und tanzen und ging gern auf Partys. Fünf Jahre nach dem Studium hatte er sich schon ein kleines Vermögen verdient, aber zeigte sich nie protzig oder geschmacklos, trug ausgefranste Kakihosen und fuhr einen kleinen uralten Nissan, was Winn für ein Zeichen hielt, dass er aus gutem Hause stammte. Ja, wirklich, Winn wäre rundum stolz und zufrieden mit der Wahl seiner Tochter, wäre da nicht die Beule unter Daphnes Hochzeitskleid. Ihre Finger waren bereits so geschwollen, dass der sorgfältig ausgewählte Ehering nicht mehr passte, und sie hatten in letzter Minute einen Ersatzring für die Trauung erstehen müssen.

»Sie haben beide in Princeton studiert«, hatte Winn zu Biddy nach der gleichzeitigen Verkündung der Heiratsabsicht und der bevorstehenden Geburt gesagt. »Sie haben beide verantwortliche Posten. Man sollte meinen, sie wären in der Lage, Verhütungsmittel richtig anzuwenden.«

Biddy hatte erwidert: »Ich denke, es war ihnen vielleicht egal. Daphne wollte ein Kind. Sie waren sich einig, dass sie irgendwann heiraten würden.«

»Sie hätten an uns denken müssen«, sagte Winn.

6 · *Dein Schatten am Abend*

Die Duffs trafen zehn Minuten früher ein als erwartet. Winn stand noch in der Küche und schnippelte Schnittlauch, als Celestes Stimme vom Witwensteig erscholl.

»Duffs, ho!«, rief sie.

Er war gerade vor die Haustür getreten, noch immer in seiner Schürze, da tauchte aus den Bäumen eine Karawane von Mietwagen auf, und er erhob die Hand zum Gruß. Das erste Auto war eine schlichte weiße Limousine – schön, dass die guten alten Duffs sich gegen Extravaganzen entschieden hatten –, und dahinter röhrten zwei Jeeps mit offenem Dach die Auffahrt hinauf, als brächten sie General Patton zu seinen Soldaten an der Front. Sie parkten in einer ordentlichen Reihe an einer Seite der Lichtung, und Greyson sprang aus dem ersten Jeep, rief Winn einen Gruß zu und richtete im gleichen Atemzug noch schnell eine Frotzelei an die beiden Jungen, die mit ihm gefahren waren. Winn reagierte mit einem markigen »Hallo, Jungs!«.

Greysons Bruder Francis hatte hinter den Sitzen auf der Ladefläche gesessen, er reckte sich mit einer Miene, in der verletzte Würde stand, und trat über die Hecktür auf die Stoßstange. Beim Abstieg auf den Kies inspizierte er seine Hose (rot, mit weißen Walen bestickt), um zu sehen, ob sie schmutzig geworden war. Der andere Junge, Greysons bester

Freund Charlie, griff sich Francis und drehte ihm den Arm auf den Rücken. Francis überließ sich ihm schlapp wie Seetang, ohne Protest. »Hast du Kopfschmerzen bekommen?«, fragte Charlie. »Leidest du Qualen? Ist der Abend ruiniert?«

»Das werde ich erst später wissen«, antwortete Francis. »Es passiert nicht sofort.«

»Winn«, sagte Greyson, der mit großen Schritten heranstürmte, »meinen kleinen Bruder Francis kennst du. Und meinen Freund Charlie auch.« Greyson hatte immer etwas Kraftstrotzendes, doch heute wirkte er noch energiegeladener als sonst. Hätte er einen Football dabei gehabt, würde er ihn unablässig Charlie und Francis und seinen beiden älteren Brüdern zuspielen, die in dem zweiten Jeep saßen und sich leise stritten.

Greyson hatte drei Brüder und keine Schwestern. Vier Jungen jeweils im Abstand von zwei Jahren geboren, vier Duffs hintereinander. Winn erschienen vier Söhne in einer Familie als unbegreiflicher Reichtum, auch wenn die Jungen durchaus unterschiedlich ausgefallen waren. Greyson war eindeutig das beste Exemplar. Sterling, der Älteste, verbrachte seine ganze Zeit in Asien und besaß einen zweifelhaften Ruf. Der nächste in der Reihe, Dicky junior war offenbar schon als Spießer geboren – und warum Dicky und Maude ihrem zweiten Sohn das junior angehängt hatten, war Winn ein Rätsel. Danach kam Greyson und nach ihm dieser Jüngste, Francis, der Sonderling der Familie, der mit seiner Hornbrille und der Walhose äußerlich wie ein gewöhnlicher Eliteinternatler wirkte, aber ständig nach irgendwelchen geistigen Besonderheiten strebte, seien es östliche Religionen oder Ambitionen professioneller oder künstlerischer Natur.

Winn geleitete sie zur Tür. »Jungs, bitte tut mir den Gefallen und geht schon mal rein und guckt, ob ihr meine Frau findet, und wenn ihr sie findet, schickt ihr sie raus, ja?«

Als Greyson und Charlie ins Haus gesprungen und Francis hinterhergeschlurft war, wandte sich Winn den anderen Ankömmlingen zu. Greysons Vater Dicky senior und Dickys Mutter Maude standen jeweils links und rechts von der weißen Limousine. Dicky warf beide Arme hoch und winkte. »Hallo, Haus!«, schrie er.

»Hallo, Auto«, gab Winn leiser zurück.

»Ganz herzlichen Dank für die Einladung, Winn«, rief Maude. »Was für ein schönes Haus. Es ist einmalig schön.« Sie legte eine Hand über die Augen, beinahe als ob sie salutierte.

Maude und Dicky öffneten die Hintertüren, streckten die Hände aus, und wie zwei Zauberer, die identische Kunststücke vorführten, zogen beide eine alte Dame aus dem Auto. Dickys alte Dame schob ihn weg und sagte laut: »Lass mich, es geht schon.«

»Ich wollte nur helfen«, sagte er.

»Du stehst im Weg.«

Groß und kräftig, das weiße Haar kurz und ungelockt, trug sie einen blauen Hosenanzug, eine Perlenkette und an einer Schnur eine Brille, deren Gläser so rund und dick waren wie Bullaugen. Das war Oatsie, Dickys Mutter. Auf Maudes Seite erschien zuerst die Gummispitze eines Stocks, suchte den Boden und wurde gefolgt von zwei winzigen Füßen in weißen Leinenschuhen, dann dürren Unterschenkeln in sonnenbraunen Nylonstrümpfen und schließlich einer kleinen gebrechlichen Frau in einem rosa Chanelkostüm, gekrönt von einer Wolke Barbara Bush-Haar. Das war Mopsy. Ihre zitternden Hände klammerten sich unentschlossen an den Stock, dann an Maude und dann an die Autotür. Maude gab ihre Mutter an Dicky ab und trat an den Kofferraum. »Bloodies!«, rief sie aus und holte eine Stofftasche hervor, die sie so hoch in die Luft hievte, wie es ging, damit Winn sie sehen konnte. »Ich hatte solche Lust drauf. Ich habe sie schon zu Hause gemixt und im Flugzeug mitgebracht, Wahnsinn, oder? Daphne kann das Rezept bekommen, wenn ich sterbe, aber keinen Moment eher. Sie sind unschlagbar.«

»Das glaube ich dir aufs Wort«, rief Winn.

Die beiden älteren Söhne hatten ihr Problem endlich ausdiskutiert, und Dicky junior eilte herbei, um seiner Mutter die Tasche abzunehmen, während der andere, der unstete Erstgeborene Sterling, beleibt und in Baumwollkrepp, am Jeep stehen blieb und noch schnell ein paar Mal an einer Zigarette zog. In der Sekunde, als er sie auf den Kies warf, bellte Oatsie: »Sterling, heb die Kippe auf!«

Sterling gehorchte und warf sie hinten in den Jeep, bevor er zum Haus schlenderte. Winn ließ sich von Dicky senior die Hand zerdrücken und tanzte Wangen küssend zwischen den Großmüttern und Maude hindurch. Er ließ sich von Dicky junior, der das Haus misstrauisch beäugte, die Tasche mit den Thermosflaschen geben, und wurde Sterling vorgestellt, dem einzigen Mitglied des Duffclans, das er noch nicht kannte.

»Greysons Trauzeuge«, sagte Winn. »Du wohnst in Hongkong?«

»Richtig«, sagte Sterling.

»Wir freuen uns, dass du die Reise auf dich genommen hast. Ich weiß, wie viel es Daphne und Greyson bedeutet, dass du hier bist.«

»Klar doch.«

Sterling war erst Anfang dreißig, aber sein Gesicht war lüstern und aufgedunsen, und über seinem Gürtel hing die gemütliche, runde Wampe eines älteren Mannes. Seine Augen hinter den schönen langen Wimpern waren zwar von einem ungewöhnlichen Karamellbraun, aber sie verrieten nicht den geringsten Humor. Sein Blick war seltsam starr, ja, kalt.

»Proper Dews«, sagte Oatsie, das Schild über der Haustür lesend. »Witzig.«

»Nein, wie lustig«, sagte Maude. »Hast du dir das ausgedacht, Winn? Du bist so kreativ. Von dir muss Daphne ihre Fantasie geerbt haben. Vielen Dank für die Einladung, wirklich. Das ist zu nett. Und Greyson hat gesagt, du kochst? Wirklich, du bist zu großzügig.«

»Übertreib nicht, Maude«, sagte Oatsie.

»Was für ein Tag. Was für ein Tag«, stimmte Dicky senior mit ein.

»Ja, nicht?«, sagte Maude. »Könnt ihr es fassen, dass die Hochzeit schon so bald ist? Und diese beiden wunderbaren jungen Menschen dann zusammen ins Leben gehen? Was haben wir für ein Glück, oder? Nicht wahr?«

»Ja, das stimmt«, sagte Dicky senior.

»Doch«, sagte Dicky junior.

Maude plapperte weiter auf Winn ein, als verwechselte sie ihn mit einem Talkshowmaster. »Ich muss sagen, Daphne ist für mich schon jetzt wie eine Tochter. Wirklich wahr. Und dass es endlich eine zweite Frau in der Familie gibt, ich kann dir nicht sagen, wie wundervoll das ist. Nach den vielen Jungens, ich kann dir gar nicht sagen – ahhh, *Hallo!*«

Endlich war Biddy erschienen. Das Küssen hob erneut an,

und auch Maudes Gezwitscher über ihr Rezept für Bloodies und die Großzügigkeit der Van Meters ging in die zweite Runde.

»Was für ein Tag«, sagte Dicky senior.

»Kommt rein«, sagte Biddy.

Mopsy ergriff Winns Arm von hinten und packte überraschend hart zu. »Ich fürchte, ich muss ...«, sagte sie.

Er beugte sein Ohr hinunter: »Was?«

»Sie muss sich hinsetzen«, sagte Dicky junior laut. »Sie kann sich nicht lange auf den Beinen halten. Komm, Gran. Hier lang.« Er machte ihre Hand von Winn los.

»Oh, dieses Haus«, rief Maude aus, sobald sie zur Tür hinein war. »Zu hübsch. Und wie schön ihr es eingerichtet habt. So ein schönes Bild.«

»Das hat ein Freund gemalt«, sagte Winn. »Es hängt nur da, weil Biddy darauf besteht.«

»Das will ich hoffen«, sagte Oatsie und musterte das Gemälde, eine Alpenlandschaft, eingehend durch ihre riesigen Brillengläser.

Maude presste die Handflächen zusammen. »Ich finde es schön. Und es ist so nett von dir, es aufzuhängen. Greyson kann sich glücklich schätzen, in eine Familie zu kommen, die ein Haus wie dieses hat.«

»Daphne ist völlig entzückt von eurem Haus in Maine«, sagte Biddy über die Schulter, auf dem Weg in die Küche. »Die Bilder, die sie uns gezeigt hat, sind fantastisch. Ich habe Daphne gefragt, wie groß eigentlich euer Grundstück ist, aber sie ist mit solchen Dingen schrecklich.«

»Ach, die Gute. Sie ist *wunderbar*«, sagte Maude.

Dicky senior räusperte sich. »Ungefähr fünfundfünfzig Morgen.«

»Das muss ja ein schönes Stück von der Insel sein«, sagte Winn.

»Es ist die ganze Insel.«

»Mein Gott«, sagte Biddy und blieb am Eingang stehen. »Typisch Daphne, das nicht zu erwähnen.«

»Weißt du«, sagte Maude, »das Haus ist ganz bescheiden, sehr rustikal. Wir haben es vor Urzeiten gekauft, als das Land noch kaum etwas wert war. Aber es ist unser kleiner Sommersitz. Wir lieben es.«

Dicky sagte: »Es steckt voller Familienerinnerungen.«

»Wirklich nur was für die Familie. Alles ganz einfach.«

Dicky nickte. »Es war gut für die Jungs, als sie klein waren.«

»Wir können es gar nicht abwarten, bis das Baby da ist. Für Kinder ist es dort wunderbar.«

In Winns Fantasie entstand das Bild eines lebenslangen Duells der Inselhäuser, erbitterte Wettkämpfe um Besuche der Kinder und die Gunst der Enkel. Daphne war vermutlich zehn Mal bei den Duffs gewesen und hatte nicht ein einziges Mal daran gedacht, die wesentliche Kleinigkeit zu erwähnen, dass der Sommersitz der Duffs nicht auf einer Insel, sondern eine ganze Insel war. Aller Wahrscheinlichkeit nach hatte sie nie gefragt, nicht einmal darüber nachgedacht. Daphne, die Märchenprinzessin. »Wir haben für dich ein Thunfischsteak«, sagte er zu Dicky. »Daphne hat gesagt, du verträgst Hummer nicht.«

»Nein, das kann man wohl sagen«, antwortete Dicky. »Und das ist besonders bedauerlich, weil ich ständig dabei zugucke, wie andere sie genießen. Francis, der arme Kerl, hat das gleiche Gen. Bei ihm ist es noch schlimmer als bei mir. Er kann die Dinger nicht einmal anfassen.«

»Davon hat Daphne nichts gesagt. Sonst hätte ich ein zweites mitgebracht. Hast du ...«

»Ach, mach dir keine Gedanken. Francis wird schon was finden. Wenn er Glück hat, gebe ich ihm einen Happen von meinem Thunfisch ab. Ah, da ist Daphne!«

Er fegte davon. Winn stand an der Schwelle zur Küche. Biddy füllte Bloody Marys aus Maudes Thermosflasche in eine Glaskanne um und plauderte mit Oatsie, während Celeste wie ein Vampir an ihrer Schulter lauerte und den Tomatensaft beäugte. Dicky und Maude waren draußen auf der Terrasse und umarmten Greyson und Daphne; die Brautjungfern und Trauzeugen vollführten einen Maibaumtanz der Wangenküsse; im Wohnzimmer saß Mopsy in einem Ohrensessel und schaute aus dem Fenster zu Sterling hinaus, der mit dem Rücken zum Haus auf dem Rasen stand und schon wieder eine Zigarette rauchte. Winn war froh, Livia draußen bei den anderen zu sehen, Wangen küssend wie alle. Sie trug ein blaues Kleid, das ihr gut stand, und das Sonnenlicht ließ sie ein wenig rosiger erscheinen, wenngleich sie immer noch zu dünn wirkte. Bevor Livia so abgemagert und Daphne durch die Schwangerschaft rund wie ein Luftschiff geworden war, waren sie beide so hübsch und jung und appetitlich gewesen. In ihren großen Augen und vollen Lippen, ihren schmalen Taillen und wohlgerundeten Hüften war die Verheißung von Fruchtbarkeit zu lesen gewesen (was ihm sehr viel lieber war als deren Beweis).

Woher die Mädchen ihre Hüften hatten, war ihm ein Rätsel. Biddy war wie ein Grashalm gebaut, und auch Winn war lang und schmal. Doch die Mädchen klagten, dass sie nie Jeans finden konnten, die ihnen passten, dass alles erst in ihren Schränken landete, wenn es in der Änderungsschneiderei gewesen war. Biddy schwor, dass ihre Familie ausschließlich von gehenden und sprechenden Zollstöcken, Bambusstäben und Stricknadeln bevölkert war, also musste Winns Verwandtschaft schuld sein. Die Hüften der Mädchen mussten das Erbe einer längst verstorbenen Frau, einer unbekannten Eva aus den Niederlanden, sein, die mit einer Riesenkinderschar im Schlepp vom Herd zum Feld zur Scheune und umgekehrt gestiefelt war. Nun, da Livias Hüften verschwunden und Daphnes vor Bauch und Busen kaum mehr zu sehen waren, meinte Winn durch die offenen Türen auf zwei junge Frauen mit den Gesichtern seiner Töchter zu schauen und mit Körpern, die irgendwie an sie erinnerten, aber die, wie sie sich so durch die satten Schatten der späten Sonne bewegten, zugleich auch Fremde waren.

Livia wusste, sobald die Duffs den Schauplatz betraten, dass ihnen am Abend eine jener kleinen gelungenen Geselligkeiten bevorstand, die sofort zu schäumen beginnen und von einer Flut von Alkohol getragen dahinwogen, bis unbemerkt der Gipfel der Hochstimmung überschritten ist und die Nacht langsam ins Ungute kippt, Richtung Rührseligkeit, Schläfrigkeit und Selbstverdammung. Seit dem Vorfall im Ophidian hatte sie sich von Partys ferngehalten. Sie hatte sich willentlich vor der künftigen Elite gedemütigt, deren Urteil ihr nun höchstwahrscheinlich für den Rest des Lebens nachhängen würde, und hatte sich seitdem nicht mehr unter die Menschen getraut. Aber diese Party jetzt, dieses kleine Familienfest, erschien ihr als sichere Möglichkeit, wieder in den Sattel zu steigen.

Der Abend war mild. Im Westen erstrahlte der Himmel in allen Farben der Fruchteisskala, während er über ihnen noch blau war, ein von Kondensstreifen durchzogenes Firmament mit Spuren wie von dahinflitzenden Fischlein. Alle außer ihrem Vater waren im Garten. Nachdem er ihr aufgetragen hatte, Käseplatten, Räucherlachs und Krabbencocktails nach draußen zu stellen, hatte er rasch ein halbes Glas Wein hinuntergekippt und war in die Küche zurückgekehrt, um mit dem Elan eines Mannes, der ein ganzes Philharmonie-Orchester dirigiert, zu hacken, mischen, rühren und zu mahlen. Selbst Mopsy war von Dicky junior aus dem Haus bugsiert worden und saß auf einem Gartenstuhl, rieb sich die Arme und klagte über die Kälte. Livia stand mit einem Bloody Mary daneben und lauschte Dicky senior, der vom letzten Wurf der Duff'schen Labradorhündin schwärmte.

»Es sind wunderbare, wunderbare Welpen«, sagte er gerade. »Sie sind einfach wunderbar.«

Soweit sie es mitbekommen hatte, war Dicky senior aus seiner Karriere mit irgendwelchen lukrativen Geldgeschäften ausgestiegen, als er gerade ganz oben war, und schrieb seither dicke historische Wälzer, die er im Selbstverlag veröffentlichte, Bücher mit kurzen markigen Titeln wie *Napoleon*, *Berlin* oder *Verdun*. Sein Lächeln erinnerte an den alten Roosevelt, und zwischen seinen Zähnen klemmte ständig ein imaginärer Zigarettenhalter. Ob es eines Tages auch ein Buch mit dem Titel *Duff* geben würde? Oder *Dicky*? Der Name Dicky war nicht einmal eine Abkürzung – das wusste sie von Daphne. Er stand so in seiner Geburtsurkunde. Sein verstorbener Vater, Richard Duff IV, hatte ihm keine V aufbürden wollen, und trotzdem hatte Dicky mit Dicky junior gleich wieder dafür gesorgt, dass die Abfolge für alle Welt sichtbar war.

»Schreibst du an einem neuen Buch?«, fragte sie ihn.

»Ja, natürlich«, sagte er. »Ich habe meine Assistentin gerade beauftragt, mit der Recherche für eine Biografie von Oliver Wendell Holmes anzufangen.«

»Weißt du schon den Titel?«

»Das ist eine ulkige Geschichte. Ich wollte das Buch eigentlich *Holmes* nennen, aber dann hat mich jemand darauf hingewiesen, das Publikum könnte meinen, es würde um Sherlock Holmes gehen, deswegen lautet der Arbeitstitel jetzt *Gerechtigkeit*.«

In seiner detaillierten Schilderung der Lebensgeschichte von Holmes war er gerade bei dessen Studienjahren angelangt, als Oatsie, die in seiner Nähe saß, ihn unterbrach und sagte: »Dicky, du hast jetzt genug über Bücher geredet.«

»Na schön, Mummer, wovon soll ich denn reden?«

»Wie wäre es, wenn du die junge Dame mal fragst, was sie so macht.«

»Na schön. Livia, du studierst in Harvard, ja? Bald im dritten Jahr, oder?«

»Im vierten.«

»Stimmt, ja. Und hast du schon Pläne dafür, wie es dann weitergeht?«

»Ich werde meinen Doktor machen, in Meeresbiologie.«

»Oh.« Er schlug ihr mit breitem Lächeln auf die Schulter und schwenkte seinen Wein.

»Ich dachte, dein Vater hätte gesagt, du wolltest Jura studieren«, sagte Oatsie.

»Das behauptet er manchmal«, sagte Livia. »Nur weil Daphne Jura studieren wollte, und das hat ihm gefallen.«

»Willst du so eine Art Cousteau werden?«, fragte Dicky. »Unten bei den Fischen.«

»Du solltest lieber Jura studieren«, sagte Oatsie entschieden. »Du wärst eine wunderbare Anwältin. Du hast so schönes Haar.«

»Danke«, sagte Livia. Wenn sie alt war, wollte sie wie Oatsie sein, gebieterisch, brüsk und von logischem Denken vollkommen befreit.

»Diese Janet Reno«, fuhr Oatsie fort. »Ihr Haar war eine Katastrophe.«

»Sterling hat ein Jahr Jura studiert«, sagte Dicky und sah sich um. »Sterling!« Greysons Bruder war bis an den Rand der Wiese gelaufen, ganz hinunter zu den Bäumen. Als er die Stimme seines Vaters hörte, drehte er sich um. »Komm mal her!«, rief Dicky.

Gehorsam, in der Hand ein Glas randvoll mit bernstein-farbener Flüssigkeit, kam Sterling über den Rasen zu ihnen. »Hast du Livia schon kennengelernt?«, fragte Dicky und breitete dazu die Arme aus, als hätten sie gerade ein Frie-densabkommen unterzeichnet.

»Hallo«, sagte Sterling und wechselte das Glas nach links, um ihr die Hand zu schütteln.

Livia erschrak darüber, wie unverhohlen er sie von oben bis unten musterte. Dicky verzog keine Miene. »Livia will vielleicht Jura studieren«, sagte er. »Ich dachte, du hast be-stimmt ein paar Ratschläge für sie.«

»Wo hast du studiert?«, fragte Livia.

»UCLA.«

»Ach?«

»Nicht elitär genug?«

»Das nicht, aber ich hatte automatisch geglaubt, du hättest irgendwo hier im Osten studiert.«

»Francis«, rief Oatsie. »Lass dein Glas nicht da stehen. Sonst geht es noch kaputt.« Sie stapfte davon, und auch Dicky senior trollte sich dahin, wo Greyson, Charlie, Dicky junior und Dominique ein Federballspiel in Gang gebracht hatten. Livia und Sterling blieben allein zurück. Bei den Duffs, deren Familienlegenden Daphne geradezu missionarisch weitergab, besaß Sterling den Ruf, ein unglaublicher Frauenheld zu sein, und Livia hatte nicht damit gerechnet, dass er so verschlossen und verlebt wirken würde.

»Ich musste mal aus dem Dorf weg«, sagte er.

Livia verstand ihn nicht gleich. »Welchem Dorf?«

»Na, diesem hier. Von all diesen Leuten, die meine Eltern kennen. Aus dieser kleinen Welt, in der alle ständig über alle reden. Nicht, dass Hongkong viel besser ist. Da hocken die ganzen Expats aufeinander.«

»Ganz schön abgedreht.«

Er starrte sie an und grinste dann leicht.

Sie wartete darauf, dass er etwas sagte, aber er schwieg. »Gefällt es dir?«, fragte sie.

»Bei den Expats?«

»In Hongkong?«

»Mir gefällt es, wie die Chinesen ihre Geschäfte machen.«

»Nämlich?«

»Im Vollrausch.«

Sie lachte. Dann wartete sie erneut darauf, dass er etwas sagte, und wieder starrte er sie nur stumm an. Seine Reaktionslosigkeit machte sie nervös. »Wo warst du auf dem College?«, fragte sie.

Er nahm den fast leeren Bloody-Mary-Krug vom Tisch und schenkte ihr den traurigen Rest ein. »In Bowdoin. Ich bin der einzige von uns, der nicht in Princeton studiert hat, obwohl ich finde, dass Francis nicht zählt, weil wir seinen Studienplatz erkaufen mussten.«

Sie konnte dem Köder nicht widerstehen. »Wie meinst du das?«

»Der süße kleine Franny konnte es nicht lassen, auf fremde Klausuren zu schielen. Die Lehrer haben weggeguckt. Den Kids ist es aufgefallen. Irgendwann hatte es jemand satt und hat ihn verpfiffen. Damit er nicht flog, haben Mom und Dad geblecht. In Princeton wurde er wieder erwischt. Man wollte ihn von der Uni werfen, und Princeton hat einen Neubau für die Ostasienbibliothek bekommen.«

»Das wusste ich alles nicht.« Livia sah sich Francis, der auf dem Rasen mit den anderen spielte, aus der Ferne genauer an. Er holte zu langsam nach dem Federball aus und schlug daneben.

»Es stand nicht im Weihnachtsbrief.«

Livia hatte die Duffs immer gemocht. Es war einfach, mit ihnen zusammen zu sein. Dick und Maude lebten in einer vertrauten Welt: Ivy League, Junior League, Gesellschaftsnachrichten, Emily Post, Lily Pulitzer, Daughters of the American Revolution, Windsorknoten, Kummerbund, Petitpointbezüge für Kleenexschachteln, L. L. Bean, Memorial Day, Labor Day, Wasservögel auf dem Geschirr und an den Wänden. Sie waren altmodisch, auf die eigene Welt fixiert, von makellosem Ruf. Greyson war ein modernisierter Abklatsch seiner Eltern, noch immer ein aufrechter Staatsbürger, aber in gelockerter Form, aufgeklärt, ein Mann des digitalen Zeitalters. Dicky junior schien, obwohl er erst dreißig war, eher zur älteren Generation zu gehören. Er strahlte die Freudlosigkeit eines Mannes aus, der schon zu viele Kriege, soziale Unruhen und Finanzkrisen erlebt hatte, um Geduld für die Tollheiten der Jugend von heute aufzubringen. Greyson hatte erzählt, dass er als Teenager ein erzkonservativer Republikaner gewesen war und zwischen zwanzig und dreißig nichts im Sinn gehabt hatte als seine Bankerkarriere und die systematische Erforschung passender Frauen, die damit endete, dass er sein weibliches Ebenbild fand und mit ihm eine Ehe schloss, die so kalt und perfekt war wie die Verbindung zweier aneinandergefügter Eisblocks in einem Iglu. Sie wurde allgemein Mrs Dicky genannt und man erwartete sie erst kurz vor dem Essen im Anschluss an die Hochzeitsprobe – Arbeit, sagte Dicky junior zur Erklärung. Seit er die dreißig überschritten hatte, schien er sich neben einem ewig brennenden Kamin niederlassen zu wollen, wo er lebenslang mit der Zeitung raschelte und über Ärgernisse grummelte. Francis war das klassische Baby der Familie, verwöhnt und verzogen, doch hatte Livia immer vermutet, das schwarze Schaf sei nicht er, sondern Sterling.

Sie war neugierig auf den Helden der unmöglichen Geschichten gewesen, die Daphne mit gespieltem Entsetzen erzählte, und endlich spürte sie, wie von einer Brise angeweht, einen Hauch von Sterlings Anziehungskraft. Seine Bereitschaft, die offiziellen Verlautbarungen der Familie zu unterlaufen, gefiel ihr, und sein Selbstvertrauen wirkte reptilienhaft träge. Livia ging ein Licht auf: Vor ihr stand das Trostpflaster, hübsch verpackt und mit Schleife direkt ins Haus geliefert. Wenn sie und Teddy wieder zusammenkamen, würde sie ihm nicht so böse sein, dass er ein-, zweimal fremdgegangen war, wenn sie selbst auch mal ihren Spaß gehabt hatte.

»Aber du hast beschlossen, nicht weiterzumachen«, sagte Livia zu Sterling. »Jura, meine ich.«

»Ich musste noch weiter weg.«

»Du hast eine Seersucker-Hose an. Sehr weit kannst du nicht weggewesen sein.«

Zum ersten Mal grinste er richtig und zeigte dabei ein Gebiss, das unerwartet weiß und gut gewachsen war. Es war ein Filmstarlächeln. Sein Blick wanderte zu seinen Beinen. »Nicht weitersagen, aber das Seersucker ist ironisch gemeint.«

Sie patschte mit der Hand leicht in seine Richtung. »Was du nicht sagst.«

»Studier bloß nicht Jura.« Er war wieder ernst.

Sie verdrehte die Augen. »Das werde ich auch nicht tun. Ich habe nie gesagt, dass ich es überhaupt in Betracht ziehe. Ich will Meeresbiologin werden.«

»Ein weiblicher Jacques Cousteau?«

Sie schmunzelte. »Genau das hat dein Vater auch gesagt.«

Er zuckte die Achseln. »Es ist eben naheliegend. Ich habe noch nie jemanden über sechs kennengelernt, der Meeresbiologe werden wollte.«

»Ich will meinen Doktor machen.«

»Das ist dein Ziel?«

»Ja, auf jeden Fall.«

»Na, wenn du es so genau weißt.« Er nahm einen Schluck aus seinem Glas. »Klingt toll. Nach Stipendien jagen, Fische jagen, nach Professorenstellen jagen. Super.«

Livia sagte: »Erst sagst du, ich soll nicht Jura studieren, und jetzt machst du dich über mich lustig, weil ich was anderes will?«

Er trat näher und ergriff ihren Unterarm, fest, wie um sie zu stützen. Sein Blick war starr, nicht eindringlich, sondern seltsam inaktiv, als wären seine Augen an ihr hängen geblieben und er sei zu faul, sie loszureißen. »Ich wollte dich bloß ein bisschen aufziehen. Ich bin es nicht gewohnt, mit Leuten zu reden, die wissen, was sie wollen.«

Er ließ sie los. Sie konnte nicht erkennen, ob jemand die Berührung wahrgenommen hatte. Niemand schien in ihre Richtung zu schauen. »Was macht dich so immun gegen das alles?«, fragte sie.

»Wogegen?«

»Das Dorf.«

»Nichts. Ich bin nicht immun. Ich bin ein Opfer der Übel meiner Erziehung und der Verkommenheit meiner Umgebung.« Er lächelte.

»Sterling«, rief Oatsie vom anderen Ende der Terrasse, »was erzählst du da?«

»Wir unterhalten uns bloß ein bisschen, Granny«, sagte Sterling. Er trank seinen Whiskey aus, und seine Augen wurden plötzlich dunkel, so als hätte Oatsie seinen Stecker aus der Wand gezogen.

Livia sagte leichthin: »Deine Großmutter hat mir gesagt, ich hätte schönes Haar und würde eine wundervolle Anwältin abgeben.«

Er schnaubte. »Ich würde dich lieber an einem Schiffsbug nach Delphinen Ausschau halten sehen.«

»Während du irgendwo in Asien sitzt und ironische Hosen trägst.«

»In Asien sind meine Hosen sehr seriös.«

Sie beugte sich zu ihm vor. »Du hast gesagt, du redest nicht oft mit Leuten, die wissen, was sie wollen. Weißt du, was du willst?«

Er verzog keine Miene. »Immer.«

In der Luft um sie herum stimmte der Abend sein Orchester. »Was denn?«, fragte sie kühn und ängstlich zugleich.

»Im Augenblick«, sagte er, »will ich mich setzen.« Er drehte sich auf der Stelle im Halbkreis und zog sie mit, so dass sie auf der Lehne des Gartensessels landete, in den er sich fallen ließ. Zu zweit schauten sie auf die Wiese hinaus, auf die bunten laufenden Gestalten und den hellen, hin und her sausenden Federball.

Es war Zeit, die Hummer zu kochen. Winn holte die ersten sechs unglücklichen Exemplare aus ihrem Karton auf dem Küchenboden und warf immer zwei zugleich rücklings in den Topf mit brodelndem Wasser. Die verbliebenen Hummer krochen langsam übereinander, bläulich, fremdartig, die zusammengebundenen Zangen traurig und kraftlos vor sich her schiebend. Man hatte sie auf eine Unterlage aus grünem und braunem Seetang gepackt, und manche trugen Reste davon wie nassschimmernde Perücken auf dem Panzer. Winn wusste nicht, wozu der Tang gut war – als Livia klein war, hatte er ihr aus Faulheit erklärt, die Hummer würden ihn fressen, aber sie hatte in einem Buch nachgesehen und ihn eines Besseren belehrt. Vermutlich sollte der Karton für die Hummer gemütlich wirken, nicht der Hummer wegen, sondern damit die Leute es besser mit ihrem Gewissen vereinbaren konnten, wie ihr Abendessen die letzten Stunden verbrachte. Er hatte bereits eine rotweißkarierte Tischdecke auf den Küchentisch gelegt und dort den grünen Salat, den Mais- und Tomatensalat, geschnittenes Baguette, Plastikteller und Besteck bereitgestellt. Sie würden ihr Mahl auf der Terrasse oder auf dem Rasen einnehmen, das war zwar nicht ideal für etwas so Umständliches wie Hummer, aber besser als die unvermeidliche Unordnung, die sonst drinnen entstünde. Biddy kam mit einer leeren Weinflasche herein und schaute in den Topf. »Sie wackeln mit den Schwänzen«, sagte sie. »Das kann ich gar nicht mit ansehen.«

»Ihnen passt das nicht, was wir mit ihnen machen«, sagte Winn. »Lass den Deckel drauf, dann ist es schneller vorbei.«

»Sie tun mir leid.«

»Es sind bloß große Insekten.«

»Sie tun mir trotzdem leid.«

»Sie besitzen nur ein ganz primitives Nervensystem, Biddy. Sie fühlen nicht so wie wir. Sie reagieren bloß. Sie haben keine Emotionen.«

Von Dampfwolken umwogt schaute Biddy noch einen Augenblick in den Topf. Dann schloss sie wieder vorsichtig den Deckel. Sie drehte sich mit einem strahlenden Lächeln zu ihm um und hielt ihm die Weinflasche hin. »Haben wir mehr davon? Unsere demnächst angeheiratete Verwandtschaft findet ihn hervorragend.«

Er holte eine neue Flasche aus dem Kühlschrank und entkorkte sie für Biddy. Als er ihr nachblickte, wie sie mit steifen Schultern nach draußen ging, sah er, dass Piper und Agatha wie Cheerleader herumsprangen und die Männer und Dominique anfeuerten, während sie auf verschlungenen Wegen über das Gras liefen und einen Federball hin- und herschossen. Agatha sprang mit gebeugten Knien in die Luft, dass ihr weißes Kleid flog und ihre schmutzigen Fußsohlen ihm entgegenblitzten. Eine sündige Sekunde lang stürzte er durch eine Falltür in ein Delirium: Agatha auf allen vieren, seine Finger in eine goldene Handvoll ihrer Haare gekrallt. Die Vision dauerte eine Zehntelsekunde, sie traf ihn wie der Luftzug von einem vorbeisausenden Zug. Dann sah er wieder die Terrasse, die Gäste, seine Frau, den Rasen und die umherlaufenden Spieler. Er unterdrückte den Gedanken, und er verging.

Winn liebte Biddy. Sie war wirklich zutiefst liebenswert,

und seine Frau zu lieben gehörte sich für einen Ehemann. Sie entsprach so sehr der Art von Ehefrau, die genau für ihn gedacht war, dass er sie allein schon aus Dankbarkeit dafür liebte, wie gut sie zu ihm passte. Es hatte Zeiten gegeben, ganz gelegentlich, in denen ihre kühle, ruhige, höfliche, typische Biddyhaftigkeit zu wanken schien (zum Beispiel, als sie in jener Wanne mit französischem Wasser darum gerungen hatte, Livia mit einer Woge von Blut aus ihrem Leib zu manövrieren), und auch seine Liebe hatte bisweilen Schwächen erlebt. Doch er, der mit grimmigem Ernst und buchhalterischer Genauigkeit jedes Element seiner Liebe in die entsprechende Spalte seines geheimen Rechnungsbuches einzutragen pflegte, wusste ganz genau, dass seine Gefühle für Biddy anderer Natur waren als bloße Dankbarkeit. Zwar war er sich nicht sicher, ob er Biddy – oder überhaupt irgendwen – je wirklich geliebt hatte, aber Biddy war die Frau, für die er am meisten empfand, und das genügte ihm, um seine Ehe als glücklich zu betrachten. Er würde sich nicht seinen Fantasien hingeben, schon gar nicht, während er Hummer auf dem Herd hatte. Wenn er seinen Gedanken freien Lauf ließ, würden womöglich dreißig Jahre ehelicher Treue, beruflicher Integrität und gesellschaftlicher Rechtschaffenheit in den gleichen Dreck getreten werden, den Agatha unter ihren Füßen hatte.

Livia saß bei Sterling auf der Armlehne und redete, das Gesicht zu ihm hinunter gewandt, während er ihre übergeschlagenen Knie betrachtete. Hinter ihnen hatten Agatha und Piper mit dem Gespringe aufgehört und unterhielten sich nun auf typisch weibliche Art miteinander, die Köpfe zusammengesteckt und mit kleinen Berührungen an Händen und Armen, wenn sie besonders wichtige Punkte unterstrichen. Als Daphne und Agatha siebzehn waren, hatten Agathas Eltern den Dezember auf Mauritius verbracht, ihre Tochter aber unter dem Vorwand ausgeladen, dass es sich nicht lohnen würde, Agatha für die kurzen Weihnachtsferien nachzuholen, und so hatte sie die Feiertage bei den Van Meters verbracht. Das hatte Winn zwei Wochen Magenflattern eingetragen: Während der Weihnachtsparty hatte er zugesehen, wie Agatha sich auf der Lehne des Sessels niedergelassen hatte, in dem Mr. Buckley saß, ihr Nachbar von nebenan, der so alt war, dass er aussah wie eine auferstandene Mumie, und der Biddy einmal bei der Polizei angezeigt hatte, weil sie mit einem kaputten Scheinwerfer gefahren war. Agatha hatte über jeden Schwachsinn gelacht, der über seine vertrockneten Lippen kam, und nach einer Weile war der alte Tattergreis plötzlich munter und kühn geworden und hatte Agatha die knorrige Hand aufs nackte Knie gelegt. Als sie das auch noch belohnte, indem sie beim Sprechen mit den Fingerspitzen auf seine Klaue tippte, hatte Winn sich angewidert abgewandt und sich dabei das Hosenbein mit Eierpunsch bekleckert.

Sterling war der einzige Mann, der sich nicht sportlich betätigte, obwohl er aussah, als könne ihm etwas Bewegung nicht schaden. Um ihn herum lagen Frauen träge wie Seehunde auf einem Felsen. Dominique erwischte den Federball mit einem spektakulären Sprung und schlug ihn dicht über der Grasnarbe zurück zu Greyson. Sie war auch mit bei der Weihnachtsfeier gewesen, bei der Agatha Mr. Buckleys greises Herz erobert hatte, aber in jenem Augenblick hatte sie gerade in der Küche letzte Hand an Winns allweihnachtliche Schwarzwälderkirschrolle gelegt. Daphne feuerte die Spieler an, die Hände wie einen Trichter um den Mund. Biddy zog sich einen Stuhl heran und setzte sich zu Maude und den beiden Großmüttern. Sterling thronte herrschaftlich, hob den Blick zu Livia und sagte etwas. Dabei berührte er mit einem Finger ihr Knie. Mit drei Schritten war Winn an der Tür. »Livia«, rief er. »Kommst du bitte mal?«

Der Klang ihres Namens, wie durch ein Megaphon gebrüllt, ließ Livia zusammenzucken. »Was ist?«, fragte sie. Ihr Vater stand in der Tür und winkte sie mit einer schneebesenähnlichen Handbewegung zu sich. Mit erhobenem Kinn überquerte sie die Terrasse, ohne Oatsies hoch gezogene Augenbrauen und Celestes anzügliches Zwinkern zu beachten. »Was ist denn?«, fragte sie.

»Mach kein Theater, Livia. Ich möchte, dass du die Blaufischpastete und ein paar Cracker rausbringst«, sagte Winn.

Sie überlegte, ob sie etwas Falsches getan hatte, indem sie sich zu Sterling auf die Armlehne setzte. Wenn ihr Vater es für nötig hielt, so offensichtlich einzugreifen, hatte sie möglicherweise das Reich des Flirts verlassen und sich in die rot bestrapsten Slums der Verzweiflung begeben. Aber nein, dachte sie. Sterling war derjenige gewesen, der sie zu sich auf die Lehne gezogen hatte.

»Und deshalb brüllst du mich so an?«

»Ich habe nicht gebrüllt.«

»Doch. Du hast mein Gespräch völlig unterbrochen.« Sie blickte über die Schulter zu Sterling hinaus, der reglos dasaß wie eine Eidechse, eine Hand um sein Glas gelegt. »Hast du heute nicht schon genug angerichtet?«

»Wovon redest du?«

»›Was macht dein Sohn?‹«, sagte sie und ahmte den jovialen Tonfall nach, den ihr Vater Jack Fenn gegenüber angeschlagen hatte.

Er musterte sie mit einem langen, festen Blick über den Rand seiner Brille hinweg. »Ich kenne die Fenns schon sehr lange«, sagte er. »Das war reine Höflichkeit.«

»Mir reicht's allmählich mit der Höflichkeit«, sagte Livia. »Warum kannst du nicht zu mir halten und ab und zu ein kleines bisschen unhöflich sein?«

»Es gibt einfach keinen Grund, unhöflich zu sein«, sagte ihr Vater.

Sie begann mit Dr. Z's Trick, atmete durch die Nase ein, durch den Mund aus und zählte bei jedem Atemzug bis fünf.

»Lass das«, sagte er und richtete den Zeigefinger auf sie. »Hör auf damit.«

»Womit?«

»Das weißt du ganz genau. Mit diesem Atemquatsch. Diesem Psychoquatsch.«

Sie schob seinen Finger weg. »Wenn dir so viel daran liegt, dass ich Teddy vergesse, wäre es besser, du würdest mich da draußen in Ruhe lassen.«

»Was hat das eine mit dem anderen zu tun?«

Vom Herd ertönte das Zischen und Brodeln des Hummertopfes, der überkochte. »Kümmer dich lieber darum«, sagte sie. Sie wusste nicht, ob er ihr nachblickte, aber sie schritt über die Terrasse, als wäre sie eine Bühne, und ließ sich mit elegantem Schwung wieder auf Sterlings Armlehne nieder.

Oatsie trank ihren Wodka pur, weil ihr Maudes Version des Bloody Mary nicht schmeckte und die Van Meters keinen Muschelsaft hatten, mit dem sie das Ganze hätte trinkbar machen können. Ihr neuester Lieblingsdrink war der Bullshot – Wodka mit kalter Rinderbouillon. Ihre Freundin Doris hatte sie auf den Geschmack gebracht, und sie trank die

Mixtur als eine Art Stärkungsmittel, obwohl ihre Enkel sie deswegen aufzogen. Kalte Rinder-Wodka-Suppe nannten sie es. Sie beobachtete Sterling, wie er mit der Van-Meter-Tochter auf seiner Armlehne dasaß. Er sah aus, als könnte er auch mal etwas Kräftigendes in seinem Drink vertragen. Er war dick und teigig geworden, aber das schien das Mädchen nicht zu stören. Eine Hochzeit war immer ein Aphrodisiakum, voll flüchtiger, von abgefärbter Hoffnung getriebener Paarungen. Liebe lag in der Luft, schwach und knisternd wie statische Aufladung. Sollten sie tun, was sie wollten. Sie hatte Harold bei einer Hochzeit kennengelernt, und ihre Ehe war durchaus erträglich gewesen. Sie nippte an ihrem Glas und sah zu, wie die Jungen und das ägyptische Mädchen auf dem Rasen umherliefen. Francis schlug lustlos nach dem Federball und traf daneben.

Auf Waskeke fühlte Oatsie sich unwohl. Ihr missfiel die Erwartung, dass sie dauernd das Wasser, den Himmel und so weiter bestaunen müsse. Die Sonne war zwischen den Bäumen verschwunden, und die Luft, die sie hinterließ, war süß und erfüllt von Insektengesumme, aber Oatsie konnte an einem Sonnenuntergang nichts Erbauliches finden. Schönheit ging ihr auf die Nerven. Die zauberhafte Abendstimmung verwandelte sich in ein Gefühl von Sehnsucht – aber wonach? Nach mehr. Nach mehr oder nach irgendeinem Ende, einem Höhepunkt, aber die Lieblichkeit zog sich einfach immer weiter hin, wie eine Geigensaite, die bis zur Unerträglichkeit gespannt war, aber nicht reißen wollte. Keine Erlösung, nur ein Verblassen, Licht, das sich davonstahl.

Draußen auf dem Rasen rief Francis Greyson eine Beleidigung zu, und Oatsie erwog kurz, ihn zurechtzuweisen, konnte sich aber nicht dazu aufraffen. Die Van-Meter-Tochter wirkte ganz zufrieden, wie sie da neben Sterling saß, obwohl er anscheinend mal wieder in Schweigen versunken war. Plötzlich erklang das Dröhnen von Propellern. Eins von diesen lauten kleinen Flugzeugen zog über sie hinweg. Dahinter erhob sich der nahezu volle Mond passend zum hellen Violett des Himmels. Ein Vogelschwarm sauste vorbei. Oatsie konnte spüren, wie die Welt sich von ihr wegdrehte, die Weite des Himmels, die unaufhaltsame Entropie. War Sehnsucht an sich nicht auch ein Genuss? Sie war einmal auf einer Party gewesen, ganz ähnlich wie diese, früher, als sie verheiratet und gerade mit ihrem ersten Kind schwanger gewesen war, da hatte auf einmal Freddy Maughn, den sie seit ihrer Kindheit kannte, ihre Hand genommen und sie auf die Innenfläche geküsst, als sie auf dem Weg zur Toilette im Flur an ihm vorbeigegangen war. Sie erinnerte sich an Freddys trockene Lippen und seine Zungenspitze auf ihrer Handfläche. Für den Augenblick dieses Kusses waren sie der Dreh- und Angelpunkt des Universums gewesen. Er war sternhagelvoll gewesen und hatte es vermutlich nur als Scherz gemeint, aber noch Monate danach, bis ihre Schwangerschaft für Harold zum Hindernis wurde, hatte sie ihre Hand auf seinen Mund gepresst, wenn sie sich liebten, und ihn gebeten, sie zu küssen. Seine Lippen erzielten nie dieselbe Wirkung wie Freddys, aber sie hatte es immer wieder versucht, in einer gereizten verzweifelten Suche nach Befriedigung. Die Enttäuschung weckte in ihr einen so mächtigen Drang, erneut von Freddy Maughn geküsst zu werden, dass sie sich in überquellendem Verlangen an Harold presste, der dann hinterher umherstolzierte wie ein Hahn.

Und nun war sie eine alte Frau, bald Urgroßmutter, die an einem Sommerabend auf einer Party herumsaß und an den Tod dachte. Greyson schlug den Federball über Dicky juniors Kopf hinweg ins Gras und drehte sich um, weil er sich vergewissern wollte, dass Daphne es gesehen hatte. Die Liebe war nur eine weitere Sache, die es ihr schwermachen würde zu sterben. Wann war sie so trübsinnig, so resigniert geworden? Sie wusste es nicht. Die täglich wiederkehrende Wanderung der Sonne über den Himmel hätte in ihr die Illusion wecken können, sie folge einem unendlichen Kreis-lauf, doch sie wusste, dass sie sich auf einer geraden Bahn dahinbewegte. Was war sie nur für ein Partygast. Und wie grausig der Wodka der Van Meters schmeckte. Sie schloss die Augen und presste sich die Hand an die Lippen.

7 · Die Schlange in der Wäsche

Die Hummer hatten die clownrote Farbe des Todes angenommen. Mit einer Zange fischte Winn sie aus dem Topf und verfluchte dabei leise die Hitze und Livia. Das Öl in der Pfanne rauchte, er warf Dickys Thunfisch hinein und dachte dabei erneut an Agatha auf Mr. Buckleys Sessellehne. Wie kamen diese Mädchen nur auf die Idee, dass sie sich einfach auf die Sessellehnen von irgendwelchen Männern setzen konnten? Livia tat so, als hätte er sie provoziert, dabei war sein Verhalten unanfechtbar gewesen. Alles, was er von ihr verlangt hatte, war ein Minimum an Höflichkeit und ein klein wenig Anstand, aber sie verhielt sich wie eins von ihren Meerestieren, die sich bei der kleinsten Störung aufblähten und ihre Warnfarben zeigten.

Die beiden schrecklichen Anrufe waren kurz vor Weihnachten gekommen, der erste an einem Abend, als Winn und Biddy nach einer Party beschwipst in der Küche gesessen und in Versandhauskatalogen geblättert hatten. Winns rote Fliege hing lose um seinen offenen Kragen, und Biddy, die normalerweise kaum etwas trank, war vom Glühwein charmant gerötet und hatte sich einen kleinen Mistelzweig hinters Ohr gesteckt. Als das Telefon klingelte, nahm sie den Hörer ab. Sie lächelte, doch dann veränderte sich ihr Gesichtsausdruck.

Er blickte von einer Seite voll Hundekissen mit Monogrammen in lauter unterschiedlichen Farben und Schottenmustern auf. »Was ist?«

»Sie ist schwanger«, sagte Biddy.

»Wer ist schwanger?«

»Livia.«

»Livia?«

Er wollte ihr den Hörer entreißen und versuchte es sogar, erfüllt von der verrückten, unbezwingbaren Überzeugung, die Katastrophe noch abwenden zu können. Er musste seine Tochter nur zur Vernunft bringen, ihr klarmachen, dass es inakzeptabel war, dass er sich das keinesfalls bieten lassen würde, dass diese Familie so nicht funktionierte. Es kam überhaupt nicht in Frage, dass sie schwanger war, und damit basta. Aber sie stand nicht irgendwo an einer Klippe und überlegte, ob sie schwanger werden sollte oder nicht. Es war bereits passiert, die Würfel waren gefallen. Biddy wehrte ihn zunächst mit scheuchenden Handbewegungen ab, und dann, als er zu einem anderen Apparat im Haus laufen wollte, hielt sie ihn am Gürtel fest. Sie klemmte sich den Hörer zwischen Ohr und Schulter. »Nein, Winn«, sagte sie. »Noch nicht. Du sitzt auf der Ersatzbank.«

Vermutlich hatte sie recht daran getan, ihn zum Küchentisch zurückzuschicken, wo er das Gespräch nur mit finsterer Miene verfolgen, oder sich besser gesagt erschließen konnte und sich aus Biddys Kommentaren zusammenreimte, dass Livia einfach aus einer Laune heraus beschlossen hatte, auf jede Form von Verhütung zu verzichten, und dass ihr klar war, dass sie es nicht behalten konnte. Aus ziellosem Tatendrang öffnete er alle Türen des Adventskalenders, den Biddys Schwester Tabitha ihnen geschickt hatte, drückte die Schoko-

ladenstücke samt Krümeln auf den Tisch, holte den Mülleimer unter der Spüle hervor und schob den ganzen Haufen
hinein. Es gab lange Abschnitte, in denen Biddy nichts sagte,
sondern nur tröstende Geräusche von sich gab, so dass er
wusste, dass Livia am anderen Ende weinte. Was hatte sie
erwartet, fragte er sich. Was um alles in der Welt hatte sie
sich nur dabei gedacht? Er schlug mit der flachen Hand auf
den Küchentisch und knirschte mit den Zähnen.

Im Lauf der nächsten Tage beruhigte er sich. Zunächst war
er davon ausgegangen, dass Livias Zustand für jedermann
sichtbar war. Er hatte sich vorgestellt, wie sie zu Beginn der
Weihnachtsferien in Umstandsklamotten angewatschelt kam
und vor der Welt versteckt werden musste, die Feiertage ruiniert von der öffentlichen Schande. Doch allmählich begriff
er, dass Livia erst ein ganz klein wenig schwanger war, die
Hüterin eines winzigen, rudimentären Embryos und sonst
nichts. In einer Anwandlung von Großmut schickte er ihr
eine E-Mail, in der er ihr Unterstützung versprach. »Liebe
Livia«, schrieb er. »Es tut mir leid, dass sich die Dinge so
unglücklich entwickelt haben. Jeder macht mal Fehler, und
wir werden das Ganze diskret handhaben. Ich hoffe, das alles
lenkt dich nicht zu sehr von deinem Studium ab. Halt dich
wacker, Kleines. Dad.«

Ausgerechnet Teddy Fenn! Winn mochte den Jungen
durchaus gern (schließlich waren sie beide Ophidianer),
und Livia war ganz vernarrt in ihn, aber es war immer klar
gewesen, dass die Beziehung nicht von Dauer sein würde.
Sie waren jung; Livia war zu offensichtlich verknallt, Teddy war es nicht ernst genug. Eigentlich hatte Winn darauf
gewartet, dass die Beziehung enden würde, je eher, desto
besser. Die Vorstellung, durch irgendetwas Stärkeres als die

zarten Bande erster Liebe an Jack und Fee Fenn gebunden zu sein, erfüllte ihn mit Widerwillen, und er klammerte sich an die zugegebenermaßen geringe Hoffnung, dass Teddy seinen Eltern nichts von Livias Zustand erzählt hatte. Entgegen aller Wahrscheinlichkeit hoffte er, dass Jack Fenn bei sich zu Hause nicht ebenfalls halbbekleidet in der Küche saß und versuchte, sich mit dem Gedanken an ein prospektives gemeinsames Enkelkind anzufreunden. Er schob die Vorstellung beiseite und bereitete sich darauf vor, das Ganze auszusitzen. Und bald darauf rief Livia erneut an, diesmal um ihnen mitzuteilen, dass Teddy mit ihr Schluss gemacht hatte.

Während Livia sprach, saß er in seinem Arbeitszimmer am Schreibtisch, wo er besorgt irgendwelche Finanzunterlagen studiert hatte, und sein Blick wanderte immer wieder zu den Zahlenreihen.

»Tut mir leid, das zu hören, mein Mädel«, sagte er. »Aber am Ende wird alles gut. Du wirst schon sehen.«

»Nein, gar nichts wird gut.« Ein rotzerfülltes Schniefen drang durch die Leitung in sein Ohr, und er musste beinahe würgen. »Ich habe ihm meine Jungfräulichkeit geopfert, und das ist der Dank?«

Winn legte die Hand über die Sprechmuschel. »Biddy!«, rief er. »Telefon!«

Biddy nahm in einem anderen Zimmer ab, und Winn hörte zu, wie Livia die Geschichte ein zweites Mal erzählte. Teddy war zu ihr gekommen und hatte ihr gesagt, er habe schon seit einer Weile darüber nachgedacht, die Beziehung zu beenden, und das mit der Schwangerschaft sei einfach zu viel für ihn.

»Er hat gesagt, es wäre zu schwer für ihn«, schniefte Livia. »Heult mir was vor! Als ob es für mich nicht auch schwer wäre. Und dann hat er gesagt, er könnte bei dem, was ich vorhätte, beim besten Willen nicht mitmachen. Ach, und das Beste ist, jetzt ist er auf einmal katholisch. Ich hab gesagt, aber du gehst doch nie in die Kirche. Und er: Man muss nicht in die Kirche gehen, um katholisch zu sein. Dann hab ich gesagt, das mag sein, aber es würde die Theorie stützen, dass du mich wegen deines Glaubens verlässt und nicht weil du ein feiges Arschloch bist.«

»Ich meine mich zu erinnern, dass Jack katholisch ist«, sagte Winn.

»Also, das höre ich zum ersten Mal.«

»Hmm«, sagte Winn und überlegte. »Hat er es seinen Eltern gesagt?«

»Weiß ich nicht. Wahrscheinlich nicht. Seine Freunde wissen jedenfalls nichts davon.« Livia kam langsam in Fahrt. »Bloß nichts tun, um schlecht dazustehen, denkt er bestimmt.«

»Vielleicht findet er auch nur, dass es niemanden etwas angeht«, wandte Biddy ein, »und will nicht, dass über dich geredet wird.«

»Seine Freunde haben sogar eine Party für ihn geschmissen«, fuhr Livia fort. »Eine ›Emanzipationsfeier‹, wie sie es nannten. Und sie haben lauter Mädchen eingeladen, nuttige Mädchen, genug um einen Fischteich zu bevölkern, und den Tussen klargemacht, dass sie eingeladen waren, um meinen Freund zu ficken. Glückwunsch, ihr seid leicht zu haben! Ihr seid was Besonderes! Ich kenne jede Menge Leute, die da waren. Leute, von denen ich dachte, sie wären meine Freunde. Ist das nicht zum Kotzen?«

»Es gibt keinen Grund, ausfallend zu werden«, sagte Winn. Er drehte seinen Stift hin und her. Er kannte diese Partys. Man sorgte dafür, dass genug zu trinken da war und lud ein paar Mädchen ein, um den frischgebackenen Single zu trösten. Völlig harmlos im Grunde. Nur eine Geste der Unterstützung.

»Ja, das ist zum Kotzen«, sagte Biddy. Sie saß in dem Raum über Winns Arbeitszimmer, und er hörte, wie sie ihren Stuhl zurückschob. »Aber, Livia, der wesentliche Punkt ist doch, dass du nicht mit jemandem zusammen sein willst, der dich nicht liebt.«

»Er liebt mich«, sagte Livia. »Das weiß ich.«

»Wenn sie ihm eine Party schmeißen, muss er ziemlich mitgenommen sein«, versuchte Winn sie zu trösten. »Wahrscheinlich wollten sie ihn nur aufmuntern.«

»Daddy, ich dachte, sie wären auch meine Freunde.« Livias Stimme brach. »Aber anscheinend bin ich nur jemand, den man loswerden will.«

»Versuch, nicht alles so persönlich zu nehmen.«

»Winn, wie soll sie diese Party nicht persönlich nehmen?«

»Wie würdest du dich denn fühlen«, sagte Livia, »wenn Mom dich verlassen würde, und dann würden alle ihre Freundinnen eine Party schmeißen und ihr jemanden fürs Bett besorgen?«

»Mr. Buckley könnte den DJ machen«, sagte Biddy.

Livia hickste; es klang fast wie ein Lachen.

»Das musst du verstehen«, sagte Winn. »Die Jungs in seinem Club müssen in erster Linie zu ihm halten, und sie tun, was sie können, um ihm über eine schwere Zeit hinweg zu helfen.«

»Winn«, sagte Biddy.

»Das ist ganz normal, Livia. Die Party hat überhaupt nichts mit dir zu tun. Es ist eine alte Sitte. Wenn deine Freundinnen so eine Party für dich organisiert hätten, hättest du dann die Einladung ausgeschlagen?«

»Ja.«

»Tatsächlich?«

»Der Punkt ist«, sagte Livia, »hätten sie nicht irgendwas Nettes für Teddy tun können, ohne mir unter die Nase zu reiben, dass sie meinen, ich hätte in den letzten zwei Jahren nichts anderes getan als Teddy daran zu hindern, sich nach Lust und Laune mit anderen Mösen zu amüsieren?«

»Livia«, sagte Biddy. »Das Wort muss doch nicht sein.«

Winn hatte Mühe, seine Stimme zu beherrschen. »Ich bin sicher«, sagte er, »dass sie ihm einfach nur einen netten Abend schenken wollten – ihn ein bisschen ablenken, ihm zeigen, dass es noch andere Fische im Meer gibt.«

»Winn«, mahnte Biddy.

»*Daddy*. Andere Fische im Meer? Könntest du bitte mal auf meiner Seite sein? Ich bin deine Tochter. Deine sitzengelassene, *schwangere* Tochter.«

Die Stufen knarrten, und Biddy erschien im Türrahmen, das Telefon zwischen Ohr und Schulter geklemmt. Die Augen weit aufgerissen, schnitt sie mit der flachen Hand durch die Luft und sagte lautlos *Nein*. Er winkte sie fort. »Livia, ich will damit doch nur sagen, je weniger Bedeutung du dieser Party beimisst und je weniger du dich um das kümmerst, was Teddy tut, desto besser stehst du da. Tu so, als würde dir das alles nichts ausmachen. Leb dein Leben. Das werden die Leute respektieren.«

Am anderen Ende blieb es still. »Livia?«, fragte Biddy.

»Da ist noch was.«

Winn rückte die Papiere auf seinem Schreibtisch zurecht. »Was?«

»Die Emanzipationsfeier war am Donnerstag, und am Samstag gab es noch eine normale Party im Club. Da bin ich hingegangen. Ich war ziemlich betrunken.«

»Und?«, sagte Winn.

»Ich erzähle euch das nur, weil Leute da waren, deren Eltern ihr kennt. Ihr erfahrt es also sowieso irgendwann.« Sie schniefte. Winn hätte ihr am liebsten gesagt, sie solle sich die Nase putzen. »Ich hab irgendwie einen Rappel gekriegt und allen gesagt, dass ich schwanger bin.«

»Was soll das heißen, in welcher Form hast du es ihnen gesagt?«, fragte Biddy.

»Ich habe es wohl einfach irgendwie laut geschrien.«

»Oh, Livia«, seufzte Biddy. »Sag, dass das nicht wahr ist.«

»Natürlich ist es wahr. Glaubst du, ich erzähle so was zum Spaß?«

»Werd nicht frech«, sagte Winn. »Wie viele Leute können dich gehört haben? Doch hoffentlich nicht allzu viele?«

Livias Stimme wurde kleinlaut. »Eine Menge. So ziemlich alle, die da waren. Und die haben es allen anderen erzählt.«

»Welchen anderen?«, fragte Winn.

»Na ja, dem gesamten Ophidian, ihren Freunden und Freundinnen und so.«

»Hast du den Verstand verloren?«, explodierte Winn. »Was in Gottes Namen hast du dir dabei gedacht?«

»Ich weiß nicht. Ich bin einfach durchgedreht.«

»Nein, Livia, sag mir, was du dir dabei gedacht hast.«

»Ich weiß es nicht. Gar nichts. Es tut mir leid.« Das letzte Wort ging in einem Schluchzen unter.

»Wie kannst du dich so benehmen? Ich war bisher sehr verständnisvoll, was die ganze Situation betrifft, weil ich davon ausgegangen bin, dass das unter uns bleibt. Wir müssen diese Ausbrüche von dir unter Kontrolle kriegen. Du hast ja vollkommen den Verstand verloren. Vollkommen. Nicht genug damit, dass du dich wie ein Flittchen aufführst, nein, du schießt deine Ehre in den Wind, und die der ganzen Familie gleich mit. Das gehört sich nicht. So verhält sich kein Erwachsener. Keiner wird dich mehr respektieren.« Er hielt inne, da seine Quelle der Selbstgerechtigkeit unerwartet versiegte.

»Daddy, bitte hör auf. Es ist passiert. Es tut mir leid. Bitte quäl mich nicht. Wie peinlich dir das Ganze auch sein mag, glaub mir, ich fühle mich noch tausendmal schlimmer.«

»Für dich ist alles immer schlimmer, ja? Als ob das eine Entschuldigung wäre. Erst kannst du deine Beine nicht zusammenhalten, und dann kannst du auch den Mund nicht halten. Denk doch ein einziges Mal an die anderen. Vor dem Ophidian habe ich nun mal großen Respekt, und ausgerechnet da musst du unsere Familie in den Dreck ziehen. Ich kann vieles verzeihen, Livia, aber ich bin mir nicht sicher, ob das dazugehört.« Er hörte sie schnaufend ein- und ausatmen. »Hallo?«, sagte er. »Livia?«

»Der Ophidian?« In ihrer Stimme lag ein schriller Ton. »Du findest, das Schlimmste daran ist, dass es im Ophidian passiert ist?«

»Der Ophidian bedeutet mir sehr viel.« Am liebsten hätte er sie angebrüllt, dass er sich einen Sohn gewünscht hatte, der Mitglied im Ophidian sein würde, keine Tochter, die sich von einem Mitglied schwängern ließ.

»Steck dir deinen blöden Club doch in den Arsch, Daddy. Weißt du, was die Leute noch respektieren? Ein winziges bisschen Loyalität vom eigenen Vater.« Es klickte in der Leitung.

»Hallo? Livia? Wag es ja nicht aufzulegen!«

»Sie hat aufgelegt«, sagte Biddy.

Winn nahm die Brille ab und rieb sich übers Gesicht. Dann setzte er die Brille wieder auf, griff nach seinem Stift und wandte sich entschlossen wieder den Papieren zu. Biddy trat näher. »Winn?«, sagte sie.

Winn hielt ein Blatt unter die Lampe und runzelte die Stirn. »Was ist?«

»Ich finde, du hättest das anders angehen können.«

»Sie hat gesagt, ich soll mir den Ophidian in den Arsch stecken. Reden so zivilisierte Menschen mit ihrem Vater? Nein. Ich werde ihr nicht entgegenkommen. Sie ist völlig außer Rand und Band. Wahrscheinlich die Hormone. Ich dringe nicht zu ihr durch, wenn sie so ist.«

»Dein Studienabschluss liegt fast vierzig Jahre zurück. Musst du wirklich den Ophidian über dein Kind stellen?«

»Das habe ich nicht getan.«

Sie ging um den Schreibtisch herum, so dass sie ihm gegenüberstand, und klopfte auf die Tischplatte, damit er aufblickte. Er hätte ihre Hand am liebsten weggeschlagen. »Wirklich nicht?«, fragte sie.

»Nein!«, erwiderte er, beinahe so laut, dass er schrie. Er holte tief Luft. »Jetzt hör mal zu, Schatz.« Er legte den Stift weg und faltete die Hände. »Ich war früher einer von diesen Jungs. Ich habe nur versucht, ihr zu erklären, was sie getan haben, weil ich dachte, eine andere Sichtweise wäre vielleicht hilfreich. Damit sie nicht alle gleich standrechtlich erschießt, verstehst du? Ich gebe gerne zu, dass ich nicht weiß, wie es sich anfühlt, ein schwangeres Mädchen von zwanzig Jahren zu sein. Noch dazu eins, das zu einer Party mit Kindern von unseren Freunden geht und da verkündet, dass sie sich« – er schob seine Papiere hin und her — »in eine schwierige Lage gebracht hat. Wenn ich also nicht so diplomatisch war, wie ich hätte sein können, dann bitte ich um Entschuldigung.«

»Livia ist unglücklich«, sagte Biddy. »Was sie getan hat, war falsch, aber es tut ihr doch offensichtlich sehr leid.«

»Das ist doch wohl das Mindeste!«, platzte es aus ihm heraus. »Ein bisschen Kummer hat sie durchaus verdient. Ich gebe mir alle Mühe, sachlich zu bleiben, Biddy, aber sie macht es mir wirklich nicht leicht. Was erwartest du denn noch von mir?«

»Es wäre schön, wenn wir nicht immer nur vermuten müssten, dass du uns liebst.« Biddys Stimme klang rau, aber Winn war nicht in der Stimmung, schon wieder eine Frau zu trösten.

»War und bin ich dir etwa kein guter Ehemann?«, sagte er. »Habe ich nicht immer für dich gesorgt? Dir Freiheit und Unterstützung gewährt? Ich behandle dich nicht schlecht. Ich beschwere mich nicht über deine Familie. Ich habe dir freie Hand gelassen, was diese Hochzeit angeht. Was erwartest du noch von mir, Biddy? Bin ich ein guter Ehemann oder nicht?«

Biddy hob das Haupt. »Ich glaube«, sagte sie, »ein besserer Ehemann hättest du wirklich nicht sein können. Leider.«

So schnell, wie Winn sie servieren konnte, wurden die Hummer hinausgetragen und verschlungen, ausgehöhlt, bis sich die leeren roten Panzer in den Keramikschüsseln häuften. Er fragte sich, was Biddy mit dem kranken Hummer gemacht hatte — es war ihm unvorstellbar, dass sie ihn getötet hatte, aber er glaubte auch nicht, dass sie ihn irgendwo ausgesetzt und seinem Schicksal überlassen hatte.

Da alle Gartensessel besetzt waren, holte er einen Stuhl aus dem Esszimmer und ließ sich mit einem Gin-Tonic darauf nieder, dem vierten und stärksten in schneller Folge, der einen dunklen Kreis auf sein Hosenbein schwitzte. Den ersten hatte er sich eingeschenkt, als Livia aus der Küche stolziert war, den zweiten und dritten wenig später, als er seinen Hummer allein im Esszimmer verspeist hatte; er zog es vor, an einem richtigen Tisch zu essen und nicht freischwebend auf der Terrasse oder dem Rasen. An seinem linken Ohr erzählte Dicky eine lange Geschichte über – so meinte er zumindest – Oliver Wendell Holmes. An seinem rechten Ohr lachte Maude trillernd über etwas, das Biddy gesagt hatte. Er war beschwipst. Ziemlich beschwipst. Um ihn herum nahm die Party ziellos Schwung auf, eine Parade ins Nichts. Es war dunkel geworden, und Biddy hatte überall Sturmlaternen aufgestellt und sie mit einem Stabfeuerzeug angezündet. Ihr orangegelber Schein, der vom verschwommenen Rand des Rasens bis in die Mitte der Gästeschar reichte, war wärmer und verlockender als die bleichen, hellen Rechtecke der Türen und Fenster, die jeden, der in der Nähe das Hauses vorüberging, in einen Schattenriss verwandelten. Gesichter und Hände tanzten um die Laternen wie Glühwürmchen. Agatha stand vorgebeugt vor Sterling und schenkte ihm kichernd einen Drink ein, in einer Pose, die förmlich nach Go-Go-Stiefeln und einem knallbunten Stewardess-Kostüm schrie. Sterlings Blick wanderte von ihrem Gesicht über ihren Hals bis hinunter zu ihrer Taille und wieder zurück.

»Und wir besorgten uns einen Haufen leerer Hummerpanzer«, sagte Dicky senior, der offenbar von Mister Gerechtigkeit abgelassen hatte, »ganze Tüten voll, die schon anfingen zu stinken – also, sie waren wirklich *schon ziemlich weit* – und schütteten sie in die Heizungsschächte des Hauses. Einer von uns, Jeffrey Whitehorse, nahm sich die Haustür vor; er konnte Schlösser knacken. Angeblich hatte er einen Onkel, der Juwelendieb war. Komischer Kerl, dieser Jeffrey. Und wo er schon mal dabei war, klaute er noch das Wappen, das sie sich ausgedacht und irgendwo schnitzen lassen hatten, und wir schickten es dem Premierminister von Island als Geschenk. Am nächsten Tag konnte man das Haus schon drei Straßen weiter riechen. Ein wahnsinniger Gestank, sage ich euch. Es geht doch nichts über vergammelte Krustentiere, wenn's richtig stinken soll.«

Winn beobachtete Daphne, die sich mit gerötetem Gesicht und Lachtränen in den Augen an Greyson lehnte und eine Flasche alkoholfreies Bier auf dem Bauch balancierte, aber Dickys Art zu erzählen, die vielen präzise artikulierten Vokale und Konsonanten, die seinen dünnen Roosevelt'schen Lippen entströmten, brachte ihn durcheinander. Sie zogen ihn durch einen chaotischen Wirbel von Erinnerungen, und als er auf der anderen Seite wieder auftauchte, musste er sich erst vergewissern, dass da wirklich Dicky sprach, dass er Dickys Adlerprofil im Zwielicht vor sich sah und nicht den dunklen Umriss seines Vaters.

»Nein«, sagte Maude und holte Winn damit zurück in die Gegenwart, »nicht Island. Du meinst Irland. Und er hieß Whitehouse, nicht Whitehorse. Whitehorse klingt, als wäre er ein Indianer.«

»Dann erzähl du doch die Geschichte, meine Liebe.«

Doch Maude hatte bereits das Interesse verloren. »Sterling scheint heute Abend bei den Damen sehr beliebt zu sein«, sagte sie leise.

Agatha und Sterling hatten ein Handschlagspiel begonnen. Sterlings Reflexe funktionierten erstaunlich schnell.
Er zog seine Hand unter Agathas heraus und schlug damit
auf ihre, bevor sie sie zurückziehen konnte. »Revanche!«,
sagte sie, und das Ganze wiederholte sich. »Wie machst
du das so schnell?«, rief sie. Livia beobachtete sie über die
Sesselansammlung hinweg mit ausdrucksloser Miene, aber
dunklen, wachen Augen. Und Celeste, die neben ihr saß, beobachtete alle. Winn wusste nicht, was ihn mehr verstörte:
die Vorstellung, dass Sterling mit Agatha schlief oder mit
Livia. Das Schlimmste war, dass er auf einmal im gleichen
Teich potentieller Partner schwamm.

»Die Mädchen mochten Sterling schon immer«, sagte
Dicky.

»Weiß der Himmel, warum«, sagte Winn. Maude stieß
einen einzelnen, unsicheren Lachtriller aus.

Da stand Greyson auf und schlug zwei Bierflaschen an-
einander. »Leute«, sagte er. »Alle mal herhören.«

»Er ist ein Prinz. Ein echter Fang«, sagte Maude, dicht
an Winns Ohr gebeugt, als verriete sie ihm ein Geheimnis.
Er wusste nicht, wen sie meinte. Sie zwinkerte ihm zu und
nickte.

Greyson sang ein Lied, und zwar ein ziemlich langes, das
Livia noch nie gehört hatte. Es war altmodisch und anzüg-
lich und bot dem Sänger zahlreiche Gelegenheiten, nieder-
zuknien und mit dramatischer Geste das freudige Pochen
eines liebenden Herzens nachzuahmen. Er sang gar nicht
mal schlecht, mit einem dünnen Tenor, den Livia vom Weih-
nachtssingen kannte. Charlie und Francis, beide ehemalige
Tigertones, sangen das Backup und steuerten ein paar wit-

zige Soundeffekte bei. Daphne strahlte. Agatha, stets vom Rampenlicht angezogen, tanzte über den Rasen, bis sie direkt hinter Daphne stand, und sekundierte ihrer Freundin, indem sie mit den Händen den Takt klatschte und die Hüften wackeln ließ. Sie zwinkerte Sterling zu, der sein Glas zum Gruß erhob, und Livia fühlte sich am Boden zerstört. Nie zuvor hätte sie die Behauptung gewagt, dass Daphne schöner sei als Agatha, aber als sie ihre glücksstrahlende Schwester neben der billig auf Show machenden Agatha sah, erkannte sie, dass sie tatsächlich die Schönere war.

Dominique saß ein wenig abseits, ein Glas in der Hand und verfolgte die Szene mit gequälter Miene, die sie nur schlecht hinter einem nachsichtigen Lächeln verbarg. Sie trug weiße Seglerhosen und eine Bluse aus fester schwarzer Baumwolle mit asymmetrischem Ausschnitt, Arme und Beine hatte sie gekreuzt, und einer ihrer Füße im flachen, silbernen Ballerinaschuh wippte ungefähr im Takt von Greysons Lied. Hoch an ihrem Unterarm saß ein breiter, nahezu flüssig anmutender silberner Armreif, doch davon abgesehen trug sie keinen Schmuck. Schon fast ihr ganzes Leben lang hatte Livia sich gewünscht, Dominique zu sein, und jetzt kehrte das Verlangen mit Macht zurück. Ach, ebenso kühl, unbeteiligt und majestätisch zu sein, mit kurz geschnittenem Haar, auf eine Weise klassisch, die nichts mit Pastelltönen oder albernen kleinen Walen zu tun hatte, sondern mit Eleganz und Coolness! Fand sie alle lächerlich? Livia sehnte sich danach, geheimnisvoller, beherrschter und dezenter in ihrer Farbpalette zu sein, eine Frau, deren Gedanken Anlass zu Spekulationen gaben. Wie zur Antwort rieb sich Dominique über den Arm, griff nach hinten und holte aus der Dunkelheit ein zusammengefaltetes Tuch hervor. Sie schüttelte es auseinander, und zum Vorschein kam leuchtendes Gelb und Orange, üppig bestickt mit Blumen, Schlangenlinien und abstrakten Mustern und besetzt mit winzigen Spiegeln, die im Laternenlicht funkelten. Als sie sich das Tuch um die Schultern legte, verwandelte sie sich von einer eleganten, minimalistischen Europäerin in etwas Leuchtenderes, Fesselnderes, einen dunklen Kopf, umspielt von Safran und Kanariengelb, eine Sonnenpriesterin.

Als Livia heranwuchs, war sie immer überzeugt gewesen, dass Dominique eines Tages ganz in ihren Kreis integriert sein würde, verheiratet mit einem Jungen, wie Daphne sie in Deerfield zum Freund gehabt hatte, mit Wohnsitz irgendwo im Umkreis von New York, immer noch cool, immer noch exotisch, aber zugleich neutralisiert, angepasst, eine glückliche Bekehrte. Ihr Anderssein war Livia umso kostbarer erschienen, als sie angenommen hatte, dass es nicht von Dauer sein würde. Doch stattdessen war Dominique nach Michigan gegangen, obwohl sie auch an der Brown University hätte studieren können, hatte eine Ausbildung zur Köchin gemacht, obwohl sie einen Platz in Wharton hatte, und war nach Belgien gezogen, obwohl sie eine ebenso gute Stelle in Boston hätte haben können. Sie trennte sich von den Kleidern, der Musik, dem Gehabe und den meisten Freunden ihrer Internatszeit, und trotz all dieser Häutungen wirkte sie noch ruhiger, noch mehr mit sich im Reinen als je zuvor. Verwandlung faszinierte Livia, aber sie schreckte davor zurück, ihr eigenes Leben zu verändern. Sich zu verändern wäre gleichbedeutend mit dem Eingeständnis, dass sie vorher alles falsch gemacht hatte. Die Leute in ihrer Umgebung bemerkten Veränderungen, diskutierten darüber, spekulierten über die damit vermutlich einhergehende Oberflächlichkeit, Eitelkeit. Die einzige Art von Veränderungen, für die sie einen Sinn hatten, war die der Kraken, die sich mithilfe ihrer changierenden Haut an die Umgebung anpassten, oder die der Einsiedlerkrebse, die sich durch ihren Hauswechsel immer wieder ein neues, etwas geräumigeres Gefängnis suchten. Dominique würde ihr wahrscheinlich raten fortzugehen, irgendwo neu anzufangen und erst zurückzukommen, wenn sie zu derjenigen geworden war, die sie sein wollte. Doch Livia wusste nicht wie. Es war zu spät für sie, jetzt schon zu spät.

Nachdem der Beifall verklungen war und Greyson Daphne fertig geküsst hatte, konnte man irgendwo in der Ferne einen Dudelsack hören.

»Was ist das, was sie da spielen?«, fragte Oatsie.

Winn sagte: »Ist das nicht Amazing Grace?«

»Dad denkt bei jedem Lied, es wäre Amazing Grace«, sagte Livia. »Er ist so was wie farbenblind, nur für Musik.«

»Du meinst, er ist unmusikalisch?«, meinte Francis.

»Nein«, sagte Livia. »Aber er kennt nur den Namen von einem einzigen Lied.«

»Vielleicht ist es ja Amazing Grace«, sagte Piper.

»Nein«, sagte Dicky junior. »Es ist das aus dem Film über die Titanic.«

»*Titanic?*«, meldete sich Dominique amüsiert aus ihrer Ecke. »Dicky Duff junior, ich hätte nicht gedacht, dass du so was kennst.«

Dicky junior zuckte die Achseln. »Es ist, wie es ist.«

»Hört mal alle her«, sagte Greyson. »Mein Bruder ist ein zwölfjähriges Mädchen.«

»Im Jahr 1997«, warf Francis ein.

Daphne streckte sich mit einem Seufzer. »Ich muss mich

hinlegen«, sagte sie und rieb sich über den Bauch. »Vielleicht komme ich noch mal wieder, aber ich glaube eher nicht.«

Winkend und von Greyson eskortiert, verschwand sie im Haus. »Vergiss deine Kakaobutter nicht!«, rief Oatsie ihr nach.

Winn erhob sich. »Noch was zu trinken?«

Ein Chor der Bestellungen erhob sich, und als wieder Ruhe einkehrte, fragte Oatsie: »Was ist mit dir, Livia? Hast du einen Verehrer?«

Livia war sich bewusst, dass nur Celestes schwankende Gestalt sie von Sterling trennte. Sie überlegte einen Moment, was sie antworten sollte, weil sie weder unerreichbar noch allzu verfügbar wirken wollte. Außerdem fragte sie sich, welche Informationen bereits durch Tratsch bei ihm angekommen waren. Doch bevor sie etwas sagen konnte, meldete sich Celeste zu Wort. »Livia weint einem hinterher, der entfleucht ist.«

Livia fuhr herum und starrte sie ungläubig an. Celeste antwortete mit Unschuldsmiene und Achselzucken. Ihre Tante meinte offenbar, sie hätte schon so viel gesehen und so viele romantische Irrungen und Wirrungen durchgemacht, dass sie das Recht hatte, alle um sie herum mit gnadenloser Offenheit zu beglücken, weil es doch jedem klar sein müsse, dass seine Sorgen für den Lauf der Welt nicht weiter von Bedeutung seien.

»Oh?«, sagte Oatsie. »Und wie ist er entfleucht?«

Celeste tippte sich vielsagend an die Nase. »Auf die übelste Art. Ohne Erlaubnis.«

»Wir müssen nicht darüber reden«, sagte Livia.

Oatsies Brillengläser funkelten im Licht der Laternen.

»Keine Angst, meine Liebe. Es gibt noch andere Fische im Meer.«

»Ach, wirklich?«, entgegnete Livia erhitzt. »Ich dachte, es gäbe nur einen.«

»Es ist noch nicht aller Tage Abend«, sagte Celeste. »Vielleicht gibt es ja für euch beide eine zweite Hochzeit.«

»Eine zweite Hochzeit? Für wen?«, fragte Piper, die mit zwei Gläsern zurückkam, eins für sich und eins für Dominique.

»Niemanden«, sagte Livia.

»Für Daphne und Greyson«, sagte Sterling und blies eine Rauchwolke aus. »Celeste hat das dunkle Geheimnis gelüftet. Sie waren beide schon mal verheiratet. Nur weiter, Celeste. Du wolltest uns gerade erzählen, wie Daphne als Showgirl gearbeitet hat.«

»Im Golden Nugget«, sagte Celeste prompt. »Sie hat einen Croupier geheiratet. Die Ehe hielt nur einen Monat.«

»Meine Eltern waren beide schon mal verheiratet«, sagte Piper strahlend, wie immer erfreut, eine gute Nachricht vermelden zu können. »Der erste Mann meiner Mutter ist gestorben, und Dads erste Frau ist mit ihrem Augenarzt abgehauen. Aber am Ende wird immer alles gut.«

»Das stimmt«, sagte Livia. »Immer. Hundertprozentig. Wie oft warst du schon verheiratet, Celeste?«

»Oh, ungefähr tausend Mal«, murmelte Celeste um eine Zigarette herum, für die Sterling ihr gerade Feuer gab.

»Mein Mann und ich waren Philanthropen«, sagte Oatsie. »Aber seit er tot ist, habe ich den Geschmack daran verloren.«

Sie fixierte ihren Enkel so eindringlich, dass Sterling fragte: »Was ist?«

»Ich weiß nicht, ob du jemals heiraten solltest, mein lieber Sterling. Ich glaube, lieber nicht. Du bist nicht der Typ dafür.«

»Und warum nicht?«

Sie sahen sich mit starrem, unverwandtem Blick an, beide vollkommen unberührt von der Musterung des anderen, und Livia fiel plötzlich auf, wie ähnlich sie sich waren. »Du bist ein intelligenter Junge«, sagte sie. »Aber nicht besonders nett.«

Sterling nahm das Urteil seiner Großmutter mit Gleichmut auf, und in der darauf folgenden Stille war irgendwo in der Nähe ein merkwürdiges Geräusch zu hören. »Was ist das?«, fragte Francis.

»Was denn?«, fragte Piper.

»Psst«, sagte Dominique. »Ich höre es auch.«

Das Geräusch, ein rhythmisches Schnaufen wie von einer Dampflokomotive, wurde lauter, und plötzlich schoss ein Hund, ein riesiger schwarzer Labrador, wie eine Kanonenkugel aus der Dunkelheit am Ende des Rasens, sprang auf die Terrasse und lief keuchend und schwanzwedelnd von Sessel zu Sessel, als wolle er sich für sein Zuspätkommen entschuldigen. Seine Krallen trommelten einen Flamenco auf das Holz. Livia stieß seine Schnauze aus ihrem Schoß, und er lief direkt weiter zu Sterling, der die intimen Forschungen der neugierigen Nase ohne Interesse verfolgte. Das Licht der Laternen brachte das Fell des Hundes zum Glänzen und ließ das Weiße in seinen Augen aufleuchten. Er war so groß und so rund wie ein Ölfass. »He, geh weg da«, sagte Francis, als der Hund auf den Teller neben seinem Stuhl zusteuerte.

»Komm her«, rief Agatha. »Komm, mein Junge! Hierher!«

»Wonach sucht er?«, fragte Dominique, als der Hund an ihr

vorbeitrabte, die schwarze Schnauze erst in die Luft gereckt, dann einer unsichtbaren Spur über die Terrasse folgend, dann wieder in die Luft gereckt.

»Nach dem Schatz der Sierra Madre«, verkündete Oatsie mit ihrer vollen, sonoren Stimme.

»Wahrscheinlich ist er von der Steuerfahndung«, sagte Sterling.

Agatha klopfte sich auf die Oberschenkel. »Hierher, Hündchen. Warum mag er mich nicht? Komm her?«

Livias Vater, der mit den anderen Eltern näher am Haus saß, sprang auf. »Wem gehört der Hund?«, fragte er energisch. »Wer hat den Hund mitgebracht?«

»Niemand«, rief sie ihm über das Durcheinander hinweg zu. »Er ist einfach aufgetaucht.«

»Ich dachte, es käme eine Stripperin«, sagte Charlie.

»Hierher!«, rief Agatha.

»Passt auf, dass er nicht an die Hummerpanzer geht«, sagte Dicky senior, ohne sich von seinem Platz zu rühren.

Greyson, der gerade aus dem Haus kam, betrachtete die Szene und bekam den Hund am Halsband zu fassen, woraufhin dieser sich gutmütig hinsetzte, die schwarz-rosa Zunge aus dem Maul hängen ließ und mit dem Schwanz wedelte. »Darf ich vorstellen«, sagte Greyson und warf einen Blick auf das Halsband. »Das ist Morty.«

»Morty?«, kreischte Piper. »Nie im Leben.«

»Wo ist er hergekommen?«, fragte Winn immer wieder. »Was will er hier?«

Grinsend schaute der Hund von rechts nach links, als wolle er sich alle Gesichter merken. Ein zäher Speichelfaden löste sich von seinen Lefzen und landete auf Greysons Hand.

»Igitt!«, sagte Greyson und ließ das Halsband los. »Er hat mich vollgeschleimt!«

Der Hund, nun wieder frei, rannte noch wilder umher als zuvor und wich in schlitterndem Slalom jedem aus, der die Hand nach ihm ausstreckte. Alle waren aufgesprungen und riefen den Hund, lockten den Hund oder verfolgten den Hund. Schließlich erblickte Morty seine Chance, sprang mit einem Satz von der Terrasse und verschwand in der Dunkelheit. Agatha, die nur das Objekt ihrer Begierde im Blick hatte und nicht den Boden unter ihren Füßen, folgte ihm blindlings und landete der Länge nach auf dem Rasen. Einen kurzen Moment lang hing verdutztes Schweigen über der Szene, dann brachen alle in schallendes Gelächter aus, krümmten sich gackernd und keuchend auf ihren Sesseln. Livia hielt sich den Bauch vor Lachen, und als sie den tränenverschleierten Blick hob, wurde ihr klar, dass der Höhepunkt der Party nun überschritten war.

Ihr Vater kniete am Rand der Holzterrasse. »Agatha?«, sagte er. »Ist alles in Ordnung?«

Ihr Gesicht mit der wirren blonden Mähne erschien, gefolgt von ihrer Hand, mit der sie sich, wimmernd vor Lachen, hochzuziehen versuchte. Winn griff nach der Hand und bemühte sich, sie auf die Beine zu hieven. Sie schwankte hin und her wie ein zerzauster, barfüßiger Kobold und versuchte, sich die Tränen aus den Augen und die Erde und das Gras vom Kleid zu wischen. Einen Augenblick hielt sie sich an seiner Hemdbrust fest.

»Uuh«, sagte sie, als sie ein schmales Band blutiger Haut an ihrem Unterarm bemerkte. »Hoppala.«

»Ist alles in Ordnung?«, fragte er erneut. Er nahm ihr Handgelenk und hielt ihren Arm ins Licht.

»Warum wollte er nicht zu mir kommen?«, fragte sie. »Er ist zu allen anderen gegangen.«

Livia gefiel die Art nicht, wie ihr Vater Agatha auf die Schulter klopfte – unbeholfen, als wäre sie ein Pferd, aber mit einer Intensität und Dauer, die ihr furchtbar peinlich war. Sie sah zu ihrer Mutter hin, die neben den Duffs saß und mit hochgezogenen Augenbrauen auf ihre im Schoß verschränkten Hände starrte. Maude sagte etwas zu ihr, und sie hob lächelnd den Kopf, die Fröhlichkeit *knips!* wieder angeschaltet.

Celeste wurde immer noch von Kicheranfällen geschüttelt. »Weil«, sagte sie mühsam zu Agatha, »weil er kastriert ist. Er ist nicht interessiert.«

»Er ist ein Hund«, erwiderte Agatha gereizt.

Celeste hob entschuldigend die Hand, konnte aber nicht aufhören zu lachen.

Von ihrem Sessel sagte Dominique: »Die Antwort ist ganz einfach. Morty mochte dich nicht.«

»Das stimmt«, sagte Agatha ein wenig lallend und zog eine verletzte Miene. »Er mochte mich nicht. O Gott, warum mochte Morty mich nicht?«

»Er mochte dich«, sagte Winn und führte Agatha zu einem Stuhl. »Natürlich mochte er dich.«

»Hunde müssen nicht *jeden* mögen«, sagte Oatsie.

Livia trat von der Terrasse hinunter und legte sich auf dem Rasen lang. Ein Flugzeug glitt über den Himmel, und sie stellte sich den Innenraum vor – Menschen, dicht gedrängt in Reihen, wie Eier im Karton, der Chemiegeruch der Toiletten, in Folie eingeschweißte Brezeln, Getränkedosen, die mit einem Knacken und Zischen geöffnet wurden, dröhnende Wände, unterbrochen von schwarzen Ovalen aus Nachthimmel. Wie seltsam, dass etwas so Tristes, Eingezwängtes, von säuerlichem Atem und den Dämpfen gleichgültiger Maschinerie Erfülltes von hier unten einem Stern zum Verwechseln ähnlich sah.

»Meinst du, deine Mutter fühlt sich wohl da drinnen?«, fragte Winn, als er zu dem Teil der Terrasse zurückkehrte, wo Biddy und die Duffs saßen. Er war ins Haus gegangen, um ein Bier und den Verbandskasten zu holen, aber irgendwie war der Kasten aus seinen Händen in die von Sterling gewandert, der jetzt neben Agatha saß und ihren Ratscher mit einem Wattebausch betupfte.

»Oh, ist sie reingegangen?«, fragte Maude.

»Sie ist da.« Winn deutete mit einer Kopfbewegung auf das Fenster, durch das Mopsy zu sehen war, die ohne Licht im Wohnzimmer saß, ein zierlicher Schatten in einem mächtigen Ohrensessel. Der Anblick erinnerte ihn daran, wie er bei seiner Hochzeit auf der Suche nach seiner Mutter durch die Fenster ins Haus der Hazzards geschaut hatte. »Ich habe sie gefragt, ob ich ihr Licht anmachen soll, aber das wollte sie nicht.«

»Vielen Dank, dass du nach ihr gesehen hast, Winn, aber ich bin sicher, es geht ihr gut. Vielleicht ist sie ein bisschen müde. Das kommt öfter vor. Wahrscheinlich ruht sie sich aus. Die Party ist wunderbar. Es ist so reizend, dass ihr die Mühe auf euch genommen habt.«

»Ach, i wo«, sagte Biddy. »Nicht der Rede wert.«

»Na, Dicky«, sagte Winn. »Warst du in letzter Zeit öfter auf dem Golfplatz?«

»Nein, leider nicht«, sagte Dicky senior und schüttelte bedauernd den Kopf. »Ich hatte einfach zu viel um die Ohren.«

»Hör nicht auf ihn«, sagte Maude. »Er war Mittwoch da, mit Marshall Hattishaw.«

»Danke, meine Liebe. Nächstes Mal lasse ich dich antworten.«

»Marshall Hattishaw?«, sagte Winn und fummelte mit dem Flaschenöffner herum. »Hm, kommt mir irgendwie bekannt vor. Wo war er auf dem Internat?«

»Andover. Kennst du ihn?«

Winn nickte, obwohl er nur ein verschwommenes Bild von einem blonden Mann mit einem Tennisschläger vor Augen hatte. Endlich gelang es ihm, den Kronkorken abzuheben, aber die gezackte kleine Scheibe rutschte ihm aus den Fingern und kullerte unter einen Sessel.

»Er ist ein *Schatz*«, sagte Maude.

»Ich kenne ihn nicht«, sagte Biddy. »Woher kennst du ihn, Winn?«

»Ich bin ihm hier und da begegnet. Wir bewegen uns in denselben Kreisen.«

»Und du?«, fragte Dicky. »Was macht die Arbeit?«

»Ah«, sagte Winn. »Alles bestens. Leider komme ich auch nicht so oft zum Golfen, wie ich möchte. Letzten Monat habe ich ein paar Runden gespielt. Aber ich hoffe, dass ich euch bald mal zu einem Spiel im Pequod einladen kann. Wir sind schon eine Weile auf der Warteliste. Es wird sicher nicht mehr lange dauern.«

»Nein«, sagte Dicky. »Bestimmt nicht.« Aber er und Maude hatten einen Blick gewechselt.

Winn spähte durch das Halbdunkel zu ihnen hinüber. »Jack Fenn ist im Mitgliederausschuss. Kennt ihr ihn?«

»Ja, ich. Sehr gut sogar«, sagte Dicky. »Wir kennen uns schon ewig. Guter Mann, Jack. Prima Kerl.«

»Ja.« Winn nickte. »Ja. Wir waren zusammen auf dem College. Dummerweise gibt es ein bisschen böses Blut zwischen Livia und seinem Sohn.«

Wieder fand eine kurze Kommunikation zwischen Dicky und Maude statt, aber diesmal unsichtbar, nur in Form einer minimalen Veränderung ihrer Haltung. »Das tut mir leid«, sagte Dicky.

»Die Fehler der Jugend«, sagte Winn und hob seine Flasche. »Mögen sie an den Alten vorübergehen.«

Biddy klopfte leicht auf Winns Oberschenkel. Dann wandte sie sich an Maude. »Sag mal, Daphne hat irgendwie erzählt, Francis habe eine Weile in einem Kloster gelebt?«

»Ja, du lieber Himmel, kaum zu glauben, was? Mein kleiner Buddha. Francis ist sehr spirituell. Ich sage ihm immer wieder, er soll doch mal einen kleinen Familienvortrag halten, ihr wisst schon, über Gelassenheit und Demut und, wie nennt er das noch, den Weg der Mitte. Francis sagt ...«

»Ich hoffe nur«, sagte Winn, »dass Jack über unsere Differenzen hinwegsehen kann, wenn es um den Pequod geht.« Seine Hand war Biddys entflohen, und er merkte, dass sein ausgestreckter Zeigefinger auf Dicky deutete. Er ließ ihn in den Schoß sinken.

»Winn«, sagte Biddy. »Lass das jetzt mal.«

»Ich kann mir nicht vorstellen, dass Jack dir so etwas verübeln würde«, sagte Dicky. »Das ist nicht seine Art. Jack ist ein anständiger Kerl.«

»Falls es ein Problem gibt, liegt es ganz bestimmt nicht an Jack. Nein, nein, nein«, sagte Maude.

»Wie meinst du das?«, fragte Winn. Sein Finger kroch wieder hoch und zuckte in Maudes Richtung wie eine Wünschelrute. Biddy packte seine Hand und drückte sie fest.

»Junge Liebe ist so dramatisch, nicht wahr?«, sagte Maude. »Mehr wollte ich damit gar nicht sagen. Greyson und Daphne haben Glück, dass sie schon so vernünftig sind.« Ihr Blick wanderte zwischen Winn und Dicky hin und her. »Ich bin sicher, du wirst schneller beim Pequod am Abschlag stehen, als du denkst.« Diese letzten Worte sprach sie mit der sanften Stimme einer Krankenschwester, die einem todgeweihten G. I. sagt, dass er bald wieder zu Hause sein wird, und Winn war sich sicher, dass sie etwas wusste. Plötzlich fühlte er sich sehr betrunken.

Biddy erzählte von Teddy. »Ich war schockiert, als Livia es mir gesagt hat. Sie war schockiert. Seine Mutter muss auch schockiert gewesen sein. Oder vielleicht auch nicht. Was weiß ich schon? Aber der Entschluss kam so überraschend.«

»Ganz wie sein Alter«, sagte Winn.

»Mit vier Söhnen ist die Wehrpflicht meine größte Angst«, sagte Maude. »Wenn die irgendwann *meine* Jungs haben wollten, also, ich weiß nicht, was ich dann tun würde. Ich würde kämpfen wie eine *Löwin*. Ich würde meine Kleinen so schnell wie möglich nach Kanada schicken.«

»Dicky käme schon klar«, sagte Dicky senior. »Und Greyson auch. Aber Francis würde es nicht packen.«

»Vielleicht könnte Sterling ja Sanitäter werden«, sagte Winn bitter. Alle sahen zu Sterling hinüber, der Agathas Arm mit einem Pflaster nach dem anderen beklebte.

Maude schüttelte den Kopf. »Ich mag nicht mal daran denken, dass einer von ihnen zum Militär gehen könnte. Das ist eine ganz, ganz schreckliche Vorstellung.«

Winn hörte nicht mehr zu. Das Licht der Laternen war gespenstisch, und die Szene schwankte langsam hin und her, als wären sie auf einem Schiff. Da waren Agathas nackte Knie, und da war Celestes Glas, in dem sich das Licht spiegelte, und da Mopsys verwelktes Gesicht am Fenster. Die jungen Männer trugen karamellfarbene Hemden. Er konnte sie nicht auseinanderhalten. Sie tranken aus Bierflaschen, und ihre Fußknöchel, die unter den Hosensäumen hervorschauten, waren nackt. Da war Maude, die mit großer Geste eine Zickzacklinie über ihnen in die Luft malte, wo das Licht ins Nichts überging.

»Aber für Livia muss es schwer sein«, sagte Maude. »Nach allem, was sie durchgemacht hat.«

»Livia«, sagte Winn in dem verbissenen Versuch, die Ordnung wiederherzustellen, »leidet unter der Einbildung, dass Teddys Entscheidung für die Army etwas mit ihr zu tun hat.«

Schweigen trat ein. »Das müssen wir jetzt nicht weiter vertiefen«, sagte Biddy.

Sie hatte natürlich recht, aber gerade das reizte Winn zum Weiterreden. Er sagte: »Es wird Zeit, dass sie begreift, dass Männer mit Frauen Schluss machen, weil sie keine *Lust* haben, ihr Leben um sie herumzuplanen. Teddy denkt überhaupt nicht an sie.«

Livia tauchte wie aus dem Nichts auf und stellte sich vor ihn. »Danke, Dad«, sagte sie. »Freut mich, dass du auf meiner Seite bist.«

»Livia!«, sagte Biddy. »Wo hast du dich denn versteckt?«

»Ich war hier«, erwiderte Livia. »Da auf dem Rasen. Ich habe alles gehört, was ihr gesagt habt.«

»Pass auf, dass du dir keine Zecken holst«, sagte Maude.

Winn griff nach ihrem Arm, aber sie schob seine Hand weg. »He, mein Mädel«, sagte er. »Wir sollten realistisch sein. Er plant keine gemeinsame Zukunft mit dir.«

»Habe ich ja auch nicht behauptet. Ist das deine Vorstellung von Party-Smalltalk?«

»Wenn er das vorgehabt hätte«, redete Winn unbeirrt weiter, »hätte er nicht mit dir Schluss gemacht. Ganz einfach. Das jetzt hat nichts mit dir zu tun. Ihr zwei seid nicht mehr zusammen. Er hat sein Leben, und du hast deins. Es wird dir besser gehen, sobald du das akzeptierst. Ganz einfach.«

Sie reckte ihr Kinn, so hoch es ging. »Nun«, sagte sie, laut genug, dass es alle hören konnten, »dann solltest du auch etwas akzeptieren. Du wirst nie Mitglied im Pequod. Sie wollen dich nicht dabeihaben. Sie mögen dich nicht. Sie haben einen Golfplatz, und du darfst nicht darauf spielen. Ganz einfach.«

Auf der Terrasse war es sehr still. Winn fühlte sich bitter, runzelig und alt. »Ich finde, du solltest dich entschuldigen«, sagte er zu Livia.

»Auf keinen Fall!« Livias Stimme klang unkontrolliert und schrill.

»Biddy«, sagte Winn und wandte sich ihr zu, »findest du nicht, dass Livia sich bei mir entschuldigen sollte?«

Biddys Gesicht war unglücklich. »Lasst uns einfach die Party genießen«, sagte sie. »Darüber können wir doch später reden.«

Er starrte sie finster an, dann ließ er seinen Blick über die Terrasse wandern. Agatha sah es, aber Sterling, der ihren Kopf aus Jux wie eine Mumie mit Verband umwickelte, ließ sich davon nicht ablenken und wickelte ihre Nase, ihre Lippen, ihr Kinn ein, bis nur noch ihre Augen aus dem Weiß hervorblinzelten. »Ich brauche frische Luft«, sagte er und stand auf. »Ich muss mal ein paar Schritte gehen.«

Er nahm sein Bier, durchquerte die verwüstete Küche, in

der sich schmutzige Teller stapelten, garniert mit zerknüllten Papierservietten, die wie tote kleine Vögel aussahen, und ging die Treppe hinauf, bis ganz nach oben zum Witwensteig, ohne die Klappe hinter sich zu schließen. Hier oben fühlte sich die Luft frischer an; der Tag war stickig und windstill gewesen, aber nun spielte eine leichte Brise ums Dach. Eigentlich hätte er wütend sein müssen, aber Alkohol hatte seinen Zorn schon immer gedämpft, und so fühlte er sich nur ausgebremst und verbittert, während er im nüchternen Zustand vor Wut gekocht hätte. Die salzige Luft und die Nebelschwaden reinigten die Insel immer wieder, dämpften ihre Farben und polierten ihre Oberflächen, und er überließ sich dem gleichen Prozess, indem er die Augen schloss und ein- und ausatmete, wie Livias Seelenklempnerin es ihr beigebracht hatte. Jenseits des Lichtscheins, der aus dem Haus drang, war die Insel dunkel, aber er kannte den Ausblick so gut, dass er das Patchwork genau vor Augen hatte: die windumtosten Salzwiesen, der grüne amöbenförmige Golfplatz, Sträucher und niedrige Bäume, durchbrochen von Schornsteinen und Giebeln. Und am äußersten Rand der Leuchtturm. Der Strahl schoss über ihn hinweg, aufs Meer hinaus. Als junger Mann war er manchmal mit seinen Freundinnen kurz nach Sonnenuntergang zum Leuchtturm gegangen, und wenn er dann dort stand, die ganze Insel zu seinen Füßen, hatte er das Gefühl gehabt, im Zentrum des Kompasses zu sein, während der Strahl um ihn herum einen perfekten Kreis als Horizont malte.

»Leuchte, leises Leuchtturmlicht«, murmelte er leise vor sich hin. Der Klang gefiel ihm. »Leuchte, leises Leuchtturmlicht.« Er hörte, wie sich von unten das Geklirre von Eiswürfeln näherte. Celeste erklomm mit einer Hand die

Stufen, stellte ihr Glas auf den Holzbohlen ab und kam hinterhergeklettert.

»Winnifred«, sagte sie, als ihr Kopf aus der Luke schaute. »Da bist du ja, du Lausejunge, ganz oben wie der Glöckner.«

»Wem gehörte der Hund?«, sagte Winn. »Wer lässt seinen Hund so frei herumlaufen?« Er wusste, dass Celeste dank langjähriger Erfahrung ein gutes Gespür für den Grad der Trunkenheit anderer hatte, so wie die älteren Verkäufer bei Brooks Brothers mit einem Blick den passenden Anzug für ihn fanden, deswegen machte er sich nicht die Mühe, das Glissando zu kaschieren, das seine Worte zu einer langen Kette aneinanderfügte. Er war sicher, dass sie nichts dazu sagen würde, nicht mal als Retourkutsche für seine billige Stichelei über ihre Trinkerei, als sie sich am Nachmittag unter den Bäumen begegnet waren.

»Alle mochten den Hund. Er hat der Party nur ein bisschen Pfeffer gegeben, etwas, worüber man reden konnte, genau wie deine kleine Kabbelei mit Livia. Mach dir darüber keine Gedanken, alter Freund. Komm wieder runter. Die Duffs wollen sich auf den Weg machen.«

»Ich brauche frische Luft«, sagte er. »Hat Biddy dich raufgeschickt, um mich zu holen?«

Ihr straffes, geschminktes Gesicht schwebte in der Dunkelheit wie losgelöst von ihrem Körper. »Nein«, sagte sie. »Ich brauchte auch frische Luft. Da unten wird so viel geredet, dass man kaum noch atmen kann. Ich liebe diese Witwensteige. Sie sind so romantisch.«

»Man hat mir gesagt, die korrekte Bezeichnung ist Dachterrasse. Das mit dem Witwensteig hat sich ein Makler ausgedacht. Weil es so romantisch klingt. Dann können die Leute sich vorstellen, sie wären Seefahrer.«

»Mir gefällt's«, sagte Celeste. »Der Inbegriff von Verlust und weiblicher Stärke. Wenn ich draußen auf See wäre, wüsste ich gerne, dass jemand auf mich wartet – du nicht?« Sie zog ein Päckchen Zigaretten aus ihrer Tasche. »Willst du eine?«

Er hatte seit Jahren nicht mehr geraucht. »Ja«, sagte er.

»Ich weiß nicht, ob ich sie bei dem Wind angezündet kriege«, sagte sie und schob sich den Stängel zwischen die Lippen. Sie holte ein Feuerzeug hervor und drehte sich von ihm weg, die gewölbte Hand wie eine orangerote Orchestermuschel hinter der Flamme. »Da«, sagte sie und reichte ihm die brennende Zigarette. »Die ist für dich.«

Er nahm einen Zug. Das Gefühl war himmlisch. Sie zündete eine zweite für sich an.

»Glaubst du«, sagte er und bedauerte, dass er vorher so ruppig zu ihr gewesen war, »Livia denkt, sie und Teddy kommen wieder zusammen?«

»Wahrscheinlich«, sagte sie.

»Es ist so irrational, das kann ich nicht leiden.«

»Wo bleibt der Spaß, wenn man immer rational ist?«

»Es geht mir nicht um Spaß.«

»Nein, Spaß ist nicht so dein Ding. Lass Livia denken, was sie will. Es ändert sowieso nichts.« Celeste versetzte seinem Arm einen leichten Knuff. »Die Hochzeit wird schön«, sagte sie. »Wirklich schön. Das weiß ich. Ich wünschte, meine Hochzeit wäre so schön gewesen.«

»Welche? Die mit Wyeth?« Sie hatte Wyeth heimlich geheiratet, auf dem Standesamt.

»Nein, nein. Die erste. Mutter und Vater hassten David so sehr, dass ich um jede einzelne Rose betteln musste. Beim Empfang hinterher gab es Hähnchen. *Hähnchen*. Nicht, dass der Hauptgang wichtig sein sollte, wenn man in ein eigenes Leben aufbricht und so weiter, aber damals hat mich das wirklich gefuchst. Vielleicht standen David und ich von Anfang an unter einem schlechten Stern.«

Winn dachte bei sich, dass die Probleme zwischen Celeste und David wohl mehr mit ihrer Trinkerei und seiner langen, wehleidigen Arbeitslosigkeit zu tun gehabt hatten, doch das behielt er für sich. »Aber deine Hochzeit mit Herbert war ein Riesenfest.«

»Und die Ehe stand trotzdem unter einem schlechten Stern? Wolltest du das sagen? Da kannst du recht haben. Allein viertausend Dollar für Austern, und nach zwei Jahren war alles vorbei.«

Winn trank aus seiner Flasche und Celeste aus ihrem Glas. Sie beugte sich über das Geländer. »Sieh dir das an«, sagte sie und deutete nach unten. Er konnte nur die Umrisse von Sterling und Agatha ausmachen, die eng nebeneinander auf dem Rand der Terrasse saßen. »Das perfekte Paar. Einer so unmöglich wie der andere.«

»Ach, ich weiß nicht«, sagte er, bemüht, gleichgültig zu wirken.

Celeste schwieg eine Weile, dann sagte sie leise, und ohne ihn anzusehen: »Tu das Richtige. Sorg dafür, dass es für Biddy ein schönes Wochenende wird.«

Er wurde zu Eis. »Natürlich wird es für Biddy ein schönes Wochenende.«

»Ich meine nur … bitte denk an sie. Ich weiß, ich habe kein Recht, irgendjemandem Vorträge über Selbstbeherrschung zu halten, aber ich habe eine Menge Erfahrung mit Fehlern.« Sie schnaubte durch die Nase wie in leiser Selbstironie.

»Ich weiß nicht, wovon du sprichst«, sagte er.

Sie klopfte ihm leicht mit dem Handrücken gegen die Wange. »Von dem Mädchen, Winn. Lass die Finger von dem Mädchen.«

Jahrzehnte zuvor, als sie im Familienanwesen der Hazzards betrunken Verstecken gespielt hatten, hatte Winn in der Dunkelheit einer Kammer Celeste für Biddy gehalten und sie geküsst. Erst als sie sich von ihm löste und flüsterte: »Also, ich muss schon sagen!«, hatte er seinen Irrtum bemerkt. Obwohl er sich überschwänglich entschuldigt hatte, war er sich nie sicher gewesen, ob sie ihm glaubte, dass es ein Versehen gewesen war, und er hatte es Biddy nie erzählt. Er fragte sich, ob es eine Art Fügung gab, wer im Dunkeln mit wem zusammentraf. Nach dem Kuss mit Celeste hatte es ihn sehr beunruhigt, dass jemand, der nicht seine Frau war und ihr weder äußerlich noch im Wesen ähnelte, ihn im Dunkeln so sehr täuschen konnte, bis hin zu Biddys Duft und Ausstrahlung und dem Geräusch ihres Atems.

»Winn!«, rief Biddy von unten. »Komm runter! Die Duffs wollen gehen!«

Um Mitternacht war die Party zu Asche heruntergebrannt. Die älteren Duffs waren unter einem Wirbel von Küsschen und wirren Versprechungen für den nächsten Tag abgefahren, und Biddy war wortlos nach oben ins Bett gegangen. Winn watete durch das Chaos in der Küche und füllte einen Müllbeutel mit einem müffelnden Gemisch aus Hummerpanzern, abgeernteten Maiskolben, glitschigen Tomatenresten, Salatfetzen und Käseklecksen. Dann nahm er einen weiteren Beutel und füllte ihn mit leeren Bierdosen, Bierflaschen, Weinflaschen und Ginflaschen. Er trug Wolkenkratzer aus schmutzigen Töpfen und Pfannen und Tellern ab, räumte so viel wie möglich davon in den Geschirrspüler und stapelte den Rest im Spülbecken. Von draußen, wo die jungen Leute noch zusammensaßen, klang Gemurmel und Gelächter herein. Er bewunderte ihr Durchhaltevermögen, aber er fragte sich, wozu das gut sein sollte. Es konnte nicht viel dabei herauskommen, die Party in die Länge zu ziehen. Ein schlimmerer Kater vielleicht. Die Gelegenheit, etwas Unbedachtes zu sagen. Und dann war da natürlich die schillernde, lockende Fata Morgana des Sex, immer ein klein wenig außer Reichweite; nur manchmal, wenn man lange genug wartete, wurde sie unerwartet greifbare Realität.

Früher hatte er diese Möglichkeiten genossen. Jetzt spürte er, dass ein ganz ähnlicher trunkener Drang, etwas zu *tun*, seine verschwommenen Impulse in Aktivität umzusetzen, ihn zu dieser nahezu zwanghaften Putzorgie antrieb. Mit seiner Heirat hatte er feuchtfröhlicher, nächtlicher Hemmungslosigkeit den Rücken gekehrt, hatte gelernt, dem Geklimper eines Perlenvorhangs, den verlockenden, unterirdischen Explosionen weiblichen Lachens, dem Klang der Saxophone und Champagnerkorken zu widerstehen. Er spülte die Tomatensaftreste aus Maudes Thermosflasche. In einem Löffel, den er auf Zeichen der Benutzung prüfte, erblickte er den auf dem Kopf stehenden Ballon seines Gesichts. Er wischte über die Arbeitsflächen und den Spritzschutz an der Wand, dann sammelte er die Tischdecke und die schmutzigen Geschirrtücher ein und machte sich auf den Weg zur Waschmaschine.

Celeste war auf einem Sofa im Wohnzimmer eingeschlafen, ihre silbernen Sandaletten und eine Tüte Salzbrezeln neben sich auf dem Boden. Die Zeiger der Schiffsuhr auf dem Bücherregal standen immer noch auf halb fünf. Die Lampe schien Celeste direkt ins Gesicht, aber seine Schwägerin gehörte zu der Sorte Leute, die überall und unter allen Bedingungen schlafen konnten, ohne sich von irgendetwas gestört zu fühlen. Sie lag auf der Seite, den Kopf auf den gefalteten Händen, und sie hätte ein Bild des Friedens abgegeben, wären da nicht die unregelmäßigen, gurgelnden Atemzüge gewesen, die aus ihrem offenen Mund drangen. Mit der schmutzigen Wäsche unter dem Arm schlich Winn näher. Das unbarmherzige Lampenlicht entblößte die faltige, fleckige Topographie ihres Gesichts, die Überreste ihres Make-ups, die Sprödigkeit ihrer blondierten Haare und das blassblaue Netz der Adern an ihren Schläfen. Ihre Zehennägel waren knallpink lackiert. Vorsichtig griff er nach dem Schalter und knipste das Licht aus.

Den ganzen Tag über war ihm das Haus wie ein Bienenstock vorgekommen, ein einziges geschäftiges Hin und Her. In jedem Badezimmer war eine Frau; alles, was er tat, wurde beobachtet; jeder Gang über den Flur war ein Spießrutenlauf voller Mädchen, denen er zulächeln und ausweichen musste. In den Waben summte und schwirrte es vor Geplapper. Und Celestes Warnung oben auf dem Witwensteig hatte ihn nervös gemacht. Er hatte keine Lust, wie ein alter Hund sabbernd hinter einem jungen Ding herzuhinken, das sich über ihn lustig machte.

Sein Unbehagen folgte ihm in die Waschküche, wo er einen wirren Haufen aus Strandtüchern und Bettlaken auf dem Fußboden vorfand. Nachdem er seine Fracht in die Maschine gestopft hatte, beugte er sich hinunter und versuchte, von einem Bein aufs andere schwankend wie ein betrunkener Elefant beim Tanz das Durcheinander zu sortieren. Der Raum hatte ein Fenster, ein hohes Rechteck mit schwarzen Scheiben, in denen sich sein blasses, violett getöntes Spiegelbild abzeichnete, hohläugig und verkniffen. Als Agathas Stimme von der Tür herüberklang, hatte er bereits ihren purpurnen Geist über das Glas huschen sehen; dennoch zuckte er überrascht zusammen.

»Hi«, sagte sie.

»Du hast mir einen Schreck eingejagt.« Er trat einen Schritt zurück und stieß dabei gegen das Bord neben dem Spülbecken, auf dem zwischen einzelnen Socken halb leere Flaschen Bleiche, mit Sicherheitsnadeln und Knöpfen gefüllte Muschelschalen und ein Karton mit Waschmittel herumstanden, das einen aufdringlichen, unechten Frühlingsduft verströmte. Er schob die Hände in die Hosentaschen.

»Ich habe nach einem Raum gesucht, der sich nicht dreht. Aber der hier scheint's nicht zu sein.« Sie lehnte sich an die Waschmaschine. Sie war barfuß, wie schon den ganzen Abend, und vorne auf ihrem weißen Kleid prangte ein dunkler Fleck.

»Nein«, sagte er. »Der hier ist genauso schlimm wie alle anderen.«

»Ich möchte spazieren gehen. Kommst du mit?« Sie lächelte. Rotwein hatte das Innere ihrer Lippen dunkelrot und ihre Zähne blassviolett gefärbt.

»Hat Sterling keine Lust, dich zu begleiten?«

»Ich habe ihn nicht gefragt. Ich wollte dich zuerst fragen.«

Er war nicht auf die Woge von Lust vorbereitet, die ihn plötzlich überrollte, und er packte die Kante des Bords mit den Waschmitteln, als wäre sie sein einziger Halt am Rande eines Abgrunds. »Besser nicht.«

»Oh, okay«, sagte sie. Er war so daran gewöhnt, sie unbekümmert und voller Selbstvertrauen zu sehen, dass er schockiert war, als sich ihr Gesicht zu einer Miene des Kummers verzog. Sie bedeckte die Augen mit ihrer gebräunten Hand.

»Agatha«, sagte er. »Komm her.« Er stieg über den Wäschehaufen und tätschelte ihr die Schulter. Als sie ihre Hand wieder senkte, war die Unansehnlichkeit ihrer ersten Tränen verschwunden, und auf ihrem Gesicht lag eine betörende Trostlosigkeit. Ihre Lippen waren geschwollen und gerötet, und von ihren Wimpern tropften ein paar dicke Tränen.

»Tut mir leid«, sagte sie. »Ich hab bloß zu viel getrunken. Und der Hund mochte mich nicht. Und jetzt schäme ich mich.«

»Es gibt nichts, wofür du dich schämen müsstest.«

»Du bist immer so nett«, sagte sie.

»Es ist leicht, nett zu dir zu sein«, sagte Winn. Er merkte, dass er ihren Oberarm knetete und streichelte.

»Ich hab schon immer für dich geschwärmt.« Sie ließ den Kopf hängen.

»Wirklich?«

»Du bist so nett zu deiner Familie. Sie haben Glück. Sie wissen gar nicht, wie viel Glück sie haben.«

»Nun ja«, sagte er. Sie verstand ihn. Sie *sah* ihn. Vielleicht lag ihr Reiz für ihn nicht nur darin, dass es ihn in seinem Alter nach Jugend gelüstete, sondern dass eine verwandte Seele die andere erkannte. Er hätte ihr das gerne erklärt, doch stattdessen sagte er nur: »Vielleicht.«

»Du hast das Abendessen gekocht«, fuhr sie fort. »Du hast dafür gesorgt, dass alle sich willkommen fühlen, und alles, was du tust, wirkt so mühelos, als müsstest du dich gar nicht anstrengen. Livia hätte das nicht sagen sollen. Es ist nicht wahr.«

»Ich dachte, du magst Sterling«, sagte er.

»Ich habe nur mit ihm geflirtet, um dich eifersüchtig zu machen.«

Winn ergriff ihre Handgelenke, wie er es nach ihrem Kamikazesprung von der Terrasse getan hatte. Er bog ihren Arm und musterte die Reihe von Pflastern, mit denen Sterling ihren Kratzer verarztet hatte. Mit dem Daumennagel hob er eines davon an und riss es ab. Dasselbe wiederholte er mit dem nächsten und dem übernächsten, bis alle weg waren. Er drückte seinen Daumen fest in ihre aufgeschürfte Haut, und sie schnappte nach Luft. Sie befreite sich aus seinem Griff, dann umschlang sie ihn mit beiden Armen. Er vergrub sein Gesicht in ihrer Halsbeuge, sog ihren rauchigen Duft ein. Sie wandte den Kopf, suchte nach seinen Lippen, und sobald er sie küsste, wusste er, dass alle seine Schutzmauern, seine Vorsichtsmaßnahmen, seine Gesetze und Statuten nichts nützten. Er drückte sie gegen die Waschmaschine und biss in ihre Lippen, während seine Hände über ihre Schenkel fuhren und ihren Hintern packten. Seine Finger stürmten an der elastischen Grenze ihrer Unterwäsche entlang und durchbrachen sie. Als er sie berührte, bemerkte er trotz seiner alles überrollenden Gier das überraschende Fehlen jeglicher Behaarung. Das Gefühl versetzte ihm einen Schock. Durch Hörensagen und ein paar vereinzelte Ausflüge in die Cybergefilde der Pornographie wusste er, dass das jetzt ziemlich verbreitet war, doch seine sexuelle Blütezeit hatte sich in einer behaarten Ära abgespielt. Im Vergleich zu den anderen Frauen, die er berührt hatte, hätte Agatha zu einer anderen Spezies gehören können. Fasziniert beugte er sich hinunter und zog ihr Kleid hoch, um sie anzusehen. Ihr nacktes Geschlecht, erbarmungslos entblößt, erinnerte ihn an Kinder und Tierpfoten und Pferdenüstern und das Wort *pudenda*.

»Gefällt es dir?«, fragte sie.

»Ich weiß nicht«, sagte er. »Ja.« Er richtete sich wieder auf, schloss die Augen und küsste sie. Vorsichtig berührte er sie erneut. Auf ihre Haarlosigkeit war er nun vorbereitet, nicht jedoch auf ihre Trockenheit. Er öffnete die Augen.

Sie blickte über seine Schulter auf eine Jagdszene, die an der Wand hing, eine beliebige Dekoration in einem unwichtigen Raum: eine bunte Hundemeute, die einen Fuchs verfolgte, dazwischen langbeinige Pferde mit Reitern in roten Jacketts, die wie Felsen aus der weiß-braunen Flut ragten. Ihr Gesicht wies keinerlei Zeichen der Erregung auf, nicht die geringste Spur von Interesse für das, was mit ihr geschah. Sie hätte ebenso gut im Wartezimmer eines Zahnarzts sitzen und darüber nachsinnen können, welche Unannehmlichkeiten sie und den verfolgten Fuchs erwarteten. Offenbar hatte sie die Veränderung in ihm gespürt, den Augenblick des Zurückzuckens, denn sie warf den Kopf in den Nacken und stieß ein Stöhnen aus. Ihre Kehle spannte sich an. Als sie ihn wieder ansah, war ihr Gesicht eine laszive Maske der Lust: die Lider auf Halbmast, die weinverfärbten Schneidezähne in die Unterlippe gepresst. Abrupt zog er seine Finger aus der weichen Mausefalle, die sie gefangen hatte, und wich stolpernd durch das Wäschegewirr zurück, bis er sich wieder an der dürftigen Sicherheit des Spülbeckens festhalten konnte.

»Was ist?«, fragte sie.

Im ersten Moment konnte er nicht antworten, sondern starrte sie nur an. Ihm war klar, dass seine Erregung unübersehbar war, aber gleichzeitig dämmerte ihm, was für einen gewaltigen Fehler er begangen hatte. »Wir hätten das nicht tun sollen.«

»Aber wir begehren uns doch.«

»Es war ein Moment der Schwäche.«

»Sag nicht *war*.« Ihr Gesicht war angespannt und entschlossen. Sie kam näher und streckte die Hand nach ihm aus, nach seinem Schritt oder seiner Gürtelschnalle – er wusste es nicht genau –, überlegte es sich dann aber anders und ließ die Hand sinken. »Ich weiß, was das Problem ist«, sagte sie, »aber das passiert mir halt manchmal. Es hat nichts zu bedeuten. Ich habe einfach zu viel getrunken. Das heißt nicht, dass ich nicht will. Ich finde dich wirklich sehr attraktiv.« Sie zog einen Schmollmund. »Was siehst du, wenn du mich anschaust?«

Er sah sie an, sah wirklich hin, auf ihr Gesicht, ihren wundervollen Körper, das feuchte Gewirr ihrer Haare. »Ich sehe einen Jungbrunnen«, sagte er.

Sie wirkte unbeeindruckt, blinzelte nicht einmal, als hätte sie diesen Vergleich schon oft gehört. »Das hier ist deine Chance«, sagte sie.

»Tut mir leid«, sagte er. Er kam sich vor wie ein naiver Trottel. »Das hätte nie passieren dürfen. Du musst mir versprechen, dass du niemandem davon erzählst.« Etwas in ihrem Blick verhärtete sich, und alarmiert legte er die Hände auf ihre Schultern, versuchte es auf die freundliche, väterliche Art. »Jetzt hör mir mal zu. Du bist ein wunderschönes Mädchen. Es gibt zahllose Männer, die dich begehren. Ich gebe zu, ich begehre dich. Aber ich kann das nicht tun. Ich bin verheiratet. Ich bin der Vater deiner Freundin. Verstehst du? Wir müssen so tun, als wäre das hier nie passiert.«

»Ich wusste, dass du auf mich stehst. Das ist alles.« Die

Härte verwandelte sich in Quarz. In ihrer Miene lag etwas, das er selbst oft genug aufgesetzt hatte, eine Mischung aus Warnung, Verachtung und Tadel. Wieder dachte er traurig, dass sie verwandte Seelen waren, sie und er. Sie drehte den Kopf zu seinen Fingern, die auf ihrer Schulter lagen, denselben Fingern, die er so hastig aus ihrem geheimnisvollen und enttäuschenden Innern gezogen hatte. »Bitte fass mich nicht an. Ich will nicht nach Möse riechen.«

Er ließ die Hände sinken, und sie ging mit abgewandtem Gesicht an ihm vorbei. Ein kurzes, verärgertes Schulterzucken, dann lief sie nach draußen und ließ ihn mit der schmutzigen Wäsche und seinem Spiegelbild im Fenster allein.

8 · Das Ende einer Party

Zu Livias Entsetzen wurde sie von Francis angebaggert. Als er betrunken war, spielte er den verwegenen Lebemann — lasterhaft und bewusst anachronistisch, eine Art edwardianischer Lüstling —, und auf einmal kam er richtig in Fahrt. Er beugte sich mit verschwörerischer Miene zu ihr, die Augen hinter der Hornbrille voll leidenschaftlichem Feuer.

»Kann ich dir ein Geheimnis anvertrauen?«, fragte er zwinkernd und rückte mit seinem Sessel näher, bis seine wal-gemusterten Knie ihre unbedeckten berührten.

»Tu, was du nicht lassen kannst.«

Er ergriff ihre Hand und führte sie so nah an seinen Mund, dass sie seinen Atem auf ihren Knöcheln spürte. »Du musst schwören — bei Daphnes Baby schwören —, dass du es für dich behältst.«

»Ich schwöre nicht bei Daphnes Baby.«

Ohne zu zögern, sagte er: »Ich erzähl's dir trotzdem.«

»Wenn's unbedingt sein muss.«

»Du bist das hübscheste Mädchen hier.« Er küsste ihre Finger.

Sie stieß ein schrilles Lachen aus; sie konnte ihr Pech einfach nicht fassen. Vor dem Abendessen hatte sie noch gedacht, Sterling wäre ihr sicher, doch dann war Agatha angerückt, und er hatte weder Livias Schweigen noch ihren Rückzug zu einem weit entfernten Sessel zur Kenntnis genommen. Zu allem Elend war Sterling nun auch noch verschwunden – wohin, wusste Livia nicht –, und Agatha war ebenfalls nirgends zu sehen. Dieser Umstand war auch den anderen Übriggebliebenen auf der Terrasse nicht entgangen, der Party-Nachhut: Greyson, Dicky junior, Francis, Charlie, Dominique und Piper. Piper lag mit berauschtem Blick seitlich zu einer Kugel zusammengerollt in ihrem Sessel und kicherte über alles und nichts, den limonengrünen Zopfpullover über die Knie gezogen, so dass nur noch die Zehen unten herausschauten. Dominique pulte das Etikett von ihrer Bierflasche, während Dicky junior redete; sie hielt den Kopf in seine Richtung geneigt, damit es so aussah, als höre sie ihm zu.

Nachdem sie Sterling aus den Augen verloren hatte, war Livia notgedrungen zu dem Entschluss gekommen, es mit Plan B zu versuchen, und das bedeutete vermutlich Charlie. Die Vorstellung eines Techtelmechtels war ihr ans Herz gewachsen, und mittlerweile war sie bereit zu nehmen, was sie kriegen konnte, natürlich innerhalb gewisser Grenzen. (Und das schloss Francis nicht ein.) Doch Charlie war einer von diesen verwirrenden Jungs, die den ganzen Abend nett zu einem waren und einem dann einen Kuss auf die Wange drückten und allein nach Hause gingen. Sie hatten sich unterhalten, und sie hatte ein paar flirtende Untertöne einfließen lassen, aber nach einer Weile hatte er sich entschuldigt und war zu Piper gegangen, dabei war Piper nicht mal Single. Livia sank in sich zusammen wie ein missglücktes Soufflé. Es sollte doch nicht so schwer sein, einen willigen Partner zu finden. Eigentlich müsste sie, ein Mädchen von einundzwanzig Jahren – ein Mädchen von einundzwanzig Jahren, das erst kürzlich einen Skandal verursacht hatte und zwei Kleidergrößen schlanker geworden war – sich vor Verehrern doch kaum retten können.

»Nein, das bin ich nicht«, sagte sie zu Francis, »und das weißt du genauso gut wie ich.«

Mit einer einzigen schnellen Bewegung senkte er den Kopf und schmiegte seine Wange in ihre offene Hand. Peinlich berührt blickte sie sich um. Charlie lächelte ihr zu. »Doch, bist du«, sagte Francis. »Ich bin hin und weg.«

»Seit wann?«

»Seit ich dich im Mondschein sah.«

Sie schnaubte und zog ihre Hand weg.

»Es stimmt!«

»Ich dachte, du hättest eine Freundin.«

»Das ist vorbei.«

»Was ist passiert?«

»Ihre Titten waren zu groß.«

»Was?«, rief Livia ungläubig. »Sind sie etwa gewachsen?«

»Nein, sie waren schon immer zu groß. Eines Tages konnte ich sie nicht mehr ertragen.«

»Francis, so was würde ein Gentleman niemals über eine Frau sagen«, warf Dicky junior von der anderen Seite des Kreises ein; er klang wie Oatsie.

Wieder zwinkerte Francis Livia zu. »War nur ein Scherz.«

Bemüht locker sagte sie: »Wie kannst du mir gegenüber von ›Titten‹ sprechen, während du einen auf Mondschein und Rosen machst? Sei einfach normal, Francis.«

»Tut mir leid. Du hast gefragt.«

Livia warf Dominique einen flehenden Blick zu. »He,

Francis«, rief Dominique. »Ich hab gehört, du warst in einem Kloster?«

Piper, die sich nach und nach immer mehr in ihren Pullover verkrochen hatte, bis nicht nur Beine und Füße, sondern auch Hände, Kinn, Mund und Nase verschwunden waren, schoss wie eine Schildkröte aus ihrem Ausschnitt hervor. »Du warst in einem Kloster?«, fragte sie.

Francis nickte bescheiden. »Ja.«

»Nur für vier Tage«, sagte Dicky.

Francis spielte mit den Perlen seines Armbands. »Die klösterliche Lebensweise war nichts für mich. Aber der Buddhismus ist nach wie vor ein sehr wichtiger Teil von dem, was ich bin.«

Livia verdrehte die Augen, die anderen sahen es, und Francis sah, dass sie es sahen, und schaute sie an. Sie begegnete seinem fragenden Blick mit einer Miene unschuldiger Aufmerksamkeit.

»Und um ehrlich zu sein«, fuhr er fort, »war die Rückkehr in die Außenwelt ein schwieriger Übergang. Ich betrachtete die Menschen um mich herum – Leute, die zur Arbeit gingen, zur Post oder zu Whole Foods –, und fand es deprimierend, dass niemand innehielt und den Augenblick wahrnahm. Als bestünde das ganze Leben nur aus ›das ist mein Parkplatz‹, ›geht es nicht schneller‹, ›ich will den letzten Bagel‹. Ich weiß nicht. Ich habe mich ziemlich verloren gefühlt. Ich glaube immer noch, dass der Augenblick das Wichtigste ist. Du musst *im* Augenblick *sein*. Der Augenblick ist die Einheit des Seins.«

»Ah«, sagte Piper und zog sich wieder in ihren Pullover zurück, »bist du Vegetarier?«

»Heute Abend, ja. Ich habe eine Hummerallergie.«

»Du hast bergeweise Räucherlachs verdrückt«, sagte Dicky und versuchte, einen Rülpser zu unterdrücken. »Lachs ist kein Gemüse.«

»Meditierst du?«, fragte Piper. »Glaubst du an die Wiedergeburt?«

Livia merkte, dass Francis genervt war. Sie hatte ihm ganz ähnliche Fragen gestellt, als sie sich kennengelernt hatten, und seither miterlebt, wie andere versuchten, seine Variante des Buddhismus zu verstehen. Viele Leute wurden neugierig bei der Vorstellung, dass ein WASP von der Upper East Side dem Materialismus den Rücken kehrte und sich auf Lotusblüten und Banyanbäume verlegte, aber da Francis nicht so weit gegangen war, seinen Glauben durch irgendwelche Praktiken zu untermauern, endete es meist damit, dass seine Inquisitoren sich auf den Arm genommen fühlten und er sich ausgebremst und missverstanden fühlte. »Eigentlich nicht«, sagte er.

»Francis wird als Mistkäfer wiederkommen«, sagte Dicky.

»Und du als Schweinearschloch«, gab Francis zurück.

»Man kann nicht als Teil von etwas wiedergeboren werden, sogar ein falscher Buddhist sollte das wissen.«

»He«, sagte Greyson. »Jetzt mal sachte.«

»Aber solltest du nicht daran glauben?«, fragte Piper. »Gehört das nicht dazu?«

»Unglücklicherweise«, sagte Francis, »wurde ich mit einem logischen Verstand geboren. Es fiel mir schon immer schwer, meine spirituelle Seite mit meinem Intellekt zu vereinbaren.«

»Mach dir nichts draus, Piper«, sagte Greyson. »Wir haben es alle schon versucht. Wir glauben, er war bloß scharf auf das Armband.«

Francis streckte sein Handgelenk aus. »Das war ein Geschenk von einem Lama in Nepal.«

»Du hast es in der Canal Street gekauft«, sagte Dicky.

»Nein, das ist nicht wahr.«

»Und deine Brille ist reine Dekoration.« Dicky spuckte die Worte förmlich aus.

»Na und?«, sagte Francis. »Mir gefällt sie!«

Peinliches Schweigen. Dominique sah Livia an und zuckte die Achseln.

»Vielleicht sollten wir für heute Feierabend machen«, sagte Greyson, und dann kam Sterling über den Rasen auf sie zu.

»Wo hast *du* denn gesteckt?« Livia versuchte, einen gespielt herablassenden Ton anzuschlagen, fürchtete jedoch, dass sie schrill klang.

Er setzte sich neben sie und füllte so die einzige Lücke in dem Kreis. Sofort wich Francis zurück und zog seinen Sessel ein Stück weg. Sie waren zu acht, und wie sie da saßen, im Windschatten des Hauses zusammengekauert, bereit, einander Geistergeschichten zu erzählen, fühlte sich Livia wie bei einem Zeltausflug. »Ich war spazieren«, sagte er.

»Und wo ist Agatha?«, fragte Francis.

Sterling zuckte die Achseln. »Woher soll ich das wissen?« Er wirkte vollkommen nüchtern. Daphne hatte gesagt, er sei wie ein schwarzes Loch, was Alkohol angehe und schlucke das Zeug, ohne dass es irgendwelche Spuren hinterlasse.

Francis zog die Brauen so hoch, dass sie sich über den Rand seiner Dekorationsbrille hoben. »Wir dachten, sie wäre vielleicht bei dir.«

»Nein, das war sie nicht.« Er sah Livia an, und in seinen Augen lag etwas, das ihr nicht gefiel. In der kurzen Zeit, seit sie ihn kannte, hatte er entweder eine ausdruckslose, verschlossene Miene aufgesetzt oder einen messerwetzenden Blick sexueller Taxierung. Das hier war keins von beidem. Er wandte sich ab, nahm ein Bier aus dem Sechserpack unter seinem Sessel und öffnete die Dose. Schaum quoll heraus. Spontan beugte sie sich vor und schlürfte ihn vom Deckel. Als sie sich aufrichtete, hatte er wieder diesen merkwürdigen Blick. Durch den Strudel ihrer eigenen Trunkenheit konnte sie nicht sicher sein, aber es sah aus wie Mitgefühl.

»Livia.« Ihre Mutter streckte den Kopf zur Terrassentür hinaus. Sie trug einen kornblumenblauen Bademantel und Hausschuhe aus Schaffell. Der Bademantel gehörte ihrem Vater, er hatte dunkelblaue Paspeln und ein Monogramm auf der Brusttasche.

»Was ist denn?«, sagte Livia unwirsch. War es denn wirklich zu viel verlangt, einfach hier draußen sitzen und die Party genießen zu dürfen?

Ihre Mutter winkte sie beinahe verstohlen zu sich. »Du musst mir einen Gefallen tun.«

Livia stand auf. Eigentlich wollte sie Sterling nicht allein lassen, jetzt, wo er wieder aufgetaucht war, aber sie löste sich aus dem Sesselkreis und ging zu ihrer Mutter. Biddy schloss die Tür hinter ihnen. »Hat Daddy dir das mit dem Hummer erzählt?«, fragte sie.

»Welchem Hummer?« Livia schaute nach draußen. Sterling hatte sich nicht bewegt, aber sie hatte Angst, dass er abhauen würde, sobald sie ihm den Rücken kehrte. Jetzt war die Zeit der nächtlichen Manöver, jetzt wurde belauert, angetäuscht, auf den richtigen Moment gewartet.

»Dem kranken Hummer.«

»Welcher kranke Hummer? Ich weiß nicht, wovon du redest.«

»Als die Hummer geliefert wurden, hat Daddy sie alle in der Einfahrt ausgepackt, und einer sah krank aus.«

»Er hat sie in der Einfahrt ausgepackt? Warum denn das?«

Ihre Mutter drehte die schmalen Handflächen nach oben, als wollte sie sagen: *Wer weiß schon, was in Daddys Kopf vorgeht?* Nur die Lampe über dem Herd war noch an, doch selbst in dem schummrigen Licht sah sie erschöpft aus. Sie sagte: »Ich wusste nicht, was ich mit dem kranken machen sollte, deshalb habe ich ihn in den Kühlschrank in der Garage gepackt.«

Livia hatte das Gefühl, nicht mehr mitzukommen. »Was?«

»Ich habe ihn in den Kühlschrank in der Garage gepackt.«

»Ist er tot?«

»Ich weiß es nicht. Könntest du dich bitte um ihn kümmern, bevor du schlafen gehst?«

»Du meinst, ich soll ihn füttern?«

»Nein.«

Allmählich durchdrang das Begreifen den Alkoholnebel. »Du willst, dass ich ihn töte?«

»Wahrscheinlich ist er schon tot.«

Livia schaute wieder nach draußen. »Hat das nicht Zeit bis morgen früh?«

Ihre Mutter folgte ihrem Blick. Ihre Hand glitt am Bademantel hoch und hielt den Ausschnitt zu. »Schon gut«, sagte sie. »Ich mache es selbst. Sonst kriege ich die ganze Nacht kein Auge zu. Er tat mir leid. Ich habe ihn in den Kühlschrank gepackt, weil ich mal gehört habe, dass die Kälte sie in eine Art Winterschlaf versetzt.«

»Warum kann Daddy das nicht machen?«

»Ich weiß nicht, wo er ist.«

Ihre Mutter wirkte so verwundbar, fast zerbrechlich, wie sie in dem Bademantel dastand, den Gürtel ordentlich um die Taille gebunden. Livia fiel ein, dass sie sie nicht gezwungen hatte, sich bei ihrem Vater zu entschuldigen, und fühlte sich dankbar. Sie sagte: »Geh ruhig ins Bett. Ich kümmere mich um den Hummer.«

Biddy wirkte so erleichtert, dass Livia sich fragte, was mit ihr los war. »Danke«, sagte sie und wandte sich zum Gehen. »Dann bis morgen früh.«

Livia sah ihr nach, von ihren sexuellen Absichten vorübergehend abgelenkt. Ihre Mutter war ihr ebenso rätselhaft wie Dominique, vielleicht sogar noch rätselhafter, aber sie weckte in ihr weder Neugier noch Neid, nur Zärtlichkeit und Angst – Angst um ihr Glück, ihre Zustimmung, Angst, dass sie eines Tages genauso enden könnte wie sie. Letzteres schien unwahrscheinlich, so unterschiedlich, wie sie ihrem Wesen nach waren, doch ihre Mutter schien von jeher in einer Art Automatikprogramm zu leben, auf einer gut geölten Schiene dahinzurollen, die Livia jederzeit ebenfalls drohen konnte, wenn sie nicht aufpasste. Sie hörte, wie oben eine Tür geschlossen wurde, und ging wieder hinaus zu den anderen.

»Ist alles in Ordnung?«, fragte Dominique.

»Ja«, sagte Livia. »Mein Vater ist verschwunden, und Mom hat gerade einen Killer auf einen Hummer angesetzt.«

Dominique ließ sich nicht aus der Fassung bringen. »Er schläft bei den Fischen.«

»Mein Dad?«

»Der Hummer.«

»Ich glaube, er schläft beim Bier in der Garage«, sagte Livia.

Francis runzelte die Stirn. »Dein Dad?«

»Der Hummer«, sagten Livia und Sterling gleichzeitig.

Livia ging zur Rückseite des Hauses, und Sterling folgte ihr. Indianerschritt hatten sie das genannt, als sie klein war, so als würde sich eine Gruppe Schulkinder allein dadurch, dass sie hintereinander gingen, in einen Trupp Jäger verwandeln, die lautlos durch den Wald schlichen. Sterlings Schweigen lastete auf ihr, schwer von dem, was kommen würde, und sie spürte deutlich das Spiel der Muskeln in ihren Beinen und die federnde Nässe des Rasens unter ihren Füßen. Nebel-schwaden verdeckten die Sterne. Sie bog auf den Weg ab, der zur Garage führte, und hörte, wie Sterling hinter ihr stolperte und unsanft auf dem Kies landete. »Scheiße«, sagte er. »Verdammt spitz, diese kleinen Steine.«

Eine Taschenlampe wäre eine gute Idee gewesen. Sie war weder ausrüstungstechnisch noch psychologisch darauf vor-bereitet, in betrunkenem Zustand einen Hummer zu töten, aber Sterling hatte sich erboten, sie zu begleiten und, wie er sich ausdrückte, die Drecksarbeit zu erledigen, und sie war so erpicht darauf gewesen, der Terrasse und der sich dort ausbreitenden übernächtigten Missgestimmtheit zu entkommen, dass sie sofort eingewilligt hatte. Sie wollte die vielversprechende Atmosphäre des frühen Abends wie-derbeleben, die unkomplizierte, fleischliche Anziehung, die sich so erwachsen angefühlt hatte, so beidseits erkannt und akzeptiert, die dann aber von der bitteren Erwartung einer Enttäuschung getrübt worden war, als Sterlings Interesse nachzulassen schien. Konnte es sein, dass er tatsächlich schon mit Agatha rumgemacht hatte und sie jetzt noch zum Nachtisch vernaschen wollte? Nein, so etwas würde er nicht tun. Aber sie wünschte sich, er würde ein bisschen mehr den Jäger spielen. Sobald sie außer Sichtweise der Terrasse waren, hätte er sie an sich ziehen und küssen sollen, um das Eis zu brechen, anstatt einfach nur hinter ihr her zu trotten.

Durch die Bäume drang nur wenig Licht von der Veranda, und als sie die Hand ausstreckte, um ihm aufzuhelfen, trafen ihre Finger versehentlich auf die weichen Formen seines Gesichts. »Tschuldigung. Wollte dir nicht die Augen ausstechen«, sagte sie.

»Ist ja nichts passiert.« Er legte den Arm um ihre Hüfte; sie wusste nicht, ob es als Stütze gedacht war oder als Annäherungsversuch. »Auf geht's. Der Hummer wartet.«

Als sie in der Garage ankamen, schaltete sie nicht das Licht an, sondern bat ihn stehenzubleiben, und wagte sich allein in die klamm riechende Dunkelheit. Vom Brummen des Kühlschranks geleitet, bewegte sie sich langsam mit ausgestreckten Armen vorwärts. Sie fürchtete sich vor Spinnen und Nagetieren, aber noch mehr davor, wie sie im grellen Licht der Neonröhren aussehen würde: müde, mit verschmierter Wimperntusche und glänzender Nase. Sie stieß sich das Schienbein an einem der Holzböcke, auf denen das Kanu stand, und stieß einen kleinen Schrei aus. »Hat der Hummer dich erwischt?«, fragte Sterling.

»Nein, nur das Kanu.« Sie machte die letzten blinden Schritte zum Kühlschrank und öffnete die Tür. Die plötzliche Helligkeit war unangenehm, sie kniff die Augen zusammen. Von einem Hummer war nichts zu sehen, nur Bier und Wein und Tetrapaks mit Orangensaft und Literflaschen Tonic, doch dann entdeckte sie das unglückselige Krustentier im Gemüsefach, auf einem Bett aus Seetang, die gesprenkelten lila Scheren schlaff wie die Handschuhe eines k.o.-geschlagenen Boxers. Auf dem Fußboden stand ein Bataillon Bierflaschen, sorgfältig nebeneinander aufgereiht, und Livia nahm an, dass ihre Mutter sie aus der Schublade genommen hatte, um Platz für den Hummer zu machen.

»Ist er tot?«, fragte Sterling dicht hinter ihr.

»Ich glaube schon.« Sie ergriff den Hummer am Brustpanzer, hielt ihn hoch und musterte ihn. Seine Scheren und Fühler baumelten herunter, und keines seiner Beine zuckte auch nur. »Ja«, sagte sie. »Scheint so.«

»Irgendwie lieb, dass deine Mutter ihm ein Bett gebaut hat.«

Livia legte den Hummer auf den Betonboden und fischte den Seetang aus dem Gemüsefach. »Ja. Aber ich weiß nicht, was wir ihrer Meinung nach mit ihm machen sollen.«

»Begraben?«

»So, wie's aussieht, hätte sie ihn genauso gut bis morgen früh im Kühlschrank lassen können. Sie will bestimmt nicht, dass wir den Kerl einfach in den Müll werfen.«

»Woher weißt du, dass es ein Er ist?«

»Hier.« Sie hielt ihm den Seetang hin.

Er nahm ihr das Bündel ab. »Hey, danke.«

Sie wischte sich die Hände ab, dann hob sie den Hummer hoch, drehte ihn um und deutete auf die Schwimmbeine an der Unterseite des Schwanzes. »Ich wusste es nicht. Aber es ist tatsächlich ein Er. Das erste Beinpaar wäre weich und federig, wenn es ein Weibchen wäre. Weibliche Hummer nennt man übrigens Hennen.«

»Und die Männchen?«

Sie legte den Hummer wieder auf den Boden. »Hähne«, sagte sie. Sie fragte sich, ob er es bereits gewusst hatte und sie nur aufzog. Sie fing an, die Bierflaschen wieder ins Gemüsefach zu räumen. »Das ist echt seltsam«, sagte sie. »Normalerweise ist Mom nicht so weichherzig. Eher pragmatisch.«

»Bei Hochzeiten werden die Leute schon mal seltsam.«

Als das Bier verstaut war, sah sie sich suchend um. »Hast du den Hummer?«

»Nein, ich habe den Tang.« Er schüttelte das Büschel dunkler Streifen wie bizarre Pompoms.

»Hatte ich ihn nicht eben da hingelegt?«

»Vielleicht ist er weggelaufen.«

»Er war doch tot, oder?«

»Wie wär's mit etwas mehr Licht?«

Livia öffnete das Gefrierfach, so dass das helle Dreieck auf dem Boden ein wenig größer wurde. Ein langer, dünner Fühler tastete über den Beton und berührte beinahe ihre Füße. »Da ist er ja«, sagte sie. Froh, dass die Scheren noch zusammengebunden waren, griff sie in der Dunkelheit nach seinem kalten Panzer. Als sie ihn diesmal hochhob, hingen seine Scheren nicht mehr schlaff herunter. »Er lebt. Wow.«

»Er ist der Hummerjesus«, sagte Sterling.

»Und was machen wir jetzt? Irgendwie wäre es doch eine Schande, ihn zu töten, aber ich möchte ihn auch nicht einfach seinem Schicksal überlassen.«

Sterling warf den Tang in die Luft wie Konfetti. Ein paar Stücke landeten auf Livia, kalt und glitschig. »Ist doch klar«, sagte er. »Wir müssen ihn freilassen.«

Sie gingen die Einfahrt hinunter und folgten dem Fahrradweg neben der Straße, der zum nächstgelegenen Salzwasser führte, einer sumpfigen Bucht abseits des langgezogenen Hafens. Livia hatte eine Taschenlampe aus dem Haus geholt und einen Stoffbeutel mit den Initialen ihrer Mutter für den Hummer.

»Ich weiß nicht, ob er im Sumpf überleben kann«, sagte sie

zu Sterling, der die Tasche mit dem Hummer trug. »Krebse schon. Eigentlich weiß ich überhaupt nicht besonders viel über Hummer. Ich weiß, dass sie Felsen mögen und dass sie sich ziemlich viel bewegen, in unterschiedlichen Tiefen, aber ob sie auch in Sumpfgebieten leben, weiß ich nicht. Allerdings müssten wir bis zum Yachthafen fahren, um ihm was Besseres bieten zu können, und dazu sind wir beide nicht fit genug.«

»Ich könnte noch fahren«, sagte Sterling. »Du hättest nur was sagen müssen.«

»Wirklich?«, sagte sie skeptisch, wollte aber nicht zickig klingen. »Nächstes Mal.«

»Was ist los, Jacques? Vertraust du mir nicht?«

»Jacques?«

»Cousteau.«

»Oh.«

»Die Majestät von *la mer*«, sagte er mit französischem Akzent. »Das Genie von Ümmer, der sich stellt tot, um nischt gefresst zu werd. Er wartet in sein Kühlschrankgrab und offt, dass jemand ihn errettet.«

»Hummer haben ziemlich primitive Gehirne«, sagte sie. Sie gingen weiter, begleitet vom Strahl der Taschenlampe, der über den Asphaltweg und den Sand und das stachlige Gras am Rand tanzte. Sie wusste, sie hätte weiter mitspielen und jede Gelegenheit zum Flirt nutzen sollen, wie Agatha es getan hätte, aber sie wurde wieder nüchterner und begann sich Sorgen zu machen, dass Sterling ihr vom Haken hüpfte. Immer vermisste sie Teddy genau im falschen Augenblick. Wenn sie mit Teddy zusammen wäre, wüsste sie genau, welche Scherze sie machen und was sie sagen und tun sollte.

»Isch wünschte«, sagte sie in einer lahmen, halbherzigen Imitation eines gallischen Akzents, »isch würde genau wissen, dass er in die Sumpf überlebt. Aber isch weiß es einfack nischt.«

Sterling schwieg. Am liebsten hätte sie die Taschenlampe direkt auf sein Gesicht gehalten, um zu sehen, was er dachte. »Na ja«, sagte er schließlich. »Im Sumpf zu verhungern ist immer noch besser als im Kochtopf zu enden.«

Der schmale Spalt Dunkelheit zwischen ihren Schultern schien sich zu verbreitern, während sie gingen. Er erweiterte sich zu einer Kluft, und als sie die Salzwiesen erreichten, hätte er ebenso gut meilenweit weg sein können, oder sogar draußen auf dem Meer, in einem Boot, in das man sie nicht eingeladen hatte. Und als würde die Taschenlampe von der Energie zwischen ihnen betrieben, fing das Licht an zu flackern und zu verblassen. »Komm schon«, sagte Livia und schüttelte sie. Der Strahl stabilisierte sich, und sie bog auf einen schmalen Pfad ab, der durch eine Gruppe von Ahornbäumen führte, dann übernahmen Schilf und Schlickgras, und der Boden wurde morastig und zog an ihren Sandalen. Sie blieb stehen, als das Wasser vor ihr lag: reglos und bedrohlich, durchbrochen von Schilf und überlagert von Nebel. Es war nicht mehr als eine dünne schwarze Schicht auf dem Schlick, aber seine Oberfläche schien sich endlos auszudehnen und mit der des Hafens und dann mit der Haut des offenen Meeres zu verschmelzen, die alle Kontinente berührte. »Das hier hat keinen Zweck«, sagte sie zu Sterling. »Es ist zu flach und zu trübe. Er wird einfach eingehen.« Sie wandte sich um und richtete den verlöschenden Lichtstrahl auf einen anderen Pfad. »Aber ich glaube, wenn wir hier entlanggehen, kommen wir zu einem kleinen Strand am Ende des Sumpfes. Es ist nicht sehr weit.«

Sie rechnete damit, dass er Nein sagen, sich sogar über sie lustig machen würde, weil sie sich so viel Mühe machte, einen Hummer zu retten, der kein bisschen anders war als der, der sich gerade durch ihren Verdauungstrakt bewegte, doch er sagte nur: »Okay«, und sie gingen weiter, immer dem flackernden, tanzenden Licht nach. Als sie schließlich einen Streifen sauberen Sand erreichten, lag die Taschenlampe in ihren letzten Zügen, aber Livia wusste, dass sie an der richtigen Stelle waren, denn sie konnte das Klatschen des Wassers im Hafen hören und, weiter draußen, das Rollen der Wellen auf dem offenen Meer.

»So«, sagte Sterling, »und jetzt setzen wir ihn einfach in den Sand, und er galoppiert rein?«

»Ich glaube, die besten Chancen hat er, wenn wir ihn so weit wie möglich hineinwerfen.«

»Sofern er nicht bereits sein Leben ausgehaucht hat.« Sterling hielt den Beutel auf, aber als Livia die Taschenlampe auf den ziemlich tot aussehenden Hummer richtete, gaben die Batterien endgültig den Geist auf, und sie versanken im Dunkeln. »Ich glaube, wir wussten beide, dass das passieren würde«, sagte Sterling.

»Ja.«

»Nun, dann bringen wir's am besten hinter uns.«

Zum zweiten Mal tastete Livia blindlings nach dem Panzer des Hummers, der immer noch kalt war, aber mittlerweile auch trocken. Sie nahm ihn aus dem Beutel und hoffte inständig darauf, dass er irgendein Lebenszeichen von sich gab. »Wir müssen ihm die Gummibänder von den Scheren nehmen«, sagte sie zu Sterling.

»Klar.«

»Kannst du das machen?«

Seine Finger tasteten nach ihren Armen und wanderten daran hinunter bis zu dem Hummer. Sie spürte, wie er zog. »Wenn ich noch nie einen Hummer gesehen hätte«, sagte er, »hätte ich keine Ahnung, was ich da gerade berühre.«

»Pass auf, dass du ihm nicht die Arme ausreißt.«

»Ich geb mir Mühe.« Er grunzte. »Okay. Fertig. Ich glaube, er ist tot, aber er hat uns ja schon mal getäuscht.«

»Stimmt.« Sie schlüpfte aus ihren Sandalen und ging dem Geräusch des Wassers entgegen, bis die Kälte ihre Füße umspülte, dann ihre Knöchel und Knie. Der Saum ihres Kleids trieb im Wasser. Der Sand unter ihren Füßen war mit Kieseln durchsetzt und ein bisschen glitschig. Sie hielt den Hummer mit beiden Händen, holte von unten her aus und bemühte sich um einen weiten, flachen Wurf. Ein Platschen im Dunkeln. Livia erfasste eine unglaubliche Erleichterung, so als hätte sie eine großartige, lebenswichtige gute Tat vollbracht. Sie und Sterling erlebten ein Abenteuer. Sie hatten immense, nahezu groteske Anstrengungen unternommen, um ein Tier würdevoll zu behandeln, und er hatte sich kein einziges Mal beschwert. Wenn er bis hierhin mitgemacht hatte, musste er etwas von ihr wollen. Als sie sich umwandte und in der Dunkelheit die Richtung zum Ufer einschlug, fühlte sie sich beinahe übermütig, voll freudiger Erwartung. Doch sehr bald merkte sie, dass sie nicht wusste, ob sie in die richtige Richtung ging. Eigentlich hätte es ganz einfach sein sollen, den kurzen Weg aufs Trockene zurückzugehen, doch durch den Nebel herrschte absolute Finsternis. Sie machte ein paar Schritte hierhin, ein paar dorthin, versuchte, der Steigung des Sandes zu folgen, doch dann trat sie plötzlich in ein Loch, und ihr Kleid war bis zu den Oberschenkeln nass. Sie kletterte in die Richtung hinaus, wo sie das Ufer vermutete, doch das Wasser wurde immer tiefer. Sie blieb stehen. »Sterling?«, rief sie. Sie hatte das seltsame Gefühl, er wäre verschwunden, auch das Land wäre verschwunden, und sie balanciere am Rand einer gewaltigen Tiefe.

»Ich bin hier.«

Seine Stimme war weiter weg, als sie gedacht hatte, und gedämpft durch den Nebel, der sich in winzigen Tröpfchen auf ihrem Haar und ihren Wimpern niederließ. Frierend schlang sie die Arme um sich. Das Wasser auf Waskeke war immer kalt, selbst im Sommer. »Rede weiter, damit ich deiner Stimme folgen kann«, sagte sie.

Kurzes Schweigen, dann begann er ihren Namen zu singen. »Livia«, sang er, »Livia, Livia, Livia.« Seine Stimme war angenehm und tief, nicht dünn wie Greysons, sondern rau und listig.

Sie bewegte sich auf ihn zu, und bald ging ihr das Wasser nur noch bis zu den Knien und dann bis zu den Knöcheln. Er verstummte. Sie blieb stehen. »Hör nicht auf«, sagte sie.

Ein kleines Licht leuchtete auf, wie ein Leuchtturm in weiter Ferne, ein weicher, blasser Kreis im Nebel, der sich dann zu einem Punkt verkleinerte, wie ein Glühwürmchen. Er hatte sich eine Zigarette angezündet. Sie war so nah, dass sie den Tabak riechen konnte und hörte, wie er einen Zug nahm. Das Glühwürmchen flog einen kleinen, verlockenden Schlenker. Aber vielleicht war es auch kein Glühwürmchen, sondern der biolumineszente Köder eines Anglerfisches, der zu einem scharf bezahnten Maul führte. Vielleicht war sie aus einer ganz normalen Nacht in eine Unterwelt tief am Meeresboden gestolpert. »Livia«, sang er wieder. »Livia, Livia.«

Winn saß in der Einfahrt, hinter dem Steuer des Land Rover. Er hatte nach einem Versteck gesucht, kleiner und sicherer als das Außengelände, aber nicht im Haus, das bei seiner Ankunft ein so willkommener Anblick gewesen war, nun jedoch drohend vor ihm aufragte wie eine feindliche Festung. Das Schlafzimmerfenster war noch erleuchtet. Wahrscheinlich las Biddy. Der warme, gelb getönte Raum erschien ihm so weit weg, das Bett mit den weißen Bezügen, der blasende Wal aus Holz an der Wand, seine Frau, seitlich aufgestützt, das Gesicht von ihrer Nachtcreme glänzend. Vor einer Weile hatte er Livia und Sterling die Einfahrt hinuntergehen sehen, sie mit einer Taschenlampe und er mit einem Stoffbeutel in der Hand. Normalerweise hätte er sie angehalten, gefragt, was in dem Beutel sei und wohin sie wollten und warum (obwohl das Warum auf der Hand lag), aber an diesem Abend fehlte ihm dazu der Mut und, nach dem Vorfall in der Waschküche, die Autorität. So saß er nun allein im Auto und versuchte, an nichts zu denken. Er wünschte sich seinen Vater herbei. Hätte er sich einen beliebigen Punkt in Zeit und Raum aussuchen dürfen, dann säße er jetzt seinem Vater im Salon des Vespasian Clubs gegenüber, schweigend und mit der Zeitung in der Hand.

Nach Winns Heirat hatte seine Mutter sich geweigert, das weiße Natursteinhaus jemals wieder zu verlassen, und es vorgezogen, den Rest ihrer Tage in der Abgeschiedenheit des oberen Stockwerks zu verbringen. Wenn er zu einem Abendessen im Ophidian oder einem Geschäftstermin in Boston gewesen war, war er nachts manchmal am Haus vorbeigefahren und hatte vom Bordstein oder vom Rücksitz eines Taxis zum Fenster seiner Mutter hinaufgespäht, das aus der dunklen Masse des schlafenden Hauses herausleuchtete wie ein gespenstisches Sinnbild ungesehenen Lebens. In den zwei Jahren bis zu ihrem Tod hatte sie das Haus überhaupt nicht mehr verlassen, und er hatte sie nur noch dreimal gesehen: zweimal, als sie ihn an ihr vermeintliches Totenlager bestellte, und dann ein letztes Mal, als sie nach einem kränklichen Leben voller Fehlalarme tatsächlich verschied. Selbst am Ende war ihr Zimmer perfekt aufgeräumt, penibel in Ordnung gehalten von ihrer ukrainischen Krankenschwester. Wenn er an seine Mutter dachte, sah er sie stets umgeben von hypochondrischem Elend: Behälter mit übel riechenden Tinkturen, zerknüllte Papiertaschentücher, reihenweise Medizinfläschchen, Tabletts mit verschimmeltem Essen. Doch die drei Male, als er kam, um sich von ihr zu verabschieden, saß sie aufrecht in einem Bett mit alten, aber frisch gewaschenen Decken in einem sauberen Zimmer, die welken Hände ordentlich gefaltet auf dem übergeschlagenen Lakenrand.

»Was macht sie den ganzen Tag?«, fragte er Eva einmal beim Gehen.

»Sie wartet, dass Gott sie findet«, sagte Eva und bekreuzigte sich. »Jeden Tag sie wartet. Sie ist eine Heilige, Ihre Mama.«

Als Winn das Haus nach dem Tod seiner Mutter verkaufte, war es eine Winterlandschaft verhängter Möbel. Er beauftragte einen Sachverständigen, sich das ganze Haus anzusehen und mitzunehmen, was sich noch verkaufen ließ. Als in den Zimmern nur noch dunkle Leerstellen auf den verblichenen Teppichen und staubigen Böden anzeigten, wo die fehlenden Lampen und Sessel gestanden hatten, ging er hinein, um die persönlichen Überreste durchzusehen. Der Vespasian hatte sein Angebot, ihm Tiptons Porträt zu schenken, höflich abgelehnt, und so stand es noch im Esszimmer, in braunes Packpapier gehüllt und an die Wand gelehnt, wo es darauf wartete, dass ein paar Jungs vom Sobek Club es abholten. Sie hatten versprochen, dem Bild einen Ehrenplatz in ihrem Clubhaus zu geben und auf dem Rahmen ein Schild mit Tiptons Namen, Lebensdaten und Harvard-Abschluss-jahr anzubringen.

»Warum nehmen wir es nicht mit zu uns?«, fragte Biddy.

»Nein«, sagte Winn, der bereits darüber nachgedacht hatte und die Vorstellung, dem kritischen Blick seines Vaters in ihrem neuen Haus in Connecticut einen festen Platz ein-zuräumen, wenig ansprechend fand. »Er würde wollen, dass einer von seinen Clubs das Bild bekommt.«

Im Arbeitszimmer seines Vaters fand Winn eine jahrzehn-telange Papierspur gescheiterter Investitionen und minutiös festgehaltener Haushaltsausgaben, aseptische Briefe von Freunden aus alten Zeiten, Spielkarten, unidentifizierbare Münzen, Briefpapier von Clubs und Hotels, ausgeschnittene Zeitungsartikel über Leute, die Tipton gekannt hatte. Als er ein Exeter-Jahrbuch von 1926 aufschlug, sah Winn, dass sein Vater in seiner spinnenbeinigen Schrift quer über die jugend-lichen Gesichter der Jungen geschrieben hatte: »verstorben 1943«, »verstorben 1965«, »verstorben 1941«. Außerdem gab es ein paar Überbleibsel aus Winns Schulzeit: ein Programm von seinem Auftritt als Colonel Pickering in *My Fair Lady*, eine fleckige Krawatte mit dem Abzeichen des Ophidian, die Tipton aus dem Mülleimer gefischt haben musste, und ein schlecht getippter Aufsatz über die Finanzierung des Ersten Weltkriegs.

Der Sachverständige hatte Tiptons Schreibtisch mit-genommen – ein riesiges Monstrum aus Eiche, das mit sei-

nen zahllosen Fächern und Winkeln aussah wie ein Tauben-
schlag – und den Inhalt in mehreren Stapeln und Kartons
auf dem Fußboden deponiert. Auf einem Karton klebte ein
Zettel mit einer Nachricht: Der Inhalt stamme aus einer ver-
schlossenen Schublade, und man möge bitte die Störung der
Privatsphäre entschuldigen, aber der Schlüssel habe sich in
einer der anderen Schubladen befunden. Drinnen lag ein
dünner Stapel hoffnungslos altertümlicher Herrenmagazine,
ein Silberröhrchen mit einem uralten Lippenstift, der eine
gelblich-transparente Rinde bekommen hatte, ein Miniatur-
album mit Schwarzweiß-Fotos, zumeist von Frauen, die
Winn nicht kannte, ein geheimnisvoller Brief, der nur mit
»L.« unterzeichnet war, und eine alte Fotoschatulle aus fle-
ckigem, abgewetztem Samt. Das Porträt darin zeigte einen
keck grinsenden, vielleicht sechzehnjährigen Jungen und
einen strengen alten Mann. Das Bild war verblichen, der
Hintergrund nicht mehr zu erkennen, abgesehen von einem
drapierten Vorhang, der mit einer dicken Kordel zusammengebunden war, Teil der klassischen Ausstattung eines Foto-
grafen. Die beiden Gestalten waren so geisterhaft und durch-
scheinend geworden, dass die Struktur des Papiers durch ihre
Kleider schimmerte. In dem Jungen erkannte Winn seinen
Großvater, Tiptons Vater Frederick, obwohl ihm die ziemlich
langen Haare und der altmodische Anzug fremd waren und
die Gesichtszüge auf dem Foto weich und verschmitzt aussahen wie die eines Fauns – ganz und gar nicht wie Winn
ihn vom Porträt im Vespasian kannte, als alter untersetzter
Mann, der griesgrämig von der Wand schaute und das Kla-
cken der Billardbälle verfolgte. Hübsch und schlank lehnte
Frederick am Sessel des alten Mannes, den schalkhaften Blick
auf einen Punkt oberhalb der Kamera gerichtet, die schmalen

Lippen zu einem Lächeln verzogen. Der alte Mann starrte mit strenger, vielleicht auch verächtlicher Miene in die Linse, das Gesicht halb verborgen unter dem Dickicht weißer Augenbrauen und den beiden langen walrossartigen Enden seines mächtigen Schnurrbarts. Er hatte das eine Bein in den ausgelöschten weißen Bereich am Rand des Fotos gestreckt. Seine Hände lagen, zu Fäusten geballt, im Schoß. Das war Winn Cunningham, Winns Namensgeber und der Errichter des weißen Natursteinhauses, der Mann, der das Vermögen aufgebaut hatte, dessen Überreste in dem stetig leerer werdenden Tresor der Van Meters lagerten. Winn nahm das Foto aus der Schatulle und drehte es um. Auf der Rückseite stand nichts.

Er hatte Biddy, damals im sechsten Monat mit Daphne schwanger, aufgetragen, die Kleider seiner Mutter durchzusehen – ohne jede Vorstellung davon, was sie finden würde, vielleicht ein Hochzeitskleid und dann die Nachthemden aus fünfzig Jahren –, und über ihm knarrten die Dielen. Er warf das Foto in den Müll und, nachdem er sie durchgeblättert hatte, auch die Zeitschriften mit ihren pummeligen, barbusigen Pin-ups. Als er nach den anderen Fotos und dem Brief von L. griff, fragte er sich, wie schon öfter, ob sein Vater fremdgegangen war. Bestimmt. Zu seinem eigenen Erstaunen hoffte Winn, dass Tipton in jenen langen Jahren zwischen Heirat und Tod wenigstens einen Hauch menschlicher Wärme erfahren hatte. Vielleicht war das kleine Fotoalbum eine Art Trophäensammlung seiner Eroberungen. Sein Blick blieb an dem Porträt einer Frau hängen, das von einer unerfahrenen Hand nachgetönt worden war; ihre Wangen leuchteten in einem fiebrigen Rot und ihre Augen in einem hellen Grün, das sich bis über die Wimpern zog und sie aussehen ließ wie eine blinde Außerirdische. Er legte das Album zu den Zeitschriften.

Schon häufig hatte Winn bereut, dass er den Inhalt dieser Schublade weggeworfen hatte, vor allem das Foto von seinem Großvater, und als er in der muffigen Dunkelheit des alten Land Rover saß, wünschte er sich erneut, es nicht getan zu haben. Im Rückblick erschien es ihm als ein Akt unbeschreiblicher Grausamkeit, diese Dinge in den Müll zu werfen. Er hatte die Aufnahme und den Brief und das Fotoalbum aussortiert, um zu beweisen, wie unsentimental er war, hatte dabei aber nicht bedacht, dass es Reliquien der Geheimnisse seiner Vorväter waren. Er, das wusste er, würde keine Spuren seiner Begegnung mit Agatha hinterlassen, seinem einzigen körperlichen Ehebruch in einer endlosen Reihe von geistigen Ehebrüchen, von Körpern, die er nur mit den neugierigen Fingern der Vermutung berührt hatte. Als er erneut zum erleuchteten Schlafzimmerfenster hinaufsah, traf ihn die Scham mit voller Wucht: Schuldgefühle, weil er jemanden wie Biddy betrogen hatte; Angst, dass es herauskommen würde; Trauer, weil die Würde und Selbstbeherrschung, auf die er so stolz war, sich als Illusionen erwiesen hatten; Verlegenheit wegen der Geschmacklosigkeit der ganzen Szene, die Waschmaschine, das Mädchen halb so alt wie er, sein lüsternes Gemurmel und Gestöhne, das sie gehört hatte. Er brauchte Luft. Er kurbelte die Scheibe herunter, ließ die feuchte Luft und das Zirpen der Grillen in den Wagen. Biddys Licht oben im Haus erlosch.

Eine Bewegung an der Seite des Hauses, und eine männliche Stimme, die sagte: »LEISE schließen. Steht doch da.« Drei Gestalten erschienen, begleitet vom Knirschen des Kieses. Er konnte nicht genau erkennen, welche Jungs es waren, welche Ausgaben der Duffs. Normalerweise hätte er sie angehalten, einen Beweis der Nüchternheit gefordert oder zumindest eine überzeugende Imitation, und damit gedroht, ein Taxi zu rufen, bis einer von ihnen schwor, er hätte schon vor Stunden aufgehört zu trinken und sei mittlerweile wieder so unbefleckt wie Shirley Temple. Doch stattdessen saß er so reglos wie möglich da und hoffte, dass sie ihn nicht bemerkten. Es waren Francis, Dicky junior und Charlie. Sie waren fast an ihm vorbei, als Charlie plötzlich stutzte und zu ihm herüberspähte.

»Mister Van Meter?«, sagte er.

»Na, auf dem Weg nach Hause, Jungs?«, sagte Winn. »Ist einer von euch noch fit genug, um zu fahren?«

Schwankend hob Francis ein imaginäres Glas zum Anstoßen. »Jawoll, ich.«

»Gut«, sagte Winn. »Dann mal los.«

Charlie kam näher. »Ist alles in Ordnung?«

»Bestens. Wollte bloß ein bisschen Radio hören, Nachrichten und so.« Winn deutete auf das Armaturenbrett. Das Radio war ausgeschaltet.

»Cool«, sagte Charlie. Hinter ihm drehte Francis sich abrupt um und stürzte in die Dunkelheit.

»Ich glaube, er muss kotzen«, sagte Dicky junior.

»Sind Sie sicher, dass alles okay ist?«, fragte Charlie.

»Ja, alles in bester Ordnung. Gute Nacht, Jungs.« Er kurbelte die Scheibe wieder hoch. Er und Charlie sahen sich durch das aufsteigende Glas an, dann zuckte der jüngere Mann die Achseln, winkte und wandte sich ab.

Als ihre Rücklichter aus der Einfahrt verschwunden waren, ging Winn ins Haus. Jemand hatte das Licht ausgemacht, aber Celeste lag immer noch auf dem Sofa und gurgelte leise vor sich hin. Er ging ohne einen weiteren Blick an ihr vorbei. Draußen auf der Terrasse brannten immer noch die Laternen, obwohl niemand mehr da war, doch er kümmerte sich nicht darum. Er wollte nur noch in sein Bett, an Biddys Seite, in die erlösende Sicherheit der Finsternis. Er hatte gerade die ersten Stufen erklommen, als er von oben das unmissverständliche Schmatzen von Küssen hörte. Eine Frau stöhnte leise. Gereizt blieb er stehen. Nahm das denn überhaupt kein Ende? Als er sich leise wieder hinunterschleichen wollte, ächzten die Stufen in einer Parodie auf weibliches Stöhnen, das er eben gehört hatte, und er blieb erneut stehen. Doch das Küssen ging unbeirrt weiter. Die unverhohlenen, saugenden Schmatzer und die Dreistigkeit der Treppenhausküsser erschienen ihm schlicht unverschämt, und er beschloss, sich nicht von irgendwelchen lasziven Darbietungen in seinem eigenen Haus einschüchtern zu lassen. Geräuschvoll stapfte er die Treppe hinauf, und als er um die Ecke kam, erblickte er Greyson und Daphne, die sich eng umschlungen hielten. Daphne stand im Nachthemd gegen die Wand gelehnt, die Familienfotos um sie herum krumm und schief, und Greyson beugte sich über ihren Bauch, die Hände um ihr Gesicht gelegt, und küsste sie mit eindeutiger Absicht. Winn räusperte sich und blieb stehen.

»Oh«, sagte Daphne. »Daddy. Ich bin aufgestanden, weil ich sehen wollte, ob noch jemand da ist.«

»Schon gut«, sagte Winn. »Gute Nacht.« Mit der gehetzten, geschäftsmäßigen Miene eines Mannes, der sein Büro verlässt und noch kurz mit der zusammengefalteten Zeitung winkt, schob er sich an ihnen vorbei.

Im Schlafzimmer war es dunkel und still. Biddy lag reglos da. In der Ferne erklang ein Nebelhorn, nicht das tiefe, warnende Tuten, das er aus seiner Kindheit kannte, sondern ein automatisierter Ton, wohlklingend und unaufdringlich. Er legte sich hin und sah zu, wie der Strahl des Leuchtturms über die Wände glitt. Livia war auf Partys im Sobek Club gewesen, aber Tiptons Porträt hatte sie angeblich nirgends gesehen. Vielleicht war es über die Jahre in irgendein Allerheiligstes gewandert. Vielleicht hatte man es auch weggeworfen. Er zählte die fünf Sekunden zwischen dem Aufleuchten, und seine Lippen bewegten sich in der Dunkelheit. Eins, zwei, drei, vier, fünf, dann schoss das Licht durchs Fenster, fuhr über seinen Bademantel an der Badezimmertür, berührte die Kommode, das Ölbild von einem Krebs, den Korb mit Muscheln, den die Mädchen vor langer Zeit gesammelt hatten, die leichte Erhebung der Decke, unter der Biddys Beine lagen. Winn fühlte sich geehrt von der Anwesenheit des Strahls in seinem Schlafzimmer, als Teil der Inselwelt. Der kurze Lichtblitz, der über die schindelgedeckten Häuser und das dunkle Salzgras strich, bevor er aufs Meer hinausglitt und von der anderen Seite wiederkam, war so flink, dass er auch ein Geist hätte sein können oder das Scheinwerferlicht eines vorbeifahrenden Autos, nur dass er alle fünf Sekunden wiederkehrte wie ein Uhrwerk, immer genau seiner Erwartung gemäß.

FREITAG

9 · Das Leiterspiel

Als Winns Schnarchen gleichmäßig geworden war, schlüpfte Biddy aus dem Bett. Durch die Fliegengitter sickerte Nebel und lag da wie kühle Gaze, die der Leuchtturmstrahl durchschnitt. Sie blieb einen Moment stehen und sah auf ihren Mann hinunter, der mit offenem Mund dalag, dann ging sie ins Bad und setzte sich auf den Wannenrand. Wie war sie müde! Sie hatte zu lange wach gelegen; ihre Gedanken waren umhergesprungen, zwischen ihren Töchtern, den langen Listen der vielen Dinge, die zu tun waren, und Erinnerungen an frühere Hochzeiten. Einen mächtigen Sog übte auch die Zukunft aus, mit der unendlichen Fülle der darin lauernden Gefahren, für das Baby, für die Mädchen und für sie selbst. Normalerweise konnte sie ihre Gedanken bremsen; normalerweise schlief sie immer gleich ein, aber heute Nacht konnte sie den Absprung nicht finden – und konnte auch nicht neben Winn liegenbleiben und seinen Schlafgeräuschen lauschen.

Sie drehte den Hahn über der Wanne auf und ließ sich Wasser einlaufen. Winn würde nicht aufwachen, nicht, wenn er einmal zu schnarchen begonnen hatte. Sie drückte den Gummistöpsel in den Abfluss, zog sich das Nachthemd über den Kopf und ließ ihre Baumwollwäsche auf die Badematte fallen. Sie drehte sich die Haare zu einem Knoten und griff dann mit einer Hand nach der Klammer, die immer auf dem Waschbecken lag. Als sie im halb-beschlagenen Spiegel ihr schattenhaftes Spiegelbild erblickte, lief ihr flüchtig ein Schauer über den Rücken, ausgelöst von den Wellen einer kindlichen Angst, die Jahrzehnte zurückging bis in die Zeit, als Celeste und Tabitha sie im dunklen Badezimmer fest-gehalten hatten, während sie mit einem unheimlichen Sing-sang Geister beschworen. Nun ließ sie sich langsam ins Was-ser gleiten. Die kalten Zehen schmerzten in der Wärme, und ihre Schultern zuckten vor dem kühlen Porzellan zurück. Sie lehnte den Hinterkopf an und bog den Rücken durch, um sich dann vorsichtiger wieder hinzulegen und, als sie lag, mit der Hand heißes Wasser über Brust und Schultern schöpfen.

Als das Wasser angenehm tief war, drehte sie den Hahn mit den Zehen zu, und es wurde, abgesehen vom tropfenden Wasserhahn und dem fernen Nebelhorn, um sie herum still. Sie seufzte laut, aber nur ein einziges Mal und nur, weil es ihr guttat. Wie Winn vorhin Agatha nach ihrem Sturz zu Hilfe ge-eilt war, war er so ritterlich, so aufmerksam, so *offensichtlich* gewesen. Diese Offensichtlichkeit, das war das, was sie nicht tolerieren konnte. Sie hatte gewusst, worauf sie sich einließ, als sie seine Frau wurde, und damit gerechnet, eine Ehe zu führen, in der sie gelegentlich ein Auge zudrückte, aber sie hatte auch erwartet, dass er sich diskret verhielt. Und er hatte sich daran gehalten. Sie ging davon aus, dass es andere Frauen gegeben hatte, aber sie hatte nie irgendwelche Indizien da-für gefunden – und mehr verlangte sie nicht. Eine einfache Forderung, so hatte sie gemeint: eine billige Erkenntlichkeit für ihre Nachsicht, ihren Realismus, ihre Toleranz. Bisweilen war seine Diskretion so allumfassend gewesen, dass sie sich gestattet hatte zu glauben, es habe vielleicht wirklich keine anderen gegeben, aber sie wollte es nicht riskieren, so blöd zu sein, an etwas so Unwahrscheinliches zu glauben wie die Treue ihres Ehemanns. Er musste doch wissen, wie komisch sein Hingezogensein zu Agatha war, wie ordinär. In all den Jahren hatte Agatha seine lüsternen Blicke nicht mit mehr erwidert als mit trägstem reflexhaften Flirten. Aber heute Abend hatte sie ihn am Hemd festgehalten, nachdem er sie wieder auf die Beine gestellt hatte.

Biddy schöpfte Wasser mit den Händen und legte sie sich dann aufs Gesicht. Es war nicht mehr zu ändern – sie würde morgen früh erschöpft sein. Sie atmete tief durch, spürte den Dampf. Der Zauber, den sie schon ihr Leben lang im Wasser erlebte, begann zu wirken. Es wusch den Stress aus wie eine Entzündung aus einer Wunde und schenkte ihr inneres Gleichgewicht. Nach der Hochzeit würde das Leben weitergehen wie immer. Das Baby würde gesund sein. Livia würde einen neuen Freund finden. Winn würde zur Arbeit fahren und abends nach Hause kommen. Was hatte Dominique gefragt? Wo sie leben würde, wenn sie die freie Wahl hätte? Vielleicht könnten sie in ein paar Jahren ganz nach Waskeke ziehen. Vielleicht könnten sie eine ausgedehnte Reise nach Übersee machen, ein Haus in Frankreich mieten, in Dominiques Restaurant essen, eine Flussfahrt unternehmen.

Sie schlenderte durch ein Lavendelfeld, begleitet nur vom Summen der Bienen, als etwas sie würgte. Die Luft wurde dick und bedrohlich, und als sie aufwachte, hustete sie lauwarmes Badewasser aus.

Winn wurde schon vor Morgengrauen wieder wach. Sein Herz schlug zu schnell, es raste in sinnloser Eile vor sich hin, wie er das von anderen Katern her kannte. Alles war wieder da. Agatha, wie sie an der Waschmaschine lehnte. Der Duft ihrer Haare. Das Gefühl ihrer Arme und Schenkel, die erschreckende Leblosigkeit ihres Gesichts, die Sprödigkeit ihrer trockenen Scheide. Als er die Finger an die Nase hob, roch er nur eine milde Säure, die gut auch von ihm selbst stammen konnte, nach diesem verschwitzten, alkoholisierten Schlaf. Neben ihm atmete Biddy regelmäßig, und obwohl ihn das Geräusch beschämte, wanderten seine Gedanken automatisch zu der Vorstellung, was wohl passiert wäre, wenn er Agathas Gesicht nicht in diesem einen unbedachten Moment gesehen oder dessen besorgniserregende Leere nicht ignoriert hätte. Wäre ihre Begegnung zur natürlichen Vollendung gelangt, hätte er sich einer schlimmeren Sünde schuldig gemacht, doch durch die postkoitale Ernüchterung hätte der Anblick ihres Gesichts mit den weinverfärbten Zähnen womöglich die heilsame Reue herbeigeführt, an die er sich von den unklugen Kopulationen seiner Jugend erinnerte: eine kleine befreiende Enttäuschung.

Und Livia. War sie nach Hause gekommen? Er sagte sich, dass Sterling auf sie aufpassen würde. Dann sagte er sich, er solle endlich aufhören, sich lächerlich zu machen. Er tastete nach seiner Brille und dem Wecker, hielt ihn zum Fenster hin und wartete auf den Leuchtturmstrahl. Viertel nach fünf. Weniger als drei Stunden Schlaf, aber er sah keine Möglichkeit, wieder zur Ruhe zu kommen. Um neun war er zu einem Tennismatch verabredet. Das erschien ihm noch entsetzlich weit entfernt. Er stand auf und ging ins Bad. Das Gesicht im Spiegel war verhärmt, seine Haut grau und fast kränklich blass. Er schlürfte ein paar große Schluck Wasser aus dem Hahn, und die Schmerzen in seinem Kopf dehnten sich aus wie ein Schwamm. Seine Gelenke waren steif, seine Schritte ohne Schwung, seine Haut ohne Geschmeidigkeit, seine Wirbelsäule unbeweglich, sein Magen sah ihm nichts nach. Als junger Mann hatte er es nicht zu würdigen gewusst, was für ein Geschenk es war, jedes Fehlverhalten abzuschütteln, alle Gifte auszuspeien und zufrieden in Tiefschlaf versinken zu können. Das Handtuch, nach dem er griff, war feucht, wie auch, das spürte er jetzt, die Bademette unter seinen Füßen. Und um den Abfluss in der Badewanne stand noch eine kleine Pfütze. Biddy musste vor dem Schlafengehen gebadet haben. Wahrscheinlich hatte sie einiges abzuwaschen gehabt. Er bedauerte sein Intermezzo mit Agatha. Es war vollkommen unnötig gewesen. Der Alkohol war schuld.

Er legte sich wieder ins Bett, aber der Schlaf kam nicht, und er wurde von Fantasien bombardiert, düsteren Vorstellungen von Livia, die im Meer schwamm und auf unerklärliche Weise ertrunken war, und unzüchtigen Visionen von Agatha. Wie gefesselt lag er auf der Matratze, von Angst und Sehnsucht gefoltert. Er presste das Gesicht ins Kissen und stöhnte. Als spürte sie, dass etwas nicht stimmte, drehte sich Biddy von der Seite auf den Rücken und machte ein leises, missbilligendes Geräusch. Er wandte sich ihr zu und musterte die dunklen Umrisse ihrer Stirn, Nase, Lippen und ihres Kinns. Dann tastete er vorsichtig mit einer Hand unter den Laken nach ihrer Hüfte. Sie trug ein gerades weißes Baumwollhemd, schlicht wie ein Kissenbezug, ohne Ärmel oder jedwede Verzierungen, das neueste einer langen Reihe solcher Nachthemden, die sich durch nichts unterschieden und die sie alle Sommer getragen hatte, seit sie sich kannten. Die Hemden besaßen die Tendenz hochzurutschen und den ebenso weißen, schlichten Schlüpfer zu entblößen, den sie auch nachts immer trug. Doch zu seiner Überraschung spürte er jetzt einen nackten Unterleib. Nanu, sonst ging Biddy doch nie ohne Schlüpfer ins Bett. Ihre Haut war warm, ein wenig widerständig, als hätte sie sich gerade eingecremt. Er streichelte die bloße Rundung ihrer Hüfte und strich mit der Hand über ihren Bauch, so dass ihr Schamhaar an seinem kleinen Finger kitzelte. Flüchtig zog ihm die irrsinnige, unanständige Weichheit von Agathas Haut durch die Sinne, aber er schob sich näher an Biddy heran und drückte das Gesicht in ihre Halsbeuge. Sie wandte den Kopf ab, ohne aufzuwachen.

»Biddy«, flüsterte er zu ihrem Ohrläppchen hinauf. »Bid.« Er hob die Hand an ihre kleine Brust und spürte ihr träges Herzklopfen. Er berührte ihre Schulter mit den Lippen. Dort war ihre Haut kühl. Plötzlich erwachte in ihm der Trieb. Er wusste nicht, wann er sie zuletzt so sehr gewollt hatte. Vielleicht nie. Die Brust unter seiner Hand war warm und weich, die Haut über dem verschlungenen Netz der Drüsen lose, die Warze durch das Stillen vor zwanzig Jahren dauerhaft vergrößert. Hätte er nur seine frustrierte Leidenschaft ausagieren wollen, wäre er wie ein Teenager schuldbewusst ins Bad geschlichen, um sich selbst zu befriedigen. Nein, dies war etwas anderes, etwas Überraschendes. Ihr Körper war nicht mehr makellos: Ihre Haut hatte die jugendliche Spannkraft verloren; sie besaß nichts mehr von Agathas Frische, der schwarzen Magie, die er aus ihrem tanninreichen Mund gesaugt hatte. Von Biddy kannte er jeden Zentimeter. Und trotzdem übte ihre schlafende Präsenz einen mächtigeren Reiz auf ihn aus als alles, was Agatha unter dem Rock hatte.

»Biddy«, sagte er. »Biddy, wach auf.«

»Hmmm?«, sagte sie, sich unter seiner Hand bewegend. »Was ist los?«

Er küsste sie. Ihr sanfter Atem erhitzte ihn nur noch mehr, und er wälzte sich mit seinem ganzen Gewicht auf sie. Sanft schob er ihre Knie auseinander.

»Ich schlafe«, sagte sie in seinen Mund. »Ich bin so müde.«

»Liebes, bitte«, flüsterte er.

Das Wort Liebes war ein Signal, benutzt nur, wenn sie sich ganz allein wähnten. Biddy sagte *mm* und sonst nichts. Winn war nicht sicher, ob sie noch überlegte oder schon wieder schlief. Nach einem Augenblick rüttelte er sie vorsichtig und sagte: »Biddy.«

»Oh«, sagte sie. »Du meinst es ernst. Na schön dann.«

Mit tief empfundener Erleichterung ließ er seinen knackenden, lüsternen, reuigen, müden, Gin-getränkten, sündigen Leib auf Biddy sinken und in ihr Allerheiligstes eindringen. Zu seinem Entsetzen spürte er, dass ihm die Tränen kamen. Er würde die Sache nicht lange ausdehnen können, doch angesichts seiner stechenden Kopfschmerzen und den Verdauungsdüften, die aus seinem Magen empordrangen, war das wohl beinahe besser so. Biddy schien zu spüren, dass seine Not fundamental und tierischer Natur war, ohne Raum für Extras, und sie blieb reglos unter ihm liegen, die Hände fast ohne Druck auf seinem Rücken, während er sich keuchend, an den Knöcheln von seinen verdrehten Boxershorts behindert, ergötzte. Er war kurz vor dem Finish, konnte schon die Harfen singen hören und die umwölkten Gipfel sehen, als ein Speichelsee, der sich hinter seinen unteren Zähnen gesammelt hatte, überfloss und als langer dünner Faden auf Biddys Brustkorb rann. Er stockte. Sie schien nicht zu merken, dass er sie besabbert hatte. Ja, sie schien wieder eingeschlafen zu sein. Sein erster Impuls war sie zu wecken, doch andererseits hatte sie nicht den Eindruck gemacht, so

von den Einzelheiten dieses speziellen erotischen Abenteuers eingenommen zu sein, dass sie darauf erpicht wäre, den
Höhepunkt mitzuerleben. Ein Gentleman würde vielleicht
die ganze Aktion abblasen, weil sie ein Fehler war, und seine
Frustration als Strafe des Schicksals dafür annehmen, dass er
so ein trauriger alter Bock war. Aber Winn brachte es nicht
über sich, die Tatsache zu ignorieren, dass er sich just in Ruf-
weite des Tors zum Paradies befand. Würde Biddy es ihm als
seine Ehefrau verübeln, dass er ihren Körper zur Erlangung
dieses einen verzweifelt benötigten Moments der Glückseligkeit gebrauchte? Nun ja, meldete sich der Zwischen-
rufer von den billigen Plätzen in seinem Inneren: Wenn sie
wüsste, was du gestern Abend getrieben hast, dann vielleicht
schon. Und darauf erschlaffte er.

Er stand lange unter der Dusche, ohne dass sie etwas fort-
wusch, weder seine Scham noch seinen Kater. Verzweifelt
drehte er den Hahn zu. Beim Pinkeln sorgte er sich flüchtig
über Prostatakrebs, dann zog er seine Tennissachen an, streifte den Bademantel über und schob die Füße in seine uralten
Kalbslederhausschuhe. Das Haus war von dichtem milchigen
Nebel erfüllt. Unzählige Taupartikelchen wirbelten durch die
Luftströme, die im Takt des erstrahlenden Leuchtturmlichts
erschienen und dann wieder in grauer Luft verschwanden.
Auf dem Weg nach unten blieb er vor Livias Tür stehen und
lauschte Celestes Schnarchen. Vorsichtig drehte er den Tür-
knopf und öffnete spaltbreit die Tür – keine Livia.

In der halbdunklen Küche setzte er Kaffee auf und schenkte sich ein Glas Orangensaft ein. Das regelmäßige Tuten des
Nebelhorns wirkte dramatisch; die Töne waren schief. Dazwischen hallte ihm die Stille in den Ohren. Das Schleifen

seiner Sohlen auf den Küchenfliesen war erschreckend laut. Im Wohnzimmer schlief Greyson, noch immer voll bekleidet auf dem Sofa. Winn schlich an ihm vorbei und blieb an der Tür zur Waschküche stehen. Vor sich sah er das klinische Weiß der Waschmaschine, das Nest aus schmutziger Wäsche auf dem Boden. Die Pflaster, von denen er Agathas Arm befreit hatte, lagen verstreut herum, auf der Unterseite mit Blut beschmiert, und er machte sich daran, sie aufzuheben. Eins war festgeklebt, er kratzte es mit den Fingernägeln vom Boden.

Dort war er noch, als die Fliegentür quietschte. Er reckte den Kopf in den Flur und sah Livia von hinten, wie sie ihre Sandalen auszog, den Stoffbeutel absetzte und hinter sich leise die Tür zumachte. Das Ausmaß seiner Erleichterung überraschte ihn. Sie war heil und lebendig, bemühte sich, nicht ertappt zu werden, drückte die Tür vorsichtig mit gespreizten Händen ins Schloss und lief auf Zehenspitzen. Winn zog sich in die Waschküche zurück und versteckte sich hinter der Tür. Als sie durch den Flur ging, hielt er die Luft an. Er hörte, wie sie ganz leise versuchte, Greyson zu wecken. Greyson grunzte, und die Sofafedern knarrten. Er fragte sich, ob sie den Kaffee rochen und ob sie ihn entdecken würden, doch dann schlich Greyson auf Zehenspitzen durch den Flur und verließ das Haus. In der Einfahrt sprang der Jeep an. Kies knirschte, der Motor wurde leiser; Livias Schritte verschwanden die Treppe hinauf.

Winn setzte sich ins Arbeitszimmer, in den hohen Ohrensessel an seinem Schreibtisch, und betrachtete die Kette an seiner Messinglampe, ohne nach ihr zu greifen. Inzwischen war es hell genug. In einer Ecke der Unterlage befand sich ein kleiner Stapel Umschläge, eine Zufallssammlung von Post, die der Verwalter hereingeholt hatte: Werbung von einer Kabelgesellschaft, Spendenaufrufe, eine uralte Danksagung für ein Abendessen im letzten Sommer, an das er sich nicht erinnern konnte. Er warf sie alle in den Papierkorb. Er schrieb den vierteljährlichen Scheck für das Verwalterehepaar aus und legte ein Briefchen dazu, in dem er sich nach möglichen Erklärungen für den traurigen Zustand des Gemüsegartens und nach Abhilfe erkundigte. Beides verschloss er in einem Umschlag, der von der Feuchtigkeit im Haus gewellt war und schon beinahe von selbst klebte. Er hätte sich gern mit Arbeit abgelenkt, aber es gab nichts zu tun. Seine Unterlage war bloß und leer. Er hatte alles zu Hause gelassen, gebündelt in ordentlichen Stapeln auf dem dortigen Schreibtisch. Wenn er doch nur Rechnungen bezahlen, Unterschriften leisten, Briefmarken aufkleben, bittere Umschlagklappen anlecken könnte. Am liebsten hätte er im Büro angerufen, doch dort war noch niemand.

Sein Blick stieß auf den Rücken eines alten Fotoalbums in einem der unteren Regale, und er musste wieder an die verlorenen Fotos aus dem Schreibtisch seines Vaters denken. Über die Jahre hatte er die meisten Andenken an seine Familie in dieses Haus geschafft, wo sie sich in der Salzluft friedlich auflösen konnten. Alte Besitztümer verleiteten zum Erinnern, und Erinnerungen führten dazu, dass man über sein Leben Buch führte, die immer längeren Spalten mit den Listen seiner Taten überflog und ermahnt wurde, daran zu denken, dass am Ende eine Gesamtsumme stehen würde – unauslöschlich in Stein gemeißelt. Für trübe Gedanken dieser Art war im Alltag der Vorortzüge und Aktienindexe kein Platz, deswegen verwahrte er sie für die Insel, wo alles Schwere, wie überhaupt alles, durch den frischen Wind und die tröstliche Umarmung des Atlantiks gemildert wurde. Doch jetzt zog er das Album hervor und setzte sich damit an den Schreibtisch.

Auf den ersten Seiten prangten Bilder seines Großvaters als alter Herr und ein Foto seiner Mutter bei ihrer Hochzeit. Danach kamen Schwarzweiß-Fotos von seinem Vater und den Freunden seines Vaters: blasse Männer, die mit ernsten Mienen nebeneinander standen oder mit übergeschlagenen Beinen in Zimmern saßen, die sich entweder in ihrem alten Haus in Boston oder in einem der Clubs seines Vaters befanden. Er blieb bei dem Foto hängen, bei dem er jedes Mal hängenblieb. Es war ein kleiner Schnappschuss, quadratisch im Format, von seinem Vater am Billardtisch im Vespasian Club, der mit einem breiten Grinsen im Gesicht nach rechts schaute, während über ihm Frederick streng von der Wand hinuntersah. Es war das einzige Bild im ganzen Album, auf dem Tipton glücklich wirkte.

Der Vespasian Club auf seinem Hügel in der Nähe des Regierungssitzes war Tiptons eigentliches Zuhause, sehr viel mehr als das farblose Haus, in dem er und seine Frau wie Fremde lebten. Im Club aß er meistens zu Abend, las seine Zeitungen und traf seine Freunde. Er residierte in einem großen, eleganten Gebäude mit klassischem Beiwerk – Laubranken, weiße Ziergiebel über den Fenstern, Säulen zu beiden Seiten des Eingangs. Auf einer Messingplakette an einer der Säulen stand Est. 1901 zur Erinnerung an das Jahr, in dem Mr Arthur Andrew Depuis gestorben war und sein Haus einer Gruppe von Industriellen und Politikern vermacht hatte, die bis dahin unter dem Namen The Seahorse Society bekannt gewesen waren. Beim Umzug in ihr neues Hauptquartier hatten sie sich den Namen Vespasian Club gegeben.

Das Gebäude war monumental, düster und überheizt. Vom Portal führte eine längliche Eingangshalle in ein rundes Foyer mit schwarz-weiß gefliestem Boden, von wo sich eine Wendeltreppe nach oben in die höheren Gefilde schwang. Das Foyer hieß bei allen The Keep. Von dort gelangte man in alle anderen Räume, hohe, quadratische Zimmer mit Kronleuchtern voll ausgebrannter Glühbirnen und verstaubter Kristalle. Von draußen wirkte es, als hätte der Club vier Etagen. Er besaß außerdem noch einen Dachboden mit einem kleinen, aber gut ausgestatteten Theater und ein Souterrain im Hang, in dem sich ein von Marmorböden eingefasstes Schwimmbassin mit einem Mosaikboden verbarg, auf dem ein Wagenrennen dargestellt war. Durch von schmiedeeisernen Ranken verzierte Glastüren gelangte man von dort in einen ummauerten, abschüssigen Garten.

Die größten Veränderungen, die der Vespasian seit Winns Kinderzeit erlebt hatte, war die Aufnahme von Frauen in den frühen 1980ern und 1991 der Ersatz des glatten, abgenutzten Marmorbodens um das Schwimmbecken durch Beton. Sonst war fast alles noch beim Alten. Im Esszimmer hing immer noch die gigantische Kopie von Canalettos vermoostem Colosseum. Im Sommer gab es zu Mittag weiterhin täglich Vichyssoise. Bei den Mahlzeiten nahmen sich die Speisenden ihre Beilagen von silbernen Tabletts, die ihnen von livrierten Kellnern hingehalten wurden. Zu Weihnachten wurde im Kamin ein Weihnachtsscheit verbrannt, man schmückte das Haus mit Kiefernzapfen, es wurde gesungen und Rumgrog mit Butter getrunken. Und alljährlich wurde auf der Bühne unter dem Dach von den Mitgliedern ein (nicht wirklich) spontaner Schwank mit einem rotnasigen alten Mann aufgeführt, der in ein Tischtuch gehüllt die Jungfrau Maria gab und einen Schinken als Jesuskind verwendete. In der Anmeldung saß immer noch ein gewisser Mr Grimshaw, dessen Hände, die einem den Stift zum Eintragen in die Registratur darboten, von Jahr zu Jahr mehr Altersflecken aufwiesen. Er trug Ärmelschoner und herrschte über ein kleines Zimmer neben der Eingangshalle — Grimshaws Reich, randvoll mit Ablagen für lose Blätter, ramponierten Mahagonipostfächern und einem Brett, an dem eine Handvoll Schlüssel mit schweren Messinganhängern für die Zimmer im dritten Stock hing, in denen Mitglieder übernachten konnten. In einem dieser Zimmer, zu dem er den Schlüssel stibitzt hatte, als Grimshaw nicht hinsah, hatte Winn seine Unschuld verloren — an die sechzehnjährige Lucette Winters (die keine Jungfrau mehr war), während sein Vater und ihre Eltern unten beim Abendessen saßen.

In seiner Junggesellenzeit hatte es ihm gefallen, mit Freundinnen in den Club zu gehen. Mädchen, die nicht zu seiner Welt gehörten, fühlten sich beeindruckt, und die bereits dazugehörten, fühlten sich beruhigt. Sie glaubten, dass er, indem er sie in den Club mitnahm, das Versprechen abgab, sich an die Regeln ihrer gemeinsamen Kaste zu halten. Wenn du hierher passt, so ihre Überlegung, und ich hierher passe, dann sind wir zwei Puzzlestücke, die durch Natur und Kultur geformt wurden, um hübsch zueinanderzupassen, ich zu dir und du zu mir. Wenn du mit mir ins Billardzimmer gehst, um mir das Porträt deines Großvaters zu zeigen, zeigst du mir, dass du den Wert der Familie schätzt, dass du jemand bist, der ein Geschlecht weiterzuführen hat wie ich auch. Wenn du aufstehst, wenn ich den Tisch verlasse, und erneut aufstehst und den Stuhl für mich herausziehst, wenn ich wiederkomme, sagst du mir, dass du mich ernst nimmst und dass es dir mit unserer Beziehung ernst ist. Und wenn wir später an meiner Haustür stehen, werde ich verstehen, dass du von mir nichts umsonst willst, sondern eine Anzahlung auf unsere Zukunft.

Das einzige Mädchen, an dem ihm vor Biddy überhaupt wirklich etwas gelegen war, war Ophelia Haviland (die künftige Fee Fenn, Jacks Gattin und Teddys Mutter), deren Vater im Ophidian gewesen war und der sich ihren grausigen Vornamen ausgesucht hatte, weil ihn die erste Silbe an seinen Club erinnerte. Haviland senior war in vielen derselben Clubs Mitglied wie Tipton, und obgleich Havilands leidenschaftliche Liebe zum Ophidian und die Tatsache, dass Tiptons Aufnahme dereinst gescheitert war, für Spannungen sorgte, pflegten die beiden Männer freundlichen Umgang miteinander. Winn hatte Ophelia schon jahrelang mehr oder weniger wahrgenommen, jedoch immer nur als Kind, bis er achtundzwanzig und sie dreiundzwanzig war und sie sich beim Silvesterball im Vespasian küssten. Sie war zwar nicht so hübsch, wie er es gern gehabt hätte (sie hatte leichte Glupschaugen), aber sie war intelligent und sportlich und bei gesellschaftlichen Begegnungen immer eine sehr angenehme Begleiterin, weil er sich darauf verlassen konnte, dass sie ihn nie durch zu großen Ernst oder zu große Gedankenlosigkeit in Verlegenheit brachte. Außerdem war er noch immer der Hoffnung, dass sein neunundzwanzigstes Jahr den Wendepunkt bringen würde, an dem er seinen jugendlichen Leichtsinn hinter sich ließ, und er wertete seine Zuneigung zu Ophelia als Zeichen für seine zunehmende Reife, auch wenn ihm weiterhin die Möglichkeit zu schaffen machte, dass er vielleicht auch eine ebenso ansprechende Frau finden könnte, deren Augen weniger hervorstanden.

Ein halbes Jahr später, an einem heißen Sommerabend, an dem die Fenster des Vespasian weit geöffnet waren, um jede kleinste Brise einzufangen, die des Weges kommen mochte, spielte Winn mit Ophelias Vater Pool, während Ophelia und ihre Mutter sich oben unter dem Dach die Diashow eines Mitglieds über dessen Reise durch die Sowjetunion ansahen. Haviland hatte sich mit Rücksicht auf die Hitze den Kragen aufgeknöpft und die Ärmel hochgekrempelt, aber er war ein langer schlanker, ranker Mann ohne Fehl und Tadel, der niemals körperliches Missbehagen oder Unpässlichkeiten zu erleiden schien, und sein Gesicht wie sein Hemd waren absolut trocken.

Winn, der gerade für seinen nächsten Schuss zielte, fühlte sich durch die dunklen Ringe unter seinen Achseln und den Schweiß auf seinem Gesicht gepeinigt, der ihm, während er sich auf den Stoßball konzentrierte, von der Nase tropfte und einen dunklen Fleck auf dem grünen Tuch hinterließ. Sein Schuss fiel jämmerlich aus. Er nahm seinen Drink von der Fensterbank und wischte sich das Gesicht mit der Cocktail-serviette. Haviland marschierte um den Tisch, weißte sein Queue todernst mit Kreide und lochte erst die Sieben und dann die Drei sauber in einer Ecktasche.

»Ich glaube, damit habe ich verloren, Sir«, sagte Winn. Er lehnte in der vergeblichen Hoffnung, dass die schwüle Luft ihn trocknen würde, mit leicht erhobenen Armen an der Fensterbank.

»Hm«, sagte Haviland. »Ja.« Er begab sich an die schmale Seite des Tisches, versuchte abermals mit seinem Queue den Kreidewürfel zu durchbohren, beugte sich vor und visierte mit ausgestrecktem Arm die Acht an. Winn ließ seinen Blick zum Porträt seines Großvaters hinauf wandern. Frederick sah auf dem Gemälde verdrießlich drein, mit Hängebacken und gerunzelter Stirn über der weißen Krawatte.

»Er war schwul, wissen Sie«, sagte Haviland beiläufig. »Mitteltasche.« Er stieß das Queue durch die Finger und schoss den Stoßball mit Schwung auf die Acht. Die Kugel stieß dicht neben der Seitentasche an die Bande und drehte sich auf der Stelle, bis sie zur Ruhe kam.

»Wie bitte?«, fragte Winn.

»Ihr Großvater.« Haviland deutete mit dem Queue über seine Schulter auf das Bild. »Er war schwul.«

Winn lächelte unsicher. Er verstand den Witz nicht. »Ich weiß nicht, was Sie meinen.«

»Wie viel deutlicher kann ich es noch sagen? Er war schwul, eine Schwuchtel, homosexuell. Haben Sie das nicht gewusst? Ihr Schuss.«

Winn war wie vom Donner gerührt. »Ich glaube, Sie verwechseln ihn mit einem anderen. Er war verheiratet. Mein Vater war sein Sohn.«

Über dem Billardtisch hing eine lange Lampe mit einem Schirm, die ihn wie eine Bühne beleuchtete. Haviland legte die Hände auf die Kante und beugte sich ins Licht. Sein Gesicht war vollkommen ernst. »Keine Sorge«, sagte er. »Es ist nicht allgemein bekannt, aber es ist wahr. Vermutlich sind Sie schon Leuten begegnet, die es wissen, aber Ihr Vater hat ausgezeichnet dafür gesorgt, dass die Geschichte vergessen wird, damit Sie davon unbehelligt bleiben. Ich weiß es nur, weil ich zum inoffiziellen Geschichtsschreiber des Clubs geworden bin. Ein paar verstreute Hinweise in alten Briefen haben meine Aufmerksamkeit erregt. Ich bin der Sache nachgegangen. Selbst als Tipton noch lebte, wussten die meisten nichts davon. Er war sehr diskret. Mein Vater kannte ihn.

Ich kannte ihn auch recht gut, und ich wäre niemals darauf gekommen. Ist Ihnen der Name Winn Cunningham ein Begriff?«

»Er war der Onkel meines Großvaters. Er hat ihm geholfen, sein Unternehmen zu gründen.«

Haviland grinste. »Ah, das ist also die offizielle Version? Nun ja. Schlau von Tipton, eine einfache Geschichte daraus zu machen. Nein, Winn Cunningham war nicht mit Frederick verwandt. Cunningham besaß eine Papierfabrik. Frederick und sein Vater arbeiteten bei ihm. Sie sehen, worauf ich hinauswill. Im Grunde hat Ihr Urgroßvater Frederick an Cunningham verkauft, als er fünfzehn oder sechzehn war. Natürlich waren sie schrecklich arm. Verzweifelt. Frederick soll als junger Mann ausgesprochen gut ausgesehen haben. Cunningham nahm ihn auf und finanzierte ihm die Ausbildung und stattete ihn mit modischer Kleidung aus und besaß dann die Rücksicht zu sterben, als Frederick noch jung war. Cunningham hatte keine Familie oder zumindest niemanden, der sein Testament anfechten wollte, und so erbte Frederick mehrere Fabriken, ein paar Schiffe, Ihr Haus und was sonst noch so da war.« Haviland musterte den Tisch, beugte sich dann nachdenklich vor und versenkte die Acht. Nachdem die Kugel mit leisem *Plopp* in die Tasche verschwunden war, besann er sich. »Ach, es war Ihr Schuss, nicht? Entschuldigung. Ich habe nicht einmal die Tasche angesagt. Ich weiß nicht, wo ich mit meinen Gedanken war. Ich gebe mich für dieses Spiel geschlagen. Bauen Sie doch neu auf, ja?«

»Moment«, sagte Winn. Er wischte sich mit dem Ärmel über die Stirn. »Warten Sie.«

»Ja, natürlich. Lassen Sie sich Zeit.« Haviland nahm das Dreieck und begann die Kugeln aus den Taschen zu holen.

Dass er sich so ruhig um den Tisch bewegte und die glänzenden Kugeln mit kleinen Drehungen seines Handgelenks über den Tisch kullern ließ, dass sie aneinanderklackten, machte Winn rasend.

»Augenblick mal«, sagte er. Haviland trat vom Tisch zurück und vergrub die Hände in den Hosentaschen. »Es tut mir leid, Sir«, sagte Winn, »aber Sie irren sich. Sie täuschen sich zutiefst. Ich weiß nicht, was Sie – ich verstehe nicht, was für einen Grund Sie haben könnten, diese Behauptungen aufzustellen. Wirklich bösartige, ekelhaften Behauptungen.«

»Ich bin auch nicht lieber der Überbringer schlechter Botschaften als jeder andere. Aber ich sehe, dass Sie mir glauben. Deswegen sind Sie zornig. Sie müssen gespürt haben, dass irgendwas nicht stimmte. Hat es nicht hier und da Bemerkungen gegeben? Merkwürdige Lücken? Ihr Großvater ist nach Cunninghams Ableben klugerweise ein paar Jahre nach Übersee gegangen. Nach Europa glaube ich. Dann ist er wiedergekommen und hat von vorne angefangen, sozusagen mit seiner eigenen Mayflower. Er hat ein ehrbares Leben geführt, geheiratet, einen Sohn gezeugt. Es war für alle einfacher so zu tun, als wäre alles vergessen. Ihr Vater hat sich bemüht, die Vergangenheit auszulöschen, es ist ihm auf bewundernswürdige Weise gelungen, aber es gibt trotzdem noch Leute, die sich erinnern. Frederick hätte in eine andere Stadt gehen sollen. Sie haben es weiter gebracht, als zu erwarten gewesen wäre. Sie könnten beinahe als derjenige durchgehen, für den Sie sich halten. Ich habe Ophelia nichts gesagt – sie würde mich wahrscheinlich für altmodisch halten. Trotzdem. Hier, mein Anstoß.« Haviland hob das Dreieck vom Tisch. Passiv schimmernd blieben die Kugeln in ihrer sauberen Ordnung liegen, bis sie scheppernd auseinanderstoben wie Vögel, die aus einem Busch verjagt werden. Keine fiel in ein Loch. »Mist!«, sagte Haviland.

Winn beugte sich über den Tisch. Die Haut zwischen seinen Fingern war verschwitzt und das Queue verrutschte, so dass es die Kugel seitlich erwischte. Langsam rollte sie aus. »Sie wollen nicht sagen – «, begann er. »Sie können nicht meinen –. Ophelia ist nicht –. Wir haben das Jahr 1976, und Sie –.« Er verstummte und bemühte sich, seine Gedanken zu sammeln. Ihm war zeitlebens erzählt worden, seine Familie habe sich in Boston etabliert, indem Frederick sich vom Buchhalter zum Fabrikbesitzer emporgearbeitet habe. Die Vorstellung von Frederick als kindlichem Gespielen einer lüsternen alten Schwuchtel wollte zu nichts von dem passen, was Winn über seine Familie wusste. Dies war eine Verdrehung von Tatsachen, ein übler Streich. Am liebsten hätte er Haviland mit seinem Queue erdolcht. Warum sagte der Mann so etwas? Offenbar hatte er die Absicht, Winns Beziehung zu Ophelia zu sabotieren. Aber warum? Haviland sollte dankbar sein, dass er Interesse zeigte. Winn hatte angenommen, es sei für jedermann offensichtlich, dass er ganz andere Frauen hätte haben können und dass sein Bemühen um Ophelia ein Zeichen von Reife war, ein Loslassen von romantischen Idealen seiner Jugend.

»Missfällt es Ihnen, dass ich mit Ophelia zusammen bin?«, fragte er.

Der andere betrachtete ihn neugierig. »Nein. Aber ich dachte, wir sollten miteinander reden, bevor es zu ernst wird. Es wäre am besten, wenn die Sache nicht zu ernst würde.«

Mit aller Würde, die er aufzubringen vermochte, ging Winn durch den Raum und stellte sein Queue ins Gestell an der Wand. Als er sich wieder umdrehte, sagte er: »Ich denke, *Brother* Haviland« – das war die Anrede der Mitglieder des Ophidian untereinander –, »Sie haben heute Abend mehrere Fehler gemacht und werden sie eines Tages alle bedauern.«

Haviland neigte den Kopf zu einer Seite. »Wissen Sie«, sagte er, »ich finde es interessant, dass Ihr Vater Sie nach Cunningham benannt hat. Ich vermute, es war seine Art, sich darum zu bemühen, die Geschichte zu legitimieren. Wie sagt man noch? Angriff ist die beste Verteidigung.«

»Ich wurde nach dem Onkel meines Großvaters benannt«, sagte Winn steif.

»Wie Sie meinen.« Haviland begann sich vorzubeugen und zu stoßen, vorzubeugen und zu stoßen, und dabei die Kugeln wahllos, aber mit wohlgeschulten Stößen in die Taschen zu versenken. »Es mag Sie vielleicht trösten, dass der Vespasian in seiner Geschichte eine ganze Reihe ähnlicher Fälle aufweist. Wissen Sie, was man gefunden hat, als man nach dem Tod von Arthur Andrew Depuis zum ersten Mal das Gebäude betrat? Caligulas Lustschlösschen. Nackte Statuen, anstößige Gemälde, außergewöhnliche Stammeskunst. Auf dem Fußboden im Foyer befand sich das Mosaik eines nackten jungen Hirten, der das Horn einer Ziege liebkoste. Ich wünschte, ich wäre eine Fliege an der Wand gewesen, wann immer die Seahorse Society zur Tür hereinkam. Natürlich wusste niemand davon. Er hinterließ ihnen das Haus als eine Art Witz, weil sie ihm die Aufnahme in ihrem Club verweigert hatten. Menschen lassen sich alles Mögliche einfallen, um sich an denen zu rächen, die sie ausgeschlossen haben – ist das nicht interessant? Ich hätte Ihre Aufnahme in den Ophidian verhindern können, wissen Sie, aber ich habe darauf verzichtet. Ich bewundere Sie, Winn. Sie haben Ehrgeiz. Zum Glück für die Seahorse Society hatte Depuis ein Herz für Antiquitäten generell und nicht nur für die männliche Figur, so dass allerlei zu retten war, das Schwimmbad zum Beispiel. Und ich glaube, auch die meisten Gemälde sind noch von Depuis. Es war einfacher, schlicht zu behalten, was akzeptabel war, und dem Ganzen einen neuen Namen zu geben. Auf die Weise musste man das Haus nicht entkernen. Vermutlich war es das Beste so. Hätte man es damals mit Seepferdchen dekoriert, hätte das wohl kaum weniger suspekt gewirkt als zu Depuis' Zeiten.« Der Tisch war wieder ein leeres grünes Feld. Haviland stellte sein Queue ab und nahm sein Glas.

»Sie scheinen sich mit derlei sehr gut auszukennen«, sagte Winn. »Ist das eine Art Hobby von Ihnen?«

Haviland lächelte ohne jede Belustigung. »Ich hoffe, Sie verstehen, dass es nichts Persönliches ist. Sollten Sie je eine Tochter haben, werden Sie es begreifen.«

Winn hatte so grausam mit Ophelia gebrochen, wie er es über sich brachte. Er rief sie nicht mehr an, hielt die Verabredungen, die sie bereits hatten, nicht ein und erschien mit dem schönsten Mädchen, das er auftreiben konnte, zu einer Party, auf der er sie ganz gewiss treffen würde. Sein schlechtes Gewissen meldete sich kurz, als er Ophelia an Harry Pitton-Whites Tür stehen sah, ihr trauriges Gesicht, die Tränen in den vorstehenden Augen, und dann mitbekam, wie tapfer sie sich zusammenriss. Sie trug ein kurzes Sommerkleid mit rosa und grünen Elefanten – sie hatte wirklich wunderschöne Beine. Er wandte sich ab und tat so, als wäre er ganz in die Geschichte vertieft, die seine Begleiterin ihm erzählte, davon wie sie früher im Foxcroft verbotenerweise geraucht und die Zigaretten aus dem Fenster gehalten hatte. »Wilde Zeiten!«, sagte sie in einem fort.

Der Abend begann für ihn als Erfolg. Ophelia sah furchtbar mitgenommen aus. Seine Freundin sah umwerfend aus. Harry Potter-White nahm ihn beiseite und deutete mit dem Daumen in die Richtung der jungen Dame, die man quer durch den Raum »Wild!« rufen hörte. »Wo hast du diese schöne Helena aufgetrieben?«, fragte er.

»Bei einem Essen«, sagte Winn.

»Tolles Gesicht. Toller Arsch.«

Winn taxierte die beiden Wölbungen im Paisleymuster des Kleides seiner Begleiterin. »Ich würde sagen, Ihr Gesicht könnte sieben- bis achthundert Schiffe locken, maximal. Aber der Arsch tausend, ganz bestimmt.«

»*Bon voyage*«, sagte Pitton-White, verhalf sich zu einer Handvoll Nüsse aus einer nahen Schale und ließ die Hälfte auf den Teppich fallen, während er sie sich in den Mund zu stopfen suchte.

»Nach heute Abend kannst du sie haben.«

»Echt? Überhaupt, was ist mit dir und Haviland?«

»Ich war nie sehr hingerissen von ihr.«

»Und diese willst du auch nicht?«

»Nicht für länger.«

Harry dämpfte das Licht und legte eine Platte auf, und alle schoben die Möbel an die Wand und begannen zu tanzen. Winns Begleiterin hopste mitten in dem Haufen auf und ab, schaute sich in alle Richtungen um und schüttelte die langen Haare. Bald hüpfte Harry neben sie und griff nach ihren Hüften. Ophelia wiegte sich am Rand der Tanzfläche und lächelte sanft. Ein Typ, den Winn nicht kannte, wollte mit ihr tanzen, doch sie wies ihn zurück. Winn lehnte sich an die

Wand und sah zu. Wäre er nüchtern gewesen, hätte er mehr Umsicht bewiesen, aber er war betrunken und gestattete sich zu glotzen. Ophelia blickte auf und ertappte ihn. Er wandte sich den Mandeln in seiner Hand zu, doch aus den Augenwinkeln sah er, wie sie auf ihn zukam.

»Hab ich was falsch gemacht?«, fragte sie.

»Nein«, sagte er.

»Aber warum — «

»Es war bloß nichts für mich. Tut mir leid.« Sein Ton war barsch, sein Blick gesenkt. Er bemühte sich, das Salz von den Fingern zu wischen, ohne dabei die Mandeln zu verlieren.

»Du hättest es mir sagen sollen. Du hättest mich nicht so hängen lassen müssen. Man hat den Eindruck, als ob du nicht nur mit mir Schluss machen, sondern dich dabei auch noch so gemein wie möglich verhalten wolltest.«

»Tut mir leid.«

»Ich würde gerne wissen, warum.«

Er schaute den Tänzern zu, wie sie fröhlich hüpften und sich im Kreis drehten. Er hatte nicht damit gerechnet, dass Ophelia so hartnäckig sein würde. Sie bot ihm unwissentlich eine unwiderstehliche Möglichkeit, den Havilands wirklich eins auszuwischen. »Du kannst wirklich nichts dafür«, sagte er. »Es ist dein Aussehen.«

Sie wich zurück. »Wie bitte?«

»Deine Augen. Sie glubschen. Ich sehe mich mit einer attraktiveren Frau. Ich habe mich nie sehr zu dir hingezogen gefühlt. Ich schau dich nicht gern an.«

Sie errötete. Ihre Käferaugen verengten sich vor Zorn. Er hatte erwartet, dass sie weglaufen, dass sie in Tränen ausbrechen würde. Stattdessen stand er nervös vor ihr und vertilgte eine Mandel nach der anderen. »Du konntest deine Hände nicht in Schach halten, dauernd hast du mich begrapscht«, sagte sie mit harter Stimme. »Ich glaube, du hast dich reichlich zu mir hingezogen gefühlt. Du hast meinetwegen diese Wellesley-Studentin verlassen. Im Bett warst du nach fünf Minuten durch. Ich hatte das Gefühl, mit einem Fünfzehnjährigen zu schlafen. Du schaust mich nicht gern an – warum glotzt du mich denn den ganzen Abend ununterbrochen an? Deine Begleiterin hat es auch schon gemerkt.«

Seine Begleiterin beobachtete sie von der Tanzfläche über Pitton-Whites Schulter hinweg. Ihr Gesicht war ernst. Winn zuckte die Achseln und vertilgte eine weitere Mandel. Ophelia hatte die Wahrheit ausgesprochen, aber Glück im Bett und seine Erwartungen an weibliche Schönheit waren zweierlei. »Es tut mir leid. Ich kann nichts dagegen machen. Aber versuch es doch wenigstens mit Würde zu nehmen.«

»Außerdem«, sagte sie. »Ich weiß nicht, ob es dir schon aufgefallen ist, aber ich bin kein bisschen weniger attraktiv als du. Du magst ganz gut aussehen, aber du hast schlechte Haut und …« Sie betrachtete ihn von oben bis unten, bis ihr Blick an dem haften blieb, was, wie er durchaus wusste, sein unvorteilhaftestes Merkmal war. »… ein schwaches Kinn.« Sie schüttelte den Kopf, den Blick immer noch auf dem enttäuschenden Punkt unterhalb seiner Lippen. Er wünschte, sie wäre weniger darauf aus, die Gelegenheit zu ihrem Vorteil zu nutzen – wobei er eigentlich gerade das an ihr geliebt hatte. Seine Finger schlichen an sein Kinn, drückten es vorsichtig wie eine Frucht. Hals und Gesicht waren klar voneinander abgegrenzt, doch stellte sein Kinn keinesfalls die starke, forsche, männliche Klippe dar, die es sein sollte. Das Problem war ein Quentchen zu viel weiche Haut *unter* dem Kinn, ein molliger Beutel, den er schon als Kind gehabt hatte und durch den sein Kinn übergangslos in den Hals über-zugehen schien, insbesondere wenn er unbedacht den Kopf in den Nacken legte. Ein weiches Kinn stand für einen wei-chen Mann, es galt als Symptom für Feigheit, Verdorbenheit, abwegige Gelüste und schlechte Zucht, und er war gezwun-genermaßen zu dem Schluss gelangt, dass er dank seiner mandibulären Schwäche sowohl auf kosmetischer Ebene als auch, was sein daraus ersichtliches Wesen betraf, weniger At-traktivität besaß, als wenn er mit einem perfekten Kinn aus-gestattet gewesen wäre, wie Gregory Peck vielleicht. Aber daran ließ sich nun einmal nichts ändern.

»Ich kann nichts dafür, dass du auf mich nicht anziehend wirkst. Das ist kein Grund, gemein zu werden«, sagte er leichthin.

Ihr Augen traten noch mehr hervor. »Ich wusste, dass du keine Ahnung von Liebe hast, aber ich dachte, du wüsstest, was Anziehung ist. Du bist ein Idiot.«

»Na ja«, sagte er. »Du bist diejenige, die etwas von Liebe gesagt hat.«

»Stimmt«, sagte sie. »Ich bin ein noch größerer Idiot.« Damit wandte sie sich ab und verschwand zwischen den Partygästen, um mit fliegendem Sommermantel und zorni-gen Augen wieder aufzutauchen und die Tür laut hinter sich zuzuknallen. Ihr Gehen schien von niemandem außer ihm bemerkt zu werden.

Er ging mit der Frau nach Hause, mit der er gekommen war. Sie war vom Tanzen und vor Eifersucht aufgeregt und anhänglich, aber er sprang so rau mit ihr um, dass sie Angst bekam. Er hatte noch nie bei einer Frau Furcht ausgelöst und irgendwie gefiel es ihm, bedrohlich zu wirken, obwohl er wusste, dass er sich egoistisch, ja beschämend unangenehm verhielt. Als sie ihn bat, es sein zu lassen, ließ er ohne Widerworte von ihr ab. Als er die Wohnung verließ, lag sie noch im Bett, die Decke bis ans Kinn gezogen. Noch wochenlang wanderten seine Finger zum Kinn, drückten und zupften und versuchten, ihm eine schönere Form zu geben. Ophelia verlor er aus den Augen. Er vermutete, sie sei weggezogen, und ihrem Vater begegnete er zwar gelegentlich bei Essensveranstaltungen im Vespasian oder Ophidian, doch mied er jedes Gespräch mit ihm. Wann sie zu Fee wurde, entging ihm, und ebenso, wie sie mit Jack zusammenkam, aber er hörte von anderen, dass sie ein Paar geworden waren, und später, dass sie sich verlobt hatten. Zur Hochzeit wurde er nicht eingeladen, hörte aber, dass es ein tolles Fest war. Auch von den Geburten der Kinder hörte er und dann von Megs Problemen. Dass zwei Menschen zusammengegangen waren, die er verschmäht hatte, verunsicherte Winn, doch sie zeigten sich, wann immer er sie im Lauf der Jahre traf, absolut freundlich. Auch Livia hatte in ihrer Zeit mit Teddy erzählt, sie seien immer nur nett zu ihr, und bis die Probleme mit dem Pequod auftauchten, hatte Winn zu glauben begonnen, das böse Blut zwischen ihnen existiere nur noch in seiner Einbildung.

Irgendwo im Haus ging die Klospülung. Dielen knarrten. Winn richtete sich auf. Er hatte den Kopf in einem ungeschickten Winkel auf eine Wange gelegt, und jetzt war sein Nacken steif. Der Nebel hatte sich bereits fast gänzlich aufgelöst, und sein Arbeitszimmer war von warmem Sonnenlicht erfüllt. Er stellte das Album ins Regal und schlüpfte aus dem Bademantel. Auch die Pantoffeln ließ er stehen. Barfuß schlich er zum Seiteneingang und holte seinen Tennisschläger und die Schuhe aus dem Schrank. Während er die Schuhe schnürte, hörte er oben weibliche Stimmen. Wieder knarrten Dielen, und wieder lief Wasser durch die Rohre. Winn schloss leise hinter sich die Fliegentür, schwang sich auf sein Rad und trat so schnell in die Pedale, wie es auf dem Kiesweg möglich war. Da war er ja gerade noch einmal davongekommen, dachte er.

Dominique saß in einem Liegestuhl und las in einem Kochbuch aus Winns Sammlung. Neben ihr im Sand lag ein aufgerollter Sonnenschirm. Der Morgen war noch kühl, und die Sonne angenehm. Nicht weit von ihr lag Livia auf einem Handtuch. Sie trug ein Sweatshirt über dem Bikini und hatte die Arme übers Gesicht gelegt. Um ihren Kater zu dramatisieren, stöhnte sie vor sich hin.

»Geh ins Wasser springen«, sagte Dominique. »Damit du einen klaren Kopf kriegst.«

Livia reckte den Hals und nahm die Wellen in Augenschein. »Ich weiß nicht«, sagte sie. »Mir ist noch zu kalt.«

»Ich kann nicht glauben, dass ihr beide am Strand geschlafen habt.«

Livia ließ den Kopf wieder sinken. »Ich weiß. Viel geschlafen haben wir allerdings nicht.«

Dominique beobachtete eine Möwe, die mit einer Muschel in die Luft geflogen war und auf der Stelle flatterte, um sie dann mit Schwung auf den harten Sand zu werfen, hinterherzugleiten und das Fleisch aus den Schalen zu picken. Piper schlenderte im seichten Wasser am Strand entlang und sammelte Schätze, während Daphne in den Wellen schwamm und auf dem Rücken liegend die abnehmende Größe der Inseln in der Kette aus Bauch, Knien und Zehen bewunderte, die vor ihr lag. Greyson tauchte unter und hob sie beim Hochkommen in die Luft. Er grölte beinahe so laut, wie sie kreischte, und ließ sie dann so sanft wieder ins Wasser sinken wie ein Ei, das man pochieren möchte. Ihr Bauch schwamm oben und verschwand und schwamm wieder oben. Francis lag auf einem Handtuch in der Sonne. Charlie spielte Strandball mit Dicky junior, der ein Polohemd trug und sich die Nase mit Zinksalbe eingerieben hatte. Celeste und Biddy lagen unter einem Sonnenschirm. Agatha hatte Kopfschmerzen und war im Haus geblieben.

Der Wind war aufgefrischt und hatte den letzten Nebel fortgeweht, und über den Himmel zogen dicke Kumulus-wolken. Die Sonne verschwand hinter ihren Turmgebilden und tauchte in den Zwischenräumen wieder auf; schräge Lichtstrahlen malten Jadeinseln ins Wasser.

»Und wie ist es mit euch ausgegangen?«, fragte Domi-nique.

»Ich weiß nicht«, sagte Livia. »Nichts Eindeutiges. Sobald es hell genug war, sind wir aufgebrochen, um nach Hause zu gehen, aber das hat ewig gedauert, weil ich den Weg im Nebel nicht gefunden habe. Unterwegs haben wir kaum ge-redet, und am Ende hat er mich auf die Wange geküsst und sich in den Jeep gesetzt, um auf Greyson zu warten. Das war's. Ein Glück, dass er nicht mit an den Strand gekom-men ist. Ich glaube nicht, dass ich damit umgehen könnte, ihm jetzt vor all diesen Leuten zu begegnen.« Sie stöhnte erneut und drückte sich die Handballen auf die Augen, doch Dominique hatte den Eindruck, dass sie aus Stolz über die kühne Verführung eines Mannes, der älter war als sie und der nicht Teddy war, ein wenig dick auftrug. Livia berührte immer wieder ihren hohlen Bauch und schlug abwechselnd die angewinkelten Beine übereinander und stellte sie wieder nebeneinander hin wie jemand, der gerade seinen Körper wiederentdeckt hat. Hochzeitsgäste, dachte Dominique, waren beinahe vertraglich verpflichtet, sich heimlich zu küssen und zu begrapschen. Die Vereinigung von Trauzeuge und Brautjungfer war ein heidnischer Ritus, befeuert von der Nähe zu Liebe, Optimismus und reichlich Alkohol, ein Regentanz, eine symbolische Handlung.

Eine Welle lief auf dem Sand aus und erwischte den gelben Paddleball. Charlie rannte hinterher. Er gab mit einem flachen Kopfsprung in die Gischt an; seine hellen Fußsohlen blitzten auf, dann kam sein Kopf hoch wie bei einem Seehund. Livia fügte hinzu: »Eine Party ist immer irgendwie enttäuschend, wenn man nicht mit jemanden nach Hause geht.«

»Kann sein«, sagte Dominique. »Aber ich glaube, du solltest das lieber nicht wiederholen. Nicht mit Sterling.«

»Oh«, sagte Livia. Sie drehte sich auf den Bauch und stützte das Kinn auf die Hände. »Das könnte schwierig werden.«

»Es geht mir nicht drum, ein Spielverderber zu sein. Aber Sex mit einem Schwager sollte man lieber bleiben lassen.«

Livia wackelte mit den Füßen wie ein unwilliges Kind. »Hast du denn gar kein Verständnis für Lust aus Unvernunft? Wozu ist man Single, wenn man nicht ein paar gute Geschichten ansammelt, von denen man zehren kann, wenn man alt und grau geworden ist? Ist Bedachtsamkeit nicht furchtbar lau im Vergleich zu roher Leidenschaft?«

Dominique schob ihren Zeigefinger in das Kochbuch und klappte es zu. »Rohe Leidenschaft?«

»Du weißt, wovon ich rede.«

»Ich weiß, wovon du redest, Anna Karenina, aber die meisten Leute sind nun mal Arschlöcher. Erst spornen sie dich an, während du all deine kleinen Fehler machst, und später, wenn dein Abenteuer schlecht ausgegangen ist, zerreißen sie sich das Maul über dich.«

»Aber er ist mir nicht wichtig. Wenn er mir wehtut, lenkt mich das ein bisschen ab. Wie wenn man sich kneift, nachdem man sich den Zeh gestoßen hat, um sich lieber auf den kleinen Schmerz zu konzentrieren.«

»Sag nicht, ich hätte dich nicht gewarnt.«

»Ist gut.«

Ergeben lehnte sich Dominique zurück. Sie hatte getan, was sie konnte. Frauenfreundschaften bestanden aus zehn Prozent Prävention und neunzig Prozent Karren-aus-dem-Dreck-ziehen. Livia würde tun, was sie nicht lassen konnte. Ihre Trauerhormone würden sie dem nächsten Mann in die Arme treiben, der sie nicht wollte, und wenn Sterling sie abservierte, würde Dominique wieder herhalten müssen, um ihr zu bestätigen, dass es *natürlich* irgendeinen komplizierten Grund dafür gab, weswegen er sich nicht gestattete, sich ihr zu öffnen, dass er *natürlich* wusste, dass sie zu gut für ihn war (das dachte ein Mann niemals – es war gegen das Gesetz der natürlichen Selektion), und *natürlich* Angst davor hatte, dass er verletzt werden könnte. Als Dominique von der Party nach oben gekommen war, hatte Agatha in ihrem kleinen Messingbett durch Schniefen und Seufzen angezeigt, dass sie wegen irgendetwas getröstet werden müsse. Dominique hatte sie ignoriert, und Piper war ohnehin schon mit dem Gesicht nach unten in ihr kleines Bett gefallen und hatte in Unterwäsche und ihrem grünen Pullover tief und fest geschlafen. Ganz gleich was Agatha angestellt hatte, Dominique wollte nichts damit zu tun haben.

Ein Strandwächterjeep fuhr vorbei, und der Fahrer hob lässig eine gebräunte Hand zum Gruß. Auf der Ladefläche saßen
zwei Männer mit Gummistiefeln zwischen Eimern und allerlei Geräten, die aussahen wie schmale Spaten an langen Stie-
len. Sie verschwanden in der Ferne um die nächste Biegung.

»Was mag da los sein?«, fragte Livia

Daphne kam schwerfällig aus dem Wasser. Sie schlang sich
ein Handtuch um die Schultern, klappte einen Segeltuch-
stuhl auf und setzte ihn in den Sand.

»War's schön?«, fragte Dominique.

»Man lernt Schwerelosigkeit erst als Schwangere richtig
zu schätzen«, sagte Daphne und wrang sich die Haare aus.
»Es ist wunderbar. Ich verstehe jetzt, warum Flussrösser so
viel Zeit im Wasser verbringen.«

»Flusspferde«, berichtigte Livia sie.

»Man kann doch auch Flussrösser sagen, oder nicht?«,
fragte Daphne.

»Du bist die Braut«, sagte Livia achselzuckend. »Du kannst
sagen, was du willst.«

Vorsichtig ließ sich Daphne auf ihrem Stuhl nieder. »Dominique, wohnen im Nil nicht auch Flusspferde?«

»Ja, aber ich kenne mich mit ihnen nicht aus. Ich weiß
bloß, dass es gefährliche Biester sind.«

Livia stieß ein verächtliches Zischen aus. »Und als nächstes
soll sie dich über die Geheimnisse von Tutanchamuns Grab
aufklären, was?«

»Ich weiß nicht, warum du auf einmal so zickig wirst.«

»Ich bin nicht zickig.«

»Doch.«

»Gibt es keine Hochzeitspflichten, die auf dich warten?«

»Zum Beispiel?«

»Ich finde es nur komisch, dass du am Tag vor deiner Hochzeit am Strand sitzen und faulenzen kannst.«

»Mom sagt, dafür haben wir die Hochzeitsplanerin.«

»Wer begrüßt die Verwandten?«

»Keine Ahnung. Sie begrüßen sich selbst. Wir sehen sie heute Abend. Wie spät ist es überhaupt?«

Dominique konsultierte ihr Telefon. »Elf.«

»Du meinst wohl, heute kannst du dir alles erlauben.«

Daphne strich mit den Händen über ihren Bauch wie eine Wahrsagerin, die ihre Kristallkugel befragt. »Du tust ja so, als wäre *ich* diejenige gewesen, die *dich* gestern Abend in Verlegenheit gebracht hat.«

»Das geht dich nichts an.«

Die beiden hatten sich schon immer vollkommen unbekümmert vor Dominique gezankt. Sie glaubte beinahe, es war ihnen lieber als ohne Publikum. Jede meinte Recht zu haben, und jede war gleichermaßen sicher, dass Dominique auf ihrer Seite sein würde. Sie schienen nie zu merken, auf wessen Seite sie dann tatsächlich war, und gewöhnlich wurde sie nicht einmal danach gefragt. Trotzdem behielten Daphne und Livia sie beide als Verbündete in Erinnerung, und so gelang es Dominique, ohne dass sie sich bemühte, die meisten Familienauseinandersetzungen der Van Meters ohne jeden Schaden für sich selbst zu überstehen.

»Klar geht mich das was an«, sagte Daphne. »Greyson ist vollkommen fertig. Er hat fast kein Auge zugetan.«

»Warum hat er nicht einfach bei dir geschlafen?«

»Wir wollen eben romantisch sein. Und, Livia: Sterling ist keine gute Wahl.«

»Bloß weil du morgen heiratest, heißt das nicht, dass du alles über Männer weißt.«

»Warum willst du dir selber schaden?«

»Gott!«, sagte Livia wütend. »Lasst mich doch einfach eine Fehlentscheidung treffen, nur dies eine Mal. Ich habe genug vom Schlussmachen, jetzt will ich mal einen Anfang.«

Dominique und Daphne wechselten einen skeptischen Blick.

Vor Zorn errötend fuhr Livia fort: »Agatha macht ständig, was sie will, und da tut ihr nicht so besorgt und ermahnt sie dauernd zur Vorsicht.«

»Was hat Agatha damit zu tun?«, fragte Daphne.

»Wenn Agatha mit Sterling geschlafen hätte, würdet ihr *sie* dann so zur Rede stellen?«

»Wir stellen dich nicht zur Rede. Du hast mit ihm geschlafen? Ich dachte, ihr hätte bloß rumgeknutscht. Gott.«

Dominique sagte: »Du willst nicht wie Agatha sein.«

»Vielleicht doch.«

»Nein«, sagte Daphne entschieden, von Dominiques Urteil ermutigt.

»Ihr habt mir nicht zu sagen, was ich will!«

Daphne warf die Hände hoch. »Weißt du was, Livia? Es ist mir egal, was du tust.« Sie fischte ein Buch über das Elternsein aus ihrer Strandtasche. Livia legte ihre Wange auf das Handtuch und schloss die Augen.

Dominique ließ ihren Blick zum Wasser schweifen, wo Leute badeten. Im vergangenen Frühling war sie mit Sebastiaan ans Rote Meer gefahren, und sie hatten einen Bootsausflug zum Schnorcheln mitgemacht. Sie waren ungefähr eine Viertelmeile vor der Küste vor Anker gegangen. Der Kapitän hatte ihnen angeboten, sie könnten zum Strand schwimmen, und Dominique hatte es getan, während Sebastiaan an Bord geblieben war, wo er schwarze Zigaretten rauchte und flämische Gedichte las. Das Wasser war warm, das Schwimmen schön. Obschon sie seit dem College nicht mehr regelmäßig geschwommen war, waren ihre Schultern noch stark, und sie durchmaß mühelos das Wasser. Auf halber Strecke zum Ufer hielt sie inne, um unterzutauchen und sich umzuschauen. Das Wasser war vollkommen klar. Sie sah den schräg abfallenden Meeresboden, den bleichen Bootsrumpf und, weiter entfernt, riesige dunkle Schatten durch das Wasser schwimmen. Es waren Wale, weit weg, verschwommen und erstaunlich gigantisch. Sie hatte Livia nie davon erzählt, weil sie wusste, dass sie die Geschichte ruinieren würde, indem sie wissen wollte, was für Wale es denn gewesen seien und was sie gemacht hätten. (Hatten sie gefressen? Gespielt? Waren sie von einem Ort zum nächsten gezogen?). Von alledem hatte Dominique keine Ahnung, und sie wollte Tiere auch nicht auf diese Art im Kopf haben – als Wesen mit lauter normalen Verhaltensweisen –, sondern lieber als bedrohliche, geheimnisvolle Existenzen.

Piper kam und hielt ihnen etwas hin. »Was ist das? Die sind hier überall.« In der Hand hatte sie eine leere Hülse, die wie ein großer Skarabäuskäfer aussah, trocken und schwarz und papieren mit zwei gebogenen Spitzen an jedem Ende.

»Das ist eine Nixenbörse«, sagte Daphne.

Livia stieß einen überheblichen Seufzer aus. »Das ist die Eikapsel eines Nagelrochens.«

Piper wirkte verwirrt. »Und was ist es nun wirklich?«

»Beides«, sagte Daphne und nahm ihr die Kapsel aus der Hand. »Man sagt einfach Nixenbörse dazu. Ich weiß nicht mehr, von wem ich das habe. Dryden vielleicht.«

»Wer ist Dryden?«, fragte Piper.

»Unser schwuler Cousin«, sagte Livia.

Dominique stellte sich vor, dass Daphne, als sie klein war, von dem Ding, das einen solchen Namen besaß, enttäuscht war. Eine Nixenbörse sollte grün sein und glitzern und nicht düster und seltsam aussehen wie dieses glatte schwarze Ding mit Hörnern.

Piper war immer noch nicht zufrieden. »Was ist ein Nagelrochen?«, fragte sie.

»Ein platter Knorpelfisch«, sagte Livia. »Ähnlich wie andere Rochen auch. Sie vergraben sich im Sand.«

Daphne warf die Kapsel weg. »Gott, ich hätte solche Lust, jetzt ein Rad zu schlagen. Wenn ich nicht schwanger wäre, dann würde ich das jetzt machen. Greyson! Schlag mal ein Rad!«

Unten am Wasser schlug Greyson erst ein perfektes Rad und dann noch eins und noch eins. Das Meer hinter ihm war grün und von Schaum gestreift. Seine Arme und Beine drehten sich wie Speichen in der Sonne. »Ich will auch ein Rad schlagen!«, sagte Piper. Sie rannte über den Sand wie eine Turnerin, die zum Sprung ansetzt und schlug direkt vor Francis schwungvoll ein Rad. Der klatschte, als sie auf den Füßen landete und in Ta-da-Haltung die Arme in die Luft reckte. »Warte«, rief sie, »guck!« Sie lief ein Stück weg und nahm Anlauf, machte einen kleinen Sprung zum Beginn und schwang sich in einen Flickflack. Weil ihr der Absprung misslang und sie sich zu wenig krümmte, sauste sie flach nieder wie ein Wurfpfeil und landete unsanft auf dem Hintern. Sofort waren Charlie und Dicky junior zur Stelle.

»Hast du dir wehgetan?«, rief Daphne.

Piper saß in ihrem Krater und hob nur kurz eine Hand. »Lacht sie oder weint sie?«, fragte Livia.

Dominique legte eine Hand über die Augen und sah zu,

wie die Jungen Piper auf die Füße zogen. Sie war so dürr wie ein Kind. »Keine Ahnung.«

»Wo wollen denn die alle hin?«, fragte Daphne, als ein weiterer Jeep vorbeifuhr. »Hey!«, rief sie. »Wohin fahrt ihr?«

Einer der Männer hinten im Jeep legte die Hände um den Mund und brüllte. »Da hinten ist ein Aal!«

»Wie?«

»Ein Wa-al! Hinter der Landspitze! Ein gestrandeter Wal!«

»Ist er noch lebendig?«, schrie Livia. Er entfernte sich weiter und weiter. Sie legte die Hände um den Mund. »Der Wal! Lebt er noch?«

In flottem Tennisweiß und bester Laune, weil er seinen alten Freund Goodman Perry in drei Sätzen geschlagen hatte – den Fahrradkorb mit Blaubeermuffins beladen –, radelte Winn heimwärts. Hinter einer Kurve sah er einen Golfwagen am Radweg stehen. Ihm ging es prächtig; sein Kater war während des Aufwärmtrainings vergangen, und die Wahnsinns-erleichterung, sich nicht mehr vollkommen elend zu fühlen, hatte ihm beim Spielen ungeahnte Kräfte verliehen, so dass er die ersten drei Punkte und dann den ersten Satz gewann. Perry war der bessere Spieler, und Winns deutliche Über-legenheit hatte sie anfangs beide verwirrt und Winn dann von der Mitte des zweiten Satzes an so beflügelt, dass er fast übermütig wurde, während Perry mehr und mehr beleidigt war. Nach jedem Punkt strich Perry am Netz entlang, fuhr mit dem Schläger über das Band, trat mit den Schuhspitzen in die rote Asche und murmelte vor sich hin. »Es ist die Hochzeit«, hatte Winn gerufen. »Ich habe mehr Aggression aufgestaut als sonst.«

Perry nickte und vollführte eine vorbildliche Luftrück-hand. »Dein Aufschlag«, sagte er.

Den nächsten Punkt gewann Winn mit einem leichten Schlag, nach dem sich Perry mit einem Sprung von der Grundlinie reckte, als angelte er mit einem Netz nach einem Schmetterling. »Schöner Einsatz«, sagte Winn. Perry blickte bloß finster. Winn presste seine Hand an die Maschen seines Schlägers und sah zu, wie sich in den Lücken Wülste bilde-ten. Vielleicht war sein plötzliches Talent für das Tennisspiel ein Zeichen dafür, dass er noch mehr bislang unentdeckte beziehungsweise nicht voll entwickelte sportliche Talente besaß. Während er den Ball prellte und zusah, wie Perry am anderen Ende des Spielfelds sprungbereit in die Knie ging, kam ihm der perverse Gedanke, dass es seine Eroberung Agathas war – und als Eroberung durfte er es betrachten, weil das Einverständnis der Frau schlussendlich das Haupt-hindernis war –, die zu dieser Steigerung seiner Fähigkeiten geführt hatte. Er fragte sich, ob ihr Techtelmechtel auf seine Männlichkeit wirkte wie ein chinesisches Kraut oder ein Voodoo-Pulver, ob es ihn stärker machte und beweglicher und – an diesem Punkt warf er sich ins Kreuz und schmet-terte ein As an Perry vorbei und an den Zaun, der mit lautem Gitterklirren erbebte – durchsetzungskräftiger.

Zur Feier seines Siegs hielt er am Supermarkt und kauf-te fünf von den leckeren Muffins, nicht genug für alle, aber sämtliche, die es noch gab. Und dann erblickte er auf dem Abschnitt des Wegs, der am zwölften Loch des Pequod vor-beiführte, noch nicht einmal auf halber Strecke nach Hause, den Golfwagen. Er hatte dort nichts zu suchen. Es gab unter-schiedliche Wege für Wagen und für Fahrräder, und dieser Wagen stand eindeutig auf dem falschen Weg. Winn fuhr wie immer schnell, aber unangestrengt, in aufrechter, entspannter Haltung und holte gelegentlich zur Übung mit seinem Schläger aus, um imaginäre Bälle durch die Luft zu schlagen. Wie er so dahinsauste, die Knie im lebhaften Rhythmus auf- und abführte und mit dem Schläger den Anblick des schurkischen Wagens abwehrte, sah er darin einen Mann am Steuer, und auf einer Anhöhe über ihm lehnten zwei weitere Männer auf ihren Schlägern, mit Sonnenschilden und Bügelfaltenshorts. Der Mann im Wagen beugte sich seitlich hinaus, um einen kleinen weißen Ball aus einem von Giftsumach durchsetzten Grasdickicht zu angeln. Winn lenkte an den Rand des Radwegs und warf den Golfspielern einen bösen Blick zu.

Vielleicht hätte er rufen oder die silberne Klingel an seinem Lenker betätigen sollen, doch so wollte der Zufall, dass der Fahrer just in dem Moment, als Winn sich hinter dem Wagen befand, mit dem Golfball in der Hand hochkam und ohne sich umzuschauen den Rückwärtsgang einlegte. Ein Entkommen war nicht mehr möglich. Winn hörte das Schalten, das Einsetzen des schrillen Warntons, und schon wurde er mit seinem Rad von der Stoßstange erfasst und seitwärts vom Weg gefegt. Später sah er vor seinem inneren Auge eine Serie von schiefen, rechteckigen Bildern, wie von einer beschädigten Antenne gesendet: den Himmel, das Radwegpflaster, den Hinterkopf des Fahrers, das Gras, in dem er landete. In der Sekunde, in der er in der Luft war, schnitt ihm eine kreisende Pedale tief ins Fleisch seiner Wade und hinterließ eine sichelförmige Wunde. Und wie um die Schmach zu vollenden, flog sein Tennisschläger auf die Straße, wo er prompt von einem Lieferwagen überfahren wurde. Zwei Muffins fielen aus der Tüte. Eines landete im Straßengraben, das andere stand aufrecht im Gras wie ein Pilz.

Winn lag auf dem Rücken. Vor Schmerzen im Bein schnitt er dem Himmel eine Grimasse. Eine hohe, blumenkohlförmige Wolke schob sich vor die Sonne, und ein Gesicht erschien. »Hey!«, sagte der Mann aus dem Golfwagen und befreite Winn von dem auf ihm liegenden Rad. »Alles in Ordnung? Sind Sie am Kopf verletzt?«

Unter dem Rand der Kappe und hinter dicken Brillengläsern blinzelten zwei kleine, wässerige Augen. Die rötliche Haut der Himmelfahrtsnase war von tiefen, reichlich vorhandenen Poren belüftet, und die Gesichtshaut hing ein wenig schlaff, als er sich zu Winn hinunterbeugte – so dicht, dass dieser den Atem riechen konnte. Der Atem des Mannes roch grünlich, nach Pferd, nach einem Wesen, das nur Gras fraß. Vielleicht wurde er nachts freigelassen, um den Golfplatz kurz zu halten.

»Herrgott«, sagte Winn. »Himmel, tut das weh.«

Der Mann beugte sich noch weiter zu ihm herunter und starrte wie ein Hypnotiseur in seine Augen. »Sind Sie am Kopf verletzt?«, fragte er wieder.

Winn verdrehte den Hals. »Ich glaube nicht. Nein, das Problem ist mein Bein.« Sie sahen sich sein Bein an. Es blutete.

»Sie müssen die Wunde zudrücken«, sagte der Mann. Er zog ein rotes Taschentuch mit Paisleymuster aus der Tasche und reichte es Winn.

»Stimmt«, sagte Winn. Er zog seinen Siegelring vom Finger und steckte ihn in die Tasche seiner Shorts. Dann presste er das Taschentuch auf die Wunde. Die Golfspieler von der Anhöhe waren verschwunden.

Der Mann nahm nachdenklich seine Unterlippe zwischen Daumen und Zeigefinger. »Möchten Sie mein Telefon benutzen?«

Nachdem er Biddy am Strand benachrichtigt und gebeten hatte, ihn abzuholen, saß Winn im Gras und betrachtete seinen neuen Widersacher. Seiner Erwartung nach musste der Mann jetzt etwas sagen, aber der stand nur schweigend da und starrte in die Ferne, als wartete er auf einen Bus.

»Sind sie Mitglied im Pequod?«, fragte Winn.

»Nein, ich arbeite dort.«

Winn zählte einen Punkt für sich. Er konnte einen Caddie eine Meile gegen den Wind erkennen. »Mit Verlaub«, sagte er, »Sie hatten keine Vorfahrt. Sie waren mit einem Kraftfahrzeug auf einem Radweg.«

Der Mann schaute sich überrascht nach dem Golfwagen um, als hätte er ihn auf die Schulter getippt. »Mit einem Kraftfahrzeug?«, fragte er.

»Richtig«, sagte Winn.

Der Mann zuckte die Achseln. »Das ist ein Golfwagen.«

»Er hat einen Motor.«

»Aber er ist kein Auto.«

»Das hat nichts zu sagen.«

»Doch, ich meine schon.«

»Nun«, sagte Winn, »sei's drum. Es ist gefährlich, damit auf dem Radweg zu manövrieren. Deswegen gibt es ja überhaupt einen getrennten Weg für die Golfwagen, und deswegen muss man sich daran halten. Wenn Sie auf den Radweg müssen, dann nur zu Fuß.«

»Das steht nirgends geschrieben«, sagte der Mann. Er steckte die Hände in die Taschen.

Winn war entgeistert. Dieser Mann – dieser Kerl, der ihn vom Fahrrad gestoßen und ihm eine Wunde beigebracht hatte, die offensichtlich genäht werden musste und dank der er humpeln würde, wenn er Daphne zum Altar geleitete –, dieser Mann hatte scheinbar nicht die geringste Absicht, sich auch nur zu entschuldigen. Eine Entschuldigung war schlicht ein Akt der Höflichkeit, nicht unbedingt ein Schuldgeständnis und besaß gewiss keine rechtliche Verbindlichkeit. Er sollte sich dafür entschuldigen, dass er Winn Schmerzen zugefügt hatte, selbst wenn er ein Mensch war, dessen Begriff von Kraftfahrzeugen und anderen Fahrzeugen vage war.

»Wie heißen Sie?«, fragte Winn.

»Otis Derringer.«

»Mister Derringer«, sagte Winn, »ich warte schon die ganze Zeit darauf, dass Sie sich entschuldigen, wie es angesichts der Umstände und der Vorfälle in den letzten Minuten nur natürlich wäre, und es ist nicht geschehen.«

Otis schaute sich erneut nach dem Golfwagen um, diesmal als suchte er Unterstützung und würde zu dem Wagen sagen: *Hör dir diesen Typ an.* Er nahm den Hut ab und wischte sich die Delle, die er an der Stirn hinterlassen hatte. Die Krempe war von altem Schweiß geisterhaft verfärbt. »Sir«, sagte Otis und setzte den Hut wieder auf. »Ich meine, es gibt für mich keinen Grund mich zu entschuldigen. Ich habe richtig gehandelt. Ich habe angehalten und mich nach Ihrem Kopf erkundigt. Ich habe Ihnen mein Telefon angeboten. Sie haben mich gebeten, mit Ihnen zu warten, und ich warte hier mit Ihnen. Und ansonsten können wir, denke ich, davon ausgehen, dass Unfälle nun mal vorkommen, und es dabei belassen.«

Winns rechter Zeigefinger erhob sich und zielte auf das Gesicht von Otis Derringer. »Aber manche Unfälle werden *verursacht*«, sagte er, und sein Finger zuckte vor Otis' Nase wie ein Kampfhund an der Leine, »von Leuten, die ungestraft davonkommen, während andere dafür bezahlen.«Winn fragte sich, wie viel Blut er verloren hatte. Seine Finger klebten, wo das Taschentuch durchweicht war. Er hob das Tuch von der Wunde und sah ein Halbrund, das sich sofort mit Blut füllte.

»Ich denke, Sie hätten bremsen müssen«, sagte Otis. »Ich habe Sie nicht kommen sehen.«

»Sie haben nicht geschaut.«

»Doch, ich meine schon.«

»Na schön«, sagte Winn. »Aber hören Sie zu. Wenn Sie sich entschuldigen, ist das kein Bekenntnis, dass Sie an dem Unfall allein schuld sind. Ich werde es nur als freundschaftliche Geste werten.«

Otis streckte sein Kinn vor und ähnelte so noch mehr einer Bulldogge. »Ich bin ein freundlicher Mensch«, sagte er. »Ich meine eigentlich nicht, dass ich mich bei Ihnen zu entschuldigen hätte. Aber wenn Sie es gerne möchten, dann werde ich es tun.«

»Okay«, sagte Winn. »Ich möchte, dass Sie sich entschuldigen.«

»Das habe ich doch eben getan.«

Winn starrte ihn verdutzt an. »Hey«, sagte Otis und setzte sich neben ihm ins Gras. »Hey, Sie sehen wirklich blass aus.« Er nahm Winns Hand und rieb sie kräftig zwischen seinen beiden Händen. »Hier, lassen Sie den Kopf zwischen Ihre Knie hängen.« Er drückte Winns Kopf nach unten. »Tief atmen.«

»Habe ich so viel Blut verloren?«, fragte Winn. »Wo ist Biddy?« Er hob den Kopf, und Otis drückte ihn sanft wieder zwischen die Knie.

»Sie haben nicht einmal einen Fingerhut voll verloren. Aber Sie spüren jetzt den Schock.«

»Ich habe mehr als einen Fingerhut voll verloren.«

Otis stieß ein leises Lachen aus, und Winn roch wieder den warmen Stallgeruch seines Atems. »Wahrscheinlich sind Sie aus New York«, sagte Otis.

»Connecticut«, sagte Winn. »Ich arbeite in New York. Aber ich komme schon seit fünfzig Jahren her. Seit meiner Kinderzeit, als es hier nur ein altes einfaches Fischerdorf gab. Es war überhaupt nicht überkandidelt.«

»Ja«, sagte Otis und nahm die Hand von Winns Genick. »Ich bin hier geboren.«

Winn gab keine Antwort. Stumm saßen sie da. In der Ferne war das Meer mit Wolkenschatten bemalt. Eines der Dinge, die er an der Insel liebte, war das Gefühl, in einer Hülle aus Meer und Himmel zu stecken, mit dem Horizont als klare, gerade Linie zwischen dem einen und dem anderen vollkommen anderen Element. »Kennen Sie Jack Fenn?«, fragte er.

»Klar«, sagte Otis. »Großartiger Kerl.«

Die vertraute Form des Land Rover schoss vorbei. Bremsen quietschten, und Biddy fuhr rückwärts auf den begrünten Straßenrand. Sie kam über das Gras auf ihn zu, groß und schlank, frisch wie ein weißes Segel auf blauer See. »Du«, sagte sie und berührte ihn mit einem Finger am Kopf, »bist ein echter Hazzard!« Biddy und ihre Schwestern hatten nie aufgehört, Witze mit ihrem ehemaligen Nachnamen zu machen, wenn es darum ging, ihn für Anspielungen auf die Gefahren – die *hazards* – des Lebens zu nutzen. »Hallo«, sagte sie zu Otis.

»Das ist Otis Derringer«, sagte Winn. »Mein Unfallgegner.«

Otis wischte sich die Finger an der Hose, bevor er Biddy

die Hand schüttelte. »Entschuldigung. Ich habe ein bisschen Blut an den Händen.«

»Aus Ihrem Munde bedeutet das einiges, Otis«, sagte Winn.

Otis zögerte. Er kniff sich wieder die Lippe und verdrehte sie ein wenig. Dann sagte er: »Wenn jemand danach fragt – ich habe mich entschuldigt.«

Nach kurzem Schweigen sagte Winn: »Ach!«

Biddys Blick wanderte zwischen den beiden Männern hin und her, aufmerksam und freundlich. »Komm, mein Entlein«, sagte sie zu Winn und reichte ihm ihre Hand.

Weil Winn benommen war und der Boden weich und uneben, fiel es Biddy schwer, ihn aufzurichten. Das verletzte Bein schmerzte ihn sehr, und jedes Mal, wenn er es belastete, lief neues Blut aus der Wunde in seinen Strumpf.

»Die Muffins«, sagte er und deutete auf die Tüte im Gras.

»Erst kommst du.« Biddy wandte sich Otis zu. »Würden Sie mir helfen, bitte?«

Winn dachte, Otis würde nur seinen anderen Arm nehmen, aber zu seinem Entsetzen kniete sich der Caddie ins Gras und nahm ihn auf den Arm. Winn war nicht mehr getragen worden, seit er ein Kind war, und er hätte nicht im Traum damit gerechnet, je in den mächtigen Armen eines Mannes zu liegen, dessen Atem nach Heuboden roch. Er hörte sich wimmern. Er reckte den Kopf über Otis' Schulter und sagte: »Biddy.« Sie stand vollkommen reglos da, eine erstaunte Hand vor dem Mund.

11 · Fleischwunden

Der Wal war tot, schon lange. Er war draußen auf dem Meer gestorben und, relativ unbehelligt von Haien, auf die Insel zugetrieben und in der Nacht an Land gespült worden. Bei Tagesanbruch hatte ihn ein Fischer entdeckt. Von Spaziergängern hatte Livia erfahren, dass es ein Pottwal war, doch wie groß er war, ob männlich oder weiblich und weshalb er gestorben war, konnte niemand ihr sagen. Francis war der Einzige, der mitkommen wollte, um ihn zu sehen, und sie machten sich gemeinsam vom Strand zu einer Felszunge auf, die eine schmale Landspitze bildete. Ein Mann, der ihnen auf einem Quad entgegen kam, erzählte, der Wal liege gleich hinter der Spitze. Er sei nicht zu übersehen. Er rieche schlimmer als alles, was sie sich vorstellen könnten. Noch auf ihrem Handtuch liegend hatte Livia den Eindruck gewonnen, dass ein stetiger Menschenstrom in Richtung Landspitze strebte, doch als sie den beliebten Abschnitt des Badestrands hinter sich ließen, waren sie auf einmal allein, neben sich nur das bröckelnde Steilufer. Hier und da führten Holztreppen zu den Häusern hinauf, die Jack Fenn vor dem Meer retten wollte.

Livias Stimmung war auf einem Tiefpunkt angelangt. Sie fragte sich, was Sterling wohl machte, warum er nicht an den Strand gekommen war — wollte er sie meiden? Sie hätte gern erlebt, wie er sich verhielt. Vielleicht wäre er anstelle von

Francis mit ihr zum Wal gegangen. Vielleicht hätten sie sich unterwegs auf eine der Treppen gesetzt, um sich zu küssen – der Gedanke fuhr ihr angenehm und zugleich wie ein Angstgefühl durch den Magen. Sie schmeckte saure Reste von Alkohol.

Francis trug eine große eckige Plastiksonnenbrille, und an seiner Schulter prangte ein Sanskrit-Tattoo. Sie hatte ihn noch nie ohne Hemd gesehen, und er war stämmiger, als sie erwartet hätte, und behaarter.

»Ich verstehe nicht, warum sonst keiner mitwollte«, sagte sie.

»Wahrscheinlich wäre es dir lieber, Sterling dabeizuhaben.«

»Nein«, sagte sie. »Einen Wal kriegt man nicht jeden Tag zu sehen. Ich hätte gedacht, da würde jeder mitwollen. Aber sie wollen um Himmels willen nicht, dass etwas ihren schönen Tag am Strand unterbricht. Warum sollte man sich was ansehen, was gestorben ist, wenn man auch einfach dableiben und Strandball spielen kann?«

»Absolut«, sagte Francis. »Ich bin ganz deiner Meinung. Wale sind eigentlich nicht mein Ding, aber ich sehe es als Chance, etwas Richtiges zu erleben. Ich versuche der Welt eine geistige Offenheit entgegenzubringen.«

»Klar«, sagte Livia, ohne zu verstehen, was er meinte. »Echt, ohne Wale ist diese Insel überhaupt nicht denkbar. Wir alle hängen uns hölzerne Wale an die Wand und tragen Walhosen und haben walschwanzförmige Türklopfer und setzen blitzende Stahlküchen in alte Walfängerhäuser, aber wenn wir die Gelegenheit haben, Auge in Auge vor einen echten Wal aus Fleisch und Speck zu treten, kriegen wir den Hintern nicht hoch.«

»Ich hatte gestern Abend eine Walhose an«, sagte Francis. »Aber das war Ironie.«

»Sterling hat auch behauptet, sein Seersucker wäre ironisch gemeint.«

»Dann hat er meinen Witz gestohlen, und dann auch noch dich.« Francis klang niedergeschlagen.

Sie hatte gehofft, er hätte beschlossen, seinen halbherzigen Annäherungsversuch zu vergessen. »Ich glaube, euer Begriff von Ironie ist ein bisschen daneben«, sagte sie. »Wenn alle von einem erwarten, dass man Seersuckerhosen oder kleine Wale als Muster trägt, und dann tut man es tatsächlich – was ist daran ironisch?«

Er sah sie über seine Sonnenbrille hinweg an. »Warum hast du Sterling vorgezogen. Ich bin dir nicht böse. Bloß neugierig.«

»Francis, es war dir nicht ernst. Du hast keine Gefühle für mich.«

»Woher willst du das wissen? Lach nicht. Aber das tut auch nichts zur Sache. Meine Frage ist – was ist an mir auszusetzen? Was macht ihn attraktiver als mich? Dass er das ist, weiß ich. Auch wenn ich vermutlich besser aussehe und wahrscheinlich ein besserer Mensch bin.«

»An dir ist gar nichts auszusetzen. Ich fühle mich einfach nicht zu dir hingezogen.«

»Aber zu Sterling fühlst du dich hingezogen.«

»Ich weiß nicht. Gestern Abend schon.«

»Hm.« Francis ging stumm neben ihr her. Je weiter sie liefen, desto weniger geschützt war das Ufer, und verwehender Sand stach an Livias Schienbeinen. »Familien sind komisch«, sagte er. »Eigentlich sind Sterling und ich uns ziemlich ähnlich. Wir sind beide nachdenkliche Charaktere. Wir fühlen uns beide zum Fernen Osten hingezogen. Aber Sterling hat überhaupt nichts, woran er glaubt und ist immer deprimiert. Ich kanalisiere meine dunklen Gedanken, indem ich an mir arbeite, und deswegen bin ich durch und durch monogam, während Sterling – Verzeihung – mit jeder schläft. Wenn ich dir einen Rat geben darf, dann halte dich von ihm fern.«

»Das ist nicht das erste Mal, dass ich heute diesen Rat bekomme.« Ehrlich gesagt, machte es ihr nichts aus, dass die Familien über sie und Sterling klatschten. Wenn sie schon nicht cool und unnahbar sein konnte wie Dominique, dann galt sie lieber als ein bisschen wild, ein bisschen lasziv, eine *Femme fatale*. Ihrer Erfahrung nach beneideten Leute in einer Gruppe diejenigen am meisten, die es schafften, paarweise abzuziehen. Auch wenn sie die Wahl des Partners kritisierten oder so taten, als wären sie generell gegen flüchtige Techtelmechtel, war es den meisten Leuten lieber, zu denen zu zählen, die im Dunkeln munkelten und hinterher verlegen und selbstzufrieden wieder auftauchten, als zu denen, die müde wurden, sich das Gesicht wuschen und ins Bett gingen wie an jedem anderen Tag auch. Außerdem hatte sie jetzt bewiesen, dass sie nicht auf Teddy fixiert war.

Livia hob eine kürbisfarbene Muschel auf. Sie drehte sie um und warf sie fort. Heute Morgen war sie im Dunkeln aufgewacht, fröstelnd und zitternd. Die Flut war gekommen, und ihre Füße waren nass. Als sie in Sterlings Richtung tastete, fand sie nur kalten Sand. Eine kleine Welle ergoss sich über ihre Füße. Sie fühlte sich ängstlich und mutterseelenallein. Doch als sie aufstand, stolperte sie über Sterling, der laut aufstöhnte und meinte, ihm sei verflucht kalt.

Francis redete weiter. »Sterling gibt sich als eiskalter Rebell, aber das ist er nicht. Das bin ich viel eher als er. Ich weiß nicht, wieso er sich ungestraft den ganzen Mist leisten kann, den er sich erlaubt, und ich der Prügelknabe der Familie bin.« Eine Bö trug den ersten Hauch von Verwesung von ihrem Ziel herbei, und er hielt sich die Ellbenbeuge vor die Nase. »O mein Gott, hast du das gerochen?«

»Wenn du eine Leiche wärst, die vierzig Tonnen wiegt, würdest du auch stinken.«

»Warum liebst du sie?«

»Wen?«

»Die Wale.«

»Ich weiß nicht.« Er war nicht der Erste, der sie das fragte, aber sie begriff nicht, warum sie darauf eine Antwort haben sollte. Warum liebte man etwas?

»Es muss doch einen Grund geben.«

Sie schüttelte den Kopf. »Es hat was mit ihrer Größe zu tun. Es macht mich traurig, dass sie so groß sind. Sie sind selten genug, dass ich jedes Mal, wenn ich einen sehe, begeistert bin. Ich finde sie wunderschön. Wie kann jemand sie nicht lieben? Sie sind faszinierend. Wusstest du, dass sie im Team jagen? Buckelwale treiben Fische mithilfe von Klickgeräuschen zusammen und bilden Netze aus Blasen.«

»Echt? Wahnsinn.«

»Es ist wirklich wahnsinnig.« Sie dachte an die silbrige Kugel aus dicht gepackten, verwirrten Fischen und die glücklichen Fresser, die mit weit geöffneten Mäulern von unten heranschossen. Gähnende Tore zur Unterwelt. Die gerippten Kehlen der Wale weiteten sich von Meerwasser und Fischen, und von deren Geschwimme und Wassergeschwappe im Inneren dehnte sich ihre Haut. Wann mochte den Heringen wohl aufgehen, dass sie nicht in eine neue dunklere See geraten waren, sondern in den Bauch eines Tieres? Oder waren Heringe zu dumm, um zu merken, wann sie gefressen wurden? Nein, vermutlich merkten alle Lebewesen, wenn sie gefressen wurden.

»Ich hab gehört, Teddy geht zum Militär«, sagte Francis mit hoher, dünner Stimme, weil er sich die Nase zuhielt. »Das muss schwer sein.«

Livia zuckte mit einer Schulter. »Es ist sein Leben.«

»Sicher. Weißt du, irgendwie beneide ich dich. Du scheinst Sachen wirklich zu fühlen. Ich bin mir nie sicher, ob ich echte Empfindungen erlebe, weil ich mich ständig frage, ob ich nur fühle, was ich meine fühlen zu müssen. Verstehst du?«

»Ich denke schon.« Vom Gestank des Wals wurde ihr langsam übel.

»Liebst du ihn noch?«, fragte Francis beharrlich weiter. Wieder eine vertraute Frage, auf die sie keine Antwort wusste.

»Nein«, sagte sie.

»Warum hast du aufgehört, ihn zu lieben?«

»Ich weiß nicht. Aus Erschöpfung vielleicht.«

Sie fragte sich, wann sie wirklich aufhören würde, Teddy zu lieben. Vor ihm hatte sie nur ihre Mutter, ihren Vater, ihre Schwester geliebt, und die Liebe war etwas gewesen, das den Regeln guter Manieren unterlag. Wenn ihr Vater von der Arbeit kam und sie schon im Nachthemd, die Haare noch feucht vom Baden, zu ihm gerannt war, um ihn zu umarmen, hatte er sie an den Schultern abgefangen und sie bloß mit trockenen Lippen auf die Wange geküsst. Gelang es ihr, sich leise anzuschleichen und seine Beine oder seinen Bauch zu umfangen, wurden ihre Arme sanft von seinem Körper gelöst, und sie durfte ihm aus höflicher Distanz einen Kuss geben. Schließlich lernte sie, was Daphne von Geburt an gewusst zu haben schien: Er war am glücklichsten, wenn sie sich nicht anzuschmiegen suchte, sondern sich wie ein Soldat vor ihm aufbaute und ihm eine stramme Wange zum Kuss bot. Daphne war, obwohl sonst so mädchenhaft, nicht für Zärtlichkeiten oder Liebeserklärungen zu haben gewesen. Alles, was mit dem Ausdruck von Liebe zu tun hatte, hatte sie erst im Internat gelernt, wie Algebra. Die Herzlichste in der Familie war Livias Mutter. Sie antwortete: »Ich liebe dich«, wenn man es zu ihr sagte, und nicht wie ihr Vater: »Okay, Kleines.« Und für die Schule weckte sie sie mit einem flinken, aber sanften Rubbeln über den Rücken, als wollte sie Schnee von ihr abwischen.

Zu Beginn von Daphnes erstem Jahr in Deerfield hatte sich ihre Mutter zwei oder drei Wochen lang jeden Tag, wenn Livia von der Schule kam, mit ihr in einen tiefen karier- ten Sessel gesetzt, ihr die Haare gestreichelt, und sie eine Stunde lang still auf dem Schoß gehalten, während sie aus dem Fenster guckten und die Vögel und Eichhörnchen in den sommergrünen Bäumen beobachteten. Beim ersten Mal war Livia überrascht gewesen, weil sie es gewohnt war, nachmit- tags sich selbst überlassen zu sein. Sie hatte sich vorsichtig auf dem schmalen Schoß ihrer Mutter eingerichtet und nur ganz allmählich an ihre Schulter sinken lassen, wo sie von Biddys gebräunten Armen umschlungen wurde und den neutralen Seifengeruch ihrer Haut und den scharfen Wasch- mittelgeruch ihrer Bluse eingeatmet hatte. Seit ihrer Zeit im Mutterleib hatte sie ihre Mama nicht mehr so für sich gehabt oder so viel von den Rhythmen ihres Körpers gespürt – das resolute Pochen ihres Herzens, das Ein- und Ausatmen ihrer Lungen –, und sie saugte das alles umso gieriger in sich auf, als die sinnlichen Freuden von Angst durchmischt waren, weil sie nie über diese Phasen der stillen Nähe redeten, auch nicht mit ihrem Vater und Daphne, so dass sie den Eindruck gewann, sie wären vielleicht etwas Verbotenes. Und dann geschah es eines Tages, als die ersten Blätter sich verfärbten, dass Biddy nicht zum Sessel ging, sondern Livia in der Küche ihren Imbiss hinstellte und dann allein nach oben ging. Es war das Zeichen, dass ihre Zeit der Zärtlichkeit vorüber war.

»Manchmal geht eine Liebe einfach so zu Ende«, sagte Francis wie abschließend. »Ich wollte noch was zu gestern Abend sagen, als ich über Hannahs zu großen Busen geredet habe – nicht, dass du denkst, ich wäre oberflächlich. Das wäre mir sehr unangenehm. Als wäre Hannah für mich nichts als ihre Brüste.«

»Ich glaube, es war von Titten die Rede.«

»Hannah und ich passten seelisch nicht zusammen. Wenn sie die Richtige gewesen wäre, hätte ich es bestimmt gespürt. Aber ich bin eben auch empfindlich und öffne mich anderen nicht gern, weil ich dann verletzlich werde, und deswegen habe ich mich über ihre Titten ausgelassen.« Er sah Livia an, während er redete, aber sie schaute beim Gehen weiter geradeaus. »Ich unterhalte mich gern mit dir«, sagte er. »Andere Mädchen sind oft so voreingenommen, aber bei dir habe ich das Gefühl, ich kann über alles reden, und du verstehst mich. Du bist so mitfühlend. Vielleicht weil du auch schwere Zeiten durchgemacht hast – du musst nichts dazu sagen, aber ich weiß über alles Bescheid.«

Livia beschleunigte ihr Tempo und versuchte ihn damit zur Eile anzutreiben, doch er blieb zurück und zwang sie, wieder langsamer zu gehen. »Können wir nicht über was anderes reden?«, fragte sie. »Irgendwas Leichteres?«

»Klar doch«, sagte er. »Ich wollte dir bloß sagen, dass ich

immer ein Ohr für dich habe. Ich mag dich unter anderem, weil ich glaube, dass wir in unseren Familien eine ähnliche Rolle haben. Wir sind die Kritischen. Wir stellen eine Bedrohung für ihre Lebensweise dar – stehen für eine neue Ordnung der Dinge.«

Hinter der Landspitze hing ein lose gefügter Möwenschwarm in der Luft; sie kreisten und stießen nieder und machten Geschrei. Livia wusste, dass sie den Wal zerpickten. Hoch oben am Himmel drehten drei Truthahngeier ihre langsamen Spiralen. Den Blick auf die Vögel gerichtet, sagte sie: »Ja, Sterling hat mir von deinem Ärger an der Uni erzählt.«

Er blieb stehen. »Von welchem Ärger?«

In ihrem flauen Magen kribbelte es vor Freude über seinen Unmut. »Ich hätte nichts davon sagen sollen.«

»Welchem Ärger?«

»Sterling hat erzählt, du wärst in Princeton beinahe nicht angenommen worden.«

»Ich hab nicht betrogen.« Er richtete seine große eckige Sonnenbrille auf sie. »Die anderen haben gelogen. Sie waren bloß neidisch.«

Okay«, sagte sie. »Vergiss es. Es geht mich nichts an.«

»Ich habe meinen Platz in Princeton *verdient*. Durch harte Arbeit.« Sein Ton war flehend, fast bettelnd.

»Okay«, sagte Livia noch einmal. »Tut mir leid. Es war nicht nett von mir, das Thema anzuschneiden.«

»Das stimmt.« Er knuffte fröhlich, ganz leicht, ihren Arm. »Hey«, sagte er ostentativ munter. »Ich hab übrigens gehört, dass Teddy, seitdem es sich rumgesprochen hat, dass er zur Army geht, mit halb New York geschlafen hat. Offenbar gilt der alte Spruch über Mädchen und Uniformen immer noch.«

Ungläubig starrte sie ihn an. Dann wandte sie sich ab und

stapfte durch den tiefen Sand davon. Der Gestank des Wals wurde schlimmer, und als sie vor Anstrengung zu keuchen begann, drehte sich ihr der Magen um. Francis eilte ihr nach. »Es tut mir leid«, rief er. »Ich bin ein Arsch. Livia. Bitte. Ich kann bloß einfach nicht mit Zurückweisungen umgehen.«

Livia lief los und erreichte die Landspitze, an der sich die Wellen von zwei Seiten brachen, so dass eine Naht im Meer entstand. Alkoholdunst stieg ihr in die Nase, und in ihrem Mund sammelte sich Speichel. Sie musste sich übergeben. Schnell planschte sie in die Wellen und erbrach eine dünne grüne Flüssigkeit in den Schaum. Sie hatte das Frühstück übersprungen.

Francis wartete am Strand, während sie sich den Mund mit Salzwasser ausspülte. Sie kehrte mit schweren Schritten ans Ufer zurück und sagte, als sie nahe genug heran war: »Bitte halt einfach den Mund.«

Zu ihrer Überraschung gehorchte er und blieb, als sie weiterging, fügsam zwei Schritte hinter ihr. Livias Bauch krampfte weiter vor sich hin, und das Schweigen ließ ihr Raum, über Francis nachzudenken. Sie fragte sich, ob er sich danach sehnte, dass ein Mädchen, vielleicht sogar sie, sich schwarze Ledersachen anzog und ihn nackt auspeitschte und dann zwang, ihr die Füße zu lecken. Sie konnte auch nicht gut mit Zurückweisung umgehen. Bei der Erinnerung an ihr Verhalten auf der Party im Ophidian wurde ihr schon wieder schlecht.

Hinter der Landspitze kam endlich der Wal in Sicht, nur ein kleines Stück weiter am Strand. Eine Menschenmenge und Jeeps standen um ihn herum, und von oben stießen Möwengeschwader nieder. Doch Livia sah nur den Wal, eine onyxfarbene Träne, einen gigantischen schwarzen Flussfelsen.

»Oh«, sagte sie ehrfürchtig und legte sich die Hand aufs Herz.

»Himmelherrgott«, sagte Francis. »Wie das stinkt.«

Der Gestank des Wals war mächtig, zäh, fast greifbar. Der Wind trieb Livia Verwesungspartikel an Haut und Kleidung, doch ihr war das egal. Ihre Übelkeit war auf ein erträgliches Maß zurückgegangen. Die Schwanzflosse des Wals, platt auf dem Sand wie ein gigantischer ausrangierter Spaten, erfüllte sie mit Mitleid.

Das letzte Mal, erinnerte sich Biddy, hatte sie in einer Notaufnahme gewartet, als Livia mit fünfzehn in den Weihnachtsferien zu Hause war. Sie war durch die halbhohe Schwingtür in die Küche gegangen, wo Daphne einen Red Velvet Cake buk. Daphne hatte irgendwas gesagt, das Livia wütend machte, und es hatte ein nie aufgeklärtes Gerangel gegeben, worauf Livia schließlich mit einem tiefen Schnitt im linken Daumen wieder aus der Küche kam. Ihren Eltern hatte sie gesagt, es sei ein Unfall gewesen, und sie habe das Messer selbst in der Hand gehabt, aber dennoch hatte sie ihre Schwester und das rote Innere des Red Velvet Cake mit anklagenden Blicken bedacht. Das damalige Wartezimmer und das Wartezimmer, in dem sie jetzt neben Winn saß, waren fast identisch – der gleiche PVC-Boden, die gleichen Kunststoffstühle, der gleiche Geruch nach Isopropyl in der Luft. Im Grunde waren alle Wartezimmer gleich, sie waren keine wirklichen Orte, sondern gewissermaßen Proben fürs Fegefeuer. An der Wand gegenüber hing ein großes gerahmtes Foto von einer orangefarbenen Krabbe, die an den Zangen gehalten wurde, den blassen Bauch zur Kamera, die Beingelenke vor Entrüstung gekrümmt. Über einem traurigen Ficus in der Ecke zeigte

ein unter der Decke aufgehängter Fernseher den Wetterbericht. Der Empfang war an der Kreuzung zwischen zwei
Fluren eingerichtet, eine angeödete Schwester thronte dort
mit einem Bleistift im Haar an einem hohen halbrunden
Schreibtisch vollgestapelt mit Akten und Papier.

Die Stühle waren spärlich besetzt. Biddy drehte Winns
Handgelenk so, dass sie auf seine Uhr sehen konnte. Erst Viertel nach zwölf, noch früh am Tag für Sommerverletzungen.
Der späte Nachmittag und frühe Abend waren vermutlich die
Spitzenzeiten für Gehirnerschütterungen durch Mastbäume
und Softbälle, für Verwundungen durch verirrte Angelhaken
und abgerutschte Austernmesser. In der Nähe des Empfangs
wartete ein junges Paar. Die Frau war grün um die Nase
und hing trübsinnig über einer leeren Plastiktüte, die sie auf
dem Schoß hielt, während der junge Mann, der eine Kappe
mit Sonnenschild trug, ihr den Rücken rieb und auf den
Fernseher starrte. Plötzlich hielt sich die Frau die Hand vor
den Mund und rannte in die Damentoilette, und der Mann
blickte ihr wehmütig und resigniert nach wie einem davon-
fliegenden Ballon. Neben dem Ficus saßen eine alte Frau
und ein kleiner Junge, die schwiegen und beide nicht krank
oder verletzt wirkten. Der Junge trug einen weißen, schnur-
geraden Mittelscheitel und war seltsam altmodisch angezogen: Shorts und Kniestrümpfe zu braunen Schnürschuhen.
Biddy fand, er sah aus, als sollte er im alten Berlin unter
einem Himmel voller Zeppelins einen Reifen durch die Straßen rollen. Der einzige andere Patient war ein schlaksiger
grauhaariger Mann in lachsfarbenen Hosen. Er hatte einen
blutigen Verband über einem Auge und übte am Eingang zu
einem der beiden Flure Golfschwünge. Immer und immer
wieder stellte er sich vor einem eingebildeten Tee auf und

fixierte mit einäugiger Heimtücke einen unsichtbaren Ball, um sich dann an der Taille nach hinten zu verdrehen und seinen Schlag so peitschenschnell durchzuführen, dass er mit den Händen über dem Haupt endete, eine Fußspitze auf dem Boden ausgestreckt wie ein Balletttänzer, den Blick starr und auf das Leuchtschild im Flur gerichtet, auf dem RAUCHEN VERBOTEN stand.

Biddy blätterte in einer Illustrierten über schönes Wohnen. Bei einem doppelseitigen Foto von einem Strandhaus in den Hamptons hielt sie inne. Sand und Dünengras, ein blauer Swimmingpool, menschenleere Zimmer. »Lies das nicht«, sagte Winn, der ihr über die Schulter guckte. »Sonst willst du eine neue Küche.«

»Das riskiere ich«, sagte Biddy, ohne aufzublicken.

»Solche Illustrierten dienen nur dazu, Unzufriedenheit zu stiften.«

Sie blätterte weiter. »Sollen sie doch.«

»Was wohl die Leute im Pequod dazu meinen, wenn sie von meinem Unfall hören«, sagte er und hob sein Bein, damit sie es besser sehen konnte. Das Taschentuch des Caddies, steif und fleckenweise braun verfärbt, war noch um die Wunde gebunden. »Da mähen sie mich einfach nieder. Wahrscheinlich sorgen sie sich schon darum, ob ich Schmerzensgeld verlangen werde. Wer weiß. Unter Umständen habe ich damit jetzt sogar ein Druckmittel in der Hand.«

Er schaute sich finster im Wartezimmer um. Die junge Frau kam aus der Toilette und nahm wieder Platz. Der Golfspieler verzögerte seinen nächsten Schlag, bis sie sich gesetzt hatte, um ungehindert ausholen zu können.

Biddy musterte das Profil ihres Mannes, seine ergrauenden Augenbrauen und schmalen Lippen, das Kinn, das ihn so störte. Hatte sie nur geträumt, dass sie in den frühen Morgenstunden miteinander geschlafen hatten? Nachdem sie sich beinahe ertränkt hatte? Durch ihre Erschöpfung hatte sie tief und traumreich geschlafen. Aber es war wirklich passiert, dachte sie, so unwahrscheinlich es auch war. Ihn zu fragen, war ihr zu peinlich. Von den Anfängen ihres Liebeslebens an, schon als stilles, hübsches, beliebtes Mädchen, das mit den biedersten, ernstesten Söhnen der Freunde ihres Vaters ausging, hatte sie akzeptiert, dass Männer nicht zu ändern waren. Die Jungs, mit denen sie im Bootsklub tanzte, würden niemals zu Männern heranwachsen, die sie erregten. Ihre höflichen Hände würden nie ihre Leidenschaft entfachen. Bis sie mit Winn ins Bett ging, hatte sie noch überhaupt keine Leidenschaft erlebt, aber sie hatte gewusst, dass es so etwas gab und dass sie es erleben wollte. Komisch, dass er derjenige war, der sie in Wallung brachte – er ähnelte nicht einmal entfernt den exotischen Liebhabern aus den pikanten Romanen im geheimen Regal ihrer Mutter. Doch zugegebenermaßen galt er als Schürzenjäger – und da Schürzenjäger nie hinter ihr her waren (vermutlich weil sie sich von ihr keine schnellen Erfolge erhofften), war dieser Ruf ein Kick für sie.

Er hatte sie nach der Beerdigung seines Vaters aus der Menge herausgepickt. Zuerst hatte sie geglaubt, er habe sie verwechselt. Sie erinnerte sich an seine Augen, den zielstrebigen Blick, mit dem er sie zwischen all den schwarzen Hüten und schwarzen Schultern auswählte und sich ihr dann immer mehr näherte, bis er ihr die Hand schüttelte und sie fragte, ob sie mit ihm essen gehen wolle, während sie ihm gleichzeitig ihr Beileid aussprach. Die Seltsamkeit seines Ansinnens hatte ihr geschmeichelt. Wie faszinierend sie doch wirken musste, wenn sie einen Mann von der Trauer um den eigenen Vater ablenkte. Wie unwiderstehlich musste ihr Sex-Appeal sein, wenn er die Schwere des Todes vertrieb. Die Spannung hielt sich durch die erste und die darauf folgenden Einladungen zum Essen, durch ihre ersten verliebten Zwiste und sogar nachdem ihr klar geworden war, dass er wie alle anderen war, ein Mann, der sie nicht des Spaßes wegen woll-te, sondern als langfristige Investition betrachtete. Gelegent-lich trafen sie Mädchen, mit denen Winn vor ihr ausgegangen war, und auch diese Mädchen gaben ihr einen Kick, weil sie in ihrer Gegenwart mit ihm zu flirten versuchten und es darauf anlegten, dass er sie betrog, indem er Interesse zeigte – was er bisweilen tat und manchmal auch nicht.

Sie wusste, dass sie ungewöhnlich duldsam war, doch sie konnte gegen ihre Natur nicht an. Genau wie Winn nicht gegen seine Natur ankonnte. »Tut es weh?«, fragte sie und deutete auf sein Bein.

»Natürlich tut es weh.«

»Du Armer.« Sie schaute in ihre Illustrierte, auf einen langen leeren Picknicktisch unter Olivenbäumen irgendwo in Spanien, gedeckt für zwölf Leute. »Ich konnte es nicht fassen«, sagte sie, »wie dieser Mensch dich einfach hoch-gehoben hat. Wie ein Fliegengewicht.« Sein Schweigen im Auto hatte ihr gesagt, dass er eine große Demütigung erfah-ren zu haben meinte, aber sie hatte nur staunen können, als sie ihren Mann so in den Armen eines anderen liegen sah. Sie wünschte, er hätte sich selber sehen und die klägliche Ver-wirrung in seinem Gesicht lesen können. Als er ihren Namen gerufen hatte, kam es wie von einem Kind, das in der Nacht beruhigt werden will.

Winn verschränkte die Arme über der Brust und sagte: »Das war völlig unangemessen. Ausgesprochen übergriffig.

Ich bin darüber sehr verärgert. Das werde ich ebenfalls dem Pequod gegenüber erwähnen. So etwas tut man einfach nicht. Vollkommen unmöglich ist das.«

»Ich glaube, er wollte bloß helfen. Ich habe ihn darum gebeten. Es war nicht« – sie senkte die Stimme – »böse gemeint. Ich glaube, dass er nicht unbedingt der Hellste ist.«

Winn fummelte an dem Knoten im Taschentuch von Otis. »Lass uns das Thema wechseln«, sagte er.

Eine Schwester im lila Kittel erschien mit einem Klemmbrett. Hoffnungsvoll blickte die junge Frau auf, der übel war. »Chamberlain«, rief die Schwester. Der Junge in Kniestrümpfen und seine Mutter standen auf und folgten ihr ins Innere der Klinik. Die junge Frau legte den Kopf auf die Knie. Der Golfspieler pfiff leise, während er erneut einen Ball auf ein Green schoss, das er allein sehen konnte.

»Worüber möchtest du denn reden?«, fragte Biddy.

»Ich denke«, sagte Winn, »vielleicht sollte ich Jack Fenn anrufen und ihm von dem Vorfall berichten. Das erscheint mir nur folgerichtig, angesichts der Tatsache, dass er zu denen gehört, die für den Ruf des Clubs verantwortlich sind. Ich denke, er wird wissen wollen, dass seine Caddies durch die Gegend fahren und Leute verkrüppeln, ohne sich hinterher zu entschuldigen, und dass sie sie ohne Erlaubnis auf den Arm nehmen.«

Biddy schwieg einen Augenblick, um sich zu versichern, dass ihr Ton leicht und freundlich war, wenn sie antwortete. Sie wollte Winn keinen Anlass zu Trotz bieten. »Ich glaube ehrlich gesagt nicht«, meinte sie, »dass Jack sich persönlich verantwortlich fühlen wird.«

»Mein Bein ist einfach noch ein Punkt auf der Rechnung.«

Er fixierte die orangefarbene Krabbe auf dem Foto, als fühlte er sich mit ihr verwandt.

»Was heißt das denn?«

»Nun, nach all den Geschichten« – Winn drehte Kreise mit seiner Rechten, um ein etc., etc. anzudeuten – »rund um Livia im Winter stehen die Fenns in unserer Schuld.«

»Ach, Winn, das ist doch Schwachsinn.«

»Nein, das ist gewiss kein Schwachsinn. Die Sache mit Livia hat uns fünfhundert Dollar gekostet. Ganz zu schweigen von dem Schaden, den ihr Ruf erlitten hat.«

»Du kannst doch nicht das Privatleben deiner Tochter verwenden, um dich in einen Golf Club einzuschleichen.«

»Sie hat es nicht für sich behalten, oder? Und ich sollte es wirklich nicht nötig haben, mich irgendwo anzubiedern. Die ganze Situation ist lächerlich. Unhaltbar. Weißt du, Dicky und Maude scheinen auch davon zu wissen.«

Nun reichte es Biddy. »Ich glaube nicht an eine Verschwörung gegen dich«, sagte sie. »Und Dicky und Maude meinten, Jack sei nicht das Problem. Um die Wahrheit zu sagen, fällt es mir schwer zu glauben, dass Jack jetzt, so kurz vor Teddys Aufbruch ins Ausbildungslager, überhaupt Zeit hat, viele Gedanken an dich oder den Pequod zu verschwenden.«

»Noch so eine falsche Entscheidung von dem Jungen. Ich hätte Teddys Aufnahme im Ophidian verhindern können, weißt du. Vielleicht hätte ich das tun sollen. Er wird wirklich immer mehr wie sein Vater. Jack hat sich immer dermaßen auf die eigene Schulter geklopft mit seiner Zeit bei der Army. Jack Fenn der Held, Jack Fenn der Krieger. Anscheinend braucht Teddy auch was, mit dem er sich über alle erheben kann. Man hätte doch meinen sollen, Teddy wäre froh gewesen, in den Ophidian aufgenommen zu werden, nachdem

Jack es damals nicht geschafft hatte, und damit gut. Aber nein, diese Fenns müssen sich immer wichtig machen. Sie sind eben einfach toll, alle miteinander.«

Biddy erkannte, dass Winn sich immer mehr in sinnlose Rage steigerte. Das geschah so selten, dass sie nie gelernt hatte, ihn zu bremsen, bevor alles zu spät war. Seine Blicke blitzten böse durch den Raum, er presste die Lippen zusammen, als lauerten überall Feinde, gegen die er sich zur Wehr setzen musste, in den hellen Wänden der Klinik, in der gezackten Silhouette des Ficusbäumchens, im langsam kreiselnden Golfspieler, in den langgezogenen Sturmwolken, die im Wetterbericht über den Bildschirm wirbelten. Biddy konnte schmollende Männer nicht leiden, ihr Mitgefühl für ihn schlich sich still und unsichtbar aus dem Raum. An die Stelle ihres Traums vom Liebesspiel bei Tagesanbruch trat das Bild von ihm als Golfclub-Paria, einem Tobsüchtigen, einem Mann von so wenig Gewicht, dass ein anderer ihn ohne die geringste Anstrengung auf den Arm nehmen und ins Auto setzen konnte.

»Klausman«, rief die lila Schwester. Der Golfspieler, der inzwischen dazu übergegangen war, seinen Putt zu üben, hob die Hand zum Zeichen, dass er sie gehört hatte, und ging mit ihr davon. Die junge Frau mit dem Magenkatarrh blickte den beiden mit der Verzweiflung einer Schiffbrüchigen nach. Sie vergrub das Gesicht in den Händen. Ihr Freund polierte ihr weiter mit leichten, kreisenden, beruhigenden Bewegungen den Rücken. Eine neue Schwester erschien. »Van Meter«, rief sie.

»Na endlich«, murmelte Winn und hievte sich hoch. Biddy erhob sich ebenfalls, aber er schüttelte den Kopf. »Warte hier.«

»Bist du sicher?« Biddy blieb stehen.

»Absolut.« Er humpelte hinter der Schwester her, an der weinenden jungen Frau und ihrer Plastiktüte vorbei und verschwand in einem langen, hellen Flur mit vielen Türen.

Livia ging einmal langsam im Kreis um den Wal. Aus der Ferne hatte er schwarz ausgesehen, doch aus der Nähe erkannte sie nun, dass seine Haut zu einem fleckigen rötlichen Grau verfärbt und überall von weißen Kratzern und Narben gezeichnet war, lauter Andenken an ein Leben im Kampf mit scharfmäuligen Kraken. Er lag auf der linken Seite und mit dem Bauch zum Land hin. Seine rechte Brustflosse war zu einer nutzlosen Lasche angeschwollen, einem traurigen Lappen an der Seite eines riesigen, aufgeblasenen Ballons. Ein paar Männer in Ölzeug hatten begonnen, die Haut und den Speck abzutragen. Man konnte den Wal nicht auf dem Sand verrotten lassen. Dreißig bis vierzig Tonnen Fett, Fleisch, und verschlackte Innereien dem trägen Rhythmus der Natur zu überlassen, war unmöglich, wo sommerliche Badegäste einen schönen Urlaub verbringen sollten. Vermutlich würde das Museum von Waskeke das Skelett haben wollten – eins hatten sie schon, aber ein zweites war bestimmt willkommen –, und an die Knochen kam man nur, wenn man sie aus den öligen Fleischmassen ausgrub. Die Männer schwitzten und fluchten und waren von Fetzen des Leviathans gesprenkelt. Es war harte Arbeit, aber sie hatten bereits Fortschritte gemacht. An der Flanke lagen lange Speckflächen frei. Ein Mann im gelben Overall stand auf dem Wal, grub die Gummistiefel in die glitschige Haut und lehnte sich auf den langen Griff seines Messers (ein antikes Stück aus dem Museum), um die Schneide durch die dichte Fettschicht zu pressen.

Livia hörte Leute erzählen, dass ein Bulldozer bestellt war, um die Fleischstücke zu vergraben.

Unter dem riesigen klotzigen Kopf hing das Maul offen – lang und schmal, mit seinen vielen konischen Zähnen –, und Livia spähte in die stinkende Mundhöhle. Im Oberkiefer gab es keine Zähne, sondern nur Aushöhlungen. Das Kehlloch war überraschend klein, kein großes fischiges Portal vor einer gerippten lichtlosen Kathedrale, in der Geppetto oder Jona Platz gehabt hätten. Der Wal war ein Weibchen, und Livia fragte sich, wie viele Kälber sie wohl zur Welt gebracht hatte, durch wie viele Meere sie geschwommen war. Pottwale tauchten Tausende von Metern tief und jagten in vollständiger Dunkelheit. Sie konnten eine Stunde lang den Atem anhalten, fast zweihundert Meter in der Minute tauchen, ihren Stoffwechsel verlangsamen, ihre Lungen einfalten, Unmengen von Milchsäure verarbeiten, während ihre Muskeln aufgestauten Sauerstoff verbrannten. Sie ließen kaltes Wasser durch die Nasengänge ein, damit das ölige Walrat im Kopf fest wurde und sie leichter tauchen konnten. Sie waren in jeder Hinsicht wunderbare Tauchmaschinen.

Und trotzdem konnten sie ertrinken. Sie verwickelten sich in transozeanischen Telefonkabeln und Fischernetzen oder fanden nicht unter dem Eis heraus. Die Knochen älterer Wale wiesen Schäden durch Stickstoffembolien auf, die verursacht wurden, wenn die Wale zu schnell aus der Tiefe aufstiegen – eine Form der Taucherkrankheit. Livia überlegte, ob die Wale wohl eine Art umgekehrte Kosmologie besaßen, so dass der Himmel etwas Tiefes, Dunkles, Kaltes war und dieser helle, sandige Strand die Hölle. Sie musste daran denken, wie sie am Morgen an dem dunklen Strand aufgewacht war und die Wellen bis über ihre Füße geschwappt waren. Da war der Wal schon tot gewesen, der Küste nahe, und wenn vielleicht auch noch nicht gestrandet, so doch nur wenige Meilen von der Stelle, an der sie mit Sterling lag, in der Brandung. Wale, die Glück hatten, sanken auf den Meeresboden, wenn sie starben, und wurden von Fischen, Krebsen und Würmern bis auf die Knochen abgefressen. Dieser Wal war durch ein Loch im Universum geschlüpft und vom Himmel gefallen, um nach langer Nacht von Menschen zerlegt zu werden.

Francis unterhielt sich mit ein paar Männern an einem Laster. Er wirkte sehr animiert – vermutlich, dachte sie, war er beim Thema genuine Erlebnisse und seinem Wunsch, sich ihnen auszusetzen. Nach einer Weile nickten die Männer achselzuckend, und Francis nahm sich aus dem Werkzeughaufen im Sand eine Axt. Livia wusste sofort, was er vorhatte. Er ging mit der Axt zu einer Stelle unterhalb der Brustflosse, stellte das Blatt in den Sand und umfasste den Griff mit beiden Händen. Der Mann in Gelb oben auf dem Wal hielt mit dem Schneiden inne und sah zu. Wie er mit seiner großen Sonnenbrille hin- und herschaute, um die richtige Position zu finden, sah Francis aus wie ein Pferd mit Scheuklappen. »Francis!«, rief sie und lief auf ihn zu. »Warte!«

»Warum?«, schrie Francis gegen den Wind.

Sie wusste keine Antwort. Ein aufgeschnittener Wal war ein aufgeschnittener Wal. Kein anderer schien ihn aufhalten zu wollen. Aber Livia gefiel nicht, dass Francis, der doch für Wale eigentlich gar nichts übrighatte, den Bauch dieses Wals mit einer Axt traktierte. »Warte einfach!«, rief sie.

»Auf die Plätze!«, rief er und hob die Axt über den Kopf. Die Schneide sauste hinab und blieb im Speck stecken. Francis grinste. Er befreite die Axt und hob sie erneut. Angewidert sah Livia zu. Sie hatte sich beinahe an den Gestank des Wals gewöhnt, aber er kam ihr auf einmal stärker vor. Sie fürchtete, sich wieder übergeben zu müssen.

»Eins«, sagte er ausholend, »zwei, drei!« Die Schneide blitzte. Livia war sich nie sicher, was zuerst geschah, ob der Wal vor oder nach dem Auftreffen der Axt explodierte. Sie hätte schwören können, dass sie noch in der Luft war, als sie von einer roten Wand getroffen und in den Sand geworfen wurde, wo sie dann unter einem schweren Darmstrang gefangen war. An das Geräusch, mit dem der riesige Kadaver geplatzt war, konnte sie sich nicht erinnern. In ihrer Erinnerung sah sie die Axt, und dann lag sie auf dem Rücken, schaute zu den erstaunten Möwen auf und hörte das Rauschen der Brandung.

12 · Der glückliche Sohn

Winn hatte Jack Fenn 1969 im Oktober kennengelernt. Es war Winns letztes Jahr auf dem College, und im Oktober drängten sich die geselligen Ereignisse. In der dritten Woche ergingen Einladungen zu einer Cocktail-Party im Ophidian an geeignete Studenten im zweiten Jahr, die sich damit als potentielle Anwärter betrachten durften. Die Mehrzahl von ihnen wurde auserwählt, weil sie Bekannte von Mitgliedern des Ophidian waren. Ein paar pickte man aufgrund ihres Namens aus dem Studienregister heraus. Wer bei der Party niemanden nervte, indem er sich zu kindisch, zu flegelhaft, zu ernst, zu fleißig, glatt oder falsch bescheiden, zu clownhaft, eifrig oder strebsam zeigte, wurde zu einer weiteren und wieder einer weiteren Party eingeladen, bis sich im Teich der Anwärter nur noch wahrlich blaues Blut befand. Die Anwärter, deren Brüder oder Väter bereits zum Club gehörten, galten als quasi sichere Kandidaten, obwohl das im rigiden Auswahlverfahren des Ophidian eigentlich nicht vorgesehen war. Die Ablehnung eines Nachfahren war ungewöhnlich, aber unbedingt möglich, wenn der Apfel allzu weit vom Stamm gefallen war oder der Stamm sich einst selbst bereits als problematisch erwiesen hatte.

Jack Fenn war ein Nachfahre erster Güte. Nicht nur sein Vater und sein Bruder, sondern auch seine Großväter väterlicher- und mütterlicherseits waren Mitglieder des Clubs gewesen, und sie alle waren beliebt gewesen und hatten sich zeitlebens als Ehemalige engagiert, mit jährlichen Geldspenden und Geschenken sowie stets geöffneten Türen ihrer Häuser für die Mitglieder. Der Versammlungsraum oben im Clubhaus enthielt an zentraler Stelle der Längswand ein langes Krummschwert wie aus *Tausend und einer Nacht*, dessen Griff in einem Pythonkopf mit leeren Augenhöhlen endete, in dem angeblich einst Rubinen gefunkelt hatten. Ohne dass noch bekannt war weshalb, trug das Schwert seit der Zeit von Jacks Großvätern den Namen Fenn's Fiedel und mit ihm wurde an Gesangsabenden gefuchtelt, oder man benutzte es zur allgemeinen Belustigung zum Käseschneiden. Gelegentlich schnitt die Klinge auch Fingerspitzen auf, wenn es Ophidianern wieder einmal einfiel, Blutsbrüderschaft zu schließen.

Als der junge Jack Fenn zu seiner ersten Anwärterparty erschien, kupferglänzend wie ein neuer Penny und mit einer Fülle dunkler Sommersprossen, wurde er enthusiastisch begrüßt und mit der gleichen Freude und leichtherzigen Verehrung von Mitglied zu Mitglied gereicht wie das Schwert seines Vorfahren. Die Jungen waren so übermütig, dass keiner von ihnen (mit Ausnahme von Winn) den fatalen Zug von Ernst bemerkte, der Jack anhaftete. Er hatte immer ein Glas in der Hand, doch trank er nur ganz selten, und er schwatzte mit den Mitgliedern und lachte freundlich über ihre Witze, ohne je seine Reserviertheit aufzugeben. Seine Haltung hatte stets etwas Wertendes. Aber Anwärter waren nicht zum Werten da, sondern um sich bewerten zu lassen. Als Winn seine Zweifel zu äußern versuchte, wischten die anderen sie beiseite und nannten ihn einen alten Griesgram oder Van Mecker. Erst als die Zeit der Prüfung fast vorbei war und die verbliebenen Anwärter in den grauen Wintertagen so sorgfältig unter die Lupe genommen wurden wie Einjährige, die vor einen Preisrichter treten sollten, bekam Winn den Beweis, der seinen Verdacht erhärtete.

Zusammen mit einem anderen Studenten im letzten Jahr namens Bill Midland und einem strammen, rigiden, rotgesichtigen Ehemaligen namens Denton wurde Winn beauftragt, Jack Fenn und zwei weitere Anwärter, Zwillingsbrüder mit dem Nachnamen Boothe-Snype, zum Mittagessen in ein Restaurant einzuladen. Denton wählte eines der Lieblingslokale des Clubs, mit Stilmöbeln in Eiche und Messing, und sie wurden von einem mürrischen Oberkellner in einen kleinen Nebenraum geführt, der durch einen Vorhang abgetrennt war. Dort nahmen sie auf einer hufeisenförmigen Lederbank unter dem *Floß der Medusa* Platz – einer Kopie in Öl. Winn, Bill Midland und Denton bestellten Steak, Zwiebelsuppe, Maisbrei, je eine gebackene Kartoffel und einen Caesar Salat, und Denton wählte zwei Flaschen guten Burgunder aus.

»Kalt draußen«, sprach Denton, als er Schnittlauch auf seine Kartoffel löffelte. »Da ist ein herzhaftes Mittagessen gerade das Richtige.«

Die Anwärter nickten und beäugten die Köstlichkeiten auf den Tellern der Mitglieder, während sie, mit ordentlich angelegten Ellbogen, die von ihnen taktvoll gewählten bescheideneren Speisen in Angriff nahmen: ein Stubenküken für Jack Fenn und Seezunge Müllerin für die beiden Boothe-Snypes. Winn verspürte einen Anflug von Mitleid. Er hatte vor nicht allzu langer Zeit in ihren Schuhen gesteckt und wusste noch, wie beklommen er sich bemüht hatte, eine Wahl zu treffen, die kultiviert und ophidianisch wirkte, doch nicht unbescheiden oder gierig. Wie bestrebt er gewesen war, nichts Falsches zu sagen und zugleich nicht so lange darüber nachzudenken, was er sagen sollte, dass er gar nicht zu Wort kam. Wie befangen es ihn gemacht hatte, seine Gesellschaftsfähigkeit unter Beweis stellen zu müssen. Darum ging es bei diesen Essen natürlich: Man wollte feststellen, ob die Anwärter erstens die Art von Männern waren, die des Ophidian würdig waren, und zweitens die Art Männer, mit denen die bestehenden Mitglieder gut harmonieren würden. Schließlich sollten sie alle Brüder sein, und zwar Brüder, die einander erwählten. Dieser Selektionsprozess, diese rationale Auswahl war Winns Ansicht nach fundierter als jedes zufällige genetische Band. Die Mitglieder des Ophidian gingen eine durchdachte Verpflichtung ein, indem sie einen feierlichen Schwur abgaben, nachdem sie eine gegenseitige Verwandtschaft ... Winn liebte das Wort Seele nicht, doch das war es im Grunde, das Ideal der Ophidianer war im Grunde wirklich eine Brüderschaft, nicht der Herkunft, sondern der Seele.

Als Anwärter war er einst in dasselbe Restaurant eingeladen worden, und das Gespräch hatte sich größtenteils um Sport gedreht – Tennis, Football und Lacrosse –, bis einer der anderen Anwärter damit herausrückte, dass er ein bekannter Eiskunstläufer sei, ein Nationalmeister. Als er das Wort Eiskunstlauf äußerte, hatte Winn erleichtert aufgeatmet, denn schon damals, als kleiner Anwärter, hatte er gewusst, dass es eines Ophidianers nicht würdig war, Pirouetten zu drehen, und dass er, wenn er in die subtile – ach-so-subtile – Hänselei dieses Jungen mit einstimmte (der, wie sich herausstellte, im Jahr danach bei den Olympischen Spielen in Grenoble einen äußerst un-ophidianischen zwölften Platz belegte), seine

Verbindung zu den Mitgliedern stärkte. Der Lunch, bei dem Jack Fenn auf dem heißen Stuhl saß, fand am 3. Dezember 1969 statt, nur zwei Tage nachdem sie alle die Spannung der Rekrutierungslotterie durchgestanden hatten, deshalb wandte sich das Gespräch rasch dem Thema ihrer Zahlen zu. Bill Midland gab als Erster seine Zahl preis, sie lautete 248.

»Elfter Juli«, sagte er. »Meine Glückszahl hat mich nicht im Stich gelassen.«

»Prima«, sagte Denton. »Das ist ja noch mal gut gegangen. Nicht, dass Sie keinen hervorragenden Soldaten abgäben. Aber ich denke mir, Ihre Prioritäten sind andere.«

»Haben Sie von David Eisenhower gehört?«, fragte einer der Zwillinge.

»Er war gleich als Zehnter an der Reihe«, sagte der andere.

»So ungefähr«, stimmte Denton zu. »Das ist in Ordnung. In der Familie herrscht eine ausgezeichnete militärische Tradition. Er wird vermutlich nach Vietnam müssen, aber man wird ihn vernünftig einsetzen. Da bin ich mir sicher.«

»Ich kenne ihn aus Exeter«, sagte Bill Midland. »Nicht gut, aber er war in meinem Jahrgang.«

»Und?« Denton blickte streng von seinem Maisbrei auf. Er gehörte bei diesen Anwärteressen zum festen Inventar, weil er einen unfehlbaren Instinkt dafür besaß, den wahren Charakter von jungen Männern zu erschnüffeln – so ähnlich wie ein Trüffelschwein.

Midland zuckte die Achseln. »Kein schlechter Kerl.«

Denton nickte. »Sie sagen es.«

Jack Fenn, der bis dahin wenig gesagt hatte, meldete sich zu Wort. »Ich habe gehört, er geht als Reservist zur Navy.«

»Was ist mit dir, Van Meter?«, fragte Midland. »Was für eine Losnummer hast du?«

Winn hatte sich nach Hause zurückgezogen, um sich die Ziehung anzusehen. Sobald er unter dem Eingangslicht des weißen Steinhauses hindurch in die hohe, kalte Halle getreten war, bereute er, dass er nicht in den Ophidian gegangen war. Die meisten Mitglieder hatten sich im Club versammelt. Gewöhnlich galt Fernsehen dort als zu profan, aber es gab ein altes Gerät oben unter dem Dach in einem Zimmer, in dem allerlei stand, das keiner mehr wollte: ein ausrangierter Billardtisch mit verblasstem Tuch und einem zu kurzen Bein, das mit einer Kugel Kerzenwachs auf die richtige Höhe gebracht wurde, eine Truhe voll mottenzerfressener Kostüme, die gelegentlich für Possen und Scharaden hervorgekramt wurden, ein uraltes Grammophon, ein Regal mit weitergereichten Fachbüchern, ein paar kaputte Lampen. Auch die Geschenke von Ehemaligen, die man nicht für wert befand, sie an prominenterer Stelle auszustellen, fanden dort ihren Platz. So gab es eine große afrikanische Trommel, mit der niemand wusste, wohin. Es gab eine Porzellanpuppe in der Uniform eines königlichen Leibgardisten und einen Globus mit deutschsprachigen Ländernamen. Den überwiegenden Anteil allerdings bildeten Schlangen. Sie lagen zu Dutzenden im Zimmer herum, überall zwischen den Büchern und Lampen verstreut. Sie waren auf Reisen in Übersee gesammelt und von unkundigen Präparatoren ausgestopft und dank starrer Glasaugen oder klumpiger Körper oder schiefer Fangzähne nach oben verbannt worden. In den unteren Stockwerken besaß der Ophidian genug Schlangen, um damit ein Museum für Herpetologie auszustatten. Aus dem Lilientrichter des Phonographen kroch eine Klapperschlange. Unter dem monströsen weinroten Lehnstuhl vor dem Fernseher, der aus je einem Schlitz in der Sitzfläche und der Rückenlehne Stopfwolle spie, lag aufgerollt eine Aspisviper.

In diesem Zimmer, diesem Hort des Ausgesonderten, hatte sich Winns wahre Familie versammelt, um der kollektiven Zählung in der Gesellschaft ihrer Wappentiere beizuwohnen, während Winn auf dem Teppich neben dem Sessel seines Vaters gesessen und wie als Kind Radio gehört hatte. Nach einer Weile war er in den Keller gegangen und hatte den Schwarzweiß-Fernseher angestellt, nur für fünf Minuten, weil er sehen wollte, wer genau eigentlich diese schauerliche Auslosung vollzog. Ein junger Mann im Sonntagsanzug trat an ein einfaches Glasgefäß, zog eine Kapsel heraus und reichte sie einer Frau hinter einem Schreibtisch. Sie öffnete die Kapsel, entrollte einen Papierstreifen und reichte ihn einem Mann im blauen Anzug und mit leichter Glatze. Der las laut das Datum vor und gab den Papierstreifen einem anderen Mann weiter, der ihn an einer langen trostlosen Tafel an seinen Platz heftete, in eine senkrechte Reihe mit identischen Streifen, neben mehrere identische Reihen, und anschließend die Zahlen noch einmal laut vorlas. Immer wenn ein junger Mann mehrere Kapseln gezogen hatte, kam ein anderer junger Mann mit Anzug und Krawatte und griff in das Glasgefäß. Die Papierstreifen wanderten rasch von Hand zu Hand, jeder der Beteiligten behielt sie so kurz wie möglich. Der 19. Mai fand seinen Platz an der Tafel (75) und dann der 6. November (76). Winn fragte sich, was wohl wäre, wenn einer der jungen Männer den eigenen Geburtstag zog. Würde er das ganze Theater verderben, weil sein Lächeln verrutschte, seine Finger zitterten? Als der 5. September gezogen worden war, rief sein Vater ihn nach oben. »Winnie«, brüllte er. »komm rauf, wir wollen uns unterhalten.«

Mit bitteren Gefühlen schaltete Winn den Fernseher aus und stieg die Treppe hinauf. Er hätte wissen müssen, dass es ihm nicht gestattet sein würde, einfach dazusitzen und der Sendung zu lauschen. Nein, er musste zum hundertsten Mal die Geschichte hören, wie Tipton mit dreiunddreißig versucht hatte, sich zum Militär zu melden. Er behauptete, er wäre bei der Landung in der Normandie dabeigewesen, wenn es nicht ein kleines Vorhofflattern in seinem Herzen gegeben hätte. Stattdessen musste er mit den Frauen zu Hause bleiben, Frauen, die mit Soldaten ausgehen wollten, nicht mit Männern, deren Herz unregelmäßig schlug und die für ihre Väter arbeiteten. Weil er nur wenige Optionen besaß, entschied er sich für Winns Mutter, kein frisches junges Mädchen, sondern eine Frau in seinem Alter – wohlerzogen, humorlos und magenkrank. Sie waren beide wie vom Donner gerührt, als sich herausstellte, dass sie, die ja schon knapp vierzig war, auf einmal schwanger war. Die Tortur hatte sie weder Mann noch Sohn jemals verziehen. »Einmal«, erzählte Tipton, während Winn heimlich sein Ohr dem Radio näherte, »waren beide Brüder von Cort Wilder gleichzeitig auf Urlaub zu Hause. Da haben Cort und ich uns mit ihren Uniformen verkleidet, und wir sind alle zusammen ins Ballhaus gegangen. Was war das für ein Abend. Gott!« Das Wort entstieg langsam seinen Lippen und füllte sich wie eine Blase mit der Romantik und der Scham dieser einen Nacht als falscher Held – GO-OTT –, und dann verstummte er.

Die Stimme im Radio verkündete, der 7. Juni bekomme die Nummer 110. Winn sah seinen Vater über die Schulter an. »Beinahe«, sagte er.

Tipton starrte in sein Glas und drehte es, dass die Facetten des Kristallbodens das Licht fingen. »Wenn sie deine

Nummer aufrufen«, sagte er, »gehst du hin.« Sofort kamen Winn Tränen der Wut. Hätte man ihm die Chance gelassen, hätte er vermutlich unaufgefordert seine Mannhaftigkeit unter Beweis gestellt. *Wenn meine Nummer aufgerufen wird*, hätte er dann vermutlich gesagt, *gehe ich hin*. Und, wäre die Welt vollkommen, hätte Tipton darauf geantwortet: *Nein, du bist mein einziger Sohn. Geh nach Kanada. Es ist mir gleich, was die Leute sagen*. Doch Tipton hatte den sehnsüchtigen Blick, den er stets bekam, wenn er in seinen Träumen von der Vergangenheit schwelgte. Das ist jetzt nicht der Zweite Weltkrieg, hätte Winn am liebsten gesagt. So dachte keiner mehr. Er musste sich nicht als Soldat verkleiden, um an Mädchen zu kommen. Er hatte geglaubt, sein Vater, der nie im Krieg gewesen war, würde nichts dagegen haben, wenn sein einziger Sohn, sein einziges Kind, es ihm nachtat und zu Hause blieb, um ein langes, friedliches Leben zu führen. Ließe sich der Kommunismus auf einen einzigen Kämpfer reduzieren, ein Ungeheuer im roten Trikot, würde Winn seinen Leib und sein Leben in die Arena werfen wie ein Märtyrer. Doch den gemütlichen Ziegelbaumutterleib von Harvard und die Aussicht auf eine gute Karriere aufzugeben, um sich von vietnamesischen Dörflern beschießen zu lassen – nein, das erschien ihm einfach nicht richtig. Sämtliche Bekannten von Winn dachten wie er. Er argwöhnte, dass auch Tipton so denken würde, wenn es sein eigener Kopf wäre, der rasiert werden sollte, sein eigenes Leben, das unterbrochen würde, und er selber durch den Dschungel kriechen sollte. Nicht dass es dazu kommen würde, natürlich. Darauf vertraute Winn eigentlich. Wenn es hart auf hart kam, ließ sich Tipton bestimmt überzeugen, mithilfe seiner Beziehungen dafür zu sorgen, dass sein Sohn zur Nationalgarde oder zu den

Reservisten kam. Er würde sein Kriegervatertheater nur bis zu einem gewissen Punkt treiben. Deshalb sagte Winn, ohne seinen Vater anzusehen, okay, er werde dem Ruf Folge leisten, und dann hatten sie gewartet, und als Tipton längst eingenickt war und den klaren Rest in seinem Glas auf sein Hosenbein geleert hatte, war schließlich Winns Nummer gekommen.

»8. Juni«, sagte er zu Bill Midland. »366. Die allerletzte Zahl. Und mein Name beginnt mit V.«

Midlands Gesicht füllte sich mit Ehrfurcht. »Heiliger Bimbam. V war auch in der Buchstabenlotterie der letzte, oder? Die Kongs könnten das Weiße Haus einnehmen, ohne dass du zu den Waffen müsstest.«

»Gut gemacht, Van Meter«, sagte Denton. »Gutes Geburtsdatum.«

»Sind Sie gegen den Krieg, Mr Denton?«, fragte Jack Fenn und schnitt ein Stück von seinem Küken ab.

Denton zog verdutzt den Kopf zurück. »Himmel, nein. Dass die Russen den Mekong hinunterziehen, kann keiner wollen. Nein, ganz und gar nicht. Der Krieg muss sein, aber wir brauchen eine bestimmte Art junger Männer dort, damit alles glatt läuft. Und Sie sind, denke ich, alle eher für den Kapitalismus zu gebrauchen als in der Army.«

»Na ja«, sagte Winn im Versuch, das Thema zu beenden.

»Und wer sollte Ihrer Meinung nach kämpfen?«, beharrte Jack. Er wirkte entspannt, neugierig, schien keine Ahnung zu haben, wie gefährlich der Boden war, auf dem er sich befand.

Die Frage bot sich an, doch Winn hätte sie niemals gestellt. Eine der Kardinalregeln für die Anwärtereinladungen des Ophidian lautete, sich wenn möglich nicht auf ein Kräftemessen mit Mitgliedern einzulassen, doch wurde es nachgesehen, wohingegen jede Kränkung von Ehemaligen Selbstmord bedeute. Denton verfärbte sich und sägte an seinem Steak. »Tja, mein Sohn, erstmal die Kriminellen, würde ich sagen. Wer hier bei uns Probleme macht, kann sie auch gleich drüben bei denen machen. Und dann finde ich, ehrlich gesagt, sollten wir auf die unteren Schichten zugreifen. Wer keinen Schulabschluss gemacht und ohnehin keine rosige Zukunft hat, soll an die Front und seinen Beitrag leisten. Für das übergeordnete Wohl und so weiter. Jungs werden es in der Army weiter bringen, als wenn sie, ich weiß nicht« – er vollführte mit dem Messer einen nachdenklichen Kreis –, »in einer Autowerkstatt oder dergleichen arbeiten. Sie leisten ihren Beitrag, und wenn sie hinterher nach Hause kommen, bekommen sie eine kostenlose Ausbildung. Und bringen es zu was.«

»Also«, sagte Jack, »sollten die Armen kämpfen.« Er sprach mit dem milden Ton einer Schreibkraft und klang, als läse er seine Notizen zu Dentons Rede vor.

Dentons Augen waren schmal geworden, sein Blick wanderte über Jacks leuchtendes Haar, das ihm ein Stück über die Ohren wuchs und seinen Kragen berührte. »Sie sind Auggie Fenns Sohn?«

»Ja, das bin ich.«

»Und welcher Ansicht ist Ihr Vater?«

Jack lächelte. »Krieg des Reichen, Kampf der Armen.«

»So denkt *Auggie Fenn*? Das hat *er* so gesagt?«

Bill Midland, dem bei Jacks Worten fast die Gabel aus der Hand gefallen war, wandte sich den Zwillingen zu. »Welche Nummer habt ihr?«

»Das Komische ist«, sagte einer der beiden Booth-Snypes, »dass wir an verschiedenen Tagen geboren sind. Ich bin kurz vor Mitternacht am 18. Juni geboren, und er ist eine Stunde später gekommen, am 19.«

»Nun denn, was ist dabei herausgekommen?«, fragte Denton. Seine Wangen und die Stirn waren röter als üblich, und sein Ton war ungeduldig, die Worte drangen aus einem Mund, in dem mit vollen Backen dunkles Fleisch und weiße Kartoffel zerkaut wurden.

»Ich habe die 104, er die 341«, sagte der andere Zwilling, und seine Miene zeigte Bestürzung über die Folgen seiner langsamen Reise durch den Geburtskanal.

»Was für ein Pech«, sagte Bill Midland. »Könnt ihr nicht behaupten, ihr dürftet als Zwillinge nicht getrennt werden und müsst deshalb dieselbe Nummer haben?«

»Dann geben sie uns wahrscheinlich beiden die 104«, sagte Booth-Snype 341.

»Vielleicht würden sie euch den Mittelwert geben.« Midland wirkte zufrieden mit seiner Lösung.

»Könnte schlimmer sein, könnte schlimmer sein«, sagte Denton und legte Boothe-Snype 104 beruhigend die Hand auf die Schulter. Die nächsten drei Jahre sind Sie noch II-S, oder? Bis dahin ist das alles überstanden. Oder zumindest werden Sie Zeit gehabt haben, eine andere Lösung zu finden. Zu dumm, dass Graduierte nicht mehr freigestellt werden, sonst hätten Sie nichts zu befürchten, würde ich meinen. Im Augenblick würde ich sagen, für Sie ist alles im grünen Bereich, Sie sind nicht so glücklich dran wie Ihr Bruder, aber schon ganz okay.«

»Dabei fällt mir dieses Lied ein«, sagte Bill Midland. »Wissen Sie welches? Fortunate Son? Ich habe gehört, es soll auf David Eisenhower gemünzt sein.«

»Das kenne ich nicht«, sagte Denton. »Singen Sie mal vor.«

Midland hob Messer und Gabel und dirigierte sich mit kleinen ruckartigen Bewegungen. Mit seinem Gesangvereinsbariton intonierte er: »It ain't me. It ain't me. I ain't no Senator's son.« Er brach ab und griff errötend nach seinem Weinglas, weil der Zufall es wollte, dass der Vater der Boothe-Snypes im Senat saß.

»Geschmacklos«, sagte Denton. »Eisenhower wird seine Pflicht tun. Kein Vergleich zu diesen sogenannten Musikern, die bloß rumsitzen und jaulen.«

»Ich habe mir die Ziehung im Eliot angeschaut«, sagte Boothe-Snype 341, »da hat einer die Zahl fünf erwischt und dann den Fernseher eingetreten. Hat sich den Knöchel zerschnitten. Wir mussten alle woanders hin, um weiter zu schauen.«

Denton nickte. »So'n Langhaariger?«

»Eigentlich nicht. Ganz normaler Typ.« Boothe-Snype zuckte die Achseln.

»Es hat keinen Sinn, sich so anzustellen«, sagte Denton bestimmt. »Man muss seine Pflicht annehmen und ehrenhaft erfüllen.«

»Das lässt sich leicht sagen, wenn man aus dem Rennen ist, oder?«, fragte Jack.

»Wie bitte?« Dentons Gabel stockte auf halbem Weg zum Mund.

»Ich meine ja bloß: Sie haben nie vor dem Fernseher sitzen müssen, um zu warten, ob man Sie um die halbe Welt schickt, damit Sie einen Dschungel gegen ein fremdes Regime verteidigen, deswegen haben Sie für mein Gefühl gar kein Recht, das zu verurteilen.« Während er redete, drehte und wendete Jack die Überreste seines Stubenkükens geschickt mit dem Besteck und entnahm dem Gerippe die letzten Fleischreste.

Dentons großes, kräftiges Gesicht verfärbte sich zum Ton einer schwitzenden Tomate. »Und Sie? Schon gepackt für Kanada? Oder haben Sie eine schöne hohe Zahl bekommen?«

Jack legte das Besteck auf den Tellerrand und betupfte sich den Mund mit der Serviette. »Ich habe am vierzehnten September Geburtstag«, sagte er.

Alle am Tisch erstarrten. Winn starrte Jack an. Jack begegnete seinem Blick und schaute gleich wieder weg. Jetzt erinnerten sich auch die anderen an Winn und schauten zwischen ihm und Jack hin und her.

»Na, so was«, sagte Denton. Er lehnte sich zurück und betrachtete die Jungen und die traurigen Überreste des Essens mit dem Wohlwollen eines zufriedenen Khan. »Alpha und Omega. Zusammen an einem Tisch.«

»Aber du wirst dich doch freistellen lassen«, sagte Winn. »Dein Studium dauert nach diesem noch zwei Jahre.«

»Nein. Ich werde meiner Einberufung Folge leisten.«

»Gott, warum das denn?«, platzte Bill Midland heraus.

»Mach keine Dummheit, Fenn«, sagte Winn. »Warum tust du das?«

»Mir missfällt dieses ganze Herumgedrucks. Bei den Ärzten, bei der Einberufungsbehörde. Gute Beziehungen. Flucht nach Kanada. Ich will es euch nicht vorwerfen, dass ihr lieber drum herum kommen möchtet, aber ich kann das so nicht. Meine Zahl ist in der ersten Runde dabei. Ich werde die Einberufung annehmen.«

»Das ist verrückt.« Es brach aus Winn heraus, bevor die anderen den Mund aufmachen konnten. Seine Vehemenz überraschte ihn selbst. Er richtete den Zeigefinger auf Jack. »Sich zu drücken ist eine Sache, aber eine Freistellung auszuschlagen ist was ganz anderes. II-S ist genau für Leute wie dich gedacht. Du kannst dich nicht einfach einziehen lassen. Lass dich doch zum Reserveoffizier ausbilden, Fenn, wirklich. Du hast keine Ahnung, was dich erwartet. Willst du mit einem Haufen Jungs im Matsch liegen, die ihren Kopf dafür gegeben hätten, damit sie drei Jahre II-S kriegen? Vergiss das mit dem Helden. Sei vernünftig. Es ist zu deinem Besten.«

»Ich muss Van Meter Recht geben«, stimmte Denton zu. »Freistellungen gibt es aus gutem Grund, und Sie sollten diese Chance nützen. Denken Sie an Ihre Mutter. Es hat doch keinen Sinn, alles wegzuwerfen für … für eine Geste, die Sie bereuen werden, sobald Sie drüben sind. Wahrscheinlich schon vorher. Aber dann wird es zu spät sein. Herrgottnochmal, Karottenkopf, Sie werden ein leichtes Ziel sein.«

»Und was ist der Grund?«

»Wofür?«

»Warum gibt es Freistellungen?«

»Das hatten wir doch schon, Fenn«, sagte Denton, sein Ton geduldig und väterlich. »Es gibt sie, damit Männer wie Sie nicht vor der Zeit aus dem Leben scheiden. Etwas vollkommen Sinnloses. Verschwendung. Hören Sie auf meinen Rat. Nehmen Sie II-S in Anspruch. Wenigstens für ein Jahr. Wenn Sie in einem Jahr noch genauso denken, dann gehen Sie zur Army. Ich gehe jetzt meine Hände waschen.« Er nahm seine mächtige weiße Serviette vom Schoß und schrubbte sich die Lippen.

Jack nahm bei seiner Antwort den Ton von Dentons falscher Geduld auf. »Danke schön, Mr. Denton. Ich werde darüber nachdenken. Aber ich glaube, ich habe die Eins mit einem Grund gezogen.«

»Wie?«, sagte Denton. »Warum? Wegen Gott und all dem?«

»Nennen Sie es, wie Sie wollen.«

»Fenn«, sagte Winn. »Versteh mich bitte nicht falsch, aber du klingst mit jeder Minute bekloppter.«

Jack lächelte verhalten. Er wirkte ruhig, beinahe traurig. »Ach, ich weiß nicht, Winn. Ich glaube, dir würde es beim Militär gefallen. Es gibt jede Menge Regeln, und man weiß immer, wo man steht.«

Winn sagte: »Warum willst du überhaupt in den Ophidian? Wenn du vielleicht nicht mal mehr dieses Jahr da bist? Wozu bewirbst du dich noch?«

»Na ja, ihr habt mich zum Essen eingeladen, und ich hatte Zeit, und man hat mir beigebracht, dass es unhöflich wäre, eine Einladung auszuschlagen, wenn man nicht verhindert ist.«

Bill Midland schnaubte. Der Samtvorhang wurde aufgerissen, und der Kellner erschien mit einem Silbertablett voll Kuchen und Törtchen. »Etwas Süßes zum Dessert?«, fragte er.

Der Arzt, ein Mann von Mitte vierzig, trat schwungvoll zur Tür herein. Er war hochgewachsen und schlank und glitt schnell und glatt dahin wie ein Wasserläufer. Sein schütteres blondes Haar war ohne Eitelkeit von der im raschen Rückzug befindlichen Haarfront gerade nach hinten gekämmt. Zwischen zwei tiefen Geheimratsecken stand nur noch eine schmale Halbinsel aus Flaum. »Ah, Mister Vanmeter«, sagte er, in einem Wort und mit Betonung auf der ersten Silbe. »Sie sind mit dem Rad gestürzt.« Er entbot ein rasches Lächeln, nur aus einer flüchtigen Mundbewegung bestehend.

Über den Zinnen der Stifte in der Brusttasche seines Kittels war mit Blau *Dr. Finlay* eingestickt.

»Van *Meter*«, sagte Winn. »Ich bin nicht gestürzt. Ich bin von einem Golfwagen angefahren worden.«

»Das tut mir leid«, sagte der Arzt, glitt mit zwei Schritten auf Winn zu und steckte sich die Oliven seines Stethoskops in die großen Ohren.

»Sie brauchen mich nicht erst abzuhorchen«, sagte Winn und verdrehte sich abwehrend. Das Papier auf der Untersuchungsliege klebte an seinen Schenkeln und raschelte laut. »Sie können die Wunde einfach gleich vernähen.«

»Hmmmm. Reine Routine. Einatmen, bitte.«

Winn füllte und leerte die Lungen, verfolgte mit den Augen ein helles Licht, nahm ein Thermometer in den Mund, gestattete die Ausleuchtung und Betrachtung der feuchten, borstigen Gänge von Nase und Ohren und sah teilnahmslos zu, wie seine Tennisschuhe schwach zuckten, als das Gummihämmerchen zuschlug.

Schließlich pellte der Arzt Otis' buntes Taschentuch von Winns Scheinbein und berührte sanft die Ränder der sichelförmigen Wunde. »Mmmhmm. Ja, ja«, sagte er leise. Dann verschwand er ohne ein weiteres Wort zur Tür hinaus, um zwanzig Sekunden darauf mit einem Stahltablett auf einem Rollwagen wiederzukommen. Die scharfen silbernen Instrumente blitzten boshaft im Licht. Der Doktor machte sich am Waschbecken zu schaffen. Er wusch sich die Hände, öffnete Schubladen und schob sie wieder zu, holte Packungen mit Verbandsmull hervor, wackelte mit den langen Fingern, während er sich die aus einer Schachtel gepflückten Operationshandschuhe überzog. So flink und geschickt verlief die Abfolge, dass er drei oder vier Arme zu haben schien. Winn fragte sich, ob er vielleicht, während er die Wunde vernähte, gleichzeitig Mandarinen jonglieren oder einen Teller auf einem Stab balancieren würde.

»Viel zu tun diesen Sommer?«, fragte Winn, um sich von den ersten Anzeichen der Übelkeit abzulenken, als der Arzt eine Injektionsnadel durch den Gummisiegel im Deckel einer kleinen Glasampulle stach und den Kolben hochzog.

»Hmm? Oh, ja. Ja, ja.« Dr. Finlay stieß sich auf einem Rollhocker am Fußboden ab und fuhr zu Winns Bein, neben dem er sachte zum Stehen kam. »Das könnte brennen.« Er wischte flink mit einem Stück Mull über die Haut und hinterließ eine flammende Spur. »Und jetzt aufgepasst; es wird ein bisschen pieksen.« Der Arzt führte die Nadel an den Rand der Wunde, durchstach die Haut. Winn sah zu, wie er kaum merklich den Kolben senkte. An der Einstichstelle erschien ein Blutstropfen, und der Arzt wischte ihn fort. »Noch einmal«, sagte er. Seine Stimme kam von weit weg, während er die Nadel an eine neue Stelle bewegte. »Und noch einmal.«

Auf Winns Stirn brach kalter, saurer Schweiß aus, doch wurde ihm zugleich schrecklich heiß. Er fragte sich, ob er sich an diesem gottverdammten Vormittag auch noch einen Sonnenstich geholt hatte.

»Eine noch«, sagte der Arzt aus großer Entfernung. Winn sah hin. Als die Nadel in seine Haut stach, löste sie sich in weiße Funken und Flämmchen auf. »Uups, zu früh versprochen. Noch ein letztes Mal«, kam die Stimme des Arztes durch eine schimmernde Finsternis, und Winn fiel seitwärts aus der Welt.

13 · *Ein Zentaur*

Livia ging ein paar Schritte vor Francis über Dünen und durch schneidendes Gras, ihre Haut verklebt, am ganzen Körper stinkend. Den Gestank bildete ein überwältigender Cocktail aus Salzwasser, Küchenschwamm und Tod. Sie waren auf der Suche nach einem Weg vom Strand zu einer Straße, an der Dicky senior sie abholen sollte. Livias Telefon war kaputtgegangen, als sie nach der Explosion ins Meer gerannt war, doch das von Francis hatte alles überstanden. Selbst seine Sonnenbrille war noch heil, wenn auch verdreckt. Sie blieben stehen, um einem Jeep zuzusehen, auf dem eine Trage gegen den Überrollbügel lehnte wie ein Surfboard. Ein Sanitäter saß auf dem Beifahrersitz, ein zweiter hockte hinten. In der Ferne blinkten stumm die Lichter eines wartenden Krankenwagens.

»Er wird schnell wieder auf die Beine kommen, oder?«, fragte Francis.

»Das hoffe ich mal«, sagte Livia. »Um deinetwillen.«

»Ich kann nicht sehen, wieso ich schuld sein sollte.«

»Ich werd's dir erklären: Du hast eine Axt in dem Wal versenkt, und der Wal ist explodiert.«

»Woher sollte ich wissen, was passiert? *Die* haben mir die Axt gegeben. *Die* haben es erlaubt.«

Als sie nach dem ersten Chaos aus dem Wasser kam, hatte

Livia eine Menschenmenge vorgefunden, die im Kreis um einen Mann stand, der im Sand lag. Im Näherkommen erkannte sie ihn als den Mann im Ölzeug, der auf dem Wal gestanden hatte, als Francis mit der Axt zugeschlagen hatte. Der Mann lag ausgestreckt auf dem Boden, und aus seiner Schulter ragte ein spitzer Knochen wie eine Stecknadel aus einem Schmetterling. Mit dem Zeigefinger deutete er auf Francis und sagte: »Das warst du.« Doch Francis stritt alles ab. Er habe nichts gemacht, sagte er, er sei bloß ein unschuldiger Schaulustiger.

»Wenn du am Straßenrand einen aufgeblähten Waschbär siehst«, sagte Livia und kletterte über einen Dünenzaun, »läufst du dann auch hin und schlitzt ihn mit der Gabel auf?«

»Tut mir leid, wenn ich nicht alles über deine dämlichen Scheißwale weiß«, sagte Francis. »Alle schnippelten doch eh dran herum. Wenn nicht ich, dann hätte jemand anders die Schwachstelle erwischt. Wenn man drüber nachdenkt, dann habe ich ihn im Grunde nur von dem ganzen Druck erlöst.«

Überall auf dem Sand waren riesige Klumpen aus Fleisch und Speck verstreut gewesen. Die gigantischen Organe des Wals mitsamt Röhren, Leitungen und Isolierung hatten offen vor ihnen gelegen: Lungen wie Heißluftballons, Knochen in Dinosaurierformat, ein Fleischkoloss von Herz. Darüber dicke lange Gedärmstränge wie Witzschlangen, die aus einer Dose entsprungen waren. Der aufgespießte Mann hatte einen langen grauen Bart, der unten eckig gestutzt war, und sein Gesicht war vor Schmerz kaninchenhaft verzerrt. Die großen Schneidezähne bissen in die Unterlippe, und die kleinen dunklen Augen schweiften unruhig über den Kreis der Gesichter, die auf ihn herabschauten. Neben ihm kniete eine

Person, die Livia für seine Frau hielt. Ihre Hände flatterten hilflos um den Knochen.

Nach der Anschuldigung hatte Francis Livias Handgelenk genommen und sie mitgezogen. »Ich war es nicht«, sagte er. »Ich schwöre es. Fragen Sie dieses Mädchen hier. Fragen Sie sie.«

Livia hatte die erbosten, bespritzten Gesichter gemustert. Die meisten sahen aus wie Einheimische, nicht wie Sommergäste. Eine Blondine in einem blutigen Lily-Pulitzer-Kleid hielt zwei kleine weinende Jungen an der Hand; alle anderen hatten faltige, von den langen Wintern auf der Insel gegerbte Gesichter. Eigentlich hatte sie vorgehabt, Francis in Schutz zu nehmen, mehr ihrer selbst als seinetwegen, doch diese ernsten, müden Menschen zu belügen, die Mannschaft eines havarierten Schiffes, erschien ihr undenkbar. Sie zögerte einen kleinen Moment zu lange. Die Frau des Mannes stand auf. Sie war klein und gebeugt, mit einem grauen Topfschnitt und vorgestrecktem Kinn.

»Du wanderst ins Gefängnis«, sagte sie zu Francis.

»Das ist ein Missverständnis«, sagte er.

»Was für ein Missverständnis? Sieh dir an, was du Samuel angetan hast. Sieh dir das an!«

»Er ist einfach explodiert! Ich hab nichts gemacht. Er irrt sich. Er ist einfach explodiert!«

Seine Stimme erhob sich über das leise Murmeln der Menge, die begonnen hatte, sich dichter um die Mitte zu schließen. Samuels Frau sah sich fast ein wenig verschlagen um, und als sie sich der Loyalität der anderen sicher war, kniff sie ein Auge zu, verzog die Lippen zu einem schildkrötenschmalen Lächeln und täuschte einen schnellen Schlag vor, der keine Handbreit von Francis' Kinn endete. Francis wich vor der Faust zurück und trat dabei auf den Gummistiefel eines Mannes, der hinter ihm stand. Der Mann zog den Stiefel schnell weg. Francis stolperte seitwärts und hielt sich an Livia fest, um nicht zu stürzen.

Jetzt begann die Menge weniger wie Schiffbrüchige auszusehen und mehr einer Bande aus einem mittelalterlichen Dorf zu gleichen, nur dass sie als Waffen nicht Keulen und Fackeln, sondern Flensmesser trugen. Francis beäugte sie unsicher. Dann verrutschten seine Gesichtszüge, als hinge plötzlich ein Gewicht daran, und seine Miene wurde lang und kummervoll.

»Vielleicht haben Sie recht. Vielleicht war ich es«, sagte er und sah Samuels Frau durch seine gesenkten Augenlider an. »Es tut mir so leid – ich hatte keine Ahnung. Ich hätte umsichtiger sein müssen. Ich habe ohne nachzudenken gehandelt, und jetzt ist dieser arme Mensch schwer verletzt. Ich fühle mich entsetzlich. Ich weiß nicht, wie ich damit leben soll. Ich wollte mich nur zugehörig fühlen, wissen Sie, wie einer von der Insel. Ich wollte mitmachen. Und schauen Sie, was jetzt dabei herausgekommen ist. Alles, was ich anfasse, mache ich kaputt. Ich bin verflucht.«

Er wischte an dem Sand herum, der auf seinen Wangen klebte und schniefte. Dann ließ er sich in den Sand fallen, umschlang seine Beine und legte den Kopf auf die Knie.

»Francis?«, sagte Livia.

Er verschränkte die Hände über dem Kopf und drückte sie zusammen. Seine Stimme klang gedämpft. »Ich verdiene es, ins Gefängnis zu kommen. Ich verdiene eine gerechte Strafe.«

Livia sah Samuels Frau an, sie schien sein Schicksal in Händen zu halten. Die Frau kniff die Augen zusammen und schaute auf das Meer hinaus wie ein Kapitän, der über einen Kurswechsel nachdenkt. Schließlich sagte sie schroff: »Steh auf, Junge. Nur ein Verrückter hätte das mit Absicht gemacht. Du bist nicht geisteskrank, bloß ein bisschen dumm.«

Mit dem Erstaunen eines Verdammten, der in letzter Minute begnadigt wird, hob Francis das Haupt und sah sie an. Livia stieß ihn mit der Fußspitze an, damit er aufstand. Er tat es und reichte der Frau die Hand. »Vielen Dank«, sagte er. »So viel Großzügigkeit habe ich weder erwartet noch verdient.«

»Mmm«, meinte Samuels Frau. »Und jetzt sieh zu, dass du hier wegkommst.« Das hatten sie sich nicht zweimal sagen lassen, wie zwei Ausgestoßene waren sie über den Strand davongetrabt.

»Trotzdem. Du hast Glück gehabt«, sagte Livia, als sie sich landeinwärts wandten und den Krankenwagen nicht mehr sehen konnten. »Sie hätten dich beinahe gelyncht.«

Er zuckte die Achseln. »Man braucht bloß mitgenommener und reuiger zu sein, als von einem erwartet wird. Dann fühlen sich die anderen schlecht und wollen einem was Gutes tun.«

»Würde Buddha das auch so machen?«

»Ich habe nie behauptet, Buddha zu sein«, sagte Francis. »Man kann ihm bestenfalls nacheifern. Was zählt, ist, wie sehr man sich bemüht. Ich hingegen scheitere nur dauernd.«

Sie überquerten einen schmalen Sandweg und kamen an eine Schotterpiste, die zwischen einigen Strandhäuschen hindurch an die Straße führte, an der Dicky senior sie abholen wollte.

»Mir will einfach nicht einleuchten«, sagte Livia nach langem Schweigen, während sie am Straßenrand nach Dickys

Mietwagen Ausschau hielten, »warum du dir ausgerechnet diese Religion ausgesucht hast, die es allen so leicht macht, dich zu entlarven. Es muss dir doch klar sein, dass jeder sich wundert, warum du kein Vegetarier bist und nicht meditierst. Du müsstest gegen deine Gelüste angehen, aber scheinst dich eigentlich liebend gern allen möglichen Gelüsten hinzugeben. Warum tust du dir das an? Warum sagst du nicht einfach, du wärst Nihilist, und damit gut?«

Der unablässige Wind hatte sie beide mit einer feinen Schicht Pudersand bedeckt. Francis glitzerte in der Sonne, als wäre er gezuckert. »Ich liebe den Kampf«, sagte er, »auch wenn ich nie Fortschritte mache. So hab ich wenigstens etwas, nach dem ich streben kann. Es gibt etwas, dessen Gegenteil ich bin. Sonst würde ich einfach in meiner Umgebung verschwinden, und niemand würde je etwas über mich zu sagen haben.«

Während der Heimfahrt im Auto bestand Winn darauf, alle Fenster zu öffnen, weil er hoffte, die frische Luft würde seine Kopfschmerzen und die Übelkeit vertreiben, die sich eingestellt hatten, nachdem Dr. Finlay ihn mit scheußlichem Riechsalz wiederbelebt und seine betäubte Wunde genäht hatte. Biddys Haare, die sie schulterlang trug, in einem praktischen eckigen Schnitt, wehten nach hinten und flogen ihr um die Ohren, um sich dann aufzustellen wie ein Hahnenkamm, der unter Strom steht. Die Morgenbrise war aufgefrischt, und Wolken sausten unter vollen Segeln voran. Sie waren mehr geworden, verdeckten häufiger die Sonne und bildeten dann und wann Löcher, durch die strahlendes Licht strömte.

Irgendetwas in ihm hatte den Geist aufgegeben. Es war nicht die Wunde allein, es war auch die Ohnmacht auf der

Liege beim Arzt, die Tatsache, dass Otis ihn auf dem Arm getragen hatte wie eine Jungfrau in Nöten, es waren Agatha und ihr Rotweinmund und die vielen, Hummerschalen auslutschenden Leute in seinem Haus. Agatha war aus seinen Gedanken vertrieben worden, doch nun auf dem Heimweg tauchten ihre Köder überall auf wie die Ziele an einem Schießstand. Sie war die blonde Joggerin, die sie überholten, und die Fahrerin mit Sonnenblende im Auto hinter ihnen; sie stand im Tennisröckchen da und hielt einen Hund an der Leine, der gerade sein Bein an einem Stoppschild hob. In seiner Einfahrt winkten ihn die Bäume wie immergrüne Fächer zum Haus hinauf. Wie bei seiner Ankunft neulich wirkte das Haus seltsam, irgendwie unecht. An einer Seite der Einfahrt stand ein Jeep, neben dem Haus eine weiße Limousine, und eine völlig verschmutzte Livia redete mit dem Fahrer.

»Mein Gott!«, rief Biddy aus. »Was ist passiert?«

Noch bevor Biddy das Auto abstellen konnte, winkte Dicky senior aus dem Fenster der weißen Limousine, hupte einmal munter und sauste die Einfahrt hinunter davon. Livia blieb allein zurück.

»Halt an«, sagte Winn zu Biddy und riss bereits die Tür auf. »Halt einfach erstmal an.«

Biddy bremste. Der Land Rover kam mit einem Ruck zum Stehen. »Ich mache ja schon.«

Winn ließ sich zu hastig vom Sitz gleiten und landete ungeschickt auf dem Bein mit der Wunde. »Mist!«, rief er, als ihm der Schmerz durchs Bein schoss. Er humpelte zu Livia. »Um Himmels willen, was ist passiert?«

»Ein Wal ist explodiert. Was ist mit dir?«

»Ein Golfwagen hat mich umgefahren. Ein *Wal*?«

Sie erzählte die ganze Geschichte, von Biddys überraschten Ausrufen begleitet, während Winn sie von oben bis unten betrachtete, um festzustellen, ob sie verletzt war. Sie wirkte vollkommen unbeschadet, wenn auch dreckig und sandig und verstunken. Ihr Pferdeschwanz war steif und verklebt wie ein eingetrockneter Pinsel. Livias Aussehen, die Art, wie sie am ganzen Körper eingesaut war, erinnerte ihn an etwas, aber woran nur?

Als sie fertig war, sagte er: »Sag mir bitte, ob ich das richtig verstanden habe. Ihr habt gehört, dass ein toter Wal gestrandet war. Ihr habt beschlossen, ihn euch anzuschauen.«

Livia nickte. »Ja.«

»Du hast deine Schwester am Strand zurückgelassen und bist zur Landspitze gelaufen. Dann –« Er brach ab. Normalerweise hätte er die ganze Geschichte Stück für Stück wiederholt, um sich zu versichern, dass er alle Fakten geordnet und in den richtigen Schubladen abgelegt hatte, aber die Schmerzen in seinem Kopf und seinem Bein machten ihm sein übliches Vorgehen schlicht zu anstrengend.

»Livia«, sagte Biddy, zögernd mit den Fingern durch die Luft über dem Haar ihrer Tochter streichend. »Du siehst genauso aus wie bei deiner Geburt.«

Daran also hatte sich Winn erinnert gefühlt: Livia als Neugeborenes. Er sah sie vor sich, wie sie in der Wanne herausgekommen war, unter Wasser wie etwas Ertrunkenes, und wie sie dann in die Luft gehoben wurde, blutig und schreiend. Die rote Wolke zwischen Biddys Beinen. Den Arzt, der sagte: *C'est une fille.* Eine jüngere Erinnerung drängte sich dazwischen: Wie er in der Eingangsdiele des Hauses in Connecticut auf- und abging und darauf wartete, dass Livia und Biddy nach Hause kamen, *nachdem alles erledigt war*, und wie er aus dem Fenster zusah, wie Livia aus dem Auto stieg und sich in ein Blumenbeet erbrach.

»Aber«, sagte er, »es ist niemandem was passiert? Alle haben es gut überstanden?«

»Na ja.« Livia zögerte. »Ein Mann hat einen Knochensplitter in der Schulter.«

»Was für ein Mann?«

»Einer von der Insel. Als wir gingen, kam gerade der Krankenwagen.«

Winn knetete sich mit zwei Fingern die Stirn. Seine Kopfschmerzen gediehen prächtig. »Muss ich irgendwas tun? Wird Francis verhaftet?«

»Ich glaube nicht.«

»Dann ist ja gut.« Er drehte sich zu Biddy um. »Wo sind die anderen Mädchen? Die Brautjungfern?«

»Keine Ahnung. Wenn sie nicht hier sind, sind sie noch bei der Make-up-Probe oder bei der Maniküre – ich habe es nicht im Kopf.«

»Make-up-Probe? Klingt übertrieben.«

»Nun ja«, sagte Biddy. »So ist das eben bei einer Hochzeit, Winn.« Und damit verschwand sie ums Haus.

Livia blickte ihr nach. »Ist Mom böse?«

Er streckte die Hand aus, um sie auf den Rücken zu klopfen, doch dann ließ er es sein. »Komm mit in die Garage. Ich will mehr Wein kaltstellen, jetzt wo die Heuschreckenplage durch ist.«

»Dad, ich muss unbedingt duschen.«

»Erst machen wir dies, und dann wirst du duschen, aber natürlich unter der Außendusche.«

»Dad.«

»Jetzt erstmal dies.«

Ihn drohte eine erschöpfte Benommenheit einzuholen, sie fegte wie eine Gewitterwolke über ihn her, als sich sein Adrenalinspiegel herunterregelte, aber er hatte fest vor, ihr zu entfliehen. Er humpelte so schnell los wie er konnte und folgte der Einfahrt durch die Bäume zur Garage. »Lass gut sein, Ahab«, sagte Livia hinter ihm. Gewöhnlich wäre er durch die Seitentür eingetreten, aber er wollte mit großer Geste seine Schwäche überspielen und langte nach dem Griff an dem großen Schwingtor. Mit Verve zog er sie hoch.

Es dauerte einen Moment, bis er verstand, was er vor sich sah. In der dämmerigen Höhle, die er so theatralisch auf-gerissen hatte, lagen zwei Gestalten. Oder vielmehr eine. Ein verstümmelter Zentaur: Agatha, nackt, auf allen vieren, und hinter ihr, halb aufgerichtet, Sterling Duff, ebenfalls nackt. Er kniete auf einem ausgebreiteten rosa Schlafsack von einem der Mädchen. Beide erstarrten und blinzelten im Licht wie Tiere, die man in ihrem Bau überrascht hatte, doch dann wur-den rasch Hände vorgehalten, und beide suchten vergeblich eine weniger verräterische Haltung einzunehmen. Reglos sah Winn ihnen zu. Er vermutete, dass er später etwas emp-finden würde, wusste aber zugleich, dass er schlicht zu müde war, um erschrocken zu tun und laut aufzuschreien und sich die Augen zuzuhalten. Er betrachtete Agathas nackte Brüste, ihren unbehaarten Körper. Hinter ihr wackelte blass Sterlings peinlich erigierter Penis. Als die beiden sich schließlich ge-sammelt hatten und nebeneinander standen wie Adam und Eva, die sich zum Schutz anstelle von Feigenblättern einen Schlafsack vorhielten, sagte Winn: »Ich wollte nur eben Wein holen.« Er humpelte an ihnen vorbei in die Ecke neben dem alten Kühlschrank zu einem Stapel Weinkisten. Auf dem Be-tonboden lagen getrocknete schwarze Fetzen – Seetang –, aber wieso nur? Er nahm einen Kasten Rotwein, und als er sich umdrehte, um Livia zu sagen, sie solle ein paar Flaschen Weißen aus dem Kühlschrank holen, wurde ihm nur der Anblick von Agathas und Sterlings Hintern beschieden: der von Sterling weiß und platt, der von Agatha rund und braungebrannt. Livia war verschwunden. Davon hatte er nichts mitbekommen. Jetzt meinte er sich vage zu erinnern, dass sie schon die Flucht ergriffen hatte, als das Tor noch nicht ganz oben war. Der Wein war ihm zu schwer. Auf dem verletzten Bein wankend setzte er die Kiste ab. Die Flaschen schepperten. Sterling drehte sich so, dass er und Agatha Rücken an Rücken standen, wie zwei Würstchen im Schlafrock.

»Das kann ich machen«, sagte Sterling.

Winn riss den Karton auf und entnahm zwei Flaschen. »Bring den Rest mit, wenn ihr reinkommt«, sagte er. »Keine Eile.« Dann stapfte er, ohne Agatha anzusehen, aus der Garage und ins Haus hinein.

»Guck mal, wer da ist!«, rief Biddy aus der Küche. Sie stand am Spülbecken und wusch Erdbeeren. Winn, der die Weinflaschen wie zwei Keulen vor sich her trug, dachte zunächst, sie redete über ihn und nicht mit ihm, bis ihm aufging, dass die älteste der drei Hazzard-Schwestern, Tabitha, eingetroffen war und mit Celeste in der Frühstücksecke saß. Celeste hatte wie üblich ein Glas vor sich stehen; Tabitha trank Orangensaft mit einem Strohhalm, um den präzisen zinnoberroten Lack auf ihren Lippen zu schonen.

»Hallo, Tabitha!«, sagte er und beugte sich zu ihr hinunter, um ihr einen Kuss auf die Wange zu geben. »Celeste.«

Biddy schob sich an ihm vorbei und setzte sich zu ihren Schwestern. Die Erdbeeren stellte sie mittig auf den Tisch.

Celeste bediente sich. »Biddy hat uns gerade erzählt, wie du verletzt worden bist«, sagte sie. »Du Armer. Solltest du dich nicht lieber hinlegen?«

»Es geht mir gut«, sagte er und setzte den Wein ab.

»Und ein Caddie hat dich zum Auto getragen?« Celestes Miene war nicht zu deuten, aber er vermutete, sie hatten über ihn gelacht.

Er sah Biddy an. »Warum hast du ihnen das erzählt?«

»War es ein Geheimnis?«, fragte sie zurück und wich seinem Blick aus.

Tabitha, eine geübte Themenwechslerin, sagte: »Bist du sicher, dass es dir gut geht?«

»Ja, natürlich.« Er fühlte sich tatsächlich wieder halbwegs auf dem Damm, wenn auch noch ein wenig schwach. Er lehnte sich an die Arbeitsfläche und betrachtete die drei Frauen. Es hatte ihm immer Freude gemacht, Biddy mit ihren Schwestern zu vergleichen, weil er gern daran erinnert wurde, dass er die beste erobert hatte. Von der Grundausrüstung her waren sie fast identisch, alle drei hochgewachsen und schlank mit langen, eleganten Knochen und einer angeborenen, sparsamen Art sich zu bewegen. Sie hatten schmale, gebräunte, behutsame Finger, Handgelenke, die mit kleinen, geschickten Drehungen zum Ausdruck brachten, dass Fragen offen waren. Als junge Frauen waren sie alle flachbrüstig gewesen, mit einer sportlichen Figur, doch war Celeste zu ihrem vierzigsten Geburtstag in die Schweiz gereist und mit einem vollen, einladenden, verwirrenden Busen zurückgekehrt. Ohne Eingriff hätten Tabitha und Celeste genauso zwei senkrechte Falten zwischen den Augenbrauen gehabt wie Biddy und auch die gleichen freundlichen Deltas aus Lachfältchen um die Augen, doch Temperament und Scheidungen und Liebhaber hatten die älteren Schwestern reich und unzufrieden gemacht, und ihre Stirnen waren straff und unbeweglich. Biddy beschwerte sich zwar über ihre Haut und verbarg sorgfältig die geheimen grauen Ansätze ihrer schlicht braun gefärbten Haare, hatte sich aber, durch Winn ermutigt, entschlossen, den Erniedrigungen des Älterwerdens mit einem Minimum an Aufwand zu begegnen. Sie trug Sonnenschutz auf, aber schminkte sich sonst nur wenig, und da ihre Haut von Natur aus dunkel und elastisch war, wirkte sie nicht etwa nachlässig, sondern reinlich und pragmatisch. Er hätte sie nicht anders haben mögen und sagte ihr das auch, um sie davon abzuhalten, mit ihren kaum benutzten Vorräten an Rouge und Lippenstift zu hantieren, doch manchmal sprach sie trotzdem sehnsüchtig von den Fahrten ihrer Schwestern zu Ärzten in Europa und der Karibik und von ihren mit teuren Salben und Cremes gefüllten Schatzkistlein.

»Ist was mit Livia?«, fragte Tabitha. »Sie ist vor einer Minute hier durchgesaust. Und hat mich nicht einmal begrüßt. Ich wollte die Geschichte vom Wal hören.«

»Sie sollte draußen duschen«, sagte Winn. »Und nicht hier drinnen.«

»Habt ihr euch gestritten?«, fragte Biddy. Das hätte sie vor niemandem als ihren Schwestern gefragt, aber er hatte auch etwas dagegen, in deren Gegenwart über Dinge zu reden, die nur ihn etwas angingen.

»Nein, wir haben uns nicht gestritten.«

»Warum war sie dann so aufgelöst?«

»Ich weiß es nicht. Das ist eben Livia. Tabitha, wie geht's Dryden?«

»Ach«, sagte Tabitha. »Du kennst ihn doch. Es geht ihm prima. Er ist hier – auf der Insel –, aber sobald die Fähre festgemacht hatte, musste er sich mit Freunden in der Bar treffen. Zack, war er weg. Er kennt überall Leute. Meint ihr, ich soll mal nach Livia schauen?«

»Das ist bestimmt nicht nötig«, sagte Winn in künstlich munterem Ton.

Celestes Gesicht strahlte vor Neugier. »Du verbirgst etwas«, sagte sie. »Heraus damit, Winn.«

Unter normalen Umständen hätte er länger widerstanden, wenigstens so lange, bis er es Biddy zuerst unter vier Augen berichtet hätte, doch er hatte keine Kraft für das übliche Geplänkel mit den Hazzards. Deswegen sagte er: »Da ihr es vermutlich sowieso herausfinden werdet – wir sind in die Garage gegangen, um Wein zu holen, und da haben wir Agatha und Sterling ...« Er knirschte mit den Zähnen und konnte den Satz nicht vollenden.

»In flagranti erwischt?«, fragte Celeste.

Winn neigte das Haupt zu einem halben Nicken.

»Nein!«, sagte Biddy. »Wirklich?«

»Wer sind Agatha und Sterling?«, fragte Tabitha.

Celeste klatschte in die Hände. »Jetzt haben wir eine richtige Hochzeit.«

»Nein«, sagte Winn. »Eine Hochzeit ist keine Entschuldigung für schlechtes Benehmen.«

»Wer sind Agatha und Sterling?«, fragte Tabitha abermals.

»Agatha kennst du«, sagte Biddy. »Das ist Daphnes Freundin aus Deerfield. Die kleine Hübsche.«

»Ach ja«, sagte Tabitha schelmisch. »Die.«

»So etwas ist schlicht unmöglich«, sagte Winn.

»Tu nicht so finster, Winnifred«, sagte Celeste. »Und sei nicht so ein Spielverderber.«

Biddy sagte: »Und Sterling ist Greysons ältester Bruder.«

»Oh.« Tabitha wirkte so wenig beeindruckt, als hätte Winn erzählt, er habe sie beim Tischtennis erwischt. »Wie hast du reagiert?«

»Ich habe ihnen gesagt, sie sollen den Wein reinbringen, wenn sie fertig sind.«

»Nett von dir«, sagte Biddy leichthin. »Dass sie fertig machen durften.«

Weil er nicht wusste, ob sie auf ihren Interruptus am Morgen anspielte, suchte er in ihrer Miene nach Zeichen von Ironie, aber sie war ganz darauf konzentriert, aus der Schüssel eine Erdbeere auszuwählen, und blickte nicht auf. Celeste warf ihm einen Blick zu, der wissend, aber nicht unfreundlich war. Er runzelte die Stirn. Bisher spürte er lediglich ein analytisches Interesse an dem, was er gesehen hatte. Ihr Anblick hatte etwas Olympisches gehabt, etwas Archetypisches: Mann und Weib, die sich zwischen Spinnweben und Staubwolken begatten. Es gab drei Agathas: die in seinen Fantasien, die, deren Körper er geküsst und liebkost hatte, und jene, die er soeben gesehen hatte, wie sie sich splitterfasernackt einem gierigen, täppischen, grapschenden, glücklos versteiften Eindringling hingab.

»Und wie hat Livia reagiert?«, fragte Celeste.

»Sie ist abgehauen«, sagte Winn. »Tabitha, wie war eure Überfahrt?«

»Die Arme«, sagte Celeste.

»Meinst du Livia?«, fragte Biddy verblüfft. »Wieso ist sie arm?«

Celeste beugte sich mit verschwörerischer Miene über den Tisch und legte die Korallennägel ihrer Hand um die Kante. »Ich sag's mal wie die Teenager: Gestern Nacht hat sie mit Sterling rumgemacht.«

Sam Snead, die Hochzeitsplanerin, zog die Fliegentür auf (NICHT ZUKNALLEN!, befahl ein Schild) und spähte in die Diele. Sie hörte Stimmen aus der Küche. »Hallo!«, rief sie. Das Gespräch verstummte. »Hallooo!«

Biddy rief: »Wir sind in der Küche! Treten Sie ein!«

Sam Snead war nicht der wiedererstandene berühmte Golfspieler, sondern eine Frau namens Samantha, die einen Mann mit dem Namen Snead geehelicht hatte. Sie wurde nirgends Samantha oder Mrs Snead genannt; ihr Vor- und Nachname waren schlicht zu einem einzigen Namen verschmolzen, und alle sagten nur Sam Snead. Das klang wie ein absurdes Pseudonym, obwohl sie lieber davon ausging, dass der Name ihr nicht die Identität geraubt, sondern sie mit einer eigenen Markenbezeichnung beschenkt hatte. Sie war nicht einfach die weibliche Person Sam Snead; sie war Sam Snead® – Hochzeitscoaching Exklusiv. Bei der Eheschließung hatte sie zunächst ihren Mädchennamen (Rabinowitz) behalten wollen, doch am Ende hatte sie sich achselzuckend für das Positive am Neuen entschieden (viele ihrer Kunden hegten eine tiefe Zuneigung zu dem Golfspieler Sam Snead, aber weniger zu Leuten, die Rabinowitz hießen) und sich rasch damit abgefunden, denn so, erklärte sie ihren Kunden, pflege sie sämtliche Krisen und Unannehmlichkeiten zu handhaben, und es war wohl auch dies, was sie zu einer erstklassigen Hochzeitsplanerin machte, die Spitzensätze verdiente.

Das Erste, was ihr auffiel, war der Verband um Mr Van Meters Bein und der traurige Zustand seiner Tenniskluft. »Meine Güte! Was ist mit Ihrem Bein passiert?«

In dieser Küche war irgendwas im Gange. Während Mr Van Meter seine Erklärung abgab – eine seltsame Geschichte mit einem Fahrrad und einem Golfwagen –, nickte sie immer wieder mit freundlichem, munterem Gesicht zum Zeichen, dass sie zuhörte, aber musterte mit geübtem Auge zugleich die ganze Gruppe. Mr Van Meter wirkte völlig erschöpft. Das lag nicht nur an seinem Bein. Er hatte Ringe unter den geröteten Augen und war von Blut und Dreck verschmiert. Die anderen, die drei Frauen, sahen aus, als hätte man sie beim Klatsch ertappt. Sam Snead hatte sich ihren Platz in der Welt der Hochzeitsplaner durch eine ausgeprägte Sensibilität für menschliche Zwistigkeiten erobert. Wie viele Katastrophen hatte sie über die Jahre abgewendet – wie viele Brüche? Wie viele kalte Füße hatte sie gewärmt, mit rosarotem Gerede von Zukunft und Familie und nicht rückzahlbaren Vorschüssen? Sie konnte sie gar nicht mehr zählen. Es mochte auch sein, dass sie ein paar Fehler begünstigt hatte, natürlich. Aber sie kannte keine Zahlen, denn sie hielt ungern den Kontakt zu ihren Hochzeitspaaren. Am liebsten war es ihr, sie winkte ihnen nach, wenn sie in die Flitterwochen starteten, und sah sie dann nie wieder – außer als Namenspaar über ihrer Schlussabrechnung.

Als Mr Van Meter mit seinem Bericht fertig war, sagte sie. »Was meinen Sie denn als Brautvater: Können Sie es schaffen, Ihre Tochter den ganzen langen Gang hinunter zu geleiten? Und wenn das nicht geht, kriegen wir Sie mit Schmerzmitteln so hin, dass Sie es schaffen?«

»Das wird kein Problem sein«, antwortete er. Seine Augen waren glasig und sein Blick verschwommen, sein Benehmen war weniger formell und gereizt als sonst. Sie würde ein Auge auf ihn haben müssen.

»Wunderbar!«, sagte sie. »Jetzt zu Ihnen, Brautmutter. Sie haben mir gesagt, Sie wollten nichts mehr tun, wenn Sie auf der Insel sind, aber haben Sie die Tischordnungen fertig?

Die für morgen und auch die für Maude heute Abend? Weil ich die für heute dann gleich im Restaurant vorbeibringen würde, wenn sie fertig ist. Alles erledigt? Wunderbar. Damit sind die Hausaufgaben abgehakt, und Sie dürfen nur noch genießen, nichts als genießen. Ah, das sieht ja hervorragend aus. Das haben Sie gut gemacht. Perfekt. Perfekt. Danke schön.« Sie nahm die Tischordnungen von Biddy entgegen, verstaute sie in ihrer gewebten Ledertasche und holte einen Planungskalender mit festem Einband heraus. »Schön. Lassen Sie uns kurz noch mal den Tag durchgehen. Jetzt ist es 15 Uhr 30. Die Gäste treffen nach und nach ein. Absagen habe ich heute keine mehr bekommen. Die Hochzeitsgesellschaft muss um halb sechs zur Probe an der Kirche sein – um Punkt zehn nach werden zwei Wagen vor der Tür stehen. Der Ausschank der Cocktails soll um halb sieben losgehen, und das Abendessen theoretisch um halb acht, wahrscheinlich eher gegen acht. Richtig so? Außerdem habe ich von …« Sie verstummte, als die Glastür aufging und eine der Brautjungfern – diejenige, die nach Unheil aussah –, mit einem Kasten Wein hereinkam. Laut Daphne hatte sie die Make-up-Probe und die Maniküre verpasst, weil sie etwas mit dem Magen hatte. Warum die Leute einen Kater nicht einfach einen Kater nannten, war Sam Snead unerfindlich. »Hallo, meine Liebe!«, rief sie munter. »Geht es Ihnen wieder besser?«

Das Mädchen setzte den Wein ab. Ihr Blick wanderte über die Ansammlung schlaksiger älterer Damen und mied Mr Van Meter, der es seinerseits vermied, sie anzuschauen. »Viel besser«, sagte sie. »Danke.«

»Mein Mitgefühl«, sagte Biddy. »Ich wusste nicht, dass du krank warst.« Ihre Schwestern lächelten künstlich.

»Wie gesagt«, fuhr Sam Snead fort, »ich habe von unserer

Schneiderin auf der Insel gehört. Sie wird vor der Probe zu einer letzten Anprobe mit Daphne hier vorbeikommen und dann hierbleiben, um das Kleid zu bügeln. Mit Daphne habe ich gerade schon gesprochen. Mit der Maniküre sind alle durch, bis auf Livia, die am Strand verschwunden ist, und der armen Agatha, die zu mitgenommen war.«

Winn sah, wie Celeste den Mund verzog, und wusste, dass sie es kaum aushielt nicht zu sagen, von wem und wozu Agatha mitgenommen worden war. Agatha lehnte sich in Winns Nähe an die Arbeitsfläche und drückte die Sohle eines ihrer nackten Füße an den Knöchel des anderen Beins wie ein Massai. Ihr gelbes Sommerkleid war von einer Schulter gerutscht. Wie unbekümmert, dachte er, wie unverfroren von ihr, inmitten all dieser verketteten Ringe von Wissen und Unwissen zu stehen und so zu tun, als gäbe es nichts, wofür sie sich schämen müsste. Ihm stieg, so meinte er zumindest, der bittere animalische Geruch von Sex in die Nase. Warum hatte sie sich nicht wenigstens erstmal gewaschen? War es nach einem Korb so einfach für sie, sich gleich dem nächsten verfügbaren Mann an den Hals zu werfen? Hatte sie auch nur noch einen Gedanken an ihr Techtelmechtel verschwendet, bevor sie sich mit Sterling in die Garage begab? Er runzelte die Stirn und hielt sich, als er sah, dass er von Celeste beobachtet wurde, die Hand vor den Mund und gähnte.

Biddy erzählte Sam Snead von Livia und dem Wal, und Sam Snead nickte in einem fort.

»Okay«, sagte Sam Snead bemerkenswert unerschüttert, als sie die Geschichte zu Ende gehört hatte, »aber zur Probe wird Livia fertig sein? Sollte sie Probleme haben, den Geruch loszuwerden, sagen Sie ihr, sie soll es mit Tomatensaft probieren. Das funktioniert bei Stinktieren, also vielleicht ja auch bei Walen. Prima. Sonst noch was? Ich bin dann mal weg.«

»Wiedersehen«, sagte Winn. Er streckte den Arm aus und leitete sie in Richtung Flur.

»Fahren Sie zum Restaurant?«, fragte Tabitha. »Dort in der Nähe ist unser Ferienhaus. Würden Sie mich mitnehmen?«

Biddy ruckte mit dem Kopf. »Ich dachte, dein Jeep steht draußen.«

»Nein«, sagte Tabitha. »Der ist nicht von mir. Skip hat mich abgesetzt.«

»Und wem gehört er?«, fragte Sam Snead.

»Sterling«, sagte Agatha. »Aber der ist jetzt wieder weg.«

Es wurde still. Biddy wischte mit einer Serviette Krümel von der Tischplatte. Winn sah zu, wie Agatha an ihrem abgestoßenen Nagellack pulte. Sam Snead lächelte in die Runde. »Na, wollen wir los?«, fragte sie Tabitha.

»Wiedersehen«, sagte Winn abermals. Doch nun knallte die Eingangstür, und Daphne mit Gefolge wehte in die Küche, Daphne im weißen Strandkleid aus Batist, schulterfrei und mit gesmoktem Oberteil, der Rock von dem dicken Bauch mit Winns Enkelkind gebauscht.

»Tabitha!«, rief Daphne. Es folgten Begrüßungen, und alle wurden miteinander bekanntgemacht. Währenddessen wirkte Daphne absolut selig – brautgemäß, schwangerschaftshalber oder vielleicht schlicht von der Sonne rosig angehaucht –, auch wenn sie beteuerte, dass sie zum Umfallen müde sei und unbedingt ein Nickerchen brauche. Winn konnte sich nicht vorstellen, so glücklich zu sein wie sie, nicht in dieser Küche voller Frauen, die alle zu einer Einheit verschmolzen waren, zu einer schwatzenden Hydra, von ihm geheiratet und gezeugt und in der Waschküche begrapscht und versehentlich beim Sardinenspielen geküsst und für die Planung einer Hochzeit bezahlt. Er war sich nicht sicher, ob er *jemals* so glücklich gewesen war, wie Daphne aussah. Sollte er es gewesen sein, so besaß er keine Erinnerung daran und keine Hoffnung, es künftig je wieder zu sein. Ihn erwarteten keine großen Überraschungen mehr, keine Schicksalswendungen, die zur Entdeckung großer Glücksvorräte führen könnten. Enkel würden vergnüglich sein, gewiss, doch bei seinem Glück würden sie alle nur Mädchen werden und sowieso bloß Duff heißen. Er hatte die Mauern seines Gefängnisses selbst gewählt, und sie behagten ihm: dieses Haus und das Haus in Connecticut, seine Clubs, sein kleines Auto für die Fahrt zum Bahnhof, die verdreckten Fenster der Metro-North, die blitzblanken Fenster seines Büros, die Beziehung zu Biddy und damit einhergehende Beschränkungen, die Wörter *Ehemann* und *Vater* auf einem Grabstein. Was gab es sonst noch? Er verspürte keine unbefriedigte Wanderlust. Er sehnte sich nicht nach einer jungen Frau, einer neuen Familie – und auch nicht nach Einsamkeit, einer Hütte im Wald, einem Angelsee im Norden. Er hatte fast alles, was er sich bewusst wünschte, und trotzdem war seine Welt durch Ambivalenz zu einem anämischen Grau verblichen. Vielleicht wäre alles anders, wenn er einen Sohn hätte.

Eigentlich machte Livia das Meiste von dem, was er sich für einen Sohn vorstellte. Im Ophidian konnten Frauen nicht Mitglied werden, aber immerhin studierte sie an der Harvard University. Sie war eine recht passable Squash-Spielerin und ausgesprochen gesellig. Sie war hübsch und sportlich und freundlich, wenn auch anfällig für wiederkehrende schwarze Stimmungen, hervorgerufen durch die Mondzyklen des Frauenlebens. Sie hätte Winn genügen müssen, doch als er ihr zum Studienbeginn die Taschen und Kisten aufs Zimmer getragen hatte, war er an einer offenen Tür zu einer Zimmerflucht vorbeigekommen, in der lauter Jungen und ihre Väter einander die Hände schüttelten. Über einem Kamin hing bereits ein bordeauxrotes Banner mit einem weißen H. Er blieb mit seinem Wäschekorb voll Bettlaken auf dem Treppenabsatz stehen und starrte diese Fremden an, die ihm so vertraut schienen. Er blieb so lange stehen, bis einer der Jungen sich zu ihm umdrehte und fragte: »Suchen Sie jemanden, Sir?«

»Oh«, sagte Winn. »Verzeihung. Ich habe nur geschaut.« Als sie nickten und sich ansahen, fügte er hinzu: »Ich habe mal in diesem Zimmer gewohnt.«

»Ist nicht wahr«, sagte der Junge. »Das ist cool. Wir haben eine Liste von allen bekommen, die hier gewohnt haben.« Er nahm ein Blatt Papier von seinem Schreibtisch und hielt es Winn hin. »Wer sind Sie?«

»Alexander Tipplethorn«, sagte Winn und deutete auf eine Zeile. »1970.«

»Ich glaube, ich habe Ihren Bruder gekannt«, sagte einer der Väter, ein braungebrannter Mann mit halb zugekniffenen Augen. »James Tipplethorn, Jahrgang '75?«

Winn hob den Wäschekorb wieder hoch. »Ja.«

»Was macht James jetzt?«

»Ich höre leider nicht viel von ihm«, sagte Winn.

»Ach.« Der Vater zögerte. Dann fragte er: »Und jetzt helfen Sie Ihrem Nachwuchs beim Umzug?«

»Richtig«, sagte Winn. »Pete Tipplethorn. Vielleicht treffen Sie ihn ja mal.«

Winn gestand seine Lüge niemandem, aber seine Freude

daran, Livia zu besuchen, war verdorben. Er mied andere Studenteneltern auch noch in Livias zweitem und drittem Jahr, weil er stets fürchtete, als der traurige Hochstapler erkannt zu werden, der versucht hatte, sich als Alexander Tipplethorn auszugeben, der Bruder von James und Vater von Pete.

»Da ist sie ja!«, rief Sam Snead.

Livia blieb an der Tür stehen. Ihr noch feuchtes Haar war geflochten und als Kranz um den Kopf gesteckt. Sie hatte zum Essen ein schwarzes Etuikleid angezogen, das weder ihre Blässe noch ihre Magerkeit im geringsten überspielte. Sie sah aus wie eine Schwindsüchtige. Ihre Augen waren schwarz umrandet und glänzten in ihrem angespannten Gesicht.

»Wie ich höre, haben Sie eine kleine Katastrophe erlebt«, sagte Sam Snead zu Livia. »Aber jetzt wird alles gut. Die Visagistin ist sehr gut. Sie wird auch ohne Probe morgen wissen, was zu tun ist. Sagen Sie ihr, reichlich Selbstbräuner.«

Livia lächelte unglücklich. Winn sah, wie sehr sie unter Spannung stand. Wäre sie eine Saite und würde man sie zupfen, würde das einen sehr hohen Ton geben. Daphne, Piper, Dominique und Sam Snead schwatzten immer noch über Make-up und Nagellack. Biddy brach Eiswürfel aus einem Behälter. Celeste und Tabitha sahen vom Tisch aus zu und gaben sich unbeteiligt.

Mit langsamen Schritten bewegte sich Livia auf Agatha zu. Agatha hielt ihr die geöffneten Hände hin, gemeint als hilflose Geste. Ihre Miene versuchte vieles auf einmal zu sein – verschwörerisch, amüsiert, reumütig, unschuldig, trotzig –, aber die Angst siegte. Livia hob beide Hände und umschloss Agathas linke. Es krachte. Agatha schrie auf.

14 · Reichlich fließt

Die Kirche stand auf dem Steilufer im Osten der Insel, weiß und scharfkantig mit einem weißen Turm, wie ein Scherenschnitt vor dem Himmel. Nur ein schmaler grüner Grasstreifen trennte sie vom Rand des Steilufers. Um die Mauern wogten blaue Lupinen und weiße Löwenmäulchen wie eine Bugwelle über den Halmen, dann kamen noch etwa dreißig Meter Wiese bis an den Rand, wo nichts mehr wurzeln konnte, und die letzten Gräser standen schräg über dem Abgrund. In den beiden Längsseiten der Kirche gab es je fünf hohe, schmale Fenster aus gewelltem, blasigem Glas von blassem, fast farblosem Blau. Eine Rosette über dem Altar ließ einen runden Kreis Sonnenlicht ein, und durch ihr Gegenstück am hinteren Ende des Hauptschiffs blitzte in regelmäßigen Abständen der Leuchtturmstrahl. Die Wände waren weiß, die Bänke aus Kirschholz, und in der Luft hing der Geruch von alten Büchern, Blumen und Möbelwachs.

Livia stand unglücklich vorne neben Dominique. Ihr gegenüber stand Sterling, Daphne und Winn erschienen im hellen Rechteck der offenen Türen, zunächst fast schattenhaft im Gegenlicht. Daphne lächelte; Winn humpelte mit ernster Miene neben ihr her. Livia hatte ausgerechnet mit Sterling durch den Gang gehen müssen, untergehakt; grotesk war das. Er hatte nichts weiter zu ihr gesagt, nur gefragt, ob sie Agatha wirklich einen Finger gebrochen habe. Sie hatte finster vor sich hin gestarrt und versucht, ihn zur Eile anzutreiben, auch noch nachdem Sam Snead sie von vorne mit ihrem Bühnenflüstern aufgefordert hatte, ihr Tempo zu verlangsamen. An Dominiques anderer Seite stand Piper und neben ihr, in sicherer Entfernung, Agatha. Sie hatten nicht genügend Zeit gehabt, um noch einmal in die Klinik zu fahren. Sam Snead hatte Agatha gesagt, wenn sie wolle, könne sie sich nach dem Abendessen röntgen lassen. Onkel Skip, der es sich im gemieteten Ferienhaus auf dem gemieteten Sofa bequem gemacht hatte, wurde von Tabitha herbeibeordert, weil er Arzt war, und er hatte Agathas Finger mit einem Eisstiel geschient. Ein Arzt brauche keine Röntgenaufnahme, um einen gebrochenen Finger zu schienen, hatte er ihr versichert, und ihre Hand mit einem Teil des weißen Verbandszeugs umwickelt, das Winn für sein Bein mit nach Hause bekommen hatte. Schon gar nicht ein Finger, der so sauber gebrochen sei wie ein Grissini. Skip hatte Livia über die Schulter vorwurfsvoll angeschaut, allerdings augenzwinkernd; ihm gefiel die Rolle des kompetenten Fachmanns inmitten all der Frauen, die mit nassen Haaren, mit trockenen Haaren, in ein Handtuch gewickelt oder im Kleid in der Küche ein und aus gingen. Und nun hielt Agatha, gewissermaßen als Probeblumenstrauß, einen Eisbeutel im Handtuch, und ihre Hand war zum Pfadfinderschwur gebunden.

Sterling stand mit den Händen auf dem Rücken da. Er starrte in die Ferne, in Richtung der Orgelpfeifen und der Chorempore. Die gleiche Seersuckerhose, die Livia ihm von den Hüften gezerrt und im Sand von sich getreten hatte, zierte seine Gestalt, auf wundersame Weise gesäubert und gebügelt und mit einem passenden Sakko ergänzt, in dessen Knopfloch eine weiße Margerite steckte.

An den Stufen zum Altar blieben Daphne und Winn stehen. »Jetzt heben Sie ihren Schleier hoch und geben ihr einen Abschiedskuss«, sagte der Pastor.

»Ja, gut«, sagte Winn. Er verzichtete auf einen Übungskuss, nickte Daphne zu und setzte sich neben Biddy in die erste Bank.

»Okay«, sagte der Pastor, »aber bitte denken Sie morgen daran, es wirklich zu tun. Jetzt kommt die Braut hier nach oben und reicht der ersten Brautjungfer ihren Strauß. Dann verschränken Braut und Bräutigam die Hände. Gut.«

Winn beugte sich zu Biddy hinüber, um etwas zu hören, das sie ihm ins Ohr flüsterte, und die Bank quietschte. Livia hörte noch einmal den Knochen in Agathas Finger krachen. Sie hatte durch die Nase ein- und durch den Mund ausgeatmet, bis fünf gezählt und ihn gebrochen. Sie spürte noch immer die Kühle des Fingers in ihrer Hand, sah wie Agathas Augen sich vor Angst weiteten. Agatha hatte gestöhnt, fast hyperventiliert und sich die Hand an die Brust gehalten. Ihr Vater hatte sich als Erstes Agatha zugewandt, die Hände hilflos in der Luft über ihren Schultern. Dann hatte er sich zu Livia umgedreht und geknurrt: »Was hast du dir dabei *gedacht*? Was ist bloß mit dir los?« Sie hatte nicht gemerkt, dass sie weinte, doch später, als sie ins Bad gelaufen war, um sich zu sammeln, hatte sie gesehen, dass ihre Wimperntusche verlaufen war und lange dunkle Spuren auf die Wangen gemalt hatte.

»Livia«, Daphne sah sie an, ohne Greysons Hände loszulassen. Auch der Pastor und Greyson und sämtliche Trauzeugen sahen sie an. »Hast du das gehört?«

»Was?«

»Sam Snead hat dir gesagt, du sollst meine Schleppe richten, wenn ich hier oben angekommen bin.«

»Okay.« Livia bückte sich hinter Daphne und tat so, als ordnete sie ein unsichtbares Kleid. Sterling schnaufte. Sie richtete sich abrupt auf und kehrte an ihren Platz zurück. Sie versuchte doch bloß, bei dem Blödsinn zu kooperieren. Sie und Sterling würden so tun, als ob sie ihnen Ringe reichten; sie würden alle durch den Mittelgang zum Ausgang gehen, vorbei an Bänken voll unsichtbarer Leute, hinter Daphnes unsichtbarer Schleppe und dem Ballon mit ihrem ungeborenen Kind.

Doch Greyson musste erstmal so tun, als wäre ihm der Ring hingefallen. Er suchte unter den Röcken von Daphnes unsichtbarem Kleid und grinste ihr dabei dämlich zu. Livia schritt neben Sterling zum Ausgang und ließ seinen Arm an der letzten Bank los. Sie marschierte hinaus und weiter über das Gras bis an den Zaun am Rand des Steilufers. Unter ihr war das Meer bläulich schwarz und vom Wind aufgeraut. Unter Wasser lagen gefährliche Untiefen. Dutzende, vielleicht Hunderte von Schiffswracks verrotteten auf dem Grund. Nachts strich das Licht vom Leuchtturm wie ein Gespenst durch das Wasser über ihren Gerippen. Wegen der vielen Wracks war der Leuchtturm schließlich gebaut worden, doch nun musste der Retter seinerseits gerettet werden. Der Leuchtturm am Rand des bröckelnden Steilufers war zu einem altertümlichen Andenken an eine vergangene Insel geworden, auf der es kein Radar und kein GPS gegeben hatte, sondern nur einen kreisenden Lichtstrahl.

Sterling trat neben Livia. Sie standen schweigend nebeneinander. »Sieht nach Regen aus«, sagte er.

Sie drehte sich um. Die anderen waren noch am Eingang der Kirche versammelt. Ihr Vater nickte zu allem, was Maude ihm erzählte, vermutlich, dass die Probe *so hübsch* gewesen sei und die Hochzeit ganz *wunderbar* sein werde. Agatha hielt Dicky senior die verbundene Hand zur Inspektion hin und lachte, obwohl Dicky in seinem Leben noch nie etwas Witziges gesagt hatte. »Das würde das Wetter nicht wagen. Nicht zur Hochzeit von Daphne Van Meter.«

»Hör mal zu.«

Livia kratzte an einer Flechte am Zaunbalken. »Was ist?«

»Ich wollte sagen – wenn ich gewusst hätte, wie viel es dir ausmacht, hätte ich es nicht getan.«

»Es?«, fragte sie. »Was heißt ›es‹? Mit ihr oder mit mir?« Er starrte sie an, die whiskeyfarbenen Augen so ausdrucksleer wie Knöpfe. »Okay«, sagte sie. »Sag gar nichts. Glotz mich bloß an.«

»Ich dachte, Augenkontakt wäre was Gutes.«

»Augenkontakt mit dir ist wie Augenkontakt mit einem ausgestopften Elchskopf.«

Sein Blick ruhte weiter unverwandt auf ihr, während er sich nach Zigaretten suchend auf die Taschen klopfte. »Schau, ich wollte nicht, dass das, was zwischen uns war, irgendwie ein großes Ding wird. Wenn ich das nicht klargemacht habe, dann entschuldige ich mich.« Er fand die Schachtel und schlug sie gegen seine Hand. »Ich finde nicht, dass ich jemand bin, wegen dem man jemand anderem den Finger bricht.«

»Super. Aber so verzweifelt bin ich gar nicht. Das war nicht als großer Racheakt gedacht. Ich habe Agatha einfach nur satt.«

»Sie ist gar nicht so übel. Bloß ein bisschen verloren.«

»Das sagt Daphne auch immer. Aber das ist Schwachsinn.«
Livia kratzte heftiger an den Flechten. Sie war eine dumme
Kuh. Sie hatte gewusst, dass Teddy sie nicht genug liebte,
und hatte trotzdem unverdrossen weitergemacht. Und jetzt
hatte sie sich nach einer gänsehäutigen Nacht am Strand zu
hoffen erlaubt, dass Sterling der Mann war, der ihr Teddy
austreiben würde. Sie musste masochistisch veranlagt sein,
immer zu denen hingezogen, die sie nicht wollten. Ihr Fehler
war gewesen, dass sie sich für etwas Besonderes hielt, eine
Beute, die aus der Masse von Sterlings Eroberungen heraus-
stach. Nun erkannte sie, dass seine Erfahrung ihn nicht zum
wählerischen Connaisseur, sondern zum gleichgültigen Viel-
fraß gemacht hatte. Sein Körper, diese plumpe, plattfüßige
Gestalt aus der Garage, konnte nicht der Körper sein, der sie
in den Sand gepresst hatte, doch er war es. Der Körper, mit
dem Teddy halb New York beglückte – das war der Körper,
von dem sie geglaubt hatte, er gehöre ihr. Wie demütigend
das alles war! Bei der Erinnerung daran, wie sie neben dem
alten umgekippten Kanu inmitten von Fahrradpumpen und
vergessenen Strandspielsachen gevögelt hatten – ein Bild
wie für ein Fotoshooting der Freiluftpornografie –, hätte
sie lachen mögen, doch stattdessen fühlte sie sich plötzlich
und mit fanatischer Sicherheit zu dem Glauben bekehrt, dass
Sex ohne jede Bedeutung sei. Die Menschen verbrachten ihr
Leben auf der Suche nach etwas, das mehr war, als die bloße
Berührung von Haut an Haut, doch das gab es nicht. Der Abgrund zwischen zwei Menschen war nicht zu überbrücken,
und wer es versuchte, lernte dabei bloß alles kennen, was
im anderen verachtenswert war. Auch die geheiligten Laken
des Bundes der Liebe waren nichts als die Bühne für leeres,
tierhaftes Gerangel. Bis gestern war sie zu naiv gewesen,

um das zu sehen, doch jetzt war ihr klar, dass alles nur eine riesengroße Farce war.

Schaumköpfe wehten über die verborgenen Sandbänke. Sterling rauchte. Vom Zaun bröselten schwarze und grüne Flechtenfitzel. Ihre Fingernägel sahen furchtbar aus. Sie würde Dominique bitten, sie ihr zu lackieren. »Du hast mich echt in Verlegenheit gebracht«, sagte sie zu Sterling. »Nie denken Männer darüber nach, was sich zwischen Frauen untereinander abspielt.«

Er seufzte, um deutlich zu zeigen, wie sehr er sich um Geduld bemühte. »Wie meinst du das?«

»Ihr denkt, na ja, wenn diese Frau mir nichts bedeutet, dann bedeutet sie niemand nirgends was. Aber Frauen denken immer, sie wären die eine, die dem anderen etwas bedeutet. Und wenn du dann auf eine andere triffst, die glaubt, sie hätte demselben Typ was bedeutet, dann hast du, auch wenn du sie nicht leiden kannst – wenn du sie blöd oder hässlich oder zu hübsch findest oder sie für eine Ziege oder eine Schlampe hältst oder für eine, mit der du unter anderen Umständen gern befreundet wärst –, auf einmal diese sehr intime Gemeinsamkeit.«

»Ja und?«

»Ich will damit sagen: Es ist wichtig, mit wem du schläfst.«

Sterling wandte sich von ihr ab, als wollte er gehen, und wandte sich ihr doch wieder zu. »Natürlich wendest du diese Maßstäbe auch auf dich an. Als du mit mir an den Strand gegangen bist, hattest du vorher lang und breit sämtliches Für und Wider abgewägt.«

»Aber du hast mich nicht in deiner Garage beim Vögeln mit einer Schlampe erwischt, oder? Ich habe geglaubt, du würdest dich entschuldigen.«

»Verzeihung.«

»Bitte sehr.« Sie ging davon und ließ ihn mit seiner Zigarette am Rand des Abgrunds stehen.

Winn ging direkt an die Bar und bestellte einen Gin Martini.

»Kleinen Augenblick«, sagte der Barkeeper, der beim Gläserabtrocknen war.

»Winn, was machst du da?«, fragte Biddy im Vorbeigehen mit Maude. »Komm mit nach draußen. Da ist eine eigene kleine Bar nur für uns aufgebaut.«

»Wollen Sie immer noch?«, fragte der Barkeeper.

»Ganz wie Sie möchten.«

Er steckte sein Geschirrtuch in die Gesäßtasche. »Welchen Gin?«

»Kann gern ein billiger sein.«

Der Barkeeper holte eine Flasche aus dem untersten Bord.

Daphne kam an Greysons Arm vorbei. »Daddy, was machst du hier? Hier geht's lang.«

»Ich komme gleich nach.«

Für das Probeessen hatten die Duffs ein Restaurant in einem Hotel am Hafen ausgewählt. Winn hatte sie gewarnt, dass der Koch neu sei und es heiße, das Essen sei nicht immer gut. Aber das Restaurant hatte eine breite Terrasse mit Blick auf das Wasser, und das fand Maude für die Cocktails ideal. Durch die Fenster sah Winn, wie Daphne von Biddys Verwandten und einigen Duffs umringt wurde. Es gab Küsschen, und an sein Ohr drang Stimmengewirr. Neben ihm auf der Theke tauchten die goldenen Arme und die verletzte Hand von Agatha auf.

»Schön ruhig hier«, sagte sie.

An der langen Mahagonibar waren nur zwei weitere Plätze besetzt, mit zwei Männern, die sich unterhalten und aus einer kleinen Silberschale Nüsse gepickt hatten, nun aber Agatha mit Blicken verschlangen.

»Du solltest zu den anderen gehen«, sagte Winn und grüßte mit einem an die Stirn erhobenen Finger den soeben vorbeigehenden Dicky senior.

»Ich brauche vorher einen Drink.« Zum Barkeeper sagte sie: »Einen Gin Martini, bitte, mit drei Oliven.«

Er fragte sie nicht, welche Marke Gin sie wünschte, sondern schenkte aus einer Flasche ein, die aussah wie ein geschliffener Edelstein.

»Prost«, sagte Agatha zu Winn.

»Ich trinke das nicht oft«, sagte Winn, während er zuließ, dass sie ihr Glas vorsichtig an sein randvolles Glas stieß. »Schmeckt grauslich.«

»Vielleicht sollten Sie besseren Gin nehmen«, sagte der Barkeeper.

»Welchen hat er denn?«, fragte Agatha. Der Barkeeper zeigte die Flasche, und sie lachte.

»Guck mal, was ich in meiner Geschenktüte hatte«, sagte sie und hob das Kinn, so dass sich die Haut über ihrer harten Kehle straffte. Mit den Fingern deutete sie auf eine silberne Kette mit einem Seestern als Anhänger.

»Sehr hübsch.«

Sie bedachte ihn mit einem traurigen Hundeblick. »Aber nicht das, was ich wollte.«

Der Barkeeper wischte schon viel zu lange an derselben Stelle der Theke herum. Winn räusperte sich, und der Mann entfernte sich minimal. »Das tut mir leid. Was macht dein Finger?«

»Du könntest ihn küssen, um ihn zu heilen.«

Er stand auf und verschüttete einen Teil seines Martinis auf den grünen Lederhocker an der Bar. »Scheiße«, sagte er und nahm sich eine Handvoll Servietten zum Aufwischen.

»Das war nur ein Scherz«, sagte sie. »Ich habe es nur zum Spaß gesagt.«

Er hielt inne, knüllte die nassen weißen Servietten in seiner Hand und versuchte in ihrem Gesicht zu lesen. Das, was ihn immer zu ihr hingezogen hatte – das Rätselhafte, die alles einhüllende Wolke aus Sex, die sie umgab –, wirkte nur noch frustrierend und pervers.

»Noch einen?«, fragte der Barkeeper.

»Nein, nur die Rechnung für diese beiden.« Er legte die Servietten auf die Theke. Vielleicht sollte er sich einfach damit abfinden, dass ihr Flirt nichts als ein Witz war, mit der Szene in der Waschküche als Pointe. Für sie war das vermutlich so gewesen. Womöglich hatte er sich das Ganze nur eingebildet. Vielleicht verlor er allmählich den Verstand – wer weiß?

»Ich möchte mich für das heute in der Garage entschuldigen«, sagte sie und berührte seinen Arm. Ihre Miene war weicher, ihre Augen groß geworden, und ihr Blick war drängend, doch Winn blieb argwöhnisch. Wollte sie ihn erneut reinlegen? »Von Livia und Sterling habe ich erst hinterher erfahren. Ich schwöre, ich hab nichts gewusst. Immer bringe ich allen nur Ärger.«

Die Erinnerung war ihm zuwider. »Wolltest du mich eifersüchtig machen?«

Sie biss sich auf die Lippe. Die rötliche Haut gab unter ihren vom Rauchen leicht vergilbten Zähnen nach. »Es ist einfach nur irgendwie passiert«, sagte sie bedauernd. »Für gestern Abend möchte ich mich auch entschuldigen. Rotwein macht mich rührselig.«

»Schon gut.«

Sie glitt vom Barhocker und hielt ihm die Hand hin. »Verziehen?«

»Ja, natürlich.« Er stand auf und schüttelte ihr ernst die Hand. »Selbstverständlich.« Als sie sich in Richtung der Terrassentüren von ihm entfernte, erfasste ihn gewaltige Enttäuschung. »Agatha«, sagte er und humpelte ein paar Schritte hinterdrein. »Warte.« Sie blieb stehen.

Hinter ihm ertönte eine Frauenstimme. »Winn?«

In der Erwartung, eine Verwandte oder jemanden aus der Familie Duff zu sehen, drehte er sich um. Es war Ophelia Haviland, Fee Fenn.

»Fee!«, sagte er vor Überraschung viel zu laut, als er sich vorbeugte, um sie auf die Wange zu küssen.

Sie nahm seinen Kuss entgegen, aber sie schaute an ihm vorbei, mit amüsierter und irgendwie befriedigter Miene, als habe sie mit etwas, das sie lange geargwöhnt hatte, recht behalten. »Hallo«, sagte sie zu Agatha.

»Verzeihung«, sagte Winn und winkte Agatha heran. »Fee, das ist Agatha, eine von Daphnes Brautjungfern. Agatha, das ist Fee Fenn, eine alte Freundin.«

Die Frauen gaben sich die Hand. »Das ist ein umwerfendes Kleid«, sagte Fee.

»Wirklich?«, sagte Agatha und betrachte die delphingraue Seide ihres Kleides. »Ich weiß nicht recht, ob ich es mag.«

»Wir kommen gerade von der Hochzeitsprobe«, sagte Winn zu Fee, »und wollen gleich hier essen.«

»Hier, heute Abend?«, fragte sie. In ihren Ohren blitzten eckige Brillanten, und ihre Augen waren geschminkt, doch gekleidet war sie schlicht und unauffällig: weiße Bluse, schmal geschnittene Hose, Slipper. Er musste sich eingestehen, dass sie eine hübsche Frau war. Sie hatte wirklich leichte Glupschaugen, aber alles in allem war sie nichts, wofür man sich hätte schämen müssen.

»Genau.« Winn deutete aus dem Fenster zur Party auf der Terrasse.

»Und wieso versteckt ihr euch dann hier an der Bar?« Ihr Blick wanderte zu Agatha.

»Eine kleine Auszeit von der Menschheit«, sagte er. Es war ein Spruch aus ihrer gemeinsamen Zeit, den sie angewendet hatten, wenn sie sich auf einem Fest davonschlichen, um frische Luft zu schnappen, und auch das eine Mal, als sie beschlossen hatten, ein Wochenende in seinem Apartment zu verbringen, ganz allein zu zweit.

Fees Lächeln wurde spröde. »Ist Livia auch hier?«

»Ja, natürlich.«

»Jack hat erzählt, er hätte euch beiden von Teddy erzählt.«

»Richtig«, sagte Winn. »Der Apfel fällt nicht weit vom Stamm.«

»Ja, das wäre uns sehr recht. Er ist auch hier. Mit Jack und Meg im Restaurant. Ich wollte mir nur gerade die Hände waschen.«

»Wie ist das Essen?«, fragte Agatha.

»Das weiß ich nicht«, sagte Fee. »Der Koch ist neu.«

»Apropos«, sagte Winn. »Sag Jack doch bitte, dass ich mit dem Pequod ein Hühnchen zu rupfen habe.«

Fee schaute zu den Toiletten hin, blieb aber stehen. »Gern.«

»Es war eine saudumme Geschichte. Ich bin heute Morgen mit dem Rad vom Tennis nach Hause gefahren – einem

Match mit Goodman Perry, kennst du ihn? – ich war auf dem Radweg, und einer von euren Caddies war mit einem Wagen da unten – auf dem Radweg –, um für zwei Spieler einen Ball zu suchen. In dem Moment, als ich vorbeifuhr, hat dieser Caddie, ohne sich überhaupt umzuschauen, den Rückwärts-gang eingelegt und ist« – er klatschte zur Betonung in die Hände – »mit mir zusammengekracht. Es hat mich vom Rad geworfen. Guck.« Er stellte den Fuß auf die unterste Sprosse eines Barhockers und zog sein knallgrünes Hosenbein hoch. Eine rostige Blume aus Blut war durch den Verband gesi-ckert. »Ich musste mich in der Notaufnahme nähen lassen. Morgen muss ich Daphne zum Altar geleiten. Der Zeitpunkt hätte nicht schlechter sein können.«

»Das tut mir leid«, sagte Fee. Sie deutete auf Agathas Hand. »Sind Sie auch verletzt worden?«

Agatha stieß ihr kurzes kehliges Lachen aus. »Bei einer anderen Gelegenheit.«

»Otis Derringer«, sagte Winn. »So hieß der Caddie. Und weißt du, Fee, wirklich unerhört war, dass er sich nicht ent-schuldigen wollte.«

»Und hat er es am Ende dann doch getan?«

»Er hat sich geweigert. Ich hab ihm mitgeteilt, dass ich eine Entschuldigung erwartete und dass ihn das rechtlich auf keine Weise binden würde, aber er meinte, er hätte keinen Anlass sich zu entschuldigen. Ich verstehe nicht, wie man so reagieren kann, wenn man einen Mann derart verletzt hat, dass er ins Krankenhaus muss, aber so war's.«

Während Fee lauschte, legte sie den Daumen und Zeige-finger ihrer rechten Hand ans Kinn und verdeckte mit den übrigen Fingern ihren Mund, doch Winn sah ihren Augen an, dass sie ein bittersüßes, überlegenes Lächeln aufsetzte, an das er sich gut erinnerte. »Manchmal entschuldigen sich Leute nicht, wenn es sich gehören würde«, sagte sie. »Das kommt schon mal vor.«

»Unter diesen Umständen«, sagte er stockend, »scheint es ... scheint es ganz klar ...«

Fee nahm die Hand weg, und ihr altes Lächeln verwandelte sich in unterdrücktes Lachen. »Was scheint ganz klar, Winn?«

Ihm fiel keine Antwort ein.

»Es wird Zeit, dass ich hinausgehe«, sagte Agatha. »Ich bin keine sehr gute Brautjungfer.«

»Ich wollte euch beide nicht länger aufhalten.« Fee wandte sich in die Richtung der Damentoilette. »Bitte richte Daphne von mir herzliche Glückwünsche aus.«

Winn folgte Agatha auf die Terrasse. Als sie durch die Tür gingen, wagte er es, mit einem Finger flüchtig über die nackte Haut zwischen ihren Schulterblättern zu streichen. Sie drückte den Rücken durch, ging aber weiter und begab sich zu den jungen Leuten. Winn fand die kleine separate Bar, von der Biddy gesprochen hatte, und bestellte einen Gin Tonic.

»Wie kommen Sie zurecht?«, fragte Sam Snead, die neben ihm auftauchte. »Was macht das Bein? Während der Probe haben Sie ein bisschen gehumpelt, und das ist natürlich okay. Gar nicht weiter schlimm. Keiner wird sich aufregen, wenn der Brautvater ein bisschen angeschlagen ist. Aber es ist eine Hochzeit, und da soll alles möglichst perfekt sein, deswegen habe ich Ihnen diese hier aus meiner guten alten Trickkiste mitgebracht, aus meinem Giftschrank, nur für alle Fälle. Entscheiden Sie selbst. Sie könnten helfen. Nehmen Sie welche, oder nehmen Sie keine, ganz wie Sie wollen. Ich habe auch Daphne ein Mittelchen für morgen mitgegeben. Ich gebe es allen meinen Bräuten. Es taucht alles in ein schönes Licht.

Wie gesagt, entscheiden Sie selbst. Ich bin hier, um dafür zu sorgen, dass Sie eine schöne Hochzeit erleben. Okay? Okay. In zwanzig Minuten werden wir alle zum Essen bitten, ja? Gut.«

Sie drückte ihm einen kleinen Umschlag mit Tabletten in die Hand. Er steckte ihn in die Tasche. Schon wieder eine Heimlichkeit. Für sein Gefühl hatte er sich in den letzten vierundzwanzig Stunden mehr Heimlichkeiten geleistet als in seinem ganzen bisherigen Leben. Tabithas Sohn Dryden schwirrte in einem weißen Anzug mit einem himmelblauen Einstecktuch vorbei. »Onkel Winn! Lange nicht gesehen.« Der junge Mann küsste die Luft neben seinen Wangen und entschwebte zu einer Gruppe, die Francis und seiner Geschichte über den Wal lauschte. Dryden erinnerte Winn immer an seinen Großvater Frederick. Hatte er früher Ähnlichkeit mit diesem jungen Mann gehabt? Er dachte an Fees Vater, den alten Haviland, und wie er unter dem Porträt von Frederick sein Queue geweißt hatte, als schärfte er eine Waffe.

»Rums!«, sagte Francis. »Und dann hat es Blut geregnet.«
Agatha hatte auf der Lehne eines Sessels Platz genommen, in dem der Trauzeuge saß, der kein Duff war: Charlie. Sie lachte und berührte den Arm des jungen Mannes und sah dabei Winn an. Daphne nahm Greysons Hand und schaukelte sie hin und her. Piper angelte eine Maraschinokirsche aus ihrem Cocktail und warf sie lässig über das Geländer ins Hafenbecken. Sterling stand allein am hölzernen Geländer und schaute trübselig aufs Wasser hinaus. Ein Kellner trat mit einem Tablett voller Hors d'oeuvres zu ihm, und Sterling starrte auf die mit Zahnstocher aufgespießten Häppchen, als hätte er noch nie so etwas gesehen. Er schüttelte den Kopf,

und der Kellner ging weiter. Dicky senior und Maude hielten in einem Kreis ihrer Verwandten Hof. Winn nahm eine Dattel im Speckmantel von dem Tablett, das Sterling von sich gewiesen hatte, und beobachtete kauend Dicky senior. Warum hatte ausgerechnet dieser Mann so viele Söhne gezeugt, die seine Töchter ficken wollten? Die Sonne war in den Wolken versunken wie eine Flamme in einer Laterne, und in dem rötlichen Licht zauste die unermüdliche Brise die Cocktailservietten und die Frisuren und Röcke der Damen. Sie sahen blühend aus, alle, die ganzen jungen Leute. Ihre Wangen von der Sonne gerötet; ihre Augen vom Alkohol glänzend; die Schultern der Mädchen so glatt und appetitlich wie Marzipan. Sie lachten so leichtherzig. Sie lachten über alles. Sie legten die Hände auf Daphnes Bauch, und sie führte sie dahin, wo das Baby strampelte. »Könnt ihr es fühlen?«, fragte sie.

»Ja!«, sagten sie. »Ja!«

Bei Agathas Anblick rührten sich in Winn Unruhe und Unzufriedenheit. Einst, vor langer Zeit, hatte er erwartet, dass die Ehe ihn von seinem jugendlichen Hedonismus kurieren würde – bis dass der Tod euch scheide, und so weiter –, aber das war nur teilweise gelungen. Dass er es all die Jahre ohne einen einzigen Seitensprung ausgehalten hatte, grenzte an ein Wunder – oder war vielmehr das Ergebnis unglaublicher Selbstdisziplin. Er hatte immer nach der Devise gehandelt, dass ein bisschen sexuelle Abwechslung ihm mehr Ärger einbringen würde, als die Sache es wert war. Wozu der Aufwand? Ganz gleich, mit wie vielen Frauen er schlief, würde er Biddy niemals verlassen wollen. Sein Leben würde unverändert fortbestehen. Doch jetzt, dachte er, war es vielleicht Zeit für ein kleines Abenteuer nur um des Abenteuers willen. Vielleicht hatte er all die Jahre unterschätzt, wie erfrischend ein neuer Körper sein könnte. Noch am Morgen hätte er alles darum gegeben, sein kleines Intermezzo mit Agatha ungeschehen zu machen. Doch eben, als sie in der Bar vorausgegangen war, hatte er die Möglichkeit, dass sie miteinander nicht weitergehen würden, kaum ausgehalten. Wenn er das, was ihn juckte, endlich gründlich kratzen dürfte, nur dies eine Mal, würde ihm das nicht vielleicht die ersehnte Erleichterung verschaffen? Und besser noch, er könnte es womöglich tief und ehrlich bereuen – vielleicht brauchte er mehr noch als Sex einen ordentlichen Schrecken, einen Weckruf. Winn leerte den letzten Rest seines Gin Tonic und schnappte sich ein Weinglas vom Tablett eines vorübergehenden Kellners. Er holte Sam Sneads kleinen Umschlag hervor und schüttelte die Tabletten – es waren drei –, fischte eine heraus und schluckte sie hinunter. Ja, er würde der Versuchung dieses eine Mal nachgeben. Natürlich verabscheute er jede Schwäche in sich, aber logisch betrachtet, hatte er die Sünde bereits begangen. Wie viel schlimmer konnte sie durch eine kleine Eskalation noch werden? Nicht viel. Vielleicht überhaupt nicht.

Agatha hatte ihren Platz neben Charlie verlassen. Wohin sie gegangen war, konnte Winn nicht sehen. Er wollte ihr seine Entscheidung gern irgendwie mitteilen – mit einem Zwinkern vielleicht –, damit sie ihre Tanzkarte für den Abend nicht mit Charlie oder, Gott bewahre, abermals mit Sterling füllte. Sterling stand noch immer am Geländer und stierte in den Hafen. Winn dachte an das aufgehende Garagentor, die beiden nackten Leiber. Zwar nahte sein sechzigster Geburtstag, und seine Liebhabertricks hatten Staub angesetzt, aber er war sicher, Agatha jede Erinnerung an Sterling und sämtliche anderen Männer austreiben zu können. Schade, dass Sterling nie etwas davon erfahren würde. Schade, dass er sich dafür auf die Schulter klopfen konnte, Agatha *und* Livia rumgekriegt zu haben. Beim Gedanken an Livia zuckte Winn zusammen. Vielleicht sollte er sie warnen, dass Teddy im Restaurant saß. Ihm war fast danach, die Fenns zum Gehen aufzufordern. Den Pequod zu vergessen und diesen eingebildeten Laffen zu sagen, dass sie nach Hause gehen sollten, in ihr gemietetes Haus, damit seine Tochter endlich einmal einen schönen Abend haben konnte.

Winn sah sich um. Livia saß mit einem Cocktail allein an einem kleinen Tisch und sah in ihrem schwarzen Kleid aus wie auf einer Beerdigung. Wieder musste er an die Garage denken, doch diesmal sah er nicht Agatha, sondern seine Tochter vor sich.

Sterling schaute auf den Hafen und sehnte sich nach Hongkong. Alle Anlegeplätze waren belegt, die äußersten mit einer strahlend weißen Flotte protziger Motoryachten und prächtiger, vor Teak strotzender Segelschiffe. Die im Hafenbecken auf Reede liegenden Boote schaukelten in den kabbeligen Wellen. Gerade war die Autofähre losgefahren, dick und klobig tuckerte sie um den kleinen Leuchtturm am Hafenausgang. Zwei Möwen segelten im Wind. Der Ausblick war herrlich, aber ihm gefiel die Urbanität von Victoria Harbour mit dem gläsernen Garten aus Wolkenkratzern besser. Er liebte die riesigen, hässlichen Containerschiffe und die roten Segel der Touristendschunken.

Er war nicht in Stimmung für Smalltalk. Er hatte weder das Bedürfnis, sich bei Daphnes Familie einzuschmeicheln, noch zu hören, was seine eigene Verwandtschaft trieb. Ihn interessierte nicht, welche Colleges seine Cousine Annabelle in Betracht zog und was für Erfolge sein Onkel Digbert in der Vorstandsetage feierte. Er spürte den Druck, allerlei Belanglosigkeiten aufzunehmen, damit er sie später wieder ausspucken und seiner Familie zeigen konnte, dass sie ihm *wichtig* war, dass er sich etwas aus ihnen *machte*. Gott sei Dank würde er in ein paar Tagen wieder in Hongkong sein, wo er von allen Verpflichtungen frei war. Der Smalltalk mit den anderen Ausländern war ritualisiert; alle kannten die Regeln; er konnte seine Rolle ohne Mühe spielen. Am Plaudern fand er nur Spaß, wenn er ein Mädchen in der Mangel hatte, und auch dann nur zur Befriedigung seiner Jagdinstinkte, der Effekte wegen und der Strategie, bei der man aus Wörtern und Sätzen einen lockenden Pfad anlegte, auf dem er Arm in Arm mit dem Mädchen dahinwandeln konnte. Ins Schlafzimmer, in die Küche, die Badewanne, das Auto oder ein Kino. In die Toilette einer Bar. An einen arschkalten Strand. Oder in eine Garage.

Weder Livia noch Agatha waren Smalltalk-Mädchen gewesen. Livia hatte große Gedanken gesponnen, und Agatha hatte gar nichts gesagt. Er hatte die Situation vermasselt, aber er wusste nicht, wie er den Schlamassel hätte verhindern sollen, ohne auf Agatha zu verzichten, und das wäre Irrsinn gewesen. Trotzdem war ihm Livias Gesichtsausdruck, nachdem Winn das Garagentor hochgezogen hatte, den ganzen Abend nicht aus dem Sinn gegangen: kindlich und zugleich uralt, vollkommen verloren. Ihre Hände hatten ihr knochiges Schlüsselbein umklammert wie Krallen (er erinnerte sich, es geküsst zu haben, hart wie ein Kupferrohr unter der Haut). Und Agatha hatte sich abrupt von ihm gelöst. Wie ein kopfloses Huhn war sie herumgerannt.

Er schaute in seinen Drink und schüttelte das Glas, so dass die Eisberge zusammenfielen und unter die gelbe Oberfläche sanken. An seinem Ohr flog etwas Rotes vorbei. Die albinohafte Brautjungfer kicherte mit Francis.

»Tschuldigung«, piepste sie. »Ich wollte dir eine Kirsche in den Drink werfen.«

»Es war meine Idee«, sagte Francis. »Tschuldigung, Bruder.«

Sterling schürzte die Lippen. Mopsy setzte sich und klagte über die Kälte, neben ihr Dicky junior, der wie üblich die Rolle des Pflegers übernommen hatte. Dicky juniors Frau, Mrs Dicky, die eben frisch angekommen war, stand in der Nähe, beäugte finster ihren BlackBerry und tippte mit ihren Daumen. Grandma redete vorwurfsvoll auf Greyson ein. Livia saß allein, abweisend wie eine Witwe. Nach einem Blick auf seinen Drink wollte Sterling gerade an die Bar, um sich einen neuen zu holen, als er Winn Van Meter auf sich zukommen sah. Der entschlossene Ausdruck im Gesicht des Mannes sagte ihm, dass eine Abrechnung bevorstand.

»Hör zu«, sagte Winn, fasste ihn an den Oberarm und zog ihn in die am wenigsten bevölkerte Ecke der Terrasse. »Ich möchte mal mit dir reden.«

»Ach?« Sterling schaute schmachtend zur Bar.

»Was du tust, geht mich nichts an. Was du in meiner Garage tust, betrifft mich schon eher, und was du mit meiner Tochter anstellst, betrifft mich auf jeden Fall.«

»Wirklich? Hat sie das gesagt?«

Livia hatte sich aufgerichtet und beobachtete sie durch die Menge, aufmerksam und besorgt.

»Dies ist jetzt zwischen uns«, sagte Winn. »Ich muss sagen, du hast ein echtes Problem verursacht. Livia nimmt alles immer sehr ernst. Das hast du vermutlich nicht gewusst, aber du kanntest sie ja auch kaum, bevor ihr ... das stimmt doch, oder?«

Sterling zuckte die Achseln. »Livia wollte mit mir rummachen, also haben wir es getan. Dann wollte heute die andere, und wir haben es getan. Ich sehe nicht, was daran falsch sein soll.«

»Livia ist sehr mitgenommen. Sie hat dieses Jahr schon einiges durchgemacht und deine« – er suchte nach Worten – »Untreue war keine Hilfe.«

»Untreue.« Sterling holte eine Schachtel Zigaretten und ein Feuerzeug aus der Tasche. Er bot Winn die Schachtel an, doch der grinste nur schief. Also nahm er sich eine Zigarette und zündete sie an, indem er sich abwandte, um die Flamme vor dem Wind zu schützen. »Livia und ich«, sagte er, eine Lunge voll Rauch ausstoßend, »hatten keine Beziehung mit irgendwelchen Verpflichtungen. Wir hatten uns gerade erst kennengelernt. Deswegen meine ich nicht, dass man das, was ich heute Nachmittag gemacht habe, als Untreue bezeichnen kann. Eher wohl als Gier. Derer bekenne ich mich schuldig. In vielerlei Hinsicht.«

»Du hast die Mädchen gegeneinander aufgebracht. Ich denke nicht, dass es zu viel verlangt ist, wenn ich dich bitte, dich auf ein Mädchen alle vierundzwanzig Stunden zu beschränken. Nur für dieses eine Wochenende. Dann kannst du nach Hongkong und zu deinem üblichen Programm von acht bis zehn Mädchen pro Tag zurück. Du bist die Ursache dafür, dass die Brautjungfern sich hassen.«

»Schau, Agatha ist attraktiv. Das muss ich dir nicht erst sagen. Und Livia mag ich auch. Sie hatte das Pech, die Erste zu sein. Das ist nichts Persönliches. Wenn das mit Agatha gestern Abend passiert wäre und Livia heute Interesse gezeigt hätte, wäre es umgekehrt gegangen. Im Übrigen haben Livia und ich schon darüber geredet. Ich habe mich entschuldigt.«

»Das ist nicht annähernd genug.«

Sterling stieß Rauch aus und schloss dazu die Augen. »Interessant, dass du meinst, dich moralisch auf ein hohes Ross setzen zu können.«

Ein Anflug von Sorge verfinsterte Winns Gesicht, doch er senkte das Kinn und blickte böse über seine Brille. Er richtete den Zeigefinger auf Sterling. »Wir stehen vor dem Restaurant, in dem du gleich eine Tischrede auf deinen Bruder halten sollst, der meine Tochter heiraten wird. Du bist ein erwachsener Mann. Du solltest verantwortlich handeln. Mit der Zeit wirst du, denke ich, den Wert darin entdecken, ein Gentleman zu sein – es erhebt dich über jeden Tadel.«

Bestimmt, aber alles andere als unsanft schob Sterling Winns drohenden Finger mit einer Handkante von sich. »Da lasse ich mich lieber flachlegen«, sagte er. »Nach deiner Vorstellung obliegt dem Mann die gesamte Bürde der Regelung von Moral und Glück in der Welt der Sexualität. Aber in meinen Augen ist das herablassend. Sollte ich die Impulse der Frauen ignorieren, weil ich die patriarchalische Pflicht habe, unter ihnen Ordnung zu halten? Sollte es Frauen nicht gestattet sein, sich auszusuchen, mit wem sie schlafen wollen und wann, unabhängig von den Konsequenzen, die sich daraus ergeben? Meinst du wirklich, wir Männer sollten für sie Polizei spielen? Oder willst du bloß besondere Regeln für deine Tochter aufstellen?«

»Ich will keine philosophische Auseinandersetzung mit dir führen.«

»Was willst du dann?«

»Ich will, dass du dich bei meiner Tochter entschuldigst.«

»Ich habe mich entschuldigt. Und habe es dir bereits gesagt.«

»Eines Tages wirst du verheiratet sein und vielleicht selber Töchter haben. Dann wirst du verstehen, was es heißt, Frauen zu achten. Und du wirst auch sehen, dass das, was du jetzt machst, was du gestern getan hast … schäbig ist.«

»Schäbig?« Sterling hatte nicht vorgehabt, seine nächste Karte zu spielen, aber er hatte auch nicht geahnt, dass Greysons frischgebackener Schwiegervater ihn abzukanzeln gedachte wie einen Schuljungen. Er neigte den Kopf nach hinten und sah zu, wie eine Rauchwolke sich im Himmel auflöste. »Wie war dein Abend gestern?«, fragte er. »Ist die Wäsche fertig geworden?«

Winn kippte nach hinten weg wie eine Boje auf der Welle, die Augen vor Schreck geweitet. Schon im nächsten Moment stellte er seine Miene steinerner Entschlossenheit wieder her. Es mochte ihn kosten, was es wollte, er wollte sich nicht von seinem ursprünglichen Plan für dieses Gespräch abbringen lassen. Sterling war beinahe beeindruckt.

»Du bist es nicht wert, Livia die Schuhe zu putzen«, sagte Winn.

»Vermutlich hast du Recht«, erwiderte Sterling, »aber sie war sehr gern mit von der Partie.«

»Du weißt weder, wie man sich als Mann noch als Gentleman verhält.« Winn begann fast unmerklich zu lallen, und seine Pupillen wurden groß und dunkel. Sterling fragte sich, ob er wohl auf Drogen sein könnte. Wäre das nicht ein Ding? Winn zielte sorgfältig und stach ihm auf die Brust.

Sterling schlug den Finger weg. Er war oft genug an Kneipenschlägereien beteiligt gewesen, um zu wissen, wann

Worte in Tätlichkeiten überzugehen drohten. Noch war der Punkt nicht ganz erreicht. Bisher hatten sie sich leise unterhalten und die Party nicht gestört. Nur Livia starrte sie immer noch wie gebannt an. »Es tut mir leid, nach dem, was ich gestern Abend durchs Fenster gesehen habe, glaube ich kaum, dass ich mich in deinen Fernkurs zur Erziehung vom Mann zum Gentleman einschreiben werde.«

Winn kniff die Augen zusammen, steckte die Hände in die Taschen seiner grünen Hose und versuchte eine Art Cowboy-nummer. »Ich weiß nicht, wovon du redest.«

Sterling war amüsiert, er sprach leise. »Du glaubst, ich bluffe? Ich hätte nur in den Äther gelangt und rein will-kürlich zu der Idee gegriffen, dass du gestern Abend in der Waschküche auf Abwegen gewandelt bist?«

»Also bist du auch noch ein Spanner.«

»Ich habe einen Spaziergang gemacht, um mich ein biss-chen auszunüchtern. Keine Sorge, ich werde nichts ausplau-dern. Agatha ist komisch, nicht wahr? Sie ist so offensiv, aber wenn es dann losgeht, läuft nicht mehr viel. Weißt du, was ich meine? Sie ist wild und frigide zugleich.«

Winn gelang es nicht zu verbergen, dass er genau wusste, was Sterling meinte. »Ich weiß nicht, wovon du redest«, sagte er.

»Ich würde es nicht persönlich nehmen. So sind viele die-ser schlampenhaften Frauen. Jedenfalls meiner Erfahrung nach.«

»Du Widerling«, bellte Winn. Sein Zeigefinger bohrte sich erneut schmerzhaft in Sterlings Brustbein. »Du meinst, du kannst dich einfach so durchs Leben schleimen, aber das geht nicht. Man muss Verantwortung übernehmen. Jugend ist die beste Entschuldigung, die du je haben wirst, aber du bist kein Kind mehr. Du wirst Verantwortung für dich übernehmen müssen.«

Sterling dachte nach. Er trank den letzten Schluck seines Cocktails. »Jedem das Seine«, sagte er.

»Nein«, sagte Winn. »Jeder muss mal erwachsen werden. Du kannst keine Sonderrechte genießen. Wenn alle machten, was sie wollten, wo kämen wir dann hin?«

»Mein Freund«, sagte Sterling. »Darauf habe ich keine Antwort.«

»Es ist soweit!«, rief Sam Snead. »Zu Tisch!«

15 · Hoch die Gläser

Die ganze Gesellschaft strebte ins Restaurant, nur Biddy bewegte sich in die umgekehrte Richtung, auf das Geländer am Wasser zu. Dominique blieb an der Tür stehen und folgte ihr dann. Als sie neben ihr war, berührte sie Biddy leicht am Rücken. »Kann ich irgendwas für dich tun?«

»Nein, nein«, sagte Biddy. »Ich brauche bloß einen kleinen Moment für mich.« Sie legte die Hände auf die Hüften und beugte sich mit abgewinkelten Ellbogen vor wie eine Läuferin nach einem Sprint. Außer ihrem Ehering und einer Armbanduhr mit Lederband trug sie keinen Schmuck, und ihr beiges Leinenkleid, das die schlanken gebräunten Arme freigab, war schlicht und gerade geschnitten.

»Ist alles okay?«

»Ja natürlich.«

Sam Snead winkte von drinnen, dass sie hereinkommen sollten. Dominique hielt einen Zeigefinger hoch und schüttelte den Kopf. Sie sah Biddys schnörkellose Erscheinung an, ihr unergründliches Profil, und hatte nicht die geringste Ahnung, was sie machen sollte. Sie wollte ein wenig von dem Trost zurückspenden, den sie einst als armer verlorener Teenager von ihr bekommen hatte, aber wenn sie kundtat, dass Livia Agathas Finger bestimmt nicht mit Absicht gebrochen hatte oder dass Winn sich bestimmt nicht absichtlich mit Greysons Bruder gestritten hatte, verletzte das garantiert die unsichtbaren Grenzen von Biddys Privatsphäre und Anstandsgefühl. Das war nun wirklich eine Lektion in dem Kurs Gutes Benehmen in Amerikas weißer Oberschicht für Fortgeschrittene: Wie tröstete man eine gepeinigte Ehefrau und Mutter, ohne jede Erwähnung der Missetaten oder Unannehmlichkeiten, die sich ihre geliebten Familienmitglieder hatten zuschulden kommen lassen? Zu fortgeschritten für Dominique. Sie sehnte sich nach der Abreise von Waskeke. So viel Zeit mit den Van Meters zu verbringen hatte etwas von der Rückkehr in ein Haus aus der Kindheit, an das man liebende Erinnerungen hegte, nur um dann festzustellen, dass entweder das eigene Gedächtnis hinkt, oder das Haus sich vollkommen verändert hat, weil es überhaupt nicht mehr magisch oder besonders, sondern ganz normal und im Grunde ziemlich furchtbar erscheint – und das war doppelt unangenehm, weil ein vergangenes Glück auf einmal etwas Billiges hatte, wie ein Produkt der Naivität.

»Ich habe noch mal nach dem Wetter geschaut«, sagte Dominique. »Bis morgen früh sollen die letzten Reste von Unwetter durchgezogen sein.«

Biddy lächelte schwach. »Gut. Vielen Dank.«

»Huhu!«, rief Sam Snead. »Hallo, Brautmutter!«

Dominique fragte: »Sollen wir reingehen und gucken, wie sich unsere Tischordnung bewährt?«

»Ich brauche nur noch eine Minute.«

Dominique winkte Sam zu. »Gehen Sie vor«, rief sie. »Wir kommen gleich.«

»Wir haben doch Sterling nicht in Winns Nähe gesetzt, oder?«, fragte Biddy. »Ich bin völlig durcheinander.«

»Ich glaube nicht. Soll ich nachschauen?«

»Wer sitzt neben Winn?«

»Ich glaube, da sitzt du. Und auf der anderen Seite vielleicht Maude? Möchtest du dich umsetzen?«

»Wieso denn das?« Biddy wirkte selbst überrascht von der Schärfe ihres Tons und griff sich an die Schläfe. »Verzeihung. Verzeih mir, Dom. Ich habe es nicht so gemeint. Hast du den Eindruck, dass alle sich gut unterhalten?«

»Hmmm«, machte Dominique und zögerte, als müsste sie über die Frage erst nachdenken. »Nein.«

Biddy verschluckte ein Lachen, das rasch in Weinen überzugehen drohte, doch sie musste nur einmal tief Luft holen, und schon trug sie wieder ihre übliche ruhige, freundliche Miene zur Schau. »Ich finde es schön, dass du da bist. Es ist gut, jemanden um sich zu haben, der so ehrlich ist.«

»Ja, ich stamme eindeutig aus dem Dorf der Wahrheitssager. Das mögen nicht alle.«

»Was ist das Dorf der Wahrheitssager?«

»Kennst du das alte Rätsel nicht? Im Dschungel gibt es ein Dorf der Wahrheitsager und ein Dorf der Lügner, und ein Anthropologe ist auf der Suche nach dem Dorf der Wahrheitssager. Er kommt an eine Weggabelung, an der ein Einheimischer steht. Welche Frage stellt er ihm?«

Biddy senkte einen Augenblick den Kopf und blickte dann zufrieden wieder auf. »Wie komme ich in dein Dorf?«

»Richtig. Die Zauberfrage.«

»Gibt es ein Dorf der Leute, die sich an höfliche Nichtigkeiten halten?«

»Kann sein. Welche Frage würdest du stellen, um dahin zu kommen?«

»Verzeihung, mein Herr, wären Sie so freundlich, mir zu sagen, wo Biddy Van Meter wohnt?«

Sie schwiegen einen Moment gemeinsam. Ein Kellner lief über die Terrasse und sammelte vergessene Gläser und verstreute Servietten ein.

»Ich mache nur Spaß«, sagte Biddy.

»Ich weiß.«

Biddy verschränkte die schlanken Finger und hob die Hände unters Kinn. Die Augen hob sie zu Dominique. Ihre Miene war ernst, fast wie im Gebet. »Du wirkst so stark. Ich wünschte, Livia wäre mehr wie du.«

Dominique wusste nicht, ob sie stark war oder nicht. Was sie wusste, war, dass ihre besten Entscheidungen diejenigen gewesen waren, die sie freier gemacht hatten, doch mit Biddy über Freiheit zu sprechen, war, als wollte man einer Giraffe aus dem Zoo in der Bronx erklären, wie es sich in Afrika lebte. Sie kam sich vor wie eine Heuchlerin, ein falscher Wunderheiler, dessen einzige Hoffnung darin bestand, einfach immer weiter zu reden und zu hoffen, dass ihn keiner entlarvte, bevor er den Ort verlassen hatte. »Ich glaube schon, dass Livia stark ist«, sagte sie. »Sie steht sich bloß im Augenblick überall selbst im Weg. Das wird bestimmt bald besser. Alles wird gut. Wir sollten reingehen.«

»Du hast recht«, sagte Biddy, ohne sich von der Stelle zu rühren.

»Brautmutter?«, sagte Dominique. »Frau Brautmutter? Ohne Brautmutter können wir mit dem Probeessen nicht beginnen.« Sie bot Biddy ihren Arm, und Biddy überließ sich ihrer Führung, zurück in den Schoß des Festes.

Livia fand ihren Platz zwischen Dicky senior und Dicky junior. Ihr gegenüber saß Mopsy. Für die Gesellschaft war in einem separaten Raum gedeckt, an zwei langen Tischen mit weißen Tischdecken, auf denen Vasen mit blauen Irissträußen standen. Der Raum war eine Art Wintergarten mit hohen Sprossenfenstern, die wegen des Windes geschlossen waren, aber den Effekt hatten, dass man mitten im bootsgefüllten Hafen saß, in dem jetzt mächtige Schaumkronen tanzten. Eine Kellnerin mit blauer Fliege und weißer Schürze ging durch die Reihen und zündete auf den Tischen hohe weiße Kerzen in silbernen Kandelabern an.

Ihr Platz in der Mitte des Dicky-Sandwich war Livia ganz recht. Hätte man sie zwischen Francis und Sterling oder ihren Vater und Sterling oder sonstwen und Sterling gesetzt, hätte sie in ihren gemischten Salat geweint. Aber die Dickys bildeten ein wunderbares Bollwerk gegen etwaige Folgen der Zwistigkeiten zwischen ihrem Vater und Sterling draußen auf der Terrasse. Sie hatte nichts gehört, aber ihr Vater hatte Sterling wiederholt seinen Zeigefinger in die Brust gebohrt, und das war kein gutes Zeichen. Als sie hineingingen, hatte sie ihn an der Tür abgefangen und leise gefragt: »Was war los? Worüber habt ihr geredet?«, doch er hatte sie nur durch den Saal geschoben und gezischt, er sei nicht derjenige, der jemandem den Finger gebrochen habe. Jetzt hatte er den Vorfall offenbar schon irgendwo tief in seinen inneren Gewölben vergraben. Er nahm Platz und schüttelte seine Serviette aus. Er schob die Brille an die Nasenspitze, hob sein Weinglas und hielt die dunkelrote Flüssigkeit ans Kerzenlicht.

»Dicky«, sagte Mopsy. »Ich sitze unter der Lüftung.« Sie rieb sich die Arme und schaute anklagend an die Decke, die aus weiß gestrichenem Holz und dunklen Balken bestand und nirgends Lüftungslöcher hatte. »Könntest du darum bitten, dass man die Klimaanlage runterstellt.«

»Ja natürlich«, sagte Dicky junior und stand auf.

»Ich glaube, die Klimaanlage läuft gar nicht«, sagte Livia.

Eine Kellnerin faltete Dickys Serviette, die ihm auf den Boden gefallen war, und stellte sie auf den Tisch.

Dicky seniors Blick schweifte über die Decke, als hätte man ihn gebeten, eine Wettervorhersage abzugeben. »Mopsy«, sagte er laut und beugte sich über den Tisch. »Ist dir kalt?«

»Ein bisschen«, sagte sie.

Dicky senior nickte und belud sich die Gabel mit einem Nest Frisée, als reichte es ihm zu wissen, dass seine Schwiegermutter noch genauso fror wie in den letzten vierzig Jahren ihrer Bekanntschaft.

Livia beugte sich zu ihr hinüber. »Hättest du manchmal Lust, irgendwohin zu ziehen, wo es warm ist?«

Die alte Dame hielt sich eine Hand ans Ohr. »Du musst lauter sprechen. Ich bin schwerhörig.«

»Sie hat gefragt«, brüllte Dicky senior, »ob du manchmal Lust hättest, irgendwohin umzuziehen, wo es warm ist.«

Mopsy schaute zu dem Tisch hinüber, an dem die entferntere Verwandtschaft saß. »Meinst du, dass es an dem anderen Tisch wärmer ist?«

»Nein«, sagte Livia, »ich habe gefragt, ob du manchmal Lust hättest, nach Florida oder so zu ziehen! Irgendwohin, wo es warm ist!«

»Ach so«, sagte Mopsy. Sie schüttelte den Kopf. »Nein, was soll ich in Florida?«

Dicky junior kehrte zurück und nahm Platz. »Alles klar«, sagte er und schüttelte die Serviette aus.

Mopsy strahlte und hörte auf, sich die Arme zu reiben. »Es wird schon viel besser.«

Das Mahl nahm seinen Gang. Daphne und Greyson lächelten sich zu, während sie an ihrem Eiswasser nippten, während sie den Brotkorb weiterreichten und als sie zwischen Wolfsbarsch und Lamm wählten. Livia wählte den Wolfsbarsch und hörte Dicky senior und Dicky junior zu, die sich über die Verkehrslage in New York unterhielten. Ihr Besteck blitzte synchron, die beiden rollten vor sich hin wie zwei Räder, zu denen sie die Achse bildete. Mopsy pickte an ihrem Essen und starrte zwischen den Bissen voll Abneigung Livia an, als wäre sie der personifizierte Nordwind. Livia versuchte es mehrmals mit freundlichen Bemerkungen und Fragen, aber Mopsy sagte bloß: »Tut mir leid, ich kann dich nicht hören.« Die beiden Dickys fühlten sich nicht bemüßigt, als Megafon zu fungieren, wahrscheinlich weil sie wussten, dass Mopsy sehr wohl alles hörte. Trotzdem war Livia dankbar, nicht einen der Plätze neben Sterling zu haben, der zwischen Piper und Dominique saß und missmutig vor sich hin stierte wie jemand, der eine Fahrt im überfüllten U-Bahnwagen durchleidet.

Sie fragte sich, wie es wohl mit Daphne und Greyson weitergehen würde. Als sie klein waren, hatte es zu Daphnes Lieblingsspielen gehört, Livia mit einem Schleier aus einem Kissenbezug und einem Strauß im Garten gepflückter Blumen auszustatten und sie mit irgendetwas Unbelebtem zu vermählen, das eine Fliege ihres Vaters trug: ihrem Plüschelefanten, einem Baum, einem aufgeblasenen Haifisch, der Luft verlor und den sie aus einem großen Haufen ausrangierter Wasserspielsachen am Swimmingpool ausgegraben hatte. »Dies ist etwas, was du sehr ernst nehmen musst«, hatte Daphne sie beschworen. »Du bist jetzt eine Prinzessin. Und eine Ehefrau. Du musst für sein Wohl sorgen« – sie deutete auf den in sich zusammenfallenden Hai – »und für dein Königreich. Das wird nicht immer einfach sein. Willst du diese Verpflichtung auf dich nehmen?«

»Ja«, hatte Livia dann feierlich gesagt und sich dabei gesorgt, ob ihr Vater merken würde, dass sie gegen das eherne Verbot verstoßen hatten, mit seinen Sachen zu spielen, indem sie seine Fliege stibitzt hatten.

Woher Daphne diese Dinge in so jungen Jahren gehabt hatte und wie sie es schon damals verstanden hatte, rosa Glitzer mit einem unerschütterlichen Sinn für eheliche Beständigkeit zu vereinen, war Livia ein Rätsel. Alle waren sich einig, dass Daphne und Greyson ein perfektes Paar waren, sowohl persönlich gesehen als auch für die Institution der Ehe. Ihre Verbindung war passend und zeitgerecht; sie waren zwei Menschen, die sich mit dem Wunsch zusammentaten, zusammen zu sein. Sie waren angenehm, berechenbar, verantwortungsbewusst, intelligent und pragmatisch und unbehelligt durch feurige, unerträgliche Leidenschaft und tickende Zeitbomben im Inneren, die sich aus unerfüllbaren Erwartungen nährten. Sie hatten eine wohltuende Bindung, stabil und dauerhaft. Sie kannten ihre Unterschiede und suchten dafür Ausgleich zu schaffen. Sie sorgten für den Fortbestand ihrer Art. Für Livias Empfinden führten ihre Eltern eine Gewohnheitsehe, getragen von gegenseitiger Toleranz; die Duffs waren miteinander verschmolzen wie zwei Beigetöne, vereint durch ein gemeinsames Grundgefühl aus Optimismus, Engstirnigkeit und Selbstzufriedenheit. Daphne und Greyson waren die perfekte nächste Generation.

Jedenfalls abgesehen von der Tatsache, dass Daphne schwanger war. Das Baby passte nicht in die Idylle. Gewiss, alle möglichen Frauen wurden schwanger; manche Paare heirateten erst Jahre, nachdem ihre Kinder geboren wurden;

manche heirateten überhaupt nicht; manche Leute heirateten hundertmal und hatten tausend Stiefkinder; manche Leute schüttelten ihre Keimzellen im Cocktailshaker wie Martinis und ergossen sie in fremde Bäuche. (Aus einer Anzeige, die immer im Crimson stand, wusste Livia, dass jede Menge liebevolle, aufrechte, infertile Paare bereit wären, ihr dreißigtausend Dollar für ihre Eier zu zahlen, so sie denn weiß und sportlich war und die richtigen Noten in den Eignungstest für die Aufnahme an Universitäten vorweisen konnte.) Die Reihenfolge von Liebe, Hochzeit und Kinderkriegen wurde von allen Leuten fröhlich durcheinandergewirbelt, es sei denn, sie waren unter der Obhut von Winn Van Meter, Deerfield und Princeton aufgewachsen, dann galt das nicht.

Daphne reichte einen Abzug ihres letzten Ultraschallfotos herum. Es entsprach der neuesten Technologie: eine Nahaufnahme des Babygesichts, gelb und wächsern, die Augen halb geöffnet. Livia mochte das Bild nicht, weil es sie an eine Totenmaske erinnerte. Auch hatte sie nicht damit gerechnet, wie sehr Daphnes schwellender Bauch sie an die Leere im eigenen Unterleib gemahnen würde. Nach Neujahr war sie während der ersten Vorlesungstage zu Hause geblieben, um, wie es hieß, den Eingriff vorzunehmen. Biddy fuhr sie ein paar Städte weiter in eine Klinik in einem schlichten braunen Bürohaus. Auf dem Grasstreifen zwischen dem Bürgersteig und einer Schnellstraße voll Pendlerverkehr stand ein einsamer Demonstrant. Sein verbeulter grüner Wagen mit Fließheck war mit unzähligen Aufklebern verziert. Es ist ein Kind, kein Konsumgegenstand. LEBEN. Abtreibung ist Mord. »Guten Morgen!«, rief er mit munterer Stimme und hielt ihnen einen Flyer entgegen.

»So ein Arschloch«, sagte Livia leise zu ihrer Mutter.

Biddy legte ihr einen Arm um die Schulter. »Ja. Wir können ihn einfach ignorieren. Er wird uns nicht verändern. Wir werden ihn nicht verändern.«

»Es ist sieben Uhr morgens«, sagte Livia, »an einem Freitag.« Als sie an der Glastür waren, drehte sie sich um und rief: »Geh arbeiten!« Zur Antwort reckte der Mann eine brennende Kerze in einem Marmeladenglas in die Luft. Livia zeigte ihm den Mittelfinger.

»Livia!«, sagte ihre Mutter und zog sie in das Gebäude. »Benimm dich!«

»Er ist ein Arschloch«, wiederholte Livia, aber sie fragte sich, wie es wohl wäre, täglich vor diesem braunen Bürogebäude zu stehen und unablässig für den steten Strom ungeborener Seelen zu beten, die auf Nimmerwiedersehen darin verschwanden.

Sie schaute in das elektronische Auge der Sprechanlage in einer schweren Tür und sagte ihren Namen. Es summte, und das Schloss klickte. Ein Wachmann kontrollierte sie und Biddy mit einem Metalldetektor und durchsuchte ihre Taschen, bevor er sie durch eine zweite schwere Tür ins Wartezimmer einließ. Sie wurde nach ihrem Namen gefragt und zur Blutabnahme mit nach hinten genommen. Als sie zurückkam, setzte sie sich neben ihre Mutter und blätterte zum Schein in einer Illustrierten, während sie die anderen Leute im Zimmer musterte. Zwei Mädchen in Jogginghosen. Ein Paar um die vierzig, das gemeinsam Kleinanzeigen studierte. Ein älterer Asiate und ein sehr junges Mädchen, von dem Livia hoffte, dass es sich um seine Enkelin handelte. Der Mann stand auf, reckte die Arme über den Kopf und drehte seinen Oberkörper hin und her. Dann blieb er stehen und starrte mit leerem Blick auf den niedrigen Tisch mit den

zu bunten Fächern ausgelegten Illustrierten, bis der Wachmann ihn bat, wieder Platz zu nehmen. Livias Name wurde
aufgerufen.

Das Zimmer sah aus wie ein ganz gewöhnlicher Praxis-
raum, bloß dass an einer Wand ein Gerät auf einem Roll-
tisch stand, so groß wie ein Wasserkühler und von einer wat-
tierten, erdbeerbedruckten Stoffmütze zugedeckt. Gab es
irgendwo auf einem Kunsthandwerkermarkt einen Stand, an
dem muntere, handgenähte Accessoires für Abtreiber angeboten wurden? Eine Schwester bat sie, sich bis auf ihren BH
und ihre Socken komplett zu entkleiden und ein mit Gän-
seblümchen gemustertes Hemd überzuziehen. Eine andere
Schwester deckte ihren Schoß mit einem Laken zu, zog das
Hemd hoch und spritzte ihr eine kalte blaue Gallertmasse auf
den Bauch. Flink und vollkommen geschäftsmäßig führte sie
eine gebogene Ultraschallsonde über das Gallert. »Ich sehe
es«, sagte sie und schaltete den Bildschirm aus. Livia hatte sie
bitten wollen, es auch sehen zu dürfen – aus schlichter Neugier, nicht weil sie sich bestrafen wollte oder befürchtete, im
pulsierenden Dreieck ihrer Gebärmutter etwas zu erkennen,
was wie ein Mensch aussah –, aber sie fragte nicht, um nicht
morbide oder seltsam zu erscheinen. Auch das Ding unter
der Stoffmütze hätte sie gern gesehen, die Maschine, aber
sie traute sich nicht, darum zu bitten. Sie wollte nicht wie
eine Touristin klingen. Sie sollte sich lieber auf das konzentrieren, was hinterher war, und nicht auf den Eingriff selbst.
Schließlich hatte die sich für eine Vollnarkose entschieden.
Manche würden eine örtliche Betäubung wählen, hatte die
Sprechstundenhilfe am Telefon gesagt. Manche würden ganz
auf eine Narkose verzichten, aber das sei nicht zu empfehlen.
Wer würde das machen?, fragte sich Livia, während sie auf

ein Mobile aus gelben und blauen Kreisen starrte, das sich unter der Decke im Luftzug drehte. Wer würde sich der Prozdeur dermaßen aussetzen wollen?

»Nur ein kleiner Stich«, sagte die Schwester und schob ihr eine Nadel in den Arm. Die Ärztin und die Anästhesistin kamen herein.

»Sie werden nur ungefähr fünf Minuten ohne Bewusstsein sein«, sagte die Ärztin sachlich, nahm am Fußende der Liege auf einem Stuhl mit Rollen Platz und legte Livias Beine auf Metallbügel. »Bitte ganz ans Ende rutschen. So ist gut.« Livia spürte den kalten Druck eines Spekulums.

Die Anästhesistin schloss sie an einen Tropf an und legte ihr eine Kunststoffmaske über das Gesicht. »Es kann sein, dass Sie einen metallischen Geschmack im Mund bekommen«, sagte sie, »und dass es in den Fingern prickelt.« Das Mobile drehte sich langsam. Livia würde bis ans Tor gehen, aber sie würde nicht hineinschauen. »Jetzt bitte rückwärts zählen. Angefangen mit Hundert.« Livia schmeckte Aluminium. Sie dachte die Zahlen 99 und 98 und dann nichts mehr.

Winn ließ den grauen Hautlappen von seinem Fisch auf dem Teller liegen und floh aus dem flackernden, windumtosten Zimmer zur Herrentoilette. Er stellte sich ans Urinal und wusch sich anschließend die Hände. Beim Blick in den Spiegel erschienen ihm seine Augen groß, das Gesicht verschwommen. Alles wirkte verlangsamt und nebelhaft. Es gab einen Luftstoß. Die Tür sprang auf, und im Spiegel sah er Jack Fenn, der die roten Augenbrauen hochzog.

»Hallo noch mal«, sagte Winn.

»Winn«, sagte Fenn. »Fee hat schon gesagt, dass ihr hier seid. Schmeckt's euch?«

Bei Tisch hatte Winn kaum stillhalten können. Vor lauter Unruhe hatte er kaum einen Bissen herunterbekommen. Nur ein Glas Wein nach dem anderen verschwand in seiner Kehle, in so rascher Folge, dass der lächelnde untersetzte Mann, der ihm gegenübersaß und zum Duff-Clan gehörte, fragte, ob er vielleicht derjenige sei, der kalte Füße bekomme. Beim Salat hatte er Agathas Blick aufgefangen und ihr mit einem kleinen Nicken zugezwinkert. Sie schien ihn zu verstehen.

»Ja«, sagte er zu Fenn. »Ich glaube, der neue Küchenchef ist in Ordnung. Und du?«

»Keine Klagen.«

Fenn stellte sich an ein Urinal und nahm die entsprechende Haltung an. Winn trocknete sich die Hände ab und lauschte dem Urinfluss des anderen Mannes. »Hör mal«, sagte er. »Wo ich dich gerade hier erwische, ich hätte da noch was mit dir zu besprechen.«

»Fee hat mir von dem Vorfall mit – «

»Mir ist heute, während mein Bein vernäht wurde«, unterbrach Winn, »durch den Kopf gegangen, wie sehr ich mich darauf freue, Mitglied im Pequod zu sein.«

Fenn pinkelte weiter, ohne etwas zu sagen. Winn setzte seine Rede fort.

»Und zugleich habe ich gedacht, wie schade es wäre, wenn etwas aus der Vergangenheit, aus unserer Vergangenheit, zum Hindernis würde. Wie du weißt, ist dies mein dritter Sommer auf der Warteliste, und das kommt mir allmählich sehr lang vor, so lang, dass ich mich zu fragen beginne, ob die Verzögerung nicht vielleicht mit persönlichen Dingen zu tun hat, deswegen wäre es mir lieb zu wissen, dass wir alles Unangenehme hinter uns gelassen haben. Vor allem nach diesem bedauerlichen Vorfall mit dem Caddie.«

»Hmm.« Fenn schüttelte den letzten Tropfen in das Urinal. Er zog den Reißverschluss hoch und betätigte die Spülung. »Ich weiß nicht recht, wovon du sprichst, Winn«, sagte er, während er sich Seife auf die Hände pumpte und sie dann unter dem Hahn wusch. »Ich bin sicher, du wirst nicht versuchen, den Unfall mit Otis zu deinem Vorteil auszunutzen. Ich kenne den Club, und ich würde dir raten, das auf jeden Fall zu unterlassen. Man wird sich mit dem Unfall befassen, aber darauf herumzureiten würde dir mehr schaden als nützen. Was das Übrige betrifft – ich hoffe doch sehr, dass du nicht von dem redest, was zwischen unseren Kindern war. Teddy hat sehr darunter gelitten, und nach allem, was ich von ihm weiß, hat auch Livia schwere Zeiten durchgemacht. Du denkst sicher nicht, ich würde dir die Aufnahme in einem Golfclub verweigern wollen, weil ..., warum eigentlich genau? Um dich zu bestrafen? Oder um mich mit meinem Sohn solidarisch zu zeigen? Teddy hegt keinen Groll gegen dich oder Livia. Er wünscht Livia nur Gutes.« Er zupfte ein Papiertuch aus dem Spender und lehnte sich beim Abtrocknen der Hände an das Bord neben dem Waschbecken.

Winn war bestürzt. »Nein, ich meinte nicht Livia und Teddy.«

»Was denn sonst?«

»Vielleicht die Art, wie ich Fee behandelt habe?«

»Fee? Winn, lass dir gesagt sein: Sie hat es verwunden. Wir sind beide froh, dass du Abstand genommen hast. Sie hätte dich ohnehin nicht geheiratet.«

»Das sehe ich anders, Fenn.«

Der andere lächelte nur nachsichtig.

»Na ja«, sagte Winn irritiert, »und den Ophidian meinte ich wohl auch.«

»Den Ophidian?« Fenn lächelte immer noch.

Dir Tür ging auf, und ein junger Mann trat ein. Er ging zwischen Winn und Fenn durch zu den Urinalen.

»Hör zu«, sagte Winn, während sein Blick zum Rücken des Eindringlings wanderte. »Es tut mir leid, dass du nicht aufgenommen worden bist. Aber das ist über dreißig Jahre her, und ich finde, es wird Zeit, den Hader zu vergessen. Du bist ohnehin bald nach Vietnam gegangen. Du wärst gar nicht da gewesen, um den Club zu genießen. Sicher, ein paar von den Jungs meinten, wir sollten dich trotzdem nehmen, wegen deiner Familiengeschichte, und ich habe dagegen votiert, das gebe ich zu, aber mich dafür rechtfertigen zu müssen, hielte ich für übertrieben.«

Der sonst so ruhige, freundliche Fenn machte große Augen. »Moment mal. Du glaubst, ich habe es mir zur persönlichen Aufgabe gemacht, dich aus dem Pequod fernzuhalten, weil ich vor dreißig Jahren nicht im Ophidian aufgenommen worden bin?«

»Du hast mich nie leiden können, weil ich gegen deine Aufnahme war.«

Der junge Mann am Urinal beeilte sich, fertig zu werden und verließ die Toilette mit gesenktem Blick, ohne sich die Hände zu waschen.

»Winn, ich habe mir nie etwas aus dem Club gemacht.«

»Aber natürlich hast du das.«

Fenn schüttelte beinahe traurig den Kopf. »Ich habe mir nie etwas aus dem Club gemacht.«

»Wie günstig, da du ja auch nicht reingekommen bist.«

»Ich wollte gar nicht rein.«

»Was? Aber du hast dich beworben. Du wolltest aufgenommen werden. Alle wollen aufgenommen werden.«

»Nein. Ich habe es meinem Vater zuliebe getan, aber als ich nicht aufgenommen wurde, stellte sich heraus, dass er auch keinen Wert darauf legte.«

»Nein?«

»Nein. Der Ophidian wollte die Fenns; die Fenns sind der Einladung gern nachgekommen. Die Fenns haben die Clubkrawatten getragen und die Clublieder gesungen und Schwerter und Schlangen geschickt, weil die Fenns es gern mit anderen lustig haben. Und ich bin sicher, man kann sich im Ophidian bestens amüsieren. Ein Teil von mir hat bedauert, nicht dabei zu sein, aber Winn, was du nie verstanden hast, ist, dass der Ophidian nicht wichtig ist.«

»Ich muss doch bitten, Fenn.« Winns Hand mit dem mahnenden Zeigefinger erhob sich schwach und sank dann wieder an seine Seite. Ihm fehlte die Kraft. »Aber«, hob er an und stockte im Bemühen, alles richtig zusammenzufügen. »Aber, wenn du dir aus dem Ophidian nichts machst und Fee mich nicht heiraten wollte – warum willst du mich denn nicht im Pequod haben? Ich verstehe das nicht.«

Fenn warf sein zerknülltes Papierhandtuch in den Müll und legte Winn väterlich eine Hand auf die Schulter. »Hör zu«, sagte er, »was ich jetzt sage, ist für deinen Seelenfrieden gedacht. Ich glaube nicht, dass es mit deinen Chancen auf eine Mitgliedschaft im Pequod sehr gut steht. Ich glaube, du solltest die Idee vergessen.«

»Wie meinst du das?«, fragte Winn.

»Daraus wird nichts.«

»Wieso?«

»Schwer zu sagen. Nenne es Pech.«

»Nein«, sagte Winn. »Das hat nichts mit Glück oder Pech zu tun. Das ist keine Lotterie.«

Fenn zögerte. »Also, wenn du es wirklich wissen willst: Das Komitee meint, du passt nicht so recht dazu. Gesellschaftlich. Ich habe ein gutes Wort für dich eingelegt, aber ich bin nun mal nicht maßgebend.«

»Das verstehe ich nicht.« Träge versuchte sein Verstand, Fenns Worten zu folgen, aber er konnte ihren Sinn nicht erschließen.

»Niemand kann überall beliebt sein«, sagte Fenn. »Nimm es nicht persönlich. Der Pequod ist sowieso langweilig. Spiel auf dem öffentlichen Platz. Du hast eine wunderbare Familie, weißt du, das ist wirklich ein Grund zur Dankbarkeit.«

»Auf dem öffentlichen Platz?« Winn war fassungslos.

Fenn hielt seinem Blick stand und lächelte bedauernd. Er drückte Winns Schulter leicht zum Abschied und ging zur Tür. »Grüß Biddy von mir«, sagte er. »Und Livia.« Dann winkte er noch einmal und war fort.

Auf dem Rückweg zum Tisch traf Winn in der Bar auf Mopsy, die sich langsam und argwöhnisch im Kreis drehte. »Ich suche den Geschäftsführer«, sagte sie. »In diesem Restaurant herrscht eine erbärmliche Kälte. Ich weiß nicht, warum ihr es ausgesucht habt.«

»Wir haben es nicht ausgesucht«, sagte Winn. »Sondern Dicky und Maude.«

»Das kann nicht sein. Sie wissen, wie wenig ich Kälte mag.«

»Vielleicht«, sagte Winn, »ist das, was du spürst, die Kälte des nahenden Todes.«

Sie bedachte ihn mit einem langen, finsteren Blick. »Kleinbürgerlich, das wird diese Familie jetzt«, sagte sie.

Er ließ sie stehen und kehrte zu seiner Gesellschaft zurück. Auf dem Weg fiel sein Blick auf die Fenns an ihrem

Tisch, mit Ausnahme von Fee alles auffällige Rotschöpfe; sie wirkten so zufrieden im Kreis der Familie, obwohl Fee sich zu Megs Teller hinüberlehnen musste, um ihr das Fleisch zu schneiden. »Was ist los?«, flüsterte Biddy, als er sich wieder an den Tisch setzte, doch er runzelte nur wortlos die Stirn. Bald darauf erschien Mopsy wieder, und Greyson sprang auf, um ihr auf den Platz zu helfen. Die Zeit für Tischreden war gekommen. Als erstes erhob sich Francis, er klopfte mit dem Buttermesser an sein Weinglas, während die Kellnerinnen wie weiße Nachtfalter die Sitzenden umflatterten und Kaffeetassen füllten, Auflaufförmchen mit Crème brûlée verteilten und die letzten Reste aus den Weinflaschen nachschenkten. »Ich würde mich ohne Weiteres auf das Gleiche einlassen wie mein Bruder«, sagte Francis, »und nach dem heutigen Tag habe ich eine bessere Vorstellung, was mich dann erwartet.«

Alles lachte. Herrje, dachte Winn, langsam reicht es mit diesem Wal. Auch mit Daphne, sagte Francis, würde er sich überall sehen lassen, weil sie so verflucht hübsch sei. Winn goss Sahne in seinen Kaffee, und er blühte auf wie eine weiße Rose. Fenn hatte ja keine Ahnung. Fee hatte ihn geliebt. Sie hätte ihn geheiratet, dessen war er sich sicher. Er hatte sogar einen kleinen Wonneschauer gespürt, als er in der Bar ihre Wange geküsst hatte, die verstreuten Eisenspäne einer alten Leidenschaft, die von ihr magnetisch angezogen wurden. Ihr Leib war der nämliche Leib, den er einst besessen hatte, und doch auch wieder nicht. Die Zeit hatte auf ihn eingewirkt, doch war das Alter nicht das Einzige, was sie verändert hatte. Fee wirkte vollkommen anders, sie war eine Andere geworden, weil sie ihm nicht mehr gehörte. Er hatte immer geglaubt, wenn es zwischen zwei Menschen mit dem

Sex vorbei war, dann war es aus zwischen ihnen. Nichts wurde mitgenommen und nichts blieb zurück, abgesehen von den offensichtlichen biologischen Ausnahmen. Zwei Partner lösten sich voneinander und gingen getrennte Wege. Es gab keine seelischen Bande, die sich über die Meilen und Tage dehnten und sie weiter und weiter von ihrer letzten Begegnung fortführten. Gäbe es solche Bande, wäre die Welt mit einem ganzen Netz davon bedeckt: keiner würde sich mehr rühren können; alle würden festsitzen wie Fliegen in einer Spinnwebe. Ihm gefiel der Gedanke, dass er nichts von Fee mitgenommen hatte und sie nichts von ihm. Aber womöglich waren die kleinen Liebesspäne, die magnetischen Rostpartikel, die auf ihren Anblick reagiert hatten, dennoch jahrzehntealte Anteile von Ophelia Haviland, die er in seinem Inneren verwahrt hatte.

Sie war hübsch, und er war so grausam gewesen. War sie hübscher als Biddy? Er konnte sich nicht entscheiden. Eine Erinnerung an sie als junge Frau tauchte auf: Sie saß in einem Sessel am Fenster in ihrer Wohnung am Beacon Hill, ihre Füße auf der Fensterbank, draußen Dächer und grünes Laub. Sie trug einen weißen mit gelben Libellen gemusterten Baumwollmorgenmantel. Er war nur knapp geschlossen; er konnte ihr flaches Brustbein sehen, die Wölbung ihrer Brust, einen blassen Schenkel. Sie drehte sich um und sah ihn an: grüne Augen, die Tatsache, dass sie ein wenig hervortraten, plötzlich ohne jede Bedeutung. Er hatte sich so dumm verhalten. Sie war gut zu ihm gewesen; sie war gut. Sie schnitt ihrer Tochter klaglos das Essen. Er hatte Sterling Vorträge darüber gehalten, wie man sich als Gentleman verhielt, und dabei war er selbst ein Mann, der im Pequod nicht willkommen war. Ein für alle Mal.

Nach Francis hielt Maude ihre Rede. Die Wörter schön und wundervoll durchzogen ihre Sätze wie Zimbelschläge, und er merkte, dass es seinem Bein besser ging, vielleicht dank des Alkohols oder der Pille von Sam Snead. Er kostete seine Crème brûlée. In seinen Ohren klang es, als zermahlten seine Zähne laut den karamellisierten Zucker. Livias Tischrede war kurz, geistreich, tief empfunden, eine nette Präsentation von Schwesternliebe. Dicky senior erzählte eine Geschichte über Oliver Wendell Holmes. Piper erging sich in endlosen, beschwipsten Anekdoten über Daphnes Jugendsünden, ihre Exfreunde, heimliche nächtliche Fluchten aus dem Wohnheim und Trinkeskapaden, bis Dominique sie elegant wieder auf ihren Stuhl zog. Nach ihr erhob sich Dominique, und ihr orangefarbenes Kleid leuchtete warm im Kerzenlicht. »Daphne und Greyson«, sagte sie, »ich überreiche euch einen Strauß aus Klischees. Ich wünsche euch Gesundheit, Wohlstand und Weisheit. Möge euch alles im Leben entgegenkommen. Möge der Wind euch immer von hinten anwehen, und möge euer Gästezimmer mir immer offen stehen.« Sie setzte sich.

»Hört, hört!«, rief Dryden vom anderen Tisch.

Dicky junior klopfte mit einem Löffel an seine Kaffeetasse. Er sei selbst frisch verheiratet, sagte er und erläuterte mit ein paar müden Sätzen, warum die Frau immer recht habe. Mrs Dicky saß mit versteinerter Miene neben ihm, trommelte leise mit den Fingern auf der Tischdecke, um für ihr BlackBerry gelenkig zu bleiben. Nach ihm würde Winn an der Reihe sein. Biddy vermied es nach Möglichkeit, Tischreden zu halten. Einer der seit langem bestehenden Zusatzartikel zur Verfassung ihrer Ehe lautete: Wenn eine Tischrede zu halten war, musste Winn ran. Gewöhnlich machte ihm das

Freude. Ihm gefielen die Eleganz, die erforderliche Selbstkontrolle, die öffentliche Zurschaustellung von Geist und Geschmack. Wenn er nach einem Festmahl vor einem Raum voll Menschen stand, fühlte er sich wie ein echter Patriarch. Doch jetzt war er betrunken und von der Pille benommen und hatte noch keinen Gedanken daran verschwendet, was er sagen wollte. Trotzdem schlug er, als Dicky junior endlich wieder Platz genommen hatte, ein paarmal ans Glas, stützte sich so schwer auf den Tisch, dass er das Tischtuch mitsamt Geschirr und Gläsern ein Stück zu sich heranzog, und stand auf.

»Nun«, sagte er. Alle wandten ihm erwartungsvoll die Köpfe zu. Er schaute auf die zersprungene Oberfläche seiner Crème brûlée und suchte nach Worten. Nichts kam. Er räusperte sich. »Nun.«

Er ließ sich auf seinen Stuhl fallen. Doch dann schnellte er sofort wieder hoch, nicht weil ihm etwas eingefallen war, was er hätte sagen können, sondern weil er im Niedersinken die Verwirrung und Gekränktheit in Daphnes Gesicht gesehen hatte. »Ihr werdet mir vergeben müssen«, sagte er. »Francis ist nicht der Einzige, der heute ein Missgeschick erlebt hat. Mit ist ein bisschen schummrig. Ich fühle mich ein bisschen benebelt. Aber ... ich möchte ... ich möchte ... Daphne und Greyson meine Glückwünsche aussprechen. Was für ein famoses Paar. Meine Freude darüber, dass sich diese famosen jungen Leute gefunden haben, könnte nicht größer sein. Ich kann nicht behaupten, ein Experte in Liebesdingen zu sein, aber ich bin seit fast dreißig Jahren verheiratet, fast mein halbes Leben.« Er hielt inne. Er dachte, jemand würde vielleicht applaudieren, aber nichts rührte sich. »Und ich möchte Daphne und Greyson sagen, dass die Ehe kein Zuckerschlecken ist, sondern vielleicht das Schwerste, was man im Leben auf sich nehmen kann, außer der Aufzucht von Kindern, was euch ja ebenfalls demnächst bevorsteht, aber ich glaube, diese beiden jungen Leute werden die Herausforderung bestehen. Sie sind beide zuverlässige, verantwortungsbewusste junge Menschen, die, meine ich, verstanden haben, was für eine ungeheure Verpflichtung sie im Begriff sind einzugehen, und die zu dieser Verpflichtung stehen werden. Denn die Ehe ist nun einmal eine Entscheidung, eine Zusage – nichts Vorherbestimmtes. Wenn ihr morgen vom Altar tretet, werdet ihr noch ein ganzes Leben der Entscheidungen, Versuchungen, der Zweifel und Ungewissheit vor euch haben. Das wusste ich bei meiner Hochzeit nicht. Das Heiraten verändert einen nicht. Aber die Ehe tut es. Unmerklich. Über die Jahre. Man merkt es kaum, bis man dann verändert ist. Ich kenne den Mann von damals nicht. Den Mann, meine ich, der ich war, bevor ich geheiratet habe. Ich dachte, ich wäre immer derselbe geblieben, aber allmählich kommt mir der Verdacht, dass ich mich in einen anderen verwandelt habe. Oder vielleicht hat sich auch nur alles um mich herum verändert.

Wie dem auch sei – was ich mir wünsche –, mein einer großer Wunsch ist, dass meine Tochter glücklich wird, und ich glaube, Glück erwächst aus realistischen Erwartungen. Ich habe den Eindruck, viele Leute erhoffen sich von romantischer Liebe vollkommenes Verständnis und unendliche Vergebung. Aber wer das sucht, sollte wohl eher Gott anrufen. So war das früher doch, oder? Vermutlich tun das manche Leute bis heute. Von Ehemännern und Ehefrauen werden Dinge verlangt, die kein Mensch erfüllen kann. Wir sind keine Götter. Wir sind Menschen. Meiner Erfahrung nach sollten wir dankbar sein, wenn wir Loyalität, Beständigkeit, Gemeinschaftlichkeit erleben. Drei große Qualitäten. Ich nenne sie aus vollem Herzen. Denn wir sind Menschen, die die Ehe wollen. Was soll man sonst machen. Man kann nicht ewig nur Beziehungen haben. Wir wollen nicht alleine sein. Wir heiraten, und wir führen unser Leben, bis ... Nun, die Ehe, selbst eine glückliche Ehe wie meine und wie eure sicher auch, Daphne, ist eine Vorstufe des Todes. Wenn man seinen Partner niemals verlässt und immer treu ist, ist die Ehe genauso endgültig. Es gibt nichts anderes.«

Er setzte sich, nahm seinen Dessertlöffel und klopfte auf seine Crème brûlée, bis der ganze Zucker in kleine braune Splitter zerbrochen war. Am Ende hatte er einen knirschenden Pudding, der in seinem Mund süß und leicht angebrannt schmeckte. Im Raum um ihn herum herrschte allgemeine Ruhe, und neben ihm war Biddy sehr still, doch er blickte erst wieder auf, als er ein Glas klingen hörte.

»Nun«, sagte Greyson, der sich erhoben hatte. »Danke schön, Winn. Für die von euch, die es noch nicht gehört haben, Winn hat heute einen Fahrradunfall gehabt und einige Verletzungen davongetragen, für die er vermutlich Schmerzmittel bekommen hat. Hoffentlich hat er genug, um uns allen welche davon abzugeben. Doch um zum Thema des Abends zurückzukehren: Daphne und ich möchten euch allen danken, dass ihr unseretwegen die weite Reise zur Insel auf euch genommen habt und heute Abend mit uns hier seid. Wir freuen uns darauf, verheiratet zu sein, und haben volles Vertrauen, dass unsere Ehe keinerlei Ähnlichkeit mit dem Tod haben wird. Und wir freuen uns auf unser Baby.« Er hielt inne. Daphnes Blick war noch immer auf Winn gerichtet. Greyson legte ihr die Hand auf den Nacken, und sie blickte zu ihm auf. Er hob die Augenbrauen, und sie nickte schüchtern. »Eigentlich hatten wir vor, zu warten und euch alle zu überraschen«, sagte er, »aber heute Nachmittag haben wir beschlossen, dass ihr es wissen sollt. Unser Kind ist ein Mädchen.«

An den Tischen erhob sich ein erfreutes Gemurmel, und dann begann Dicky senior zu applaudieren. Er stand auf und klatschte und strahlte vor Begeisterung darüber, dass nach all den Söhnen nun ein kleines Mädchen in die Familie kommen würde. Die Verwandten und die Brautjungfern juchzten und jauchzten. Daphne lachte und drehte sich auf ihrem Stuhl hin und her, um alle Glückwünsche entgegenzunehmen und jedem die Gelegenheit zu geben, gemeinsam mit ihr die wunderschöne Vorstellung von einem kleinen Mädchen zu genießen. Winn erhob sich halb von seinem Stuhl, um ihr einen Kuss zu geben, ihre Hand zu berühren, doch als ihr Blick ihn streifte, spürte er, wie ihr Zorn ihn abwies und von ihrem Glück ausschloss.

Winn beugte sich über das Lenkrad und starrte trief-
äugig durch die Windschutzscheibe. Die Straße, auf der
er fuhr, wankte von einer Seite zur anderen. Einen quälen-
den, hoffnungsvollen Moment lang war sie eben, und dann
schwenkte sie mit einer Macht zur anderen Seite, als wollte
sie ihn von der Erde kippen. Die ganze Welt war belebt und
unruhig. Die Äste an den Bäumen winkten wie die hoch erhobenen Arme von Ertrinkenden; um die Straßenlaternen
fegten rötliche Nebelschwaden und entschwebten in den
niedrigen braunen Himmel; überall an Veranden und Balko-
nen bimmelten Windspiele. Neben ihm auf dem Beifahrersitz saß Agatha und schwieg. Das Essen war erst eine Viertel-
stunde vorbei, doch Winn schob es so weit er konnte fort in
die betäubten Gewölbe seines Gedächtnisses. Er hatte allen
erzählt, dass er sie in die Notaufnahme bringen wollte, um
ihren Finger röntgen zu lassen, und als erst Dominique und
dann Greyson Bedenken geäußert hatten, weil er in seinem
Zustand vermutlich lieber nicht fahren sollte, hatte er sich
aufgeplustert und sie von sich gewiesen und argumentiert,
dass er derjenige sein sollte, der mit ihr fuhr, weil er auch
nach seinem Bein sehen lassen wollte, und es doch unsinnig
sei, wenn gleich ein ganzer Haufen in die Klinik führe. Um
seinen Worten Nachdruck zu verleihen, hatte er sein Hosen-

bein hochgezogen und den dunklen Blutfleck gezeigt, der durch den Verband sickerte. Biddy hatte ihm wortlos den Schlüssel gereicht.

Natürlich, dachte er, während sie aus dem Schindellaby-rinth des Ortes auf geradere, dunklere Straßen entflohen, natürlich war Daphnes Kind ein Mädchen. Natürlich, natürlich. Was sollte es sonst sein? Er würde eine Enkeltochter namens Duff haben. Wer seinen und ihren Namen zusammen hörte, würde keine Ahnung haben, dass sie etwas miteinander gemein hatten. Sie war der grüne Spross, die geschlossene lila Krokusrakete, und er war eines der welken Blätter, an denen sie sich vorbeischieben würde.

»Ich glaube nicht, dass dies der Weg zur Klinik ist«, sagte Agatha aus dem Fenster schauend.

»Nein.«

»Du Schlimmer.« Sie schlug die Beine übereinander. Ihr Rocksaum rutschte hoch, und er wagte es, ihr seine zittrige Hand auf den warmen Schenkel zu legen. »Das war eine irre Tischrede«, sagte sie. »Ich habe befürchtet, dass Maude Duff tot umfallen würde. Hast du ihr Gesicht gesehen?«

»Nein.« Er hatte sich beim Reden auf sonderbare Dinge konzentriert: die Ränder der Irisblüten auf den Tischen, die bereits zu welken begannen, die runde Fläche auf Dicky juniors Haupt, wo die Kopfhaut glänzte wie ein Flicken am Ellbogen eines alten Mantels, die abgesprungene Ecke am Rand einer Kaffeetasse. Den größten Teil der Zeit hatte er zugeschaut, wie die schwarzen Fensterscheiben im Wind zu pulsieren und sich in den Raum hinein zu biegen schienen.

»Wenn du gesagt hättest, die Ehe ist wie der Tod, aber zugleich auch schön und wundervoll, hätte es ihr vielleicht nicht so viel ausgemacht. Aber ich finde, du hast ganz recht. Ich werde nie heiraten. Es ist Schwachsinn.«

Sie stellte die Beine nebeneinander und ließ ein wenig Abstand zwischen ihnen. Unsicher schob er seine Hand hoch bis an ihren Kleidersaum. »In der Bar«, sagte er tastend, »als du gesagt hast, es war nur ein Scherz, was hast du da gemeint?«

»Ich wollte nur den Druck rausnehmen, mehr nicht.«

»Ach so.«

»Ich bin kein Raubtier«, sagte sie. »Ich bin keine Ehezerstörerin.«

Aber das war sie doch. Sie musste es sein, warum sonst war er hier? Sie hatte ihn so weit getrieben; sie hatte ein Angebot gemacht, das er nicht ablehnen konnte, das kein Mann ablehnen konnte. Sterling musste ihn entweder für den größten Heuchler unter der Sonne halten oder für einen Verrückten. Winn war sich nicht sicher, was ihm lieber wäre, aber jetzt saß er mit Agatha im Auto und nicht Sterling.

»Aber«, fuhr Agatha fort, »ich verstehe wirklich, was du meinst, wenn du sagst, die Ehe ist wie der Tod. Wahrscheinlich bist du deswegen jetzt hier mit mir. Was sonst könnte so tödlich sein, oder? Immer derselbe Mensch, immer dieselben Gespräche mit dem Menschen, dieselben Gespräche über den Menschen. Derselbe Körper. Nein, das ist nichts für mich. Niemals.«

»Habe ich das gesagt?«, fragte er. Er konnte sich nicht richtig daran erinnern. Gemeint hatte er eigentlich mehr, dass er nicht hätte Junggeselle bleiben können, dass es für ihn ein kultureller Imperativ gewesen war, eine Ehe einzugehen. Natürlich hatte er Ehemann und Vater werden wollen, aber die Glückseligkeit, die Ehemänner und Väter erleben sollten, hatte sich auf ihn nicht übertragen, und er hatte sich auch nicht weniger allein gefühlt als vor der Ehe. Doch was hätte er sonst tun können? Ewig Junggeselle zu bleiben wäre unschicklich gewesen, und nichts deutete darauf hin, dass ein Leben als Alleinstehender befriedigender gewesen wäre als das, was er hatte. Dennoch spürte er jenseits der Ränder seines Lebens das Vorhandensein einer unidentifizierbaren dunklen Materie, eines Schicksals oder Weges, den er nicht gesehen hatte und noch immer nicht sehen konnte, der ihn aber zu etwas Besserem geführt hätte.

Die Einfahrt von Jack Fenns Haus war nicht beleuchtet. Winn fuhr zunächst an der Lücke zwischen den Hecken vorbei und musste ein Stück zurücksetzen, erst dann blitzten die Muschelsplitter in der Einfahrt vor seinen Scheinwerfern auf. Die Giebel und Spitzen des Daches verschwanden im auberginefarbenen Himmel. Er stellte das Auto unverschämt dicht vor der Haustür ab. Als er den Motor abschaltete, wurde die Nacht sehr schwarz.

»Wem gehört das Haus?«, fragte Agatha.

»Einem Freund von mir.«

»Gehen wir da rein?«

»Ja.«

»Sollen wir nicht lieber hier drinbleiben? Auf dem Rücksitz? Oder könnten wir nicht ein Plätzchen bei euch im Haus finden?«

»Wo? In der Garage?«

Sie gab keine Antwort. Er tätschelte ihr noch einmal das Knie und öffnete das Handschuhfach, um eine Taschenlampe herauszuholen, die er immer dort verwahrte. Ohne den Schlüssel abzuziehen, stieg er aus und ging hinten um den Land Rover, um Agatha die Tür aufzumachen. Am Fahnenmast klapperten die Schäkel. Agatha nahm seine Hand, stieg aus und trat auf die Muscheln.

Die Haustür war abgeschlossen, aber ein Fenster ließ sich ohne weiteres aufschieben. »Nach dir«, sagte er und richtete die Taschenlampe durch die Öffnung.

»Wenn du meinst.« Sie stemmte sich auf die Fensterbank und streckte ein Bein ins Zimmer, bückte sich und verschwand hinein. Winn erhaschte einen flüchtigen Blick auf lavendelblaue Unterwäsche und die verschrammte Unterseite eines Pumps.

Livia saß allein draußen auf der Terrasse in demselben Sessel, den sie schon während der Cocktailstunde besetzt hatte, und krallte sich so fest in die Lehne, dass es bis in den Arm hinauf schmerzte. Um sie herum toste der Wind und zerrte Haarsträhnen aus ihren Zöpfen. Etwas zu pressen fühlte sich gut an, irgendwie richtig, genauso wie vorhin, als sie Agathas Finger zwischen die Hände genommen hatte. Wenn sie den Tag noch einmal zurückspulen dürfte, würde sie ihn vermutlich nicht noch einmal brechen, doch zu spüren, wie sie durch eigene Gewalt die Knochen einer anderen brach, hatte etwas Elektrisierendes gehabt. Der Knochen war so leicht gebrochen, beinahe so mühelos wie das Schlüsselbein eines Truthahns, nur dass Agatha beide Hälften behalten hatte: das Glück und das Pech, den Wunsch und die Niete.

Ihr Vater hatte sie nicht verstanden. Wie sollte er auch? Verbrechen aus Leidenschaft waren etwas, das ihm unmöglich einleuchten konnte. Er lebte in einer ratlosen, unnatürlichen Welt; das hatte er selbst bei seiner Tischrede gesagt, vor allen Leuten. Er war nur wütend auf sie gewesen, weil sie den Ablauf des Tages gestört hatte, und seine Beschränktheit hatte bei ihr irgendwie nur Mitleid ausgelöst. Als kleines Kind hatte sie bei einer Segeltour mit Freunden der Familie einmal eine graue Rückenflosse aufblitzen sehen. »Ein Delphin!«, hatte sie ausgerufen, sich die Nase zugehalten und war über Bord gesprungen. Seither waren ihr Zweifel gekommen, ob sie das Tier tatsächlich berührt hatte, aber damals hätte sie unbedingt geschworen, dass sie die gummiartige Haut unter ihren Fingern gespürt hatte, bevor der Delphin fortschwamm. Deswegen hatte sie nicht gehört, wie ihr Vater hinter ihr ins Wasser sprang. Sie war zu sehr damit beschäftigt gewesen, wasserschluckend zu brüllen: »Ich hab ihn berührt! Ich hab ihn berührt!« Auch als er sie schon an seine Brust presste und sie die kleinen harten Knöpfe an seinem Hemd spürte, jubelte sie weiter: »Ich hab ihn berührt! Ich hab ihn berührt!«

»Sei still, Livia.« Sein Mund war dicht an ihrem Ohr. »Das war eine große Dummheit. Guck mal, was du angerichtet hast.« Livia schaute sich um und sah in der Ferne die großen weißen Segel flattern, als das Boot wendete. »Du hast allen Unannehmlichkeiten bereitet. Du hättest ertrinken können.«

»Aber da war ein Delphin«, sagte sie, ganz erstaunt, dass er sie nicht verstand.

Ihr Vater antwortete nicht, und Livia spürte, wie er zu zittern begann. Es war ein warmer Tag, und die oberste Schicht des Wassers war kalt, aber auszuhalten. Sie zitterte nicht. Er zappelte beim Wassertreten unruhig und erwischte sie ab und zu mit einem spitzen Knie, sein Atem ging zu schnell. Aber sie wusste, dass er schwimmen konnte. Sie hatte ihn in seiner roten Badehose im Tennisclub Bahn um Bahn schwimmen sehen, mit absolut regelmäßigen Krauelbewegungen und einem perfekten Purzelbaum bei jeder Wende. Schlagartig kam ihr die Erkenntnis, dass er Angst hatte. Er hatte Angst vor dem Meer, vor der Finsternis unter ihnen, davor, dass sie ertrinken könnten. Livia war überhaupt noch nie auf die Idee gekommen, dass er ertrinken könnte. Es war schrecklich zu wissen, dass ihre Eltern eines Tages sterben mussten, aber schlimmer zu wissen, dass sie Angst vor dem Sterben hatten.

»Keine Angst«, sagte sie zu ihm. »Ich bin bei dir.«

Ohne den Blick von dem nahenden Segelboot zu wenden, hatte er darauf entgegnet: »Livia, spar dir die dummen Sprüche.«

Im Hafen von Waskeke schaukelten ein paar rote und grüne Fahrrinnenlichter im Takt der Wellen, und auf dem Wasser kräuselte sich der gelbe Schein der Stadt. Weit weg, in der Gegend hinter dem Hafen, wo sie den Hummer ins Ungewisse entlassen hatte, blinzelte die Außenbeleuchtung vereinzelter Häuser hinter wedelnden Ästen hervor. Nach dem Essen hatte sich die Gesellschaft bald aufgelöst. Daphne war müde und wollte nach Hause; ein paar Leute fuhren in eine Bar; ihr Vater bestand darauf, Agatha in die Klinik zu fahren, um ihren Finger untersuchen zu lassen. Doch Livia wollte noch nicht gehen. Sie hatte keine Lust, mit den Duffs in einer Kneipe Smalltalk zu machen, und getrunken hatte sie ohnehin schon genug. Und sie hatte auch keine Lust, zu Hause mit ihrer Mutter und ihrer Tante herumzugeistern. Sie wusste, dass Teddy im Restaurant war. Dryden hatte die Katze aus dem Sack gelassen, und auf dem Weg zur Toilette hatte sie ihn selbst gesehen. Er hatte kurz ihren Blick erwidert. Sie hatte nicht vor, Teddy zu konfrontieren, aber fand es wenig klug, das Restaurant vorzeitig zu verlassen. Ihr Bauchgefühl sagte ihr, dass er sie finden würde. Sie klammerte sich noch fester an die Armlehnen ihres Sessels. Hinter ihr ging eine Tür auf.

»Livia?«, sagte Teddy und hockte sich neben sie.

Winn kletterte hinter Agatha durch das Fenster und zog es hinter sich zu. Von dem starken Wind war nur noch ein leises Murmeln zu hören, unterbrochen vom Knarren der Holzverstrebungen und einem nicht identifizierbaren Klappern.

»Gute Fenster«, sagte er. »Da sitzt alles.«

Agatha schlang einen Arm um seine Mitte. »Wie bei mir«, sagte sie.

O mein Gott, dachte er zugleich erregt und entrüstet. Er gab ihr einen flüchtigen Kuss und befreite sich von ihr. »Komm, schauen wir uns mal um.«

Das Zimmer, in dem sie sich befanden, war hoch und rechteckig. An einem Ende führte das Gerüst einer Treppe nach oben, und aus der Decke und den Wänden wuchsen Leitungsbündel. Durch den Strahl der Taschenlampe schwebte Sägemehl wie Plankton. Agatha verschwand und tauchte wieder auf wie ein Geist. Die Fußböden waren von Sand und Sägemehl bedeckt, und ihre Schritte machten schlurfende Geräusche. Zum Meer hin lag ein langer Raum, der wohl als Wohn- und Familienzimmer gedacht war. Mit seiner Gewölbedecke und den hohen Fenstern war er tagsüber bestimmt von Blau erfüllt, doch jetzt war alles schwarz bis auf den weißen Lichtkreis der Taschenlampe und ihre schwachbeleuchteten Gestalten dahinter. In den Ecken hatten sich trockenes Laub und allerlei Klebeband- und Kunststoffreste gesammelt. Neben einer Tischsäge standen Bretter mit Aus-

sparungen und kleinen Lochreihen für künftige Bücherrega-
le, aber außer diesen und einem erst halb verfugten Kamin
an einer Wand war der Raum leer.

»Dieses Haus ist unmöglich«, sagte er.

»Wieso?«

»Es ist einfach zu groß. Sie brauchen nicht so viel Platz.
Die Größe ist lächerlich. Alles ist protzig. Alles, was zu sehen
ist, muss groß und ausgefallen sein, damit alle wissen, wie
viel Geld man hat, und trotzdem leckt das Dach.«

»Das Dach leckt?«

»Sieh dir das an.« Er richtete den Strahl auf die kathedra-
lischen Höhen der Decke. »Das Haus ist absurd.«

»Vielleicht ist Größe für manche wichtig.«

Er leuchtete ihr ins Gesicht, aber sie kniff nicht einmal die
Augen zu. »Muss immer alles mit Sex zu tun haben?«

»Sind wir nicht deswegen hier?«

»Die Anzüglichkeiten müssen nicht sein.«

»Ich spiel doch bloß ein bisschen.«

»Spielen liegt mir nicht.«

»Das mag ich an dir.«

Er lächelte, aber das konnte sie hinter dem Licht nicht
sehen. »Dann ist ja gut«, sagte er.

In der Küche hatten die Schränke keine Türen; es gab noch
keine Arbeitsflächen; durch die leeren Plätze für die Geräte
hatte der Raum etwas Leeres, Zahnlückenhaftes. Das ganze
Jahr lang hatte er im fernen Connecticut gespürt, wie dieses
Haus hochgezogen wurde, Balken um Balken, Schindel für
Schindel, und jetzt stand es da, fast fix und fertig, eine feindliche Festung auf seiner Insel.

»Was jetzt?«, fragte Agatha. Sie hob eine Hand, um ihre
Augen vor dem Licht zu schützen. Inmitten von so viel Dun-

kelheit und den gespenstischen Geräuschen des Windes wirkte sie jung und unsicher.

»Wir gucken weiter.«

Hinter einer schmalen Tür in der Küche lag ein gefliester Raum mit Hakenleisten, der aussah, als sollte er die Schmutzdiele werden. Von dort führte eine Hintertreppe aus unbehandeltem Sperrholz ins Obergeschoss. Winn schickte Agatha vor und beleuchtete ihren Weg so gut er konnte. Sie stieg gebückt hinauf, und ihre Beine bildeten einen Spitzbogen, durch den er sah, wie ihre Hände nach den Stufen suchten. Das Licht hüpfte über ihre Schenkel – die jetzt nicht wie sonst golden, sondern steif und bleich wirkten – und die entblößten Kurven des Übergangs zu ihrem Gesäß, doch obwohl er hinsah und freier war als je zuvor, sie bei den Knöcheln zu packen und ihr mit einem Griff den lavendelfarbenen Fetzen unter ihrem Rock auszuziehen, war sein Verlangen unerklärlicherweise erlahmt. Vielleicht war er zu alt für all diese Ausschweifungen, den Sex, die Drogen, den unerlaubten Zutritt. Vielleicht, aber noch war er nicht bereit, eine Niederlage einzugestehen.

Oben ließ sie ihn vorbeigehen, hakte sich mit einer Hand hinten an seinem Gürtel ein und durchwanderte, ohne loszulassen, mit ihm eine weitere Reihe tiefseefinsterer Räume, als wären sie Taucher auf einem Wrack. Der Fußboden war von aufgedrehten Leitungen, auseinandergefalteten Pappkartons, Kitt- und Acryltuben und gespenstischen Plastikfolien vermüllt. An einer leeren Wand blitzte plötzlich ein dort abgestellter Badezimmerspiegel auf. Sie gelangten zu einer weiteren Treppe und stiegen ins Dachgeschoss hinauf, dessen viele schrägen Decken das innere Abbild des verwinkelten Daches bildeten. Die Gaubenfenster klapperten lauter in

ihren Rahmen als die Fenster in den unteren Stockwerken —
vielleicht versuchte Fenn hier zu sparen —, und Winn konnte
das Rauschen der Wellen vom Waskeke Sound hören. Mit
Agatha im Schlepptau wie ein Beiboot bewegte er sich auf
die nächste Treppe zu, eine leiterartige Stiege an der anderen
Wand, als ihn etwas Hartes und Schweres am Schienbein traf.
Mit einem Schrei stürzte er vornüber und riss Agatha mit um.
Sie landeten aufeinander, er auf dem Bauch und sie der Länge
nach auf seinem Rücken. Stöhnend wälzte er sich unter ihr
heraus, rückte die Brille wieder gerade und suchte mit dem
Strahl der Taschenlampe nach dem Schuldigen. Es war eine
glänzendweiße Kloschüssel, die ganz allein mitten auf dem
leeren Holzfußboden saß. Die Schmerzen in seinem Bein
waren kaum auszuhalten. »O Gott!«, rief er. »Mein Bein!«

»Mein Finger!«, schrie Agatha. »Scheiße.« Er schwenkte
den Lichtstrahl zu ihr hinüber. Sie lag auf der Seite und hielt
sich die verbundene Hand vors Gesicht. In seiner Kehle stieg
ein Lachen auf. Einen Moment lang spannte er alle Muskeln
an, um sich dagegen zu wehren, doch dann überwältigte
ihn der Anfall, und er platzte laut heraus. Hilflos ließ er die
Taschenlampe wegrollen und bedeckte das Gesicht mit den
Händen. Tränen liefen ihm über die Wangen. Das Gefühl war
euphorisch, schwindelerregend, und er war völlig aufgelöst,
wie in der Achterbahn, wenn man sich gegen die Geschwindigkeit spannt, es im Magen kitzelt und durch das Blut bunte
Lichter strömen. Agatha steckte sich an. Sie warf sich auf ihn,
und er spürte ihre bebenden Brüste an seinem Bauch. Dies
war nicht ihr übliches Lachen. Er hörte kein heiseres Haha,
sondern bloß Schnaufen und Glucksen.

Der Schmerz in seinem Bein verschwand. Er fühlte sich
leicht wie ein Vogel. Er packte Agatha bei den zuckenden

Schultern und rollte sich auf sie, fand mit dem Mund klebrige, tränenverschmierte Wangen und dann ihren nassen Mund. Einen Augenblick lachte sie noch weiter, doch dann erwiderte sie seinen Kuss und saugte sich mit der Entschlossenheit eines trinkenden Fohlens an ihm fest. Die Taschenlampe war unweit von ihnen liegengeblieben; sie beleuchtete einen Streifen Fußboden und einen Kreis an der Wand. Die hellen Enden ihrer zerzausten Haare fingen das Licht. Als seine Finger von ihrer Brust zu ihren Rippen und weiter zu ihrem Schritt wanderten, meldete sich bei ihm kurz die Furcht, dass sie wieder trocken sein könnte, doch war sie diesmal funktionsfähig. Er entließ einen Ausruf der Erleichterung in ihren Mund.

»Was?« Sie zog den Kopf weg.

»Nichts. Alles gut.«

»Sicher?«

»Ja.«

»Echt?«

»Wieso?«

»Hmm, er ist nicht hart.«

Sie hatte recht. Er war weich und schlaff. In seinem Hirn hatten alle Anzeichen der Erregung getobt, aber offenbar war die Botschaft auf dem Weg in seinen Unterleib irgendwo stecken geblieben, in einer Flut von Alkohol ertrunken. »O Gott«, sagte er. »Ich hab's nicht mal gemerkt.«

Agatha versuchte sich unter ihm zu bewegen. Ihm ging auf, dass er mit vollem Gewicht auf ihr lag wie ein Sack. Er richtete sich halb auf. In seinem Gesicht zuckten noch die letzten Ausläufer seines Lachanfalls.

»Vielleicht bist du einfach nicht für Seitensprünge gemacht«, sagte sie.

»Dafür ist es ein bisschen spät.«

»Na dann.« Mit einer geschickten Bewegung schob sie eine Hand zwischen ihre beiden Körper und öffnete seinen Gürtel. Er hatte sich noch nie von ihr berühren lassen – bisher hatte nur er sie berührt –, und als es nun endlich geschah, empfand er ihre Finger an seinem schlaffen Glied als entsetzlich fehlgeleitet, erniedrigend, ja grotesk. Er, ein verheirateter Mann kurz vor dem sechzigsten Geburtstag, lag auf dem Fußboden des im Bau befindlichen Strandhauses seines eingebildeten Todfeindes und ließ sich von einer Schulfreundin seiner Tochter einen runterholen. Ihm entrang sich ein Schluchzen.

Agatha verstand das falsch. »Ja?«, sagte sie, »ja?«

»Nein«, sagte er.

Sie zog die Hand weg. »Was ist denn?«

»Ich brauche Luft.« Er schnappte sich die Taschenlampe und eilte zu der Stiege, die er gesehen hatte, bevor er über die Kloschüssel gestolpert war. Die Sprossen rochen nach Harz und Sägeblatt. Er hatte von draußen keine Dachterrasse gesehen, aber es konnte für die Stiege keine andere Erklärung geben, und sie führte tatsächlich zu einer Luke aus Metall. Er musste raus aus dem Zimmer, in dem eines Tages Meg Fenn mit offenem Mund und ihrem schiefen Gang herumlatschen würde, in dem Ophelia Haviland ihre Gästebetten beziehen würde und in dem Livia vielleicht mit seinem Enkelkind Fangen gespielt hätte. Als er die Luke aufdrückte, fuhr ein Windstoß durch das Dachzimmer, ein Luftschwall. Winn zielte mit dem Lichtstrahl nach unten. Dort saß Agatha inmitten einer Wolke aus Sägespänen immer noch neben der Kloschüssel und schaute zu ihm hoch. Die Hand mit dem gebrochenen Finger lag in ihrem Schoß, die andere hatte sie aufgestützt. Winn richtete den Strahl nach oben aus der Luke hinaus, wo er wie ein Suchscheinwerfer über die Wolken strich, und folgte ihm hinaus in den Sturm. Der Witwensteig lag auf der Seeseite des Hauses, von der Einfahrt durch die Spitzen und Gauben des Daches verdeckt. Über ihm quietschte es. Er suchte die Quelle des Geräuschs, und seine Taschenlampe fand die drei Masten und stolzen Kupfersegel von Jack Fenns Wetterfahne.

Hinter einem dünnen Wolkenschleier schien blass der Mond und trat dann, als der Wind ein Loch riss, als strahlend helle, vollendete Kugel hervor, auf deren Antlitz Berge und Krater eine gramvolle Miene zeichneten. Das Meer war in dem bleichen Licht ein verwirrendes Schaumgebilde, und die Muschelauffahrt, von der er nur das äußerste Ende sehen konnte, leuchtete auf wie ein Weg in den Himmel, weiß und breit und schimmernd. Doch die Wolken schlossen sich wieder und der Mond verschwand, so dass nur Finsternis und das Rauschen der Brandung blieben. Der Wind zerrte an seinen Wangen. Er schloss die Augen. Wie unfair, dass ihm sogar der Ehebruch misslang. Dass er seine Sünde nicht vollzogen hatte, war ein bedeutungsloses Detail. Es minderte seine Schuld kein bisschen, aber seine Freude umso mehr, und wie er so auf diesem gottverlassenen, windgepeitschten Horst stand und sich festhielt, konnte er sich nicht vorstellen, dass er es je verwinden würde. Die Wetterfahne quietschte. Er leuchtete sie erneut an. Sie drehte sich langsam im Halbkreis, bremste abrupt und bewegte sich dann in die umgekehrte Richtung. Ohne nachzudenken schwang er ein Bein über das Geländer auf das steile Dach und begann zu klettern.

Der Wal war, seitdem Livia ihn zuletzt gesehen hatte, zu einem grausigen, verwüsteten Etwas verkommen. Von einer niedrigen Düne, die von der Flut nicht erreicht wurde, warfen zwei generatorenbetriebene Lampen auf hohen Metallstäben ihr Licht über den Strand. Die Rippen des Wals leuchteten weiß vor schwarzen, fleischigen Höhlen. Der Kiefer war herausoperiert, und der größte Teil des Specks abgetragen und vergraben. Ein paar Männer in Neoprenanzügen wateten um den Kadaver herum, die Kapuzen gegen den Wind und die Gischt über den Kopf gezogen.

Sie stand mit Teddy hinter den Generatoren, von den Männern kaum zu sehen. Verwehender Sand stach sie im Gesicht und an den bloßen Beinen. Sie hatte zum Essen nur eine leichte Wolljacke mitgehabt und hielt nun die Arme fest um ihren Leib geschlungen. Eine Welle umspülte den Wal, und die ganze große Masse aus Fleisch und Knochen wogte und wankte. Das Meer wollte ihn sich wieder holen. Ein Mann, der auf einer der Rippen saß und sich gegen den Wind stemmte, verlor sein Flensmesser. Als die Welle sich verzog, reichte es ihm ein anderer wieder hinauf. Die Lichtstrahlen ritten auf den Wellen wie künstlicher Mondschein. »Siehst du?«, rief sie Teddy durch den Wind und das Rauschen und das Dröhnen der Generatoren zu.

»Ja, sicher.«

Freude und Genugtuung durchströmten sie. Sie hatte gewusst, dass er es verstehen würde. Der Wal würde ihm etwas bedeuten, so wie ihr auch. Was das genau hieß, war ihr nicht klar, aber sie spürte die Tatsache in ihrer Brust, und ihre Rippen wurden weit wie damals vor all den Jahren, als sie von der Segeljacht gesprungen war, um den Delphin zu berühren. Dies war ein Moment, an dem sich ihr Leben künftig orientieren konnte. »Ich wollte schauen, ob ich dich finde, damit du nicht glaubst, ich würde dich meiden«, hatte er auf der Terrasse des Restaurants gesagt. »Ich hatte gehört, dass du hier bist.« Es war nicht gerade eine neue Liebeserklärung, aber er war mit ihr hineingegangen, hatte ihr einen Drink gekauft und zugehört, wie sie von der schrecklichen Tischrede ihres Vaters erzählte, und mit ihr darüber nachgedacht, was nur in ihn gefahren sein mochte. Der Wal hatte ihn interessiert; sie hatte ihn nicht erst lange überreden müssen, noch einmal mit ihr hinzufahren.

Sie wandte sich ihm zu, die Augen gegen den Wind zusammengekniffen. »Wahnsinn, oder?«

Er schwieg. Dann sagte er laut, dicht an ihr Ohr gebeugt: »Er stinkt unglaublich.«

Sie lachte aufgeregt und nervös. »Aber du kapierst das, oder?«

»Was?«

Sie machte eine weite Geste mit dem Arm, als wäre der Wal ein Zimmer und sie geleitete ihn hinein. »Das!«

»Was ist daran zu kapieren?«

Wieder erfasste eine Welle den Wal und schob ihn ein Stück weiter auf den Strand. Livia wurde unsicher. »Ich kann es nicht erklären«, sagte sie.

Sein Blick wanderte zum Wal und dann wieder zu ihr. »Das ist bloß ein großer toter Fisch!«

Livia fühlte sich von Verzweiflung erfasst und beinahe erdrückt. »Er ist ein Säugetier!«, rief sie. Teddy zuckte die Achseln. Er war so vertraut und zugleich so fremd. Die Nacht raubte ihm die Farben. Sein leuchtendes Haar sah dunkel und gewöhnlich aus. Im Auto hatte sie bemerkt, sie habe angenommen, er würde einen Igelschnitt tragen, und die Hand ausgestreckt, um sein Haar zu berühren, aber er hatte den Kopf weggezogen und gesagt, den Schnitt werde die Army ihm verpassen. »Ich dachte, du würdest das verstehen«, sagte sie. »Das ist das, was mir am meisten fehlt, seit wir nicht mehr zusammen sind. Keiner versteht mich mehr.«

Der Wal rutschte mit jeder Welle hin und her. »Was?«, fragte Teddy mit einer Hand am Ohr. Der Mann oben auf dem Wal, der sich festgeklammert hatte wie ein Reiter auf einem Bullen, ließ sich hinuntergleiten und landete klatschend im Wasser.

»Mir fehlt es, verstanden zu werden! Du hast mich immer verstanden!«

Er schüttelte den Kopf, richtete sich auf, formte die Hände zu einem Megaphon und beugte sich wieder an ihr Ohr. »Ich habe dich nie verstanden!«, brüllte er.

»Doch!«

»Nein, wirklich nicht! Das war ja das Problem!«

»Doch, du hast mich verstanden! Du verstehst mich!«

Entschieden wie ein Lehrer schüttelte er den Kopf.

»Du hast mich geliebt!«, beharrte sie.

Er nahm ihre Hand, und seine Berührung war so sanft, dass sie ihn am liebsten geschlagen hätte. Er sagte etwas, das sie nicht hören konnte.

»Was?«

»Ich hab gesagt«, schrie er und drückte dabei ihre Hand, »nicht genug.«

Der Dialog war vertraut, ihre Wege hindurch gut ausgetreten; sie hatte damit angefangen, und doch nahm ihr der Schmerz, den seine Worte auslösten, den Atem. »Für mich ist es genug«, sagte sie.

Er sah sie traurig an, bevor er sich wieder an ihr Ohr

beugte. »Livia, ich bin nicht moralisch verpflichtet, mein Leben mit dir zu verbringen. Es ist besser so. Irgendwann wirst du das auch sehen.«

Sie kaute auf ihrer Unterlippe und bemühte sich nach Kräften, das Gesicht nicht zum Weinen zu verziehen. Die Wellen wurden größer. Nach einer Weile schrie sie: »Versprich, nicht zu sterben!«

Es war die unmögliche Bitte von Liebenden überall. Er lachte. »Ich werde mich bemühen!«

Der Wal hob sich. Er glitt mit einer Welle höher auf den Sand und wurde dann ins offene Wasser hinausgezogen. Die Männer platschten hinterher und versuchten, ihn an den entblößten Knochen seines Kopfes festzuhalten, doch das Meer gab nicht nach. Der Wal drehte sich und lag nun halb unter Wasser. Schäumend brach sich eine Welle an seinem Leib. Von seinem Speck befreit und von Löchern durchsetzt rutschte der Wal tiefer ins Wasser; er kehrte in sein Element zurück, um seine Knochen auf dem Meeresgrund zur letzten Ruhe zu betten. Einer der Männer wurde von einer Welle umgeworfen. Livia konnte seinen Kopf in den Schatten und der Gischt kaum sehen. »Sie müssen ihn lassen«, rief sie in den Wind, ohne sich darum zu scheren, ob Teddy es hörte. »Einfach lassen!«

Agatha, die nicht zum ersten Mal von einem Mann im Dunkeln zurückgelassen wurde, wartete in dem Dachzimmer, noch immer auf eine Hand gestützt, bis ihr die Handfläche zu jucken begann, weil sich winzige Sägespäne in ihre Haut gruben. Sie drehte sich ein wenig, lehnte sich an die Kloschüssel und streckte die Beine aus. Die Luke, durch die Winn verschwunden war, hob sich als undeutliches Rechteck von der

Finsternis ab. Gelegentlich fegte eine Bö durch das Zimmer, wirbelte Staub auf und machte ihr auf den bloßen Armen eine Gänsehaut. Sie umschlang ihren Oberkörper. Wo war er? Mit der gesunden Hand an der Kloschüssel hievte sie sich hoch und suchte ihren Weg zur Stiege, die Arme im Dunkeln vor sich ausgestreckt.

Als sie durch die Luke trat, sah sie, dass die Dachterrasse leer war, und dachte voll Schreck, dass er wohl gesprungen sein musste. Sie beugte sich über das Geländer und spähte nach unten. Der Boden war nicht zu sehen, jedenfalls nicht deutlich. Sie erkannte Formen, die Zementsäcke oder Steinhaufen, aber vielleicht auch ein menschlicher Körper sein mochten. »Winn!«, rief sie. »Winn!« Dann sah sie es: Über die Schindeln am First bewegte sich langsam ein Lichtkreis und dahinter eine lange, dunkle, kriechende Gestalt.

Er hörte sie rufen, konnte aber nicht antworten, weil der Gummigriff der Taschenlampe ihm den Mund verstopfte. Wenn er für eines dankbar sein konnte, dann dafür, dass diese Wolken noch keinen Regen gebracht hatten. Sie schienen nur Zentimeter über ihm zu hängen, ein wogender schwarzvioletter Baldachin. Wenn er es riskieren könnte, seinen Griff zu lockern, würde er sie vielleicht sogar berühren können. Seit seiner ersten Reise mit dem Flugzeug als Kind hatte er immer eine Wolke berühren wollen, um ihre Substanz wirklich zu fühlen, und auch wenn er mit der Zeit eingesehen hatte, dass es unmöglich war, hatte ihn der Wunsch nicht verlassen. Ihm taten die Kiefer und sein Bein weh, aber er klemmte die Knie weiter um Jack Fenns First und kroch über die harten, rauen Schindeln. Schließlich spürten seine Finger Ziegel – ein Schornstein. Jetzt musste er sich bloß noch um den herumquetschen, einen kleinen Giebel erklimmen und über einen weiteren First zu der kitschigen kleinen Kuppel mit dem Wetterhahn gelangen.

Mit der Umsicht eines Bergsteigers im Anstieg auf den Gipfel des Mount Everest zog er sich hoch. Seine Finger krochen über die Ziegelsteine nach oben, bis sie an der Oberkante Halt fanden, und dann umschlang er den Schornstein wie eine Tanzpartnerin. Eine besonders heftige Bö zerrte an ihm und brachte die ersten Regentropfen; er klammerte sich so an den Schornsteinrand, dass seine Finger schmerzten. Eins, zwei, drei. Eine beherzte Drehung um den Schornstein, ein rascher Steilanstieg und ein panischer Sprung, und schon lag er bäuchlings auf der obersten Spitze von Jack Fenns Haus. Als er mit beiden Händen und beiden Füßen nach Halt tastete, rutschte ihm die Taschenlampe aus dem Mund. Während sie über die Schindeln rollte, beschrieb ihr regengestreifter Strahl schwindelerregende Bögen. Dann traf sie mit einem Scheppern auf eine Regenrinne und segelte lautlos in die Dunkelheit hinab.

Ohne Licht schwebte die Wetterfahne über ihm wie ein dicker schwarzer Klecks. Seine Brillengläser waren voller Regentropfen, fast blind schob er sich über den First wie ein Matrose auf einem Rundholz am Mast. Die Schindeln hatten seine Hose zerrissen, nun drangen tausend Splitter ein und schürften seine Haut auf. Trotzdem trug ihn die finstere Gewissheit, dass die Wetterfahne ein Gegner war, dem er es zeigen musste, unbeirrt weiter durch den Regen. Doch als er sie endlich erreichte, zeigte sich, dass sie nichts weiter war als ein kaltes Gebilde aus Kupferelementen, das größer war als vom Boden her geahnt und jedes Mal laut quietschte, wenn es wendete, um den geringen Winkel von Steuerbord nach Backbord und umgekehrt zurückzulegen.

Allmählich begann ihm die Sinnlosigkeit seines Unterfanges aufzugehen; die Erkenntnis vollzog sich im gleichen Tempo wie die Durchnässung seiner Kleider —, aber er hatte die Sache nun einmal angefangen, und würde sie bei Gott auch zu Ende bringen. Er betastete den Sockel der Wetterfahne auf der kleinen Kuppel. Seine Finger entdeckten drei kleine Schraubbolzen, drei kalte, glitschige Achtecke, mit denen Fenns unmöglicher Dachschmuck an seinem unmöglichen Haus befestigt waren. Einer der Bolzen war locker; Winn drehte ihn heraus und warf ihn der Taschenlampe hinterher. Die anderen beiden ließen sich nicht bewegen. Er drehte an dem nassen Metall herum, bis seine Finger wund waren. Die Zeit für die letzte Attacke, die letzte große Anstrengung war gekommen. Er presste die Füße beidseits des Firsts schräg an das Dach und richtete sich o-beinig auf. Seine Hose klatschte ihm um die Beine. In dieser Haltung griff er nach dem Rumpf der Wetterfahne und drückte gegen das kalte, glatte Kupfer. Die Schweißnaht riss ein — nur ein kleines Stück weit, aber immerhin. Das Schiff hing schräg. Selbst die stolze nautische Krone des Hauses war nur mit Speichel angeklebt. Triumphierend suchte Winn nach einem besseren Halt, indem er die Finger in den festen Draht des Takelwerks wand. Vorsichtig schob er die Füße hoch, bis er aufrecht auf dem First balancierte. Agatha hatte aufgehört, nach ihm zu rufen. »Er ist nicht steif«, hörte er sie mit geringschätziger Stimme sagen, und seine Konzentration ließ ausgerechnet in der Sekunde nach, als ihn eine Bö direkt von vorne traf. Er kippte nach hinten und warf sich zum Ausgleich mit zu viel Kraft nach vorne. Noch immer mit der Wetterfahne verklammert, landete er mit dem Brustkorb auf der Kuppel, während seine Beine an den nassen, steil geneigten Schindeln auf der Stelle liefen. Ein metallisches Reißen. Winn rutschte ein Stück nach hinten, als die Wetterfahne auf ihn zukippte, bis der Bug senkrecht in die Tiefe zeigte und die Masten waagerecht standen. Aber noch hielten die Schweißnähte, und Winn grapschte mit den Fingern nach glitschigen Segeln und Takelagedrähten, um noch einmal besseren Halt zu finden. Er ließ mit der rechten Hand los, und zog sich mit dem Arm wieder so nahe an die Dachspitze, dass er den glatten Schiffsrumpf zu fassen bekam. Den hakte er unter seinen Arm. Einen Augenblick lang fühlte er sich gerettet. Dann hörte er abermals ein Reißen, und mit einem Ruck löste sich das ganze verfluchte Schiff aus der Halterung. Winn hielt es plötzlich ganz in den Armen wie ein scharfkantiges Baby aus Kupfer, und dann, eine erste Rolle, und er rutschte abwärts.

Er hörte sich schreien. Als er gegen die erste Gaube schlug und in einem neuen, schiefen Winkel weiterrutschte, gelang es ihm, die Wetterfahne in hohem Bogen von sich zu werfen. Sie verschwand, als hätte es sie nie gegeben. Er versuchte, sich in die Schindeln zu krallen, schaffte es, seinen Fall ein wenig zu bremsen und kam wie durch ein Wunder an einem Mansardenbogen zum Halt. Doch die Erschöpfung lockerte gnadenlos rasch seinen Griff, und er rutschte und rutschte, bis er schließlich, nach kurzem Baumeln an einer Regenrinne, im freien Fall durch die Luft segelte.

17 · Der versehrte König

Daphne weinte noch immer. Dominique saß neben ihr auf dem Bett und beobachtete, wie ihr schwangerer Bauch bei jedem Luftholen bebte. Piper hockte auf einer Schiffstruhe am Fenster, die Arme um die Knie geschlungen. »Warum weinst du?«, fragte sie zum dritten Mal mit kleinlauter Stimme.

»Ich weiß nicht«, sagte Daphne, ebenfalls zum dritten Mal. Sie atmete tief ein. »Mich hat bloß auf einmal alles eingeholt.«

»Das ist okay«, sagte Dominique. »Wein ruhig.«

»Nein«, sagte Daphne. »Ich muss aufhören. Sonst sind meine Augen morgen ganz geschwollen, und ich werde jedes Mal, wenn ich die Bilder angucke, daran denken, dass ich geweint habe.«

Piper zog die Knie näher zu sich heran und legte ihr Kinn darauf. »Als meine Schwester schwanger war, hat sie ständig geweint. Aber ihre Haut sah toll aus. Deine Haut sieht auch richtig gut aus. Du wirst auf den Bildern prima aussehen.«

»Ich weiß nicht, wann ich das letzte Mal so geweint habe.« Daphne schaute an die Decke, voll Ehrfurcht für ihre Tränen.

»Du hast total viel Stress gehabt«, sagte Piper. »Ich finde, du sollst einfach alles rauslassen.«

»Sie sind immer noch nicht wieder da«, sagte Daphne zu Dominique.

»Wer?«, fragte Piper.

Dominique sah Daphne an. Sie lächelte ihrer Freundin traurig zu und strich ihr die Haare aus der Stirn. Daphne sah ängstlich aus. In einer Vertrauenskrise, dachte Dominique, gibt es immer zwei Wege. Daphne konnte ihre Zweifel beiseiteschieben, laut singen, um sie zu übertönen, und munter auf die leuchtende Mischung aus Sonne und Wolkenbruch zu marschieren, die sie inzwischen als Pappkulisse erkannt hatte. Oder sie konnte ihre neuen Einsichten akzeptieren, durch eine neue dunkle Linse schauen und einer neuen Wahrheit ins Gesicht sehen.

»Niemand«, sagte Daphne zur Decke. Tränen liefen ihr in die Haare. Ein paar sammelten sich in ihren Ohrmuscheln wie Regentropfen in einem Blumenkelch.

Piper legte die Hände an die Scheibe und spähte hinaus. »Irgendwer ist gerade gekommen«, sagte sie.

Einen Augenblick später klopfte es leise an der Tür, und Livia trat ein. Sie sah schon wieder aus, als hätte man sie gerade aus dem Meer gezogen. Die nassen Falten ihres schwarzen Kleides klebten an ihrem Körper, und ihre Haare hingen in nassen Strähnen ums Gesicht. Auch sie hatte geweint, aber sie sah wunderschön aus, beinahe strahlend. Wortlos legte sie sich neben ihre Schwester auf das Bett und umschlang sie mit einem Arm. »Was ist passiert?«, fragte Daphne.

»Ich hab Teddy getroffen.«

»Gott.«

»Nein, es ist gut. Mir ist klar geworden, dass ich ihn nicht mehr kenne.«

»Ach so.«

Livia stützte sich auf einen Ellbogen und legte vorsichtig eine Hand auf Daphnes Bauch. »Eine Nichte«, sagte sie.

Daphne führte die Hand ihrer Schwester weiter auf die Seite. Dominique wusste, dass Livia das Baby noch nie gefühlt hatte; Daphne hatte es ihr erzählt. »Kannst du sie spüren?«, fragte Daphne.

»Ich glaube schon. Ja!«

»Jetzt ist noch wer gekommen«, sagte Piper, die wieder aus dem Fenster spähte.

Winn hielt Agatha die Tür auf und schloss sie geräuschlos hinter ihnen. Sie sagte nichts und berührte ihn nicht, sondern ging direkt zur Treppe, die Schuhe in der Hand. Er streifte seine Slipper ab und stellte sie nebeneinander an die Wandleiste. Weil er beim Sturz die Brille verloren hatte, sah er das Haus nur wie eine verschwommene Höhle; der Fußboden verschluckte seine Schuhe. Er legte eine Hand an die kühle Wand, um sich zu stützen. Aus dem Wohnzimmer fiel Licht. Er humpelte darauf zu, sich der Ungleichmäßigkeit seines Ganges peinlich bewusst.

Unter der Leselampe saß eine Frau. Er meinte Biddy zu erkennen, fürchtete jedoch, es könnte Celeste sein.

»Du solltest ins Bett gehen.« Es war Biddy. Winn hörte Umblättern und erkannte auf ihrem Schoß ein aufgeschlagenes Buch. Er ließ sich in einen Sessel fallen. »Gott«, sagte sie, und die Anspannung in ihrer Stimme verwandelte sich in Überraschung. »Was ist denn mit dir passiert? Wo ist deine Brille?«

»Weg«, sagte er, streckte sein wundes Bein aus und legte es auf den Couchtisch. Er fragte sich, ob ein Arbeiter sie in einer Dachrinne oder halb vergraben in einem gemulchten

Blumenbeet finden würde. Rindenmulch, ein großer erdig riechender Haufen davon, hatte ihn gerettet. Er war darauf gelandet und hinuntergerollt, bis er an der Hauswand zum Liegen kam. Was war, wenn seine Brille in der Nähe der abgestürzten Wetterfahne gefunden würde? Er beugte sich vor und untersuchte seine von dunklen Blutklumpen durchsetzten Schürfwunden durch das aufgerissene Hosenknie. »Ich bin von Jack Fenns Dach gefallen. Ich habe seine Wetterfahne abgerissen.«

»Seine Wetterfahne?«

»Was ein Windjammer.«

»Warum?«

Er rieb sich das nackte Gesicht. »Das weiß ich nicht«, sagte er ehrlich. »Vorübergehende Umnachtung?«

»Ist sie vorübergehend?«, fragte Biddy.

»Ich will es hoffen.« Er lächelte ihrer verschwommenen Form zu. Ihm war seltsam zumute. Vor Glück, dass er am Leben war, vor Scham, mit einem Klingen in den Ohren, das ihn zusammenzuhalten schien, und vor tief empfundener Liebe zu seiner Frau.

Biddy klappte den roten Plastikkasten mit der Erste-Hilfe-Ausrüstung der Familie auf und schälte Winn die Überreste seines Verbands vom Bein. Um die Wunde standen die zerrissenen Fäden ab wie Wimpern.

»Wenn Sam Snead hier wäre«, sagte sie, »würde sie Nadel und Faden holen und dich eigenhändig wieder vernähen.«

»Sie würde einen Angelhaken dazu nehmen«, sagte Winn.

Biddy hielt die Flasche mit dem Desinfektionsmittel hoch. »Bist du bereit?«

Er biss die Zähne zusammen, während sie die Wunde besprühte. »Meiner Ansicht nach ist sie schuld, weißt du. Sie hat mir vor dem Essen Tabletten gegeben.«

»Was für Tabletten?«

»Keine Ahnung. Etwas, um die Aufregung zu dämpfen.«

»Aber du hast die Tablette genommen, nicht sie.«

»Ich habe nur eine genommen.«

»Und«, fuhr Biddy fort, »du hast die Tablette mit ein paar Flaschen Wein runtergespült, nicht sie. Und du hast eine nihilistische Tischrede gehalten. Und bist mutwillig in ein fremdes Haus eingedrungen, während du angeblich ein junges Mädchen in die Notaufnahme fahren wolltest.« Sie entfernte das Papier von einem Schmetterlingspflaster, drückte seine Wunde so gut zusammen wie sie konnte und klebte es auf die Haut. »Ich würde dich noch jetzt in die Klinik schicken und dafür sorgen, dass du auch tatsächlich da ankommst, aber ich glaube, es ist das Beste, wenn wir erstmal schlafen gehen. Du wirst morgen früh hinfahren müssen — oder zwischen der Trauung und dem Empfang. Du wirst es überleben. Vielleicht wird deine Narbe hässlicher, aber daran bist du selbst schuld.« Biddy klebte ein zweites Schmetterlingspflaster auf, umwickelte sein Bein mit einer Mullbinde und sicherte den Verband mit Leukoplast. Sie hatte stundenlang auf dem Sofa gesessen und darüber nachgedacht, was sie sagen sollte. Jetzt schnitt sie das Leukoplast ab und lehnte sich zurück. »Einer der Gründe, warum ich dich geheiratet habe, ist, dass ich glaubte, du würdest mich mit Überraschungen verschonen. Ich muss sagen, ich bin nicht glücklich, dass du nach all diesen Jahren beschlossen hast, ein wandelndes Pulverfass zu werden. Das war so nicht vorgesehen. Ich habe von dir nie erwartet, dass du vollkommen bist, aber ich habe erwartet, dass deine Unvollkommenheiten berechenbar sind. Ich bin Realistin. Ich war schon immer eine Realistin.«

»Biddy.« Er beugte sich in ihre Richtung, und zuerst dachte sie, er wollte sie küssen, doch dann ging ihr auf, dass er nur versuchte, in ihrer Miene zu lesen. Ohne seine Brille war er so blind wie ein Maulwurf.

Sie wandte sich ab und packte das Verbandszeug wieder ein. »Ab ins Bett.«

»Biddy«, sagte er widerstrebend. »Ich muss dir was sagen.«

Sie ließ den Verbandskasten zuschnappen. »Ich will es nicht hören«, sagte sie bestimmt. »Warte bis nach der Hochzeit. Oder nein. Sag es mir nie, Winn. Ich will nicht ins Dorf der Wahrheitsager ziehen. Ich will nicht wissen, was heute Abend war. Ich will nichts über die Vergangenheit wissen. Nichts. Ich habe diese Dinge noch nie wissen wollen. Wie gesagt, ich bin eine Realistin.«

Er runzelte die Stirn und schüttelte verwirrt den Kopf. Sie fragte sich, ob er bei seinem Sturz eine Gehirnerschütterung erlitten hatte oder ob er noch vom Alkohol und den Tabletten benebelt war. Eigentlich hatte sie sich doch deutlich genug ausgedrückt. »Biddy«, sagte er. Er griff nach ihrem Kinn und näherte sein Gesicht so dem ihren, dass sich ihre Nasen fast berührten.

»Nein«, sagte sie und wich ihm aus. »Ich werde ein Auge zudrücken, Winn. Aber du musst mir Zeit geben.«

»Du willst ein Auge zudrücken?«

Sie sprach langsam und wünschte sich, er hätte sich nicht ausgerechnet diese Nacht für eine Generalbeichte ausgesucht. Sie wollte Daphnes Hochzeit genießen. Alle sollten einen schönen Tag erleben. »Du hast gesagt, du willst in die

Klinik fahren. Aber stattdessen bist du mit Agatha zur Baustelle gefahren. Ich frage dich nicht, warum. Was hättest du gemacht, wenn ich einfach so mit einem Mann abgehauen wäre?«

»Das würdest du niemals tun.«

»Ich weiß ..., du kannst es dir nicht einmal vorstellen. Ich habe meine Entschlüsse diesbezüglich vor Urzeiten gefasst. Ich kann mich nicht erinnern, je Unmögliches von dir verlangt zu haben. Ich glaube nicht, dass ich Dinge verlangt habe, die – wie hast du das ausgedrückt? – nur von Gott zu verlangen wären. Aber das heißt nicht, dass ich darüber reden will. Ich will, dass du ins Bett gehst.«

Er lehnte sich zurück, und ihm schien ein Licht aufzugehen. »Du glaubst, dass ich dich betrogen habe?«, fragte er mit erstaunter Miene. »Die ganzen Jahre schon?«

»Na ja«, sagte sie, »du schienst mich nicht zu lieben oder mich nicht sehr zu wollen, und du warst so viel unterwegs. Es war offensichtlich, dass du deine Gelegenheiten hattest. Ich habe schlicht angenommen ... ich dachte ... nun, Menschen brauchen gemeinhin mehr, als du von mir wolltest.«

»Wirklich?«

»Etwa nicht?«

Sie starrten sich an. Er schielte ein wenig von der Anstrengung, ihr Gesicht scharf zu sehen. »Hättest du«, fragte er, »mehr gebraucht?«

Sie war ihm treu gewesen, immer, aber sie war auch stets bereit gewesen, das Gegenteil anzudeuten, wenn auch nur, um für Ebenbürtigkeit zu sorgen. »Ist das wichtig?«, fragte sie nach einer Pause.

Biddy hatte einen weißen Pullover an; in Winns erschöpften, brillenlosen Augen sah sie aus wie ein Engel, der weich und unwirklich unter dem blendenden Feuerball der Lampe, schwebte. Er hatte keine Antwort auf ihre Frage, und sie schien keine zu erwarten. Er wollte aufhören, über diese Dinge zu reden, diese unangenehmen Dinge, er wollte aufhören, über sie nachzudenken. Er konnte Biddy nicht sagen, dass er sich nie fester mit ihr verbunden gefühlt hatte, dass sie zu vielfältig und dauerhaft miteinander verwoben waren, als dass sie von irgendwelchen Sünden zu trennen wären. Wir sind in all unseren Tagen enthalten, dachte er. Er war täglich Teil von Biddys Leben und sie von seinem. Sie saßen schweigend beisammen. Winn fiel ein, dass er eine Ersatzbrille im Schreibtisch hatte, und er hievte sich aus dem Sessel, um sie zu holen. Unbeholfen tapste er ins Arbeitszimmer und durchwühlte blind die Schubladen. Als er, sehend, wieder ins Wohnzimmer zurückkehrte, setzte er sich zu seiner Frau aufs Sofa und tätschelte durch die Decke ihre Füße. Die Schiffsuhr auf dem Bücherregal stand immer noch auf halb fünf. »Man wird mich nie im Pequod aufnehmen«, sagte er möglichst leichthin in dem Bemühen, sich wieder in die Fahrwasser der Normalität zu manövrieren. »Jack Fenn hat es mir gesagt. Ich habe ihn getroffen, als ich zur Toilette war.«

»Wirklich?«, fragte sie. »Hat er gesagt, warum?

»Anscheinend können sie mich einfach nicht leiden.«

Sie nickte. Die Uhr tickte, aber die Zeiger blieben auf der Stelle stehen. Nach einer Weile sagte sie: »Du riechst nach Kuhdung.«

Er zog sich das Hemd über die Nase und atmete ein. Ja, da war es, erdig und scharf, gemischt mit dem sauren Geruch seiner Achselhöhlen und einem schwachen Hauch von

Agathas Moschus. »Ich bin in einem Haufen Rindenmulch gelandet.«

»Du hättest sterben können.«

»Das glaube ich auch. Ich bin ziemlich tief gestürzt.«

»Hattest du Angst?«

»Ich hab mich, glaube ich, einsam gefühlt.«

Als Livia zehn oder fünfzehn Minuten im Bett war, ging die Tür auf, und Celeste trat ein. Wo sie die ganze Zeit gewesen war, wusste Livia nicht. Wahrscheinlich war sie woanders eingeschlafen und nach dem Aufwachen die Treppe herauf-gekommen wie ein verschlafenes Kind. Celeste ging ins Bad und ließ die Tür auf, und nachdem sie gepinkelt und die Spü-lung betätigt hatte, schaute ihr Livia durch halb geschlossene Wimpern zu, wie sie sich in Unterwäsche vor den Spiegel über dem Waschbecken stellte, wo sie zunächst ihr Gesicht aus der Nähe betrachtete und anschließend einen Schritt zurück trat und sich von einer Seite zur anderen drehte, um ihren flachen Bauch und die Form ihres künstlichen Busens im weißen Spitzen-BH zu begutachten. Dann guckte sie über die Schulter und musterte ihr Gesäß. Ihre Beine waren so braun wie eine Pekingente, und obwohl sie so dürr war wie ein Windhund, hing ihre Haut stellenweise schlaff nach unten und hatte viele kleine, tiefe Falten – am Übergang zwischen dem Hintern und den Oberschenkeln zum Beispiel, und an der Innenseite ihrer Knie.

Celeste schlüpfte unter die Decken des anderen Bettes und begann ihre nächtliche Sägearbeit. Livias Gedanken drifteten zu Teddy, doch sie schob sie fort, und schon trieben sie wie ein kleines Boot, das von tückischen Stromschnellen ange-zogen wird, zu Sterling weiter. Als sie ihnen wieder einen

Schubs gab, schienen sie zu ihrem Vater schwimmen zu wollen, aber blieben stattdessen an Daphnes Bauch hängen, bei dem kleinen Mädchen in der Fruchtblase und dem Gefühl, wie der winzige Fuß von innen gegen Daphnes Haut getreten hatte. Der Wal lag auf dem Meeresboden, als Festmahl für Krebse und Fische und Würmer. Nach einer Weile hörte sie ihre Eltern die Treppe heraufkommen und durch den Flur zu ihrem Zimmer gehen, zuerst die leichten, flinken Schritte ihrer Mutter und dahinter den schwereren, ungleichmäßigeren Gang ihres Vaters. Die Tür schloss sich hinter ihnen, und sie hörte das leise Murmeln ihrer Stimmen, die unbekannten Töne, die sie nur benutzten, wenn sie miteinander sprachen.

SAMSTAG

18 · Hinaus in die Ferne

Die Trauung war schön, wundervoll. Das sagten alle. Es hatte am frühen Morgen aufgehört zu regnen, und die Insel wirkte frisch und grün, das Meer wie neu. Winn hatte Daphne zum Altar geführt, ohne sein Humpeln zu verbergen. Er hatte überlebt, war äußerlich leicht verletzt, möglicherweise waren andere Versehrtheiten unsichtbar. Sein Bein wurde von einer dünnen, mit Leukoplast gesicherten Mullbinde zusammengehalten, mit der ihn seine Frau verbunden hatte. Vor dem Altar hatte er daran gedacht, Daphne zu küssen; er hatte sich in die luftige, helle Lücke unter ihrem Schleier gebeugt und ihre gepuderte Wange mit seinen Lippen gestreift.

In einem weißen Zelt auf dem Steilufer am Atlantik saßen die Gäste auf goldfarbenen Stühlen an runden Tischen. Der Himmel rötete sich und wurde schwarz, und der Mond, schon ein wenig schief und abnehmend, malte eine leuchtendweiße Muschelstraße auf das Wasser, die den Weg nach Spanien wies. Sam Snead rief ihn zur Pflicht: Es wurde Zeit für den Tanz des Brautvaters mit der Braut. Er begab sich auf die Tanzfläche und baute sich vor Daphne auf. Die Musik begann, und er verschränkte seine Finger mit ihren. Die Knochen und Sehnen ihrer Hand erschienen ihm wie die kunstvoll gefertigten Gliedmaßen einer perfekten mechanischen Puppe. Er war sich der Härte ihrer kleinen Finger zwischen seinen bewusst, des Blutes, das durch ihre Adern floss. Seine zweite Hand ruhte auf ihrem Rücken, und ihr weiß verhüllter Bauch füllte den Raum zwischen ihnen. Während die Band die ersten Takte spielte und der Sänger im weißen Smoking das Mikrofon vom Ständer hob, blieb Winn unbewegt stehen und schaute über Daphnes Schulter auf die Gesichter der Gäste an den Tischen, eine Wand erwartungsvoller Ovale, hier und da von glitzerndem Schmuck und Kerzenflammen durchsetzt. Dann setzte der Sänger ein, und Daphne machte einen Schritt nach hinten. Sie zog ihn mit in die vertrauten Schritte und starrte beim Tanzen über seine Schulter. Er drehte sich mit ihr so, dass er in die Richtung sah, in die sie geschaut hatte, doch dort war nichts. Nur Tische und Gesichter. Sie schaute immer noch auf den gleichen Punkt, nun auf der anderen Seite des Raums, mit ruhiger und zugleich wehmütiger Miene, so als würde sie auf eine schwindende Küste zurückblicken. Er drehte sie noch einmal herum. Er wollte auch das sehen, worauf sie schaute, doch er sah nur Tische, nur Gesichter.

Nun kamen auch Maude und Greyson auf die Tanzfläche, und dann Biddy mit Dicky senior. Francis hielt Agatha in den gierigen Fingern, und Dryden wirbelte gekonnt die geschmeidige Dominique durch den Raum. Livia schwenkte in den Armen des Trauzeugen Charlie vorbei. Winn drehte Daphne aus, und sie drehte sich gehorsam zurück und legte die Hand auf seine Schulter. Die Blumen, die Kerzen, der leichtherzige Rhythmus der Musik, das perfekt geschminkte Gesicht seiner Tochter, ihr kunstvoll frisiertes Haar, die Rundung ihres schwangeren Bauches – das alles schrie nach Liebe, nach Stolz, nach väterlicher Zärtlichkeit, auch wenn

Daphne ihn nicht ansah, auch wenn sie sich in ihr Glück einmauerte und ihn draußen ließ. Er wusste nicht, wie er es schaffen sollte, dass sie ihm vergab. Er würde warten müssen. Doch unterdessen konnte er tanzen, er hatte diesen Tanz schon als kleiner Junge als Contra Dance getanzt und mit Ophelia Haviland beim Silvesterball im Vespasian Club und als Bräutigam an einem Frühlingsabend in Maine und auch sonst tausendmal.

Das Lied endete, und ein neues begann. Greyson kam, um ihn bei Daphne abzulösen, und Winn stand allein zwischen den Tanzenden, bis er auf einmal Livia im grünen Kleid in den Armen hielt. Zuerst schaute sie wie Daphne über seine Schulter, doch dann fanden ihre Augen die seinen. Zum ersten Mal in seinem Leben fragte er sich, was sie von ihm dachte, wirklich dachte, und die Frage erregte ihn so, dass ihn schwindelte, dass die Gesichter und Kerzen und Blumen um ihn herum verschwammen und Livias Augen den Ruhepol in der Mitte bildeten. Einen Augenblick lang verließ er seinen Körper und spürte mit fast schwindelerregender, übelmachender Klarheit, wie es war, mit den Lungen seiner Tochter zu atmen, aus ihrem Kopf zu schauen, von einem Leben erfüllt zu sein, das ganz wie das seine und zugleich ganz anders war. Als er den Blick von ihr löste und ihn zur Zeltdecke schweifen ließ, kehrte er dankbar in den eigenen Leib zurück. Livias Gewicht in seinen Armen war zur Last geworden, es gemahnte ihn an eine Unermesslichkeit, die ihm unfassbar schien. Schließlich ertrug er es nicht länger; er hob die Arme und drehte sie von sich weg. Als sie die Drehung vollzogen hatte und sie nur noch über die Fingerspitzen verbunden waren, löste er seinen Griff und entließ sie in ein Leben aus eigener Kraft.

Dank

Mein Dank gilt zuerst meiner Agentin Rebecca Gradinger, die mir, seitdem ich ihr als Studentin eine Handvoll halbfertiger Geschichten vorlegte, eine unschätzbare Leserin ist und eine kostbare Freundin und Vermittlerin dazu. Ihre ausgezeichneten Ratschläge zu genießen ist für mich ein unglaubliches Privileg. Herzlichen Dank auch an Connie Brothers (für Zaubereien bekannt) dafür, dass sie mich damals zum Flughafen geschickt hatte.

Jordan Pavlin danke ich für ihre Vision und Begeisterung für diesen Roman. Die 3M-Corporation verdankt ihr einen gesteigerten Umsatz von Post-its, ein wahrer Segen, weil jeder einzelne dieser kleinen gelben Merkzettel mein Manuskript verbessert und mich zu größerer Klarheit veranlasst hat. Ich danke auch Leslie Levine und Caroline Bleeke bei Knopf sowie Amy Ryan für ihr sorgfältiges Korrektorat und ihre detektivische Faktentreue. Patrick Janson-Smith bei Blue Door war ein unermüdlicher, liebenswerter Fürsprecher. Sara Eagle und Laura Mell haben eigene Erwähnung verdient – und großen Dank von mir.

Grainne Fox, Melissa Chinchillo und Mink Choi – bei euren Namen muss ich immer an kleine wuschelige Pelztiere denken – ihr seid alle wunderbar. Vielen, vielen Dank für eure Hilfe und euren Rat.

Zu meinem Glück habe ich im Lauf der Jahre viele großartige Lehrer gehabt, doch im Zusammenhang mit diesem Buch möchte ich vor allem Sam Chang, Ethan Canin, Elizabeth Tallent und Toby Wolff danken — für ihre Klugheit und Geduld. Als ich auf der Highschool war und vermutlich eine ziemliche Nervensäge, hat Dallas Clemmons mir großzügig geholfen, mit viel Zeit, Ermutigung und seinem funkelnden Geist. Ihm bin ich dankbar für seine Hilfe dabei, diesen Weg einzuschlagen.

Ein Stegner-Stipendium ist wie ein heiterer Blitz aus dem Himmel, und es ist unmöglich, dem Creative Writing Program der Stanford University genug zu danken, vor allem seinem weiblichen Zeus, Eavan Boland. Und da ich einmal bei den Institutionen bin, die in den letzten fünf Jahren für mein Auskommen gesorgt haben: Zu danken habe ich auch dem Iowa Writers Workshop, dem Truman Capote Literary Trust, dem Leggett-Schupes-Fellowship und der Bread Loaf Writers' Conference.

Matthew Rossi, der echte Gründer des Ophidian, ist ein genialer Erfinder von Clubnamen.

Meine Familie und meine Freunde haben mich in jeder möglichen, und manchmal sogar unmöglichen Weise unterstützt. Die Schuld, in der ich bei ihnen stehe, ist so tief wie meine Liebe.